催眠师甄妮

冉冉◎著

重庆出版集团 重庆出版社

图书在版编目（CIP）数据

催眠师甄妮 / 冉冉著. — 重庆：重庆出版社，2022.5
ISBN 978-7-229-16701-1

Ⅰ.①催… Ⅱ.①冉… Ⅲ.①长篇小说—中国—当代 Ⅳ.①I247.5

中国版本图书馆CIP数据核字（2022）第053185号

催眠师甄妮
CUIMIANSHI ZHENNI

冉冉 著

出　　品：	华章同人
出版监制：	徐宪江　秦　琥
责任编辑：	徐宪江
特约编辑：	李　敏
责任印制：	杨　宁　白　珂
营销编辑：	史青苗　刘一锦
装帧设计：	周科位　彭平欣
插画设计：	李柯欣　罗禹哲

重庆出版集团
重庆出版社　出版
（重庆市南岸区南滨路162号1幢）

投稿邮箱：bjhztr@vip.163.com
北京盛通印刷股份有限公司　印刷
重庆出版集团图书发行有限公司　发行
邮购电话：010-85869375
全国新华书店经销

开本：880mm×1230mm　1/32　印张：13.375　字数：259千
印数：1—30000册
2022年9月第1版　2022年9月第1次印刷
定价：69.80元

如有印装质量问题，请致电023-61520678

版权所有，侵权必究

如果认知的门净化了
一切将呈现本有而无限

——

〔英〕威廉·布莱克

目 录
contents

第一章　　　失与眠 ·01

第二章　　　意外的馈赠 ·18

第三章　　　失眠的人请举手 ·39

第四章　　　催眠改变你…… ·56

第五章　　　以心见心 ·68

第六章　　　返而复去的新绿 ·83

第七章　　　眠催破了 ·99

第八章　　　开往普旺的客车 ·114

第九章　　　妮医生，栗医生 ·127

第十章　　　襁褓似的蓝色群山 ·145

第十一章　　最早的春天 ·157

第十二章　　不管怎样 ·170

第十三章　　欣悦的相逢 ·193

第十四章	米耶的日子 ·218
第十五章	雪落在大地上 ·236
第十六章	辞行 ·257
第十七章	柔软的刀子 ·278
第十八章	在他们中间 ·298
第十九章	催眠秀 ·313
第二十章	和你在一起 ·329
第二十一章	相认 ·344
第二十二章	看得见峡谷的房间 ·360
第二十三章	信,就能看见 ·386
第二十四章	我爱你 ·398
尾声	新生 ·410
后记	关于《催眠师甄妮》·419

第一章

失与眠

1

2002年早春的一天,甄妮随叶滋滋的小姨金枝,从杭州飞回家乡壹江。

那时的甄妮还不知催眠为何物。哀恸与绝望先是挤占睡眠,继而损毁健康——她眼圈乌青,肤色蜡黄,原本丰润的脸颊瘦削脱形……看上去比闺蜜滋滋更像绝症病人。

滋滋临终前身体疼得厉害,虽备受煎熬却镇定安静。她对父母亲昵感恩,对日夜陪护在病床前的甄妮依依不舍。她对父母说,你们不要为我悲伤,甄妮就是你们的女儿,她会替我爱你们,也会替我好好活。叶妈妈早已将这个温善真诚的姑娘当成女儿,滋滋爸却一直不待见甄妮跟滋滋走得太近。

滋滋住院不久,甄妮也患上了罕见的瘙痒症,于是开始以钻心的痒陪伴滋滋的疼。滋滋不时去摩挲甄妮的手背:不是止痒,是止抖颤,但无论怎么克制,她的身体还是不由自主地抖个不停。滋滋虚弱地苦笑:"看看,我的疼都成你的痒了呢。"其实她明白,甄妮的痒是她内心的苦痛化装而成的。

滋滋的时间本来会更长一些，但她不想再拖延，说是疼得实在受不了——实则是心疼甄妮。甄妮太痛苦太难受了，所受的煎熬一点不比她自己少。

滋滋走得平静。临行，她调侃说，自己的生命太过完美，再不走，难免影响到人间的公正。她带着满满的爱和祈福上路，甄妮却痛不欲生。送别滋滋的第三天，处理完个人事务的她服下了超量三唑仑。

金枝发现甄妮赴死事出偶然——当晚她俩通过电话，收线后金枝突然觉得对方状态异常，于是再度拨打小灵通，可一直是忙音——直觉告诉她肯定出大事了。

在去往甄妮处的的士上，金枝径直拨通了120。一小时后，搂着深度昏迷的甄妮，身为职业川剧帮腔演员的她悲怆长啸："你不是说好要替滋滋活着吗？只有你活着，滋滋才不会真的离开！"

七个七天，四十九个奇异的日子，甄妮很少合眼。金枝照料她的日常起居，她偶尔也照料金枝。那样的时刻，是她把对方误认作滋滋了——金枝跟外甥女一样大眼妩媚，身材高挑轻盈。

有天下午，甄妮从半山森林公园回来，顺路买了两盒杭州糕点，并要金枝一起去西藏："我电话思密了……"林思密是她和滋滋在拉萨的房东，正宗壹江人，却喜欢吃滋滋家乡的桂花糕。她边说边打开衣橱问金枝："明天你穿哪件外套，白鸭绒还是双面羊毛呢？"

更多的时候，她还是能够认清人的。金枝虽年长，但始终带着不成熟的少女气，性格活泼，却没有滋滋的静谧淡定。她语速很快，不似滋滋温软斯文。

这套临时租用的小居室，离滋滋入住的省肿瘤医院只有三站路，客厅既是起居室也是卧室。甄妮常叼一枝玫瑰或百合，在布艺沙发上打坐，有时在狭小的空间里轻柔起舞——她从小在父亲供职单位的培训班习舞，同时跟父亲学书法。金枝是川剧演员，却并不擅舞，只是从旁静观甄妮的舞姿：那是哀痛难抑的狂草，又像啼血悲鸣的琴音。这个生命里为情所困的女子蓦然发觉，自己是多么艳羡滋滋和甄妮的真挚情谊，如果她此时伸出手去，一定会像甄妮拥抱入殓时的滋滋那样疯狂，任有多少双手也难以分开。

"末七"第三日，金枝带着甄妮登上了西去的客机。

系好安全带，甄妮回过神来，央求金枝放她下去：若不能继续留在杭州，也要改签机票，只要不回壹江就行。

看着甄妮恍惚憔悴的神色，金枝一时不知该说什么。她许诺甄妮父亲，要将他女儿平安带回，可此时同行的已不是本来的甄妮——生死别离将一位年轻姑娘变得面目全非，那个丰润活泼的甄妮消失了，剩下的只是她的废墟与梦魇。

金枝柔柔地说："我知道你的痛楚，甄妮。壹江和杭州一样，都是你的伤心地，可我们也不能一直待在怨恨里。你现在状态不大好，需要安定下来好好休养一段时间。别担心，我只是给你家里报了平安，没让他们接机。你不想见的人，都可以不见。"

"谁都不想见！"

"奶奶呢，难道也不想？"

泪水一下盈满了甄妮的眼眶。奶奶是她生命的磁铁，是她在人世间最后的依恋。甄妮将薄毯搭在腿上，阖上眼不再言语。

飞机滑行起飞后，困意竟意外到来。甄妮回到了十六梯，阳台上金盏菊、水仙花全开了，艳阳高照，载有河沙、水泥、机械、旅客的各种船舶从江上驶过。拂过人脸的风潮湿清凉，带来码头上淡淡的油气与水腥味。

黄桷兰香气馥郁。夏日尚未来临，怎么就到了秋天？齐越的生日，她用陶泥抟了个人偶送他："当你老了，发落齿摇，我依然这样爱你——"她粉红的舌头亲着人偶乌有的牙齿。

天蓝得像冬天的江水，江边裸露的石梁亮得让人心惊。齐越用专业刻刀在礁石上"画"了十来个甄妮：跳舞的甄妮，冥想的甄妮，飞翔的甄妮……每完成一个，她的嘴唇就会犒劳一下他的鼻子耳朵或眼睛……沿江延伸的石梁有五六公里长，排满晾晒榨菜的三角形木架。他们躺在高大的木架下面，听水看云，身体的欢悦经由齐越的面影传递给她。两人奔涌的血流快过河水，差点跑进她的身体，幸亏她灵机一动起身踏入江中，把人偶贴住脸庞喃喃自语：对不起，我要在新婚之夜，干干净净做你的新娘……

这是甄妮做过多次的梦，梦境跟现实高度贴合。岁逝月移，对此她不是没有困惑过，甚至怀疑这是自己的梦中梦。一个人的记忆真的确定无误吗？齐越真把她的名字文在了手腕上？假如他们当时未止于爱抚，而是任由荷尔蒙迸发，那她就不会失去齐越，以及舒那茜，生命里也就不会有叶滋滋。

恍惚中滋滋跟她相向而坐，蔬菜、卤肉和米饭都摆上了餐桌。红酒杯叮当一碰，汽笛就拉响了。横过眼前的金枝的手拉起机窗挡板："醒醒，飞机马上要落地了。"

甄妮一下睁开眼，突然记起几年前飞拉萨，也是搭乘清早的航班，也坐在紧急出口位置。只不过那时跟她在一起的是滋滋，现在却是酷似滋滋的金枝小姨。

飞机开始降落，泪水又模糊了甄妮的视线——滋滋留在天上，她则返回了大地，在这喧嚣的人世间独自飘零。

2

梦有引力，心念有感应。当舒那茜出现在接机口，拉着行李箱的甄妮恍若又坠入了梦境。

她俩在梦中依旧是好姐妹。舒那茜秀美的鼻子好看，凌厉的下巴变得柔和，行走起来体态优美颀长。只是她的微笑，总让人呼吸凌乱。

金枝的脸阴沉下来。舒那茜不单带来了自己，还让甄妮的继母、前男友齐越出现在她返乡的当口。难道她真不明白，此时的甄妮根本不待见这些人，尤其是不待见她本人？

谢天谢地，甄妮并未失态。她平静地接受舒那茜的拥抱和鲜花，微笑着答谢学长王修"欢迎回家"的善意，对心虚气短并未上前的父母也点了点头。

齐越拉开车门的瞬间，金枝下意识瞄了眼他腕部跟舒那茜相配的情侣表。甄妮仿佛并未留意，只是机械地随大家坐进了王修的车。

是干休所新买的丰田七座商务车。舒那茜坐在副驾，甄妮和金枝坐第一排，甄则光、舒文（甄妮的父亲、继母）坐第二排，齐越独自坐在后排。这个不大的封闭空间，宛若掐头去尾的教室。

"金枝小姨，实在不好意思，今天是我临时召集大家的。"舒那茜微侧过脸，"我想念甄妮。他们同我一样，也希望早早见到她。"栗色卷发下，她的眼睛和牙齿隐隐发光。

金枝不置可否，舒那茜处变不惊："亲爱的甄妮，你可能不愿见到我，但是无论发生了什么，我们仍然是彼此知根知底的发小，最好的闺蜜。坐在车上的，也是你最亲最近的人呢。我们都爱你，牵挂你。"

"卢老师、陈姨、蔡姨、王姐……他们都聚在万相灵的酒店，等着给你接风。"正开车的王修大声说。

"我不想你失落地离开，又孤孤单单回来。甄妮，你漂泊在外的这些日子，大家都很担心你……"

"甄妮的伤口，愈合需要时间，眼下她最好是静养。求你给她点安宁好不好？"

甄妮轻捏下金枝，示意她保持冷静。

"静养很有必要，但也要提防自闭。心随境转，谁都有可能陷入自我偏执，沉溺于痛苦而不自知。撕裂伤口尽管残酷，可短痛好过长痛。再说一个人的痛，为啥不可以转移分担？甄妮的痛也是我们的苦。"舒那茜说道。

"对不起甄妮，我们，没能照看好你奶奶……"父亲有几分哽咽。

"啊，我奶奶怎么啦？"

……

"我还要替齐越向你赔罪。"舒那茜转回头，"哎，齐越，你自己来，你比我更伤甄妮的心。我俩开诚布公恳求甄妮，请她谅解——"

甄妮的手猛然抽离，伸向颈背的指头像是去灭火——她心慌意乱、呼吸急促，那些由痛化装成的痒复燃了。

"放松点，甄妮。"金枝说。

"怎么了，要不先停下休息会儿？"甄妮父亲问。

回答他们的是一声呻吟。

几乎同时，王修靠路边咻的一声刹住车。

金枝打开右侧车门，甄妮弯腰下车，难受地捂住胃部，蹲在地上，恶心欲呕。金枝反身钻入车内，打算为她取纸巾。就在这短促的停顿里，甄妮忽地直起身，像一位跨栏高手，闪电般横越路面穿过了隔离带。待金枝和车上的人反应过来，她已拦下一辆的士，绝尘而去。

3

甄妮的失联，让人揪心又担心。

金枝又飞了一趟杭州。在滋滋和甄妮喜欢去的灵隐寺及白堤，在寄放滋滋骨灰的殡仪馆寻问守候，但都没有得到任何讯息。亲友们在年前甄奶奶失踪的地段，又搜寻了一遍，也没结果。

舒那茜有时去鸢尾花女子酒吧，一待就是几小时——她守候的六号卡座，是甄妮以前常坐的位置。

老板王怡见她魂不守舍的样子，贴心地送上一个果盘："怎么回事，气色这么不好？"

舒那茜摇摇头，答非所问："小学五年级秋期，我给甄妮织过一件背心，算是处女织。她从小学穿到高中，从背心穿成了文胸。"

马新绿端着酒杯凑过来。她扬起下颔，面对舒那茜："你在说甄妮，难道她还活着？"

"你死了她都还在。"

马新绿扑哧一笑："不一定哦，我必须活着，甄妮才不会死。她爱我们，爱王怡姐，爱鸢尾花所有的姐妹，甚至也爱你。因为爱得太深，才这么悲伤，只能靠酒来养起。"说完放下杯子，点燃一支烟。

"最近怎么样啊，大律师？我知道公平正义一直跟你在一起，只是环境和运气暂时还不在。哎，新绿，甄妮也喝酒啦？她还好吗？"

新绿察觉自己说漏了嘴，嗔道："谁知她好不好？都几年前的事了，那时叶滋滋还在呢。"说着狠狠吸入一口烟，"说来都是命，甄妮啊，她差不多，跟谁好就失去谁……"

"你喝多了，新绿。"王怡打断她。

"代问个好吧——就说我,她的发小舒那茜爱她,像过去一样爱。"她诚挚又伤感,眼里泪光闪烁。

"你倒是挺能煽情的。可惜你只爱你自己,拿性感的屁股勾引别人的男朋友……"马新绿面无表情,徐徐吐出烟缕。

舒那茜并不恼:"我晓得,我伤过她,伤得不是一般的深。正因为这样,我才要,尽我所能去帮她。"

"拉倒吧,舒那茜,别以为我也能被你催眠。甄妮就是因为信任你,才一次次被你算计。像你这样的人,最不适合做的就是催眠师。就像我最不适合做律师一样。"

"你真醉了啊新绿,都是好姐妹,怎么能这样说话?"王怡听不下去了。

"我醉了吗?有可能。酒醉心明白!"

4

舒那茜的直觉没错,新绿确实跟失联的甄妮有往来。

不过当时,甄妮还暂住在陈姨闲置的老屋里。若不是那天陈姨去给甄妮送炖汤时,恰巧被寻找女儿的甄则光撞见,甄妮可能还会继续住那儿。

离开陈姨后,甄妮在王怡闲置的一套二居室安顿下来。

那是"嘉华苑"一栋高层的十一楼,新绿不时给她打包带来美食,还有酒和安眠药。酒以干红干白为主,偶尔也带瓶Bacardi(百加得)的朗姆酒。她对甄妮说:"酒安慰我,药呢安慰你。"

"记得以前,你可是滴酒不沾哎新绿……"

甄妮说的是高中时期,班主任卢老师有时跟几个得意门生相聚,会允许大家饮点小酒,唯有新绿克制自持。在同学眼里,新绿学姐的自律能力实在太强,不做选择则已,做就做到最好。

"你那时还跳舞呢,"新绿回敬道,"小蛮腰不足一握,现在又怎么样?"

甄妮摸摸身上的宽松棉裙,再看新绿那借瑜伽淬炼出的火辣三围,说:"你知道高中时我们有多羡慕你?漂亮、学霸,拿过市里舞蹈节拉丁舞比赛大奖。卢老师背后对你赞词最多,说马新绿天赋好还那么发奋,你们有啥理由不努力?"

"说得我好惭愧……理想丰满现实骨感。算了,还是喝酒吧,一醉解千愁。以前的我性子倔,爱较真。大学毕业那年班级聚会,有男生喝高了叫我马正义,我抓起一个果盘就砸过去,说:'正义是我们用来献身的,不是你这浑小子用来嘲笑的!'搞得对方满脸鼻血与尴尬。我这个你们眼里的文青,当初也许真是错报了专业。不过我还是选择相信,也继续熬着。不是有这样的话嘛,一个不成熟者的标志是他会为某种事业英勇死去,一个成熟者的标志是他愿意为某种事业卑贱地活着。"

话说到这儿,两人都沉默了。新绿仰头把杯中酒一饮而尽。

律师属于苦活儿吗?是也不是。说不是,是因为有大把的人玩得左右逢源,黑白通吃,收入丰厚……但对马新绿这样一根筋的正经人来说,就实在是苦了,甚至苦不堪言。正是不服气不妥协的倔脾气,才让她这个律界异类磕磕碰碰扛了过来。

一个人的酒量（酒精耐受度）据说跟基因相关——新绿大约就是有"酒赋"的那一类。在鸢尾花，酒量能压新绿一头的唯有王怡。不过她鲜有醉得失控的情形，例外的一次是跟男友分手。王怡不忍看她酗酒消沉，有时会拉下脸规劝一番。

日常的新绿还是理性冷静的，尤其对甄妮服药这件事，她一直严控药量，从不敢马虎大意，然而药物效用总是递减的。随着失眠症的加深，药量增加，甄妮愈来愈浮肿虚弱，精神萎靡。她的痛苦新绿感同身受，却无力缓解，只有悉心照料。

甄妮拒绝出门，王怡就甄妮的情况特地咨询了市一院神经内科的鲍主任，然后告诫新绿，不能再继续给药了，不仅是有毒副作用，长期服用病人会形成依赖。

甄妮也同意停止服药。条件是不要马新绿的日常陪伴。

停药的头两天，甄妮夜里仍能迷糊一会儿。甚至还有梦，尽管时间短得只能容下几声抽泣。

一个人自由地待着，可以不修边幅，想做什么就做什么。白天坐在床上，呆呆地望向飘窗，脑子里一片空白，接近某种失忆状态。

等到入夜，她消失在暗影里，身体似乎睡去了，神经却醒着。来自远处的汽车引擎声，窗外树草间夜鸟的啼鸣，楼门的开合声，排水管道簌簌的水流，江边轮船的鸣笛……都被收纳入灵敏的耳道。有时四壁和天花板环围拢来，声光全无，犹如封闭的棺椁。她蜷缩着动弹不得……过了不知多久，她终于从梦魇般的自缚中解脱出来，听觉恢复真确——电梯呼啸上行，轿厢门打开，钥匙在锁孔里拧转，滋滋飘然进屋。她开灯，换好拖鞋，穿上条纹睡衣……可为什么她茫无知觉，好像并未留意到自己？

某天晚上，她独自下楼，从小街岔进了艺专学校侧门。路灯白花花亮着，两旁高大的银杏树正处花季。似曾相识的宽大运动场，让她记忆起当年放弃午休，偷偷和齐越赤足走过塑胶跑道的情形——春阳下两颗心怦怦乱跳，脚底的触感微痒光滑；聊的是寻常话语，目光体态却传达出丰富百倍的信息。返回宿舍的她兴奋晕眩，巨大的幸福感无从宣泄，一刻也忍不住要分享给舒那茜——自己最亲密的发小、死党和同学。

不料大半年后，舒那茜语带炫耀地向她讲述了跟齐越的偷食禁果——她一语未发地听完，转身离开的途中崴伤了脚。她整整一周没同人说一句话，整整一周几乎不食不眠，她傻盯着白色台灯，脑子里反复响起舒那茜的话："如果某个人会失去，说明他本来就不属于你……一个人不爽，总比三个人痛苦强……我给了他最宝贵的，付出多少就得到多少。"

幽暗中走走停停，机械地回返。甄妮显然没有意识到，这是自己的第一次夜游。

又一个微雨之夜，她在天桥下遇见一对男女——那女子手捂肚腹，神色痛苦。甄妮出人意料地问："你真的不能生育了吗？"女子不明所以，惊恐地靠向男人，不等回话，她自问自答道，"那我把他还给你，不过你要记住，我可比你更爱他。"说完，无视对方惊诧，旁若无人地离开……

潜伏的记忆清晰又凌乱。大三下学期，齐越跟舒那茜分手，回到了甄妮身边。没过多久，舒那茜以子宫受损（葡萄胎切除）为由，央求甄妮将他完璧归赵——"我为他付出了一切，除了他，谁还愿意娶一个不能生育的女人？"征得痛苦异常的甄妮同意后，齐越黯然离去……

后来甄妮遇见了同病相怜的滋滋，并得到她的安慰和陪伴，甄妮以为那些锥心的伤痛不复存在，可它们只是藏匿起来，根本没有消失，一经误触，便开始复发且疼痛无比……

越来越难以入睡，越来越陷入恐慌与烦躁。她在回忆、视听和静待中挨到天明，直到身体瘫软，四肢无力。她的胃拒绝食物，口腔拒绝水，鼻子拒绝空气，身体各部位的脏器造反，偃息已久的痒又开始蠢蠢欲动……

有天，她走进卫生间，一个熟悉的陌生人相向而来，凝神才察觉是镜中的自己——她本想对那个五官挪位、形容枯槁的人笑笑，僵硬的法令纹却像两柄利刃封住了她的嘴。

5

甄妮再度萌生去意。

去意应该说从来都在，只是隐秘模糊，并没有成真。有次，甄妮在鸢尾花酒吧附近过斑马线，绿灯还没有转换，未及刹住的车冲上来，司机朝她吼了声"找死！"她的反应还在中途，身体已跳起来闪避开去。她发现，如果不是真心赴死，显意识与潜意识未能达成一致,身体就不会听从指令,而是本能地保护性中止。

立夏这天黄昏,她归置了混乱的屋子,化了淡妆、穿戴整齐出了门。

壹江的夜景光色炫目,层次丰富:两岸及半岛绵延的楼厦投映在河面,恍若科幻片中的太空巨舰;一座座跨江大桥及桥头立交的路灯,彰显桥体立面的射灯,滨江路景观照明及车灯编织的灯带,盘绕交织,向虚空和东西两端无限延伸;屋宇、路道、山峰、桥梁间的灯饰汇聚成璀璨的灯海。

入夜后,街上的车辆行人不减。拐进小田湾,甄妮边走边感受着火锅店、豆花馆、卤菜摊、宠物诊所和美发屋混合的奇怪气息——童年记忆里,这条小街和两边店铺就是家的标识。小时候的她和奶奶走在街边,总要想法把手挣脱出来,冲到街中间吓唬老人一下。待车辆从斜坡顶急驶而下,小姑娘早已跳回屋檐底,为冒险的胜利高声尖叫。胆子更大的是齐越,放学后骑自行车送她,两人不仅从坡顶往下俯冲,有时还展臂放开龙头,模仿杂技载人飞车。

那年母亲带着尚在襁褓的她,从老文化馆的筒子楼搬进了群星楼——这栋新文化馆、图书馆和宿舍混杂的十二层大厦,当时是半岛区最打眼的建筑之一。

后楼7-5居室,硝烟常年呛人。她和继母的战争究竟起于何时?某次争吵是因为打碎了花瓶,懦弱的父亲对奶奶出言不逊,并哀求舒文原谅自己。年轻妻子从国企下岗,岁数大一轮的丈夫没有能力为她谋份工作,总是心虚气短。她跟继母的冲突大都是因为奶奶（有时为话语表情，有时为钱）。某次激烈交锋后，她拉着行李箱离开了家，先是一个人，后来和旅居壹江的叶滋滋在十六梯租了房……

眼下她已不再怨怼父母，只想盘点自己的过失。

噢，她应该向继母和那个流产的生命忏悔，是青春期的叛逆自私，害得她再无可能做母亲；还应向她的厨艺美食道歉，在母亲逝去后的漫长岁月里，是继母的劳作支撑了整个家庭的日常运转……

应该向父亲道歉。他寡言少语，自觉怀才不遇，家庭和个人生活一塌糊涂，自己的任性更是让他雪上加霜……

最追悔的，是对宠爱她的奶奶亏欠太多，今生今世已没有报答的可能。

此时让她感到歉疚的人，还有曾经的死党舒那茜，纯洁的初恋齐越，关爱自己如女儿的卢老师，对她和滋滋呵护备至的房东王圆菊，宽厚善良的陈姨，慷慨仗义的大姐大王怡……

歉意是和解，是熹微的晨光，它可以穿透内心的云翳，放松身体，纾缓郁积的痛楚。她路过早年的家、母校实验小学和壹江三中，从天灯堡下到江畔码头，再从唐家沱登上十六梯……那些熟稔的房舍街道，有的已彻底改变甚至消失，有的还剩部分。她向它们道别，希望清空和放下所有……

路灯闪亮在浓雾后，循人行道走到石龙大桥中段，凭栏俯望河面，百米悬空，耳闻身后的车辆轰鸣，却看不真深渊里的景象。她有几分晕眩，骤然进入某种幻觉，身体如一片轻飘飘的羽毛，正飘飘悠悠无止境地坠落……恐惧迷乱间,胸腹突然被一双温软的手臂环绕——

她转回头:"啊,你居然,敢盯我的梢?"

"你就不相信,人和人有'偶遇'?"马新绿哈哈一笑,放开手,"说真的,要平复一个人失衡的心理状态,还是要惩戒始作俑者,否则这世界就没有是非公正了。"

"这是你律师的思维。眼下对我来说,惩不惩罚已经不重要了。"

"法律寻求公正。只要审判是公正的,惩罚又有啥问题? 若不是舒那茜,你哪会一步步走到今天?"

"没有谁能一手编织别人的命运。无论顺境逆境,自己都参与其中。"

"你不认为她太有心机,太无耻了吗? 用初夜把你的男友变成她的男友,用怀孕把你的齐越变成她的齐越,用性取悦绑架……"

"唉,性和肉体没有过错。我只能说,这是她的权利。开始我也跟你一样,她说什么都不信,但有句话,我慢慢地信了。大意是,我们当时都不知道怎么回事,察觉它发生时已经晚了。真的新绿,面对活生生的恋人,年轻的身体怎么能够克制?"

"你呢,不是克制住了吗?"

"我有梦想。我看重仪式。我想干干净净做他的新娘。"

"可人家不屑啊。"

"我反复想过了,她用自己的方式寻求爱,也说不上什么大错。"

"我看你还是心慈手软,死不悔改。"

甄妮勉强一笑,不再往下争论。

新绿对甄妮的情谊,在鸢尾花,连服务生都看得明白。有时借着酒意,新绿半开玩笑地说:不能同生,但求同死。王怡打趣道,这样的机会,甄妮也不会给你。为什么,她瞪大眼睛问,随即倚醉卖醉:那我马上死给你们看!边说边拽过一瓶烈酒往嘴里灌。王怡赶紧抢下酒瓶:哎,甄妮爱的是我们大家,包括你。

新绿的初恋男友跟她相爱了四年,毕业不到两年,就跟律所新寡的一个合伙人结了婚。分手的时候,新绿无比颓丧,不是因为别的,而是他不值得为之伤心。甄妮却是值得信赖的,她宽厚坦诚,既有一颗善良自由的心,又有美丽健康的体魄,可以说,她就是另一个自己,理想中的自己。

不能好好地活着,那就好好地死去。新绿骄傲又亢奋,"从严从快"地设计起了陪甄妮赴死的告别场景——如何布置居室,包括买什么颜色的气球鲜花,添置什么样的灯具床上用品,定制哪个品牌的衣裙,以至口红腮红眼影等,都列出了清单。在她眼里,死亡是一个盛大的节日,是去往没有硝烟没有背叛没有伤害没有烦恼没有恐惧的极乐世界……

第二章

意外的馈赠

1

甄妮想象中的告别,是静悄悄毫不声张的。她最属意的方式,就是飞回拉萨,独自去一个僻静之地,在不为人知时上路。

但这并不具体的想法,很快被王怡的生日聚会打断了。

那天鸢尾花暂停对外营业,下午六点光景,王怡的闺蜜好友和少数老主顾陆续到来。主人准备了丰富的水果、点心、凉菜、卤味海鲜,大家一边闲聊,一边品尝来自阿根廷门多萨的干红、干白。喜欢烈酒的,调酒师推荐了苏格兰的Springbank(云顶)及达尔维尼麦芽威士忌;不胜酒力的,有比利时的Stella Artois(时代)啤酒。甄妮酒量小,每样都尝了一点点。

七点以后,来宾增多,气氛开始升温。T台上乐手慢悠悠弹拨着民谣吉他,吟唱着一首叫作 Scarborough Fair(《斯卡布罗集市》)的英文民歌——

Are you going to Scarborough Fair

（你要去斯卡布罗集市吗）

Parsley sage rosemary and thyme

（欧芹 鼠尾草 迷迭香和百里香）

Remember me to one who lives there

（请代我问候住在那里的一个人）

He once was a true love of mine

（他曾经是我的真爱）

Tell him to make me a cambric shirt

（叫他为我做一件麻纱衬衫）

片刻，主持人上台简短致辞，在例行的合唱生日快乐歌、吹蜡烛分食蛋糕程序后，朋友们上台献歌跳舞耍魔术。新绿跟调酒师跳了一段拉丁舞，甄妮也上台朗诵了一首聂鲁达的诗歌《我喜欢你是寂静的》——

我喜欢你是寂静的，仿佛你消失了一样。你从远处聆听我，我的声音却无法触及你。好像你的双眼已经飞离远去，如同一个吻，封缄了你的嘴。

我喜欢你是寂静的，好像你已远去。你听起来像在悲叹，一只如鸽悲鸣的蝴蝶。你从远处听见我，我的声音却无法企及你。

我喜欢你是寂静的，仿佛你消失了一样，遥远且哀

伤。彼时，一个字，一个微笑，已经足够。而我会觉得
幸福，因那不是真的觉得幸福。

还剩下一节，但甄妮突然被某个词句卡住了。音声哽咽的她调深呼吸想平复情绪，但未能成功，只好对听众深鞠一躬，带着歉意下台。

场内大都是王怡的姐妹朋友，大家争相上场，用五花八门的方式送上祝福。欢歌笑语加上小乐队的喧闹，氛围喜庆又友好。王怡对语言和酒精的祝福来者不拒，一直撑到零点聚会结束，被两个服务生扶到洗手间大吐了一通。

当晚王怡没回家，睡在酒吧的折叠床上，反复呕吐至脱水。天快亮时，甄妮和新绿叫来救护车，把宿醉者送往最近的市三院门诊。王怡的哥嫂远在上海，父母已老迈，甄妮和新绿自然成了她的陪护。

祸不单行。两天后，林思密慌慌忙忙从西藏回来——她母亲突然冠心病发作，连夜住进了医大附院。

2

为了林妈妈的手术，甄妮去附院医务处找舒那茜的母亲陆莉。听完甄妮的述说，陆莉一口答应没问题，就像托她找的不是心外科的"第一把刀"，而是自己部门的下属。

陆莉在单位的神通广大是有名的。她向来喜欢甄妮，那茜跟

她关系紧张的那些年,是甄妮充当母女间的信使。她马上要去院部开会,匆匆离开时,还不忘回眸一笑,那仪态完全是舒那茜的模板。

甄妮犹疑了片刻,又转身去门诊部底楼,挂了个心理科的号。

心理科,规模不大医生不多,可工作环境不错。舒那茜的诊室宽大明亮,因墙上丙烯风景画和几盆绿植的点缀,房间更像是一个休闲放松的所在。

正打量寻思时,里间房门打开,一个身材高挑的年轻女子快步走出——她嘴唇丰满,眼瞳蓝紫,身穿黑色真丝连衣裙,冶艳里又带有几分冷感。

"你再跟主任推荐下嘛,效果可以的。"年轻女子瞟一眼甄妮,随手从坤包里取出补妆镜,一边审视自己的妆容,一边继续跟里面的人说话。

随后露面的舒那茜摇了摇小药瓶,表情很是无奈:"看看,安眠药比催眠师更有号召力——一种认知习惯形成以后,要改变就太难了。"

瞥见甄妮手里的挂号单,舒那茜并没有表现出诧异,只是语气中性地说:"请坐吧,我俩慢慢聊。"

年轻女子补了下妆,得体地告别,离开时随手带上了门。

随着门锁哒的一响,甄妮脸泛潮红,显出几分局促地望着舒那茜:"我不看心理门诊,不是来做催眠的。"

"我知道。"舒那茜不咸不淡地说。

甄妮磕绊着说明来意——林妈妈要做冠脉搭桥手术,想请心外科的王主任主刀，说着拿出林家托她转送的红包。

舒那茜却不接茬。她坐进桌后的转椅，放下药瓶："登雅推销的这个，我也吃过几次，感觉效果还行。"

"大催眠师，也要吃安眠药？"

"催眠师也是人，是人就有可能失眠——就像医生也是人，是人就有可能生病一样。不过比起一般人来，催眠师或许多一点应对的方法。"

甄妮欲罢不能，多少显得有些尴尬。

"我和齐越伤害了你，作为继母，我姑姑对你奶奶的出走也有很大责任，实在对不起！不过甄妮，长期伤害你的，其实是怨恨本身——这是你的挫败感，你的逃避乃至轻生想法的源头。"

"你说得对。"甄妮不知道该嗔还是笑。

"每个人都有自己的糟心事，除了面对别无他法。自虐与逆反，惩罚不了别人，反而会害苦自己。眼下无论有多难，这道坎儿也得迈过去。"

"一套套的，不愧是催眠师的思维……"

"今天不争论，不下判断好吗？你身体绷得太紧，内心完全是封闭的。你有可能在想，瞧她那巧言令色的样儿，就知道说教个没完。不管你咋看吧，我并不想借题发挥洗白自己。"

从小学到中学，甄妮熟谙舒那茜的快人快语——那源于直觉的率真确实精准。第一次带那茜去见齐越，那茜即刻读出了少男心思：自己留短发不及甄妮好看（两人当时都短发齐耳）。之后她就蓄起了长发。

"我知道你为啥去西藏,也知道你跟林思密的关系。"

"我和滋滋在西藏的时候,思密像度母一样呵护我们,尤其是滋滋生病的那一段时间。"

"可你不是为她而去。你明白。"

"啊哈?"甄妮若无其事。

"不信就试试。你把真实想法写在纸上,我也写下读心的结果。要是我输了呢,王主任的事你就别操心了。"

正说着,有人敲门。

进来的是一位实习生,说院办电话要约个明天的号——患者是某市局领导的家属。

"一会儿再说吧,小薛。没见我正忙?"

"对不起。那我,过一个小时再来。"名叫薛建芹的实习生应答着,退出去把门掩上。

"相信我,没人比我更了解你。闭上眼睛,听听自己隐秘的心声。调匀呼吸,越轻柔越深长越好。嗯,就是这样,很好。放松——再放松——

"西藏是你灵魂的故土,滋滋是你最好的闺蜜。给知己的最好回报,不是痛不欲生,迷乱颓丧,而是健康快乐强大地活着,延续她的生命,活出她未竟的精彩……"

脸颊痒痒地有泪水流过,好似蜗牛的触须,黏糊而柔软。甄妮不知不觉松弛了身心,抽泣起来:"啊那茜,我这是怎么回事……"

"那是你听见了自己内心的声音。甄妮,所谓催眠,实际上就是自我催眠,你就是你自己的催眠师。不要沮丧自责,你要相信,所有的挫败伤痛都有意义,它是唤醒和警诫,会迫使你改变后天养成的积习,回到原初完满的自己。"

当天下班前,舒那茜给白院长打了电话。一个月后,林母术后顺利出院,林思密通过甄妮请舒那茜吃饭,并送上一条Swarovski(施华洛世奇)水晶链坠,却被婉拒了。

甄则光心心念念,想跟女儿和解。九月三日和七日分别是他和舒文的生日,经舒那茜斡旋,甄妮答应届时参加父母同日举办的寿宴。

获知这个消息,甄则光有点将信将疑。他短信甄妮,问能否先回家一趟,他想赔个罪,做一顿她喜欢吃的洋芋锅巴饭。那触摸得到的畏缩,低声下气的姿态,让甄妮更感到伤心无奈。

入夏后的壹江,烈日熔金,气流如火焰烧灼人脸,连街面似乎也瘫软塌陷了。行道树耷拉着蔫蔫的叶子,平时蚂蚁般繁密的路人不知所终。

老关庙街的地下一层,是主城第二大的花草市场,里面没有冷气,却也凉飕飕的。甄妮冒着酷热,换乘两次公交来这儿,逛半天买了盆叫"千佛手"的多肉植物,还定制了一个鲜花礼盒。返程时在入口碰见蔡红英——她是甄妮生母的同事,后来两人都成了文化馆的媳妇,在筒子楼和群星楼也都比邻而居。蔡姨捉住甄妮的手不放,像重见失散多年的亲人:"唉……平平安安活着就好。你奶奶要是能看到你,不晓得该有多高兴。"

"您见到奶奶是啥时候？她看上去还好吗？"

"大概……是腊月里吧。你清楚的，她跟舒文处得不咋样，后来神智都有点糊涂了。出走前两天，我看见她额头有一块红肿，就问她怎么啦，她懵懵地盯着我，半天才反应道：'你对甄妮好的话，她怎么会离开家？'我也愣住了，后来才明白，她把我错认成你继母啦。"

"你是说，我奶奶连人都认不清了，她，舒文，还打了她？"

"打没打，我不好乱讲，不过你奶奶哭得挺伤心……她说女人怎么啦，世上除了男人就是女人，可男人负心，女人疼惜女人。她不计较你跟谁走，只是心疼你没个家，想去把你找回来。奶奶脑子的确不大中用了……"话说着，蔡姨自己先红了眼圈。

甄妮望向脚下，脑子里空空荡荡。一种崩塌的感觉，熟悉的哀怨又充满身心。母亲走得早，奶奶接替了母亲的角色。她接受不了奶奶离家出走，更难以原谅继母的过错。此前她不愿承认，自己不时用怨恨纾解对滋滋的思念，但眼下她难过地确认了这一点。是的，她有怨念，不止对舒文、舒那茜和齐越，还有自己。

痒又死灰复燃了，加上天气燥热，身上的毛孔仿佛都在冒火。她俯下身，双膝颤抖着，颈脖后背涌出大片汗水。蔡姨一下白了脸，轻拍着她的腰："怎么了甄妮，是中暑了吧。别想太多，你是奶奶的心肝奶奶的命啊，只要你在，她就有可能回家来。那个王婆婆走失咋找到的，就是因为她的孙子王志……答应我甄妮，为了奶奶，你一定要平平安安的。"

"嗯嗯，我没事的，只是突然有点，头晕。谢谢您蔡姨。"

25

甄妮镇定片刻，努力直起腰来。

3

"大河鱼庄"是一条报废的客轮，四层楼舱被改装成带包房的餐厅，底层是厨房。客人中不少是大半年前为甄妮接风未遂的，他们被安排在顶层最大的"渔舟唱晚"厅。

王修、舒那茜和齐越半下午就到了，来得更早的陈慧苓、蔡红英，她俩都是甄妮生母的老姐妹。尤其是丧夫单身至今的陈慧苓，从小视甄妮为己出，跟甄妮情同母女。

甄则光夫妇和金枝同时现身。三人登上顶层大厅时，临窗的矩形条案旁围了大圈人，他们在看王修的现场书法展示。更多的来客围坐在圆桌四周，吃着水果零食聊天。

"寿星"舒文穿酒红色无袖旗袍，配黑底白碎花坎肩，头发挽成高髻，加厚粉底难掩肌肤的松弛。近几月她瘦了一圈，左右脸颊看上去不大对称。好在个头娇小，虽比侄女舒那茜大十几岁，远观却有点像姐妹。

金枝也听说了奶奶的事，见舒文愁眉不展，便捏下她的手："甄妮是知书达理的人，心蛮善的，告诉她真实情况就好。"

甄则光应邀写完一横幅，又让位给王修。他笔下的"静水深流"四个字，构架沉稳，似收敛过度——不知是想与人共勉，还是自我提气儿。

王修是市书协理事，从小就练字习舞，书法、芭蕾兼修。他以白乐天"千里始足下，高山起微尘"句，用行、楷、隶各书一幅，显示出初入仕途的他对正在上升的人生满怀信心。

齐越出舱抽烟时被卢老师叫住。他眼眶凹陷，脸色苍白，黑发夹杂着些许银丝，看上去忧郁寡言。卢燕玲暗暗叹息：昔日的美少年，作文漂亮，有绘画天赋，跟甄妮最能领会老师上课时的灵光乍现……他画的那幅风景画还挂在自己书房里。对他俩的早恋，她罕见地睁一只眼闭一只眼，可万万没料到……

师生两人简单聊了几句，返回舱内。经甄则光再三鼓动，齐越勉强提笔想作一幅漫画，画到大半才发现寓意跟某果汁广告（"等待，是为了更甜蜜"）类似，于是懊丧地将画纸团成一团，扔进了垃圾篓。

码头渡船停摆，岸边路灯、江上船舶的灯火亮起来，客人入席就座。舒那茜反复拨打甄妮电话，语音都提示关机。

不能再等了。王修、舒那茜致辞，宣布寿宴开始。舒文跟丈夫正举杯向来宾致谢，鱼庄服务生突然推门而入，献上一只精美大礼盒，说是摩的代送来的生日蛋糕。

舒文兴冲冲打开礼盒，却看见里面蛋糕上，横躺了一柄锋锐的匕首。

甄则光未及反应，舒文立刻发出失控的尖叫："刀子！我的老天爷啊，你看看，她送我们刀子！"

甄则光低下头，喃喃道："对不起，她怨恨的是我。"

客人们窃窃私语。舒那茜瞧一眼齐越，打了个职业响指说道："别误解了，请各位继续用餐。匕首的匕是妮的省写。甄妮是想

27

表明，她将同过去一刀两断，成为全新的自己。"

舒文对侄女的圆场并不买账："这明摆着是来拆台的！别看她平时斯斯文文，发起狠来，就是一把刀子，杀气腾腾的刀子！"

4

近段时间，甄妮开始在鸢尾花帮忙。

工作是陪聊，不过多半是客人在聊，她听着。每天什么时候去、待多久，都没有限定。王怡不过是找个由头，发给她一份薪酬。

甄妮常待在靠窗的六号卡座。她旁边和对面的沙发，成了抢手的位置。

王怡有时会对马新绿说："你不要老霸着甄妮，你来这儿是消费，人家是上班工作。"

"我也在工作啊！她为你，我为自己。只不过你付的是薪水，我付出的是泪水。"

王怡不想瞎掰，便用一杯新调的 Tequila Sunrise（龙舌兰日出）诱使她离开。调酒师是去英伦学过影视编剧的小姑娘，对马新绿很有好感。可她端起杯子又回到了老地方。

不只是马新绿，那些或伤心或懊恼或郁闷，或看似洒脱奔放的女子，都愿意靠近甄妮：有的絮絮叨叨来倾倒一肚子苦水，有的痛哭诅咒宣泄心中愤懑，也有的默然无言长吁短叹，还有的只想请甄妮喝一杯，等等。壹江美女跟火锅、江桥夜景一样名声在外，她们靓丽时尚、火辣多情又精明能干，做人行事快意恩仇，拿得起放得下。可在这个无往不胜的标签后面,她们同样身处压力山大的困境——既要风风火火在外打拼,回到家里还须隐忍柔软履行女人天职,再多劳顿、悲苦也只能悄然往肚里咽……

客人骆岚不高兴有人说她借酒浇愁,笑道:"哪里是浇,分明是碾嘛,一层一层地碾。"她一边诉说,一边豪饮,示范如何"碾愁"。骆岚开了家安乐堂,钱的确挣了不少,但两年前父亲猝然去世,患自闭症的儿子在特殊学校就读,丈夫出轨……她独自支撑着生意运转。稍有空闲,她就会来鸢尾花,放松下疲惫不堪的身心。

顺风顺水的芳姐、菲姐,有时也会在甄妮面前卸下面具,露出伤感本色。不同的是她们喝得多说得少。芳姐微醺时脸红红的,像个闯了祸的小姑娘;菲姐越喝越容易生闷气,但凡有谁劝她少喝,她就会开口骂人。

甄妮说,鸢尾花的常客,无论何种类型,包括那些泼辣的女汉子,都有程度不等的抑郁倾向。王怡认同甄妮的观察,新绿则呵呵一笑:"壹江多的是两类女人——酒鬼和疯子。能用酒精麻醉自己的是酒鬼,忍辱负重的最终都成了疯子。"

对甄妮倾诉的人,有的是想得到某种见证,不致让自己的憋屈默无声息不见天日;有的是单纯宣泄减压,能放下多少是多少;有的是在自我讲述中撕裂创口,再一针一线缝合;也有的是用"说"刮骨疗毒狂虐自己,以穿越锥骨戳心、生不如死的鬼门关……鸢尾花酒吧前身是个小小咖啡馆,几年间扩张为五六百平方米的酒吧,这有赖于老板王怡做人行事的格局,也跟市场定位有关——

专为女性休闲、聚会提供服务。它以独有的磁场，吸引着失恋失败失意失得失家失独的女性人群，给病着痛着醒着醉着疯着爱着的她们一个休憩疗伤的场所。来这儿的女人除了娱乐放松，还可以相识相知，惺惺互惜。

来自他人的信任，使甄妮从懵懂应付转而全情投入。一天天过去，她逐渐迷恋上了这里：吧台、舞台与卡座、散座分隔出的虚实空间，酒吧气氛与舞台特殊灯光构成的梦幻效应，当时还很少见的壁挂式大液晶显示屏，墙上的装饰艺术画，能俯瞰壹江的敞开式观景台，以及音乐、人声跟酒水、饮料、香烟、咖啡混合成的特殊味道……这些俗世欢情，让她寂灭的内心萌生出点滴暖意。她发现，身为服务者的自己，较之漫不经意的消费者，获取的体验有着不小差异。"观看"那些聚集在这儿的忙人、闲人，倾听她们的悲喜歌哭并与其交谈共饮，自身悲苦的孤岛心态也在不经意间悄然改变。

酒吧驻唱乐队的贝斯手，高大壮实，由于家人不待见她做变性手术，下班后也待在店里不愿回家。甄妮常跟她聊天，她有受宠若惊的感觉。

调酒师则是另一种具有挑战性的职业：直觉，创意，审美，想象力，对酒类、辅料和调酒设施用具的熟稔，实操的经验技巧，身体姿势的运用，各种因素缺一不可。一个优秀的调酒师，对酒的物理特性、工艺、产地、文化习俗、消费者的品位、甜品搭配等，都需要有深入的把握了解。

五行八作皆学问，甄妮突然爱上了调酒。

她的首款自调作品Mojito（莫吉托）鸡尾酒，源于岛国古巴，以淡朗姆酒、甘蔗汁、青柠汁、苏打水和薄荷配制而成，其特色是青柠薄荷的清爽与朗姆酒烈性的互补。这款酒透明无色，酒精含量低，很适合夏日饮用。

在英伦待过三年的调酒师艾琳告诉甄妮，只要材料地道、配方无误、操作合规、酒具使用正确，照猫画虎现成款类的调酒很简单。难的是进阶，即在积累了相当经验，并透彻了解多种酒类（基酒）及辅料特性后的创作创新。想进入这个阶段，建立于大量风味、颜色记忆基础上的灵感创意就非常重要了。

甄妮心领神会地说："我听懂了，要成为伟大的调酒师，首先要成为一名伟大的酒鬼。"艾琳扑哧一笑，随即正色道："调酒师肯定要遍尝百酒，但不能成为真正的酒鬼醉鬼……"甄妮快速接上："那会导致味觉神经受损，无法保持味蕾的敏感。"

骆岚曾探问甄妮，愿否参与安乐堂的经营管理，若愿意，将付给她可观的薪酬，并视业绩参与分红。甄妮感谢了对方好意，答应有合适时机再考虑。

一切正开始变好，坏消息就迫不及待地来了。

5

坏消息来自齐越——甄妮的父母被打伤住院了。

齐越携一支小臂长的长白山野生人参礼盒来到十六梯。好多年了，两人这是初次单独约见。在冷饮店里，齐越告知了她父母遭遇的飞来横祸，接着递出礼盒："一位东北朋友寄来的，是野生真品。有点大，反而像是假的了。"

"真的早就成了假的……"

甄妮无视对方伸出的手，也没接受礼物。她注意到齐越今天没有戴表，文在手腕的"匕"字隐约可见。

"还是抽时间去医院，看看他们吧。"

甄妮想回一句什么，却听见奇怪的动静，那是体内什么物件破碎的声音。她闭上两眼，很害怕看见它们红艳艳毛刺刺的样子。

"甄妮，至少去看看你的父亲。"

"他是舒那茜和你的姑父。"

"我才是你的辜负。"齐越的手一直伸着，不肯收回，"甄妮，我不求你宽恕，但求你原谅他们。"

甄妮又想回他一句什么，但话没出口，眉毛先蹙起来。她捂住眼，一丝苦笑扭曲了嘴唇的轮廓。

甄妮父亲在干休所旧楼租了间会议室，用来办学生书法训练班。上周末有市领导来所里视察，训练班临时休课，班里一初中女生借机瞒着父母去网吧玩到天黑，回家路上不幸遭猥亵受伤。当晚十点多，甄则光夫妇被电话吵醒，问明情况后两人手忙脚乱，拎了一大袋家里的水果、保健品出门。

赶到医院，双方一言不合口角起来。对方仗恃人多大打出手，甄妮父母的头脸被打破。匆忙撤退时，甄则光一脚踏上自家水果，不幸摔折了腿骨。

蔡姨、陈姨、王圆菊……谁也没能说动甄妮。

甄妮改变主意，缘于记起一件事。她和叶滋滋刚在十六梯租屋那段时间，奶奶三天两头跟儿子儿媳怄气。有天，奶奶在新街口偶遇甄妮和王怡，她上前一把抓住王怡的手说道："求求你，一定要好好待甄妮。她妈死得早，从小就孤苦伶仃。"王怡一头雾水，甄妮却明白，奶奶把她错当成叶滋滋了。

奶奶人生苦厄，生了六个孩子，只存活了父亲和已去世的大姑。身为甄家独苗，老人难免有甄妮"不是男孩"的遗憾，但到后来竟要面对唯一的孙女也可能"失去"的境况时，所受的打击可想而知。甄妮意识到自己不仅伤害了奶奶，也是父亲阴郁性情的部分缘起。

甄妮随陈慧苓一起去了医院。陈姨煲了鸡汤，在自己开的诊所里取了几样保健品，还买了一大束鲜花。

两人来到住院部病房，见那茜、王修也在。王修送来一辆单位的手动轮椅。

父亲伤势没有想象的严重，头脸只是皮外伤，小腿虽然用石膏固定着，但精气神还好。舒文的情况反而更糟，她左眼蒙着纱布，面部打了几处补丁，细长的导管从挂输液架的药瓶口连到手背，看上去憔悴又狼狈。

看到新来的两个人，甄则光有点不知所措，半躺的舒文则有意侧过脸。

舒那茜正询问姑父的病情，舒文突然凶凶地来一句：

"我们啊，活着就是别人的眼中钉、肉中刺，干脆直接进太平间吧。"

"都几十岁的人了,还没学会怎么讲话?"甄则光一脸无奈,示意甄妮和陈慧苓坐下。

这时,过道有人喊舒文,让她去生活间拿奶锅里煮的鸡蛋。

"麻烦你俩代劳下吧。"舒那茜有意支开甄妮和王修。

"不要了!"舒文说,"我劳驾不起!"

"舒文——"甄则光语带恳求。

甄妮抿着嘴,一句话也没说。

吊瓶里药液所剩不多,舒文坐起身来,扯掉手背的针头,头重脚轻地走了出去。

"我伤的是腿,她伤的是脸面。"甄则光哀声道。

转眼间,舒文气汹汹地回来了:"答应帮忙照管的勤杂工不知去向,奶锅里的荷包蛋全煮糊了……"

舒那茜瞪了眼姑姑,可她毫不理睬:"从嫁到甄家开始,我就没完没了地倒运……"

老甄心惊胆战地看过去,女儿一副无感的表情——她拎起床头的暖水瓶,起身出门取水。

陈慧苓说:"趁热喝鸡汤吧,是甄妮熬的,里面搁了当归和西洋参呢。"

"我哪有这福分,"舒文说,"她不下毒就谢天谢地了。"

甄妮顺手带上门,不想听见继母的声音。所谓"下毒",是她年少时的恶作剧——当时舒文已怀孕五个月,日常吃着保胎的维E。一天甄妮告诉那茜,她姑姑的药被她偷换成了感冒胶囊。

· 34 ·

得知自己吃下了几大瓶感冒药,吓坏的舒文赶紧上医院做了人工流产。甄妮周末回家,听说后立马蒙了,她赶紧坦白是闹着玩儿的,自己根本没换过药。可从那以后,舒文再也没能怀上孩子。

十分钟后,隔着病房门,返回的甄妮再次听见了舒义的叫喊:"你拿什么来赔偿人家?拿你的命,还是你的活宝女儿?"

"让我去死吧,舒文——"甄则光一边说,一边作势要爬起来。

"那好啊,死了一了百了。没烦恼……"

"好。好。我该死。舒文,我出去。我去外面死行吗?"

甄妮进门前稍有犹疑,随后撞见舒那茜的目光。舒文此时像一团被积怨和屈辱点燃的火焰,烧灼呼啸着不可遏止,而甄妮,一直缄默不语的甄妮,则像个冷静的消防员。她一边深呼吸,一边高高举起了灭火器。

舒那茜未及发出惊叫,就听到"砰"的一记爆响。甄妮从头顶以上位置掷下的暖水瓶携着沸水碎裂在地上,而她被浇湿的双脚像躲避狗咬似的弹向了空中。

6

接连几天阴雨,窗外昏朦一片,偶尔鸣响的汽笛,如同倏忽亮起的闪电。

正午和黄昏没什么区别。要是把窗帘拉上,白昼和夜晚也没有区别。

……

放松头顶，头皮，头盖骨；

放松眉头，眼睛，鼻子，嘴；

放松面部，颈部，胸部，背部，腰部，臀部；

放松大腿，小腿；

放松脚……

每当放松的指令到达脚背、脚趾部位，甄妮就会下意识地停顿，不只是要避开烫伤的痛，还要避开病房里混乱的回忆。然而越想躲避，记忆就越鲜明。常常沉溺许久，她才猛然记起正在做自我催眠，于是又一次警诫自己，专注，专注，安静，安静……

阖上眼，依然有沉重的酸涩感，甚至微微刺痛。不过要是没有这次变故，前一段时间的视物模糊问题也不会被重视。眼科赵大夫问舒那茜："你同学做什么工作？这种症状是长时间精神高度紧绷造成的紧张焦虑。"舒那茜答道："她的工作很重要，压力特别大。"这也不算玩笑，世界上哪有比自我互搏更损耗心力的事情？

放松术是个好方法：当你的身体足够松弛，紧绷的内心就会变得驯顺。跟着舒那茜，甄妮学会了自我放松，也学会了如何观察控制自己的身体（心态与情绪）。潜意识的纱幕一旦撩起，他者的观看如一束电光徐缓地扫过暗室，那些从未被看见的潜藏物突现在光照下，无论柔弱强悍俏丽丑陋驯顺桀骜残破完整，全都显现无遗。当一个人成为自己冷静的观察者、安慰者、引领者，过往的伤痛就不再是一种单向的摧折损毁，而是丰富的全新认知。

也有全然放空、心无挂碍的时刻，此际甄妮会翘起脚趾，赤足在房间里悄悄移动。进入厨房，她会把关注对象从自己移向锅碗盘碟、萝卜青菜。被催眠过的米适合煮粥，那恍惚黏稠的粥，简直就是米的白日梦。

兴之所至，她会"催眠"房间里的一切：四条腿的桌椅，独脚的花瓶，悬挂的蚊帐，展翅欲飞的灯具，墙上的剪报、挂饰和相框……被引导过的床榻发散出摇篮的温馨，而被激励的瓶中花艳丽盛开……

三个多月的时间，甄妮读完了舒那茜给的催眠教材和CD影视资料——包括若干关于灵修的复印件，繁体版《艾瑞克森治疗实录》的影印本以及《西藏生死书》（这本书曾是滋滋的最爱，可她当时只草草浏览过）。

见她没日没夜苦读，舒那茜有些不忍："又不是高考，这么玩儿命干吗？催眠的实质很简单，不过是告诉你如何处理压力，寻找改善自我的途径。如果只讲技术，我花两天工夫就能教会你，不过要真正入道呢，耗尽一生也未必能窥堂奥。"

"别想那么远，我只想做一个，好的催眠师。"

舒那茜郑重地说："做好的催眠师，说难也不难，首先自己要成为一个健康的人。"

"成为健康的人就很难啊。要是真做到了，已经是很幸运的人了。"

"要学会尊重、爱护自己，同时也尊重、爱护别人。包括冒犯过你的、最不能容忍的人。"

"我希望，我能够做到。"

甄妮站起来，请那茜做自己的第一个被试者。她做的是催眠减压，运用呼吸放松法。

循着对方的呼吸节奏，甄妮灵敏地抓住停顿再将其放大，那茜安静下来，顺利进入催眠状态。她的暗示有几分"那茜腔"，却更加柔和坚定。

"你的表现超常啊，甄妮。做这行，看来你比我更有天分。"被唤醒的舒那茜有点小激动，"只是你还没完全打开自己。再来，别拘谨，让身体、情绪、思维和意念协同一致。"

甄妮的情绪一下子上来了，她抬起那茜的手臂，瞬间将她定住，稍后又解除了指令。

"炫什么技？你还没入门呢。"舒那茜说，"你对催眠引导领悟很快，直觉不错，但说一个人有天资，跟现有能力无关，主要指今后的可能性。"

"有没有天资，你说了算。我只能确定，自己对催眠有兴趣。"

"那就准备好吃各种苦头，受各种冤屈打击和伤害吧。催眠是好赛道，同时也是高危职业，风险超出你的想象。"

"那没啥，你知道的，我嘛其实很皮实。"甄妮露出久违的笑颜。

几天后，舒那茜急需联系一位老友，但多年没用的旧号码本不见了。甄妮引导她一步步回溯，最终追寻到书房壁柜的小抽屉，除电话本外还发现了丢失的钻石胸针——那是白院长出国访学时买赠的礼物。

第三章

失眠的人请举手

1

甄妮注册"离离"催眠工作室前,舒那茜因医院心理门诊患者太多忙不过来,下班后常会带甄妮一起"出诊"。预约者形形色色:社恐的自闭症患者、退休官员、破产老板、离婚富婆等。舒那茜说,只要能应对他们,大体上就能应对所有咨客了。

个案中,甄妮印象至深的是一位王修介绍的患者"蚂蚁"。他姓马,王修叫他首长,那茜敬称马老,他却要甄妮直呼自己"蚂蚁"。他身材高瘦,满脸倦容,戴一副Ray-Ban(雷朋)的复古墨镜,仅余左眼有微弱视力,几乎是个盲者。甄妮和舒那茜每次上门,都由干休所派车接送。大约是王修和舒那茜太过恭谨,"蚂蚁"反而喜欢不卑不亢的甄妮。

"哑火啦,黑咕隆咚的,就像一只蚂蚁。"他问甄妮,"我看起来是不是颜色黢黑?"

"你的皮肤是燕麦色,蛮健康的。"

"你一定会觉得,这是只奇怪的蚂蚁吧?"

"我没料到盲者也同样失眠。"

"你以为瞎子就不失眠?"他乐了,"你以为瞎子都在做白日梦,不会醒来?"他耳朵忒灵敏,没跟甄妮聊几句,就听出她练过美声,会唱歌。

蚂蚁失眠的原因太复杂,大到国事,小到家事。几个子女非官即商,是他担忧的重要根由之一。他们对他尊重有加,却不太想听他絮叨,最多只是说:老爸放宽心,多保重自己,少操心苍生。他孤独烦闷无聊,渴望陪伴和纾解。

历练一些日子后,舒那茜推荐甄妮去"意圆心理咨询中心"做实习催眠师。老板杨诉欣赏甄妮的天赋,说她即兴编写的催眠脚本灵气十足:"做催眠师有点屈才,我看你适合教学。今后你负责培训部吧。"他许诺实习半年后,让甄妮做主任助理,待遇跟副主任一样,底薪加提成。

然而,甄妮不久就离开了。起因是一产后抑郁病人治疗结束时,杨诉为安慰对方,开了个带色情意味的玩笑。甄妮脸一红,即刻向产妇道歉。杨诉觉得她小题大做,坏笑着又做了个暧昧表情,甄妮立马翻了脸。

"离离"开张时,杨诉托人送来她应拿的报酬和一幅书法,是装裱好的隶书"静水深流",被挂在了客厅左墙上。右边墙上挂着舒那茜的十字绣,蓝底白字"催眠改变你"。办公桌后有齐越的涂鸦"身体里有个仙境"。王修送来的镶红木落地镜,摆在进门的玄关位置。

工作室名"离离",寓离苦得乐之意,租住在象白路一栋临江的民居里。

客厅是主接待室,右边带阳台的次卧是书房,左边的主卧是催眠治疗室。透过客厅的落地玻璃门,隐约可见对岸云母山上的绿树岚气。

2

"离离"接待的第一个咨客是"蚂蚁"。

遮光窗帘拉上了,可变色的顶灯和床头台灯形成的光效,让柞木圈椅、棕垫沙发床和书桌显得似真非真。柔和的浅蓝色墙壁,干干净净没有任何饰品。

老人端坐在另一张靠椅上,面向小书桌和南墙,背对几步外的北窗。

"我们开始吧。"甄妮坐在柱形皮质软凳上,膝头摊开记事本,"现在,您坐在我旁边,一个安静安全的地方。"

"请站起来,舒展下你的身体。"感觉老人有点僵直,她将您改为了你。

"很好。请坐下,轻轻闭上眼。眼睛一闭上,你的身体就放松了。深吸一口气,再慢慢呼出来。尽量拉长呼气吸气的时间,专注自己的呼吸,你会觉得非常安静,非常舒服,非常松弛。"

甄妮耐心地引导老人:"请专注你的膝盖,放松关节。放松你的小腿,放松你的脚踝和脚掌。把你感受到的松弛舒服,尽量延伸到你的臀部、腰部和胸背……一点点放松,从脚趾到头顶再到四肢。"

调息间隙,老人身体松懈下来。如此重复引导,患者会完全放松,注意力也逐渐集中。随着身心驯顺,老人呼吸越来越自如,潜意识开始释放积压的焦虑——

"我家老五,她……她被铐起来了,我看见了她手腕的瘀血……"

"啊,是真的吗?什么时候的事?她现在在哪里?"

"是在梦里……梦里。这样的噩梦,我做过好几次了。昨天夜里我又梦到了——她头发乱蓬蓬的,手腕青紫,很害怕的样子。"

"没事的,请放宽心。别太在意了,要知道这只是梦境,做梦而已……"

"不不不。你不知道的,自从她做了换肝手术,这两年里,我老做噩梦。那是个年轻人的肝,手术以后,她还长高了两厘米呢。"

甄妮有点失语。她毕竟经验有限,不确定该继续还是终止这话头,这涉及个人隐私。甄妮只是模糊记得,他女儿好像是某上市公司高管。

"大前年春节,有个从港务系统离职的老部下来看我,说买了条千吨货轮跑运输,语带炫耀。我当时说了句,行事多想想,该做不该做的,心中要有数。没想到去年六月,他竟然行船途中遇上暴风雨,不幸船毁人亡……"

"这有点……神奇了。说到梦和现实,它们有交集也有界线吧?从生理学角度看,所谓梦,不过是意识脑对大脑神经脉冲现象的误读,是幻象而非现实……"

"世界是一个复杂巨系统，科学很难解释一切。"

"这点我同意，人心人性其实也一样。"

"人心深不可测，犹如那个叫黑洞的天体，它会自动吸积一切信息，直到不堪重负的某个临界点。然后可能会通过辐射或蒸发，来缓解自身压力……"

"所以，"甄妮说，"所以每个人，都有宣泄释放表达的需求——"

"所以我说出了我的噩梦，还有各种傻话，否则我内心的黑洞，会发生危险的爆炸。请别笑话这只老蚂蚁，没准儿将来的某一天，你会说，他还真像一位来自未来的智者。"

甄妮让起身的老人重新坐下："我们还没结束呢，还有个唤醒的程序。"

"我感觉已经清醒了。甄妮老师，给我办张卡吧，先试三个疗程。每周一和周三上午，我会准时过来。"

3

首个疗程没做完，蚂蚁就离开壹江去了北京。有说他女儿的肝出现了排异反应，也有说她违规贷款出了事。

甄妮把周三时间调给了一对孪生姐妹。

姐姐朵朵，妹妹闪闪，都在市三中就读。两人从小习舞，体态容貌出众，不料因过度节食导致厌食，进而造成体重下降，月经紊乱，严重营养不良。母亲于是听从建议，挂了舒那茜的心理门诊。

舒那茜先测试妹妹。让她闭眼,想象自己的胳膊像一段沉重僵硬的木头,根本无力抬起。话音刚落,鬼精灵的小姑娘就高举双臂,旋身做了个舞蹈动作。姐姐则故意装傻:叫她做啥都配合,可一转身就做鬼脸,以回应搞怪的妹妹。

第二次诊疗时她们不再对抗,而是反过来劝"舒医师"帮母亲减肥——她的体重超过姐妹俩体重之和。"我们有肥胖恐惧症。真的。"妹妹郑重地说。

"妈妈的减重,下一步再说好吗?她是成功的老板,身家几千万,还有两个漂亮女儿。她并不需要去艺考啊。"舒那茜说。

"但我们觉得丢脸。有同学说,她肚子里还有一对双胞胎。"

"最烦的是,说她像个提款机。"姐姐补充道。

为了应付母亲,她俩取乐似的敷衍了一个疗程。

把这对顽皮姐妹转到离离,舒那茜带有考验甄妮之意,没想到仨人特别投缘。朵朵喜欢甄妮的体态眼神,说她端坐引导时,形体堪比舞蹈老师;闪闪则对甄妮的语音入迷,在声闻中察觉身心的快乐觉醒。因矫正效果明显,第二个疗程结束时,母亲为表示感谢,特意邀请甄妮、舒那茜去自家酒店品尝粤菜。

宴席快结束时,王修突然打来电话,要舒那茜立刻去他姨妈家,那茜不明就里:"我跟甄妮正在外面吃饭呢。"

"那就一起来吧。我姨妈又犯病了,小保姆吓得不轻。"王修心慌慌地说。

她俩先一步赶拢目的地，王修还驾车在途中。

"今天有什么事发生吗？"舒那茜问。

"没有啊。上午廖老师还给人看相来着。"小保姆声带哭腔。轮椅里的廖懿容努力抬了下眼皮，想看清周围的人，但抽搐的脸让她的意愿难以达成。

舒那茜弯腰凑近她："廖阿姨，我是小舒，舒那茜。"

王修进来了。他蹲下身，握住病人的手："姨妈，姨妈！"

"看着我，廖阿姨。来，调好你的呼吸，专心听我的声音。开始。来一次深——呼——吸，嗯，很好，再来。"

病人的体颤平缓了一点，五官归位，可眼皮仍然耷拉着。她抿起嘴，按舒那茜的指令调整呼吸。

保姆吁了口气："咋办啊，要不要送婆婆去医院？"其实前任保姆早已告诉过她，主人这病连医院也没辙，只能熬，熬过去就好了。

王修正想开口，忽见姨妈挺直身子，双臂翅膀样伸展，头发炸毛般直立，腿脚使不上劲儿，唯有尽力将重心坠在座位上，否则整个人像是会飘升起来。

舒那茜俯下身。左手按住患者眉心，右手五指分别叉开，循太阳穴、耳轮、肩臂、手腕一路往下轻抚——

"请留意我的手指，想象大脑里的高热被它牵引，循经络血管流散到全身。随着热能的消解分化，你会感到舒适轻松，身心重归有序，神清气爽……"

病人望向她，咧开嘴想漾出点笑意，脑袋却呼啦圈似的开始旋扭。

"刚才可不像这样，"小保姆说，"刚才只是抽筋儿，触了电似的。"

这症状表现，王修以前也没见过。

廖姨的身体由无力改为亢奋，刚归位的五官收缩着，神情极度惊骇。

舒那茜转到廖姨身后，用手拢住她的头，轻柔地安抚着"没关系，没关系的，你很快就会放松下来，恢复到本来的状态。"

对方给出的回应是舞蹈，飞速的舞蹈。

这是自洽的舞蹈：目光烁烁闪亮，头发如箭镞一根根竖起，全身触电般猛烈地震颤，从肢体到眼神都适配得恰到好处。

她是在经历怎样的炼狱？从舞姿里，在表情的交替间，甄妮猜测和想象着某些隐秘的所指。

廖姨头颈由旋转改为颠簸，如飞奔向前的赛马，不时昂起头腾空跃栏……

保姆避进了厨房。王修、甄妮退让到餐桌边。

舒那茜换了个方位："请继续保持住你的状态，用心倾听我的声音。来，深长地呼气，呼气时记得放松你的身体，放松你的手脚……你始终能听见我的声音，始终能看见跟我一起。好，非常好。恢复得很好。再来……"

廖姨呼出胸中的浊气，心神不再跑马，剧烈的抖颤放缓。她认出了舒那茜，并伸出一只手。

那茜双手接住，同时轻拍她的手背。

廖姨引擎熄火似的停下来，舔舔干裂的嘴唇。刚触到王修递上的水杯，她忽然被灼伤似的仰头——新一轮更剧烈的抽搐开始了。舒那茜的干预失效，她擦了把脸上的汗水，示意甄妮过来试试。

甄妮移到轮椅后方，双手放置在廖姨肩头，感受着她痉挛的身体及内里的惊涛骇浪——那累积多年的悲苦阴鸷黑暗，如砭骨的冰泉寒气逼人。甄妮搂住老人的肩膊，爱抚着她……直到抖颤的频率降低，支棱的头发也变得服帖。过程中甄妮未发一声，只偶尔用下颌轻蹭她的头顶。

往下廖姨没再发作。她"醉"卧轮椅，口鼻发出憋闷的鼾声。

王修事后才明白，姨妈那天会犯病，还是因为外来的刺激。

早年在武斗中失去丈夫、女儿的廖懿容，老来以"神算"名动壹江官商圈（传其精研《周易》，谙熟紫微斗数、面相手相、八卦六爻、地理风水）。她并不随意应允人上门，所以一卦难求——因酬金高昂，"客户"自然非富即贵。当日一对富商夫妻偕女儿前来求占其学业、婚姻——那个已报考某常春藤名校的小姑娘酷似廖的女儿，更诡异的是相隔二十载的俩女孩儿竟然生于同月同日……

4

王修说，新绿是甄妮的贵人。舒那茜虽跟马新绿互不待见，却不得不承认，新绿卷发下的脑袋的确聪颖过人，"学霸"不是浪得虚名。若非选择了法律专业和律师职业，她早就应该是"成功人士"了。

为了离离的筹办,马新绿跑前跑后,尽心尽力,几乎到了"不务正业"的程度。

舒那茜口气有点酸地说:"咋回事马新绿,你的公平正义呢?全都让位给甄妮啦?"

"我是离离的义工,也想来这儿戒除个人恶习。告诉你吧,我跟律所解约了,想借机休整一段。我已经开始戒烟戒酒。"

《时报》新闻部的于记跟踪过新绿代理的维权案,采写的深度报道却未能见报。因此,当新绿想用《时报》娱乐版的有奖问答活动推广离离工作室时,于记不仅主动引荐,还帮忙推敲完善问题——

1. 壹江最美的是夜景还是失眠的美女?
2. 壹江城有多少盏灯?
3. 你周围有多少失眠的人?
4. 有没有不花钱的美容术?
5. 你看过主角是你自己的电影吗?
6. 谁是壹江最小的失眠者?

……

题目设置以吸引读者参与互动为目的,奖品也很丰富,包括:离离工作室催眠体验券、催眠音乐磁带、壹江夜游船票等,一等奖获得者有机会跟催眠师交流,并免费获得一个催眠疗程。

配合有奖问答,新绿还在《时报》副刊隔期发一两篇推广文章,其中一篇《壹江的灯与影》中有写"河水豆花"的句子:豆花清香白嫩，像浅浅的催眠状态，灵敏而柔软。

这些策划，说不上有多大创意，却也引起了不少读者的关注——当下数量庞大的失眠人群，其中显然埋藏着极大的商机。

除了文宣策划，新绿还同甄妮的助手一道，建起了咨客的病历档案，详尽记载个案病史和疗程诊疗效果。大半年下来，依靠一例例患者（包括舒那茜、杨诉转来的棘手病人）得以治愈或治疗显效所积累的口碑，离离客源稳定扩大，也获得了业界的认可。

新绿向王怡夸口，有信心在几年内把离离打造成知名催眠诊疗中心，甄妮将成为壹江的当红催眠师。

5

舒那茜原打算近期在干休所做一个催眠讲座，通知张布后，时间安排上发生冲突，于是临时改让甄妮主讲。

几天光景，新绿将一个小众催眠讲座，折腾成了一个大型催眠讲演。她雇人在城区机关、企事业单位、街道及写字楼派送小广告，效果显著，还邀请离离的被试者和媒体记者参加。尽管地点改成了小礼堂，但活动当天的座位还是很快坐满，以至过道和台下也挤满了人。

作为在各种场合客串过的业余主持，王修拿起麦克风就进入了状态。一番煽情而不失分寸地推介后，甄妮上台开始了讲演：

"各位朋友下午好。本来是那茜老师的讲座，她因时间冲突没法分身，让我向大家致歉。首先，想了解一下，在座的有多少人有过失眠体验?"

台下听众里女性居多,也有部分中老年男人和小孩,入口处还有六七位坐轮椅的人。

"有过失眠体验的请举手。"甄妮说。

少数人犹疑地举起手。甄妮改口再次问:"失眠的人请举手。"

在座的多半人举起了手。另外,站立的听众、拍照的记者不少人也都举起了手。后排的马新绿也将手举起来。

"第二排的小妹妹,你也失眠吗?手那样举,像是在敬队礼呢。"甄妮看向一个戴眼镜的小姑娘。

小姑娘尖声嫩气地回答:"我失眠。天天都失。"

"那你说说,失眠是怎么回事?"

"失眠就是睡不着觉嘛。我睡不着,妈妈也睡不着。她睡不着,奶奶也睡不着了。"

"有这么厉害?是她们为你睡不着,还是你被她们影响睡不着?你跟谁一起来的呢?"

旁边的胖老头儿嘟囔道:"说颠倒了。主要是她奶奶睡不着,她妈才睡不着。她不过是受了点儿连累。"

"我自己睡不着——"小姑娘立刻反驳,"我从幼儿园就开始失眠了。"

一些人发出哄笑。见自己引起了大家的关注,小姑娘越发来劲儿:"我爷爷也失眠。他失眠时半夜溜到客厅,一个人下象棋。"

"市卫生局公布了调查数据,壹江每十个人中,就有一个人失眠。在全国范围内,这个比例还更高些。不好说这个统计的准确性,我觉得失眠者的数量很难统计,失眠的标准更是众说纷纭。以多长时间为准呢,彻夜无眠还是间断性失眠?入睡难算不算失眠?醒来后再也睡不着,算不算失眠?长期服安眠药的人又怎么归类?曾有患者问我,有从不失眠的人吗?没等我开口,他就自问自答,绝对没有,除非他不吃五谷。

"刚才大多数人都举起了手。我想说,每个人都可能是失眠者。当今的失眠就像流行病,春夏秋冬,天南地北都存在。可它又不同于通常的流行病,那不同之处究竟在哪里呢?"

"七爷子八条心,人人都有本难念的经。"前排一位妇女叹着气说,也许意识到自己不得要领,又补充一句,"各有各的命。各有各的苦。"

甄妮问一位裙装女性:"你为什么失眠?"

"因为儿子吧。他自己也失眠,为高考复读两年了。"

"这位呢——"甄妮指向一位络腮胡子先生。

"我是害怕睡着。噩梦比失眠更要命。"

他右边的男子接茬抢答:"我是害怕失眠,结果越怕越失眠。"

"你呢?"

粗壮的黑衣男夸张地握紧拳头,像在宣誓:"我为我老爹失眠,家母去年过世了。"

"他老爹是失恋,女朋友被人抢走了。"有人帮黑衣男子解释。看得出,他们是一道来的。

"你还抢人家妈呢。"黑衣男子见众人冲他俩笑,脸上有点挂不住,"本来就没问头嘛,各有各的病根儿。"

黑衣男还想发挥，一旁的哥们儿兴奋起来，开始拿他和他的爹打趣。情和色是苦乐的源头，也是苦乐的无底洞，既调节生命也能调节气氛。一时间，场内漾起戏谑的欢快气氛，人们左顾右盼，为自己和别人的机巧急智乐开了怀。

甄妮微笑着凑近麦克风："失眠者的比例确实惊人。那么催眠呢？谁愿意回答我，催眠是什么？"

一位蓄蘑菇发型、脸上皱纹很深的妇女迟缓地起身。她反应慢一拍，还停留在前一个话题："失眠么，失眠就是你，进了自己的地狱……就是你睁着眼，看着那刀子，一刀一刀，慢慢剐你。"话毕，打了个大大的寒噤。

答串题了，同伴本想碰下她的肩，不料被她的情状感染，反而做了个避让动作。这就像药引，触发了一众挨过大刀小刀钝刀快刀者的痛楚。一长发女刚才还在跟后排人开玩笑，这会儿竟毫不矜持地哭出声来——不知是为隐秘的刀伤哭，还是为挨刀的原因哭。哭声又引来了左邻右座的伤心。待蘑菇头女人回过神大放悲声时，一些男性也用纸巾擤起了鼻子。

"失眠着实让人痛苦。可以说，失眠是痛苦的并发症。有来访者对我说，没尝过失眠的滋味就等于没尝过生活的滋味。坦率地讲，我也有过很严重的失眠。通宵无眠的痛苦，真的超过现实中任何一种酷刑。"甄妮尽量保持语调平稳，但说到"酷刑"两个字时，还是流露出痛苦的神色。

台下的忧伤情绪弥漫开来，原本埋藏于心的忧惧相互传染，整个氛围像极了被无眠笼罩的夜晚。

新绿的心一直揪着。演讲并未按预案进行，甚至连自拟的提纲甄妮也没看一眼，只是像上课似的提些简单问题。新绿不确定她能否掌控接下来的局面。

"有谁愿意说说，你理解的催眠是什么吗？"甄妮继续发问。

"催眠就是催瞌睡，就是哄人睡觉。"一个声音不耐烦地响起，"别尽讲些没用的闲话，有本事就给我们表演下，能不能让哪个失眠的人，当场就睡过去？"这番话马上得到众人的呼应。还有人自作主张地离开座位，打算上台去。

这情形让马新绿更加紧张，也让王修提心吊胆。几年前礼堂刚落成时，干休所请了位著名气功师讲课，结果气功表演砸锅落下笑柄，主办方还因此惹了不小的麻烦。

"演示没问题的，眼见为实嘛。但我还是想先交流一下，什么是催眠。简单地讲，催眠有两大类：一类是人为诱导被试者进入某种近似睡眠的状态，这也是大多数人理解的催眠；另一类更具本质意义的催眠，是在宁静放松的状态中，用语言等方式暗示、激发你的潜意识，从而改变你的认知行为，重塑自我。催眠能否实现预期效果，关键在你能否通过催眠师无条件地信任、肯定自己。因为任何催眠都是自我催眠，需要你真心去听，去信。这个真心，就是我们平时有意无意忽略或隐藏起来的自己。催眠，就是催眠师同你隐藏的真我，即你的潜意识，进行沟通交流……"

马新绿耳朵里断续进入一些术语——知觉、记忆、人际互动、脑波频率、催眠感受性……以及不太连贯的句子：意识状态并不能很好地接受暗示……潜意识接受暗示并使之成为现实……学习催眠将成为生命历程中最有意义的事……

当甄妮答应听众的要求,准备现场表演催眠时,新绿赶紧去后台同王修商量。王修觉得小礼堂人多嘈杂,现场表演有风险,建议取消这个即兴环节,由他上台解释。

不料最早出风头的小姑娘已被怂恿上台,一起的还有个虚胖男子和一位中年妇女。

"好吧。我先引导他们放松入静。大家都体会下,催眠过程中的感觉。"

几个人高低错落站在台上。甄妮手持无线话筒上前来,开始向他们低语。

小姑娘最有悟性,她专注地望着甄妮,不时点头;中年妇女神情木然,嘴唇微微张合;虚胖男仰起大脑袋,有点不知所措的感觉。几分钟后,三人都蹲下来,而后坐在地板上,头脸埋进了双手环抱的膝头。

甄妮返回座位:"这三位朋友接受暗示,进入了催眠状态。五分钟后,我会去唤醒他们。在这个时段,不管周围有什么动静,他们都不会醒来。"

台下有人嚷嚷,要求用音箱放摇滚乐,看被催眠的人会不会醒来。有人不知从哪里听说甄妮习过舞,恳请她跳一段,试下受试者会否抬起头看。甄妮却讲了个段子,大意是,有家饭馆请催眠师去做醉蛙,客人吃完后听见肚子里有细细的蛙鸣,惊问是怎么回事,催眠师笑答,我不过是按惯例将它们唤醒而已。

有位记者按捺不住,从台下冲到了台上。

甄妮也正好将受试者唤醒。

"你听见阿姨讲的什么了吗？"记者问刚醒来的小姑娘，"我是说，在你醒来之前。"

"我听见了。阿姨说，请慢慢回来，睁开你的眼睛。"

"牛蛙呢？听到那个故事没有？"

"牛蛙在哪里？"

第二天，出乎马新绿的意料，《时报》《晚报》《晨报》《商报》等几家都市报，以及"视点网"文娱版块都大篇幅报道了讲座——从甄妮的演讲、现场互动到后来的催眠教习，文字外还配发了多幅现场照片。连《日报》也发了简讯，不过用词表述较为中性客观，称呼甄妮为"青年催眠师"；《晚报》与《时报》则夸张地称她为"一颗冉冉升起的催眠新星"；《健康周报》干脆把离离工作室的广告语"催眠改变你"用作特写标题。

新绿解嘲一般对甄妮说："谁会料到效果有这么好？"

甄妮笑答："谁让我有这么牛的策划师？"

一个月后，甄妮的名字再度出现在市内多家媒体的文章中。事故突发在海拔近千米的白马山上，一辆运送扶贫物资去乡下的大货车失控跌入了岩谷，正参与市青联志愿者活动的甄妮用辅助器械爬至岩脚，用催眠术唤醒了昏迷的司机。记录此次事故救援的照片，全部由马新绿拍摄提供。

第四章

催眠改变你……

1

每个失眠者都有着不同的呼吸轨迹,那些紊乱失序的曲线,对应着实打实的焦灼、忧惧与痛苦。

失眠不是病,睡不着真要命——这金句来自大美人登雅(她自称是仿某牙医广告)。"我吃下的安眠药加起来,可以毒死一头大象,或一窝象崽。"登雅扒开秀发,给甄妮看自己的头顶:两个接近分币大小的秃斑像一双失眠之眼。

在舒那茜诊室偶遇那次,甄妮直觉登雅隐痛甚深,是深度失眠患者。长期的"受术"导致她对催眠与药物形成依赖。

每位访客都是不同的个案,改变和重塑的方式因人而异。正是这极富创造性的挑战,吸引甄妮全身心投入。

2

登雅的热情率真赢得了甄妮的信任。新绿对她的熟不拘礼却有些不以为然。

新绿跟登雅认识很早。两人同在金源大厦上班,不免会在电梯间或某个社交场合相遇。登雅先后在中外合资企业、民营基金公司做过财会、公关和HR。有次两人赴同一个饭局,自带的酒喝光了,有不识趣的人还嚷嚷着拿酒来。做东的朋友面露难色,登雅不知排解还推波助澜,新绿觉得她豪爽率性却失之粗疏。

登雅的分寸感确实不够。有时她会当着新绿面向甄妮大曝自己的隐私,这似乎成了她表达亲密的慷慨赠礼。某次她顺口说,十三岁那年生日,母亲答应给她买一双红皮鞋,结果只得到个有红高跟鞋配饰的钥匙扣。她把那玩意儿扔出窗外,伤心到天亮。第二天上街卖掉长发,自己去商场买了一双。

不等别人插话,她又说起母亲自杀时,让她最心痛的是那一口牙,那么美的牙齿一下子就没用了。还有头发,母亲的发质跟她一样黑亮油润。脾气暴躁的母亲意识不到自己的美,其实她很会穿衣打扮。

甄妮赞美登雅遗传了母亲的美丽。

她哈哈一笑:我遗传了她对金钱的痴迷。

登雅从不掩饰对金钱的看重:"失眠是啥?失眠就是钱来钱去,焦虑恐惧。"甚至扬言会为钱亡命,"你们记住,如果哪天听说我在壹江上跳桥了,不会有别的原因,一定是为钱。"

登雅在离离的治疗效果不好说,新绿认定她不是来治疗而是来社交。她引荐了五花八门的咨客:富豪保镖、文物倒卖者、古钱币收藏家、私募基金操盘手、官员的太太……其中不乏患有离婚综合征、中彩综合征、怕死综合征等心理疾病的可怜人。

新绿告诫她:"离离不缺客户,正常的预约已排到两个月后,甄妮不可能分身接待,你就不要添乱了。"

她无视新绿的劝阻,仍然用软糯的口音没心没肺地回答:"话不能这样讲,救人一眠,胜造七级浮屠。"

登雅的笑容明净开朗,待人如孩子般友善。她热爱烹饪,过几天就会带来美食跟甄妮、新绿分享。

对自己的厨艺,登雅并没有特别的感觉,但胃口出奇得好:"我靠的就是好胃口。睡眠这么差劲儿,要不是能吃,早就玩完了。"

有时遇上加班,甄妮坚拒喝酒,登雅也不勉强,但要甄妮以饮料代酒碰下杯:"朋友一场,不求太多,只希望在离去前,有人陪着吃个饭,别让我孤孤单单空着肚子上路。"

新绿忍不住怼她:"你也真能算计。一杯饮料,就让别人接受生死重托。醒醒吧,到底是啥样的朋友,不是你一厢情愿,自己说了就算数的。"

登雅很认真的样子说:"那由谁说了算,友谊难道还要仲裁公证?大律师,感情只需要对方认可,朋友是哪个层次的,心头不可能没个估量吧?"

甄妮故意杠她:"反应和表达不错,看来都是做律师的料……登雅,你干脆拜新绿为师,去考个律师证得了。"

"没错啊,那么高的情商。谁都搞得定。"新绿语气冷冷的。

"哪来的情商,我连睡商都没有。因为睡商是零,所以才会胡乱说。"

新绿明显不悦，总算让登雅察觉自己口无遮拦。她的道歉也很孩子气，就是送给新绿昂贵的礼物，那分量太重，太不得体。新绿先后退还了她送的名表、钻石吊坠、奢侈品包，只收下那条豹纹连衣裙。裙子实在好看又合体，就像是量身定制的。登雅也不以被拒为意，过几天又照送不误，大有收不收在你，送不送在我的气概。甄妮也被反复为难，不得已收下一个祖母绿的玉笔筒。

一个周末，三人去滨江路"天天渔港"吃海鲜。席间，登雅突然问甄妮："有没有兴趣炒炒股票？有兴趣我给你推荐一支，现在买进绝对大赚。"

"哎，连小孩都知道，A股就一万人坑，牛短熊长。你忽悠甄妮跳坑，安的啥心啊？"新绿脸色不大好看。

"我能安啥心？安的让朋友发财的心。你不懂投资，就别随口乱讲了。"登雅一边应答，一边有滋有味地嚼清蒸花蟹里的蟹黄。

"我不买股票，并不表明不关注……这股市都熊几年了，谁进谁套。眼下都没人好意思提炒股，否则等于承认智商有欠缺。"新绿刻薄起来也够呛的。

"你这是情绪宣泄，没有一点专业技术含量。"登雅并不生气，"我承认股市很烂，但个股行情还是有的，不然怎么叫投机市呢？"

登雅没有详说的是，某药企已在亏损微利间徘徊多年，最近正酝酿重大重组事宜，可能引进的大股东，是一家有国内顶尖高校背景的生物制药公司。这是从该企业管理层得到的信息，她前几天已部分建仓，还想筹资继续买进。

新绿曾疑惑地问甄妮："登雅这么难搞,你是咋得到她认可的?"

甄妮想了想："也许是她喜新厌旧吧?她对那茜的方式太熟悉以致无感,而她的呼吸涩滑无序很难调适,这么说吧,她的潜意识已经很难被显意识影响了。我试过不同的方法,效果都不怎么样——她思维活跃却散乱,注意力没法保持住。后来我放开闲聊,这时一旦涉及个别她感兴趣的话题,比如股市,专注力就回来了。这时再让她情绪稳定下来,就能诱入催眠状态,对接下来的建议,她基本上照单全收。如果她某夜小睡了一觉,早上醒来就会打电话报喜,就像在股市买到个涨停板似的。"

3

新绿不高兴登雅带人加塞,甄妮却不介意:"将心比心吧,我尝够了失眠的味道。住王怡屋里时,天天晚上听的士和电梯声——引擎声撞得耳道生疼,电梯的嗡嗡声就像身体过电。"

新绿新应聘了一家律所,忙案子时,登雅会过来帮忙。

一天,登雅带了个患者来离离。

那人浅浅的五官,手小而白,秃顶像一块璞玉。他的自我介绍有点特别:"我是老貂,貂蝉的貂。大家都这样叫。"

"实际上是刁德一的刁。"登雅从旁打趣。

老貂一坐下,就暴露了他的嶙峋紧张:肩和膝盖在质地很好的便装里支棱着,面部顽石样生硬。还不到退休年龄的他,看上去已显衰颓。他做过处长、主任、总经理、董事长，每换一次头衔，头皮就出让一小块。在买下第一件玉器（一头婴儿大小的翡翠牛）时，他脑袋上还有三分之二的发量，到四层别墅及地下室都塞满淘来的玉器时，头顶就只剩下一圈黑白相间的软发了。

"你知道我那些宝贝，值多少吗？"催眠测试时，他突兀地问。

"可能值半个壹江城吧？登雅说，你的太阳王玉石就价值连城。"

"值我全部的头发和睡眠。你不知道，我以前的头发有多密实。"他摸了下后脑勺，"我以前的头发，跟乌一样黑。乌黑的头发。"

甄妮笑了："乌黑的头发。"

老貂也笑起来。灯光下他的笑容蛮温和的，牙齿如粒粒碎玉。老貂并不刁，反而有几分顽皮童真。为了对付失眠，他一度沉浸于盘点亲近过的女子，回味其中的苦辣酸甜。那些来而复去的女子是他的另类宝藏。不过对她们，他从没有准确的数字。后来他迷醉于清点玉器：不是随意默数，而是白纸黑字记录在案。他拿着纸质记事本，从这层楼到那层楼，从这间屋到那间屋，从这个柜子到那个柜子，发现错漏又从头再来。反复折腾耗尽心力，可极度的疲惫仍未让他成功入睡，带来的慰藉仅在于——那些玉石待在详尽数据和确定的位置上，没一个错位也没一个丢失，不同于那些似真似幻的女人。

来自远古年代的石头宝贝让他操碎了心。他并不在乎亲友的嘲笑和疏远，只担心死后再无人识得它们的价值；同时又疑心世人都盼自己死去，好将那些宝贝的价格恶炒到天上去。

也许是背景音乐里雨滴的安谧,也许是甄妮的耐心聆听,老貂的述说并无惯常的焦虑,反而带着旁观者的冷静。甄妮趁机提起了那只翡翠牛——在他的描绘里,卧牛酷似梦中婴儿,质地晶莹甚少杂质。从鼻翼处稍深的色泽开始,甄妮示意老貂想象牛犊畅达绵长的鼻息,同时体会自己的呼吸:

"牛儿想睡就能睡着,这能力我们也有。睡眠不过是自发的、无执无想的静息状态,不过是均匀的自然呼吸。只要调整好呼吸,慢慢地呼,轻轻地吸,慢慢地呼,轻轻地吸……这样周而复始,你就会变得松弛平和。自然的呼吸,会将你一点点带入睡眠。往下你会很放松很舒服,很放松很舒服,直到我把你唤醒。嗯,很好,今后任何时候,只要你正确呼吸,身心放松,就能够自我催眠,顺顺利利地入睡。"

老貂真的睡着了。甄妮走进书房,对正在上网看财经要闻的登雅说:"他睡着了。"

"再加指令,"登雅说,"让他多睡会儿。我俩出去吃晚饭?"

甄妮摇了摇头。

登雅独自上街溜达了一圈,回来时老貂的催眠刚好结束。其间老貂被唤醒过,不过并未真的醒来,而是再度进入更深的催眠状态。迷瞪中他又开始念叨那些宝贝,说它们的价值终会被人识得,华夏文明史将改写为八千年甚至一万年。唯恐听者疑心,他夸张地伸出拇指和食指:"真有八千年呢,你信还是不信?"

甄妮点头:"我愿意相信。"

4

"五一"长假后的第二天,登雅突然给甄妮来电,说她的前同事爬上金源大厦顶楼不肯下来,状态很不好,希望甄妮能尽快去安抚一下。甄妮急问她在哪儿,登雅答自己在世纪新都,跟轻生者隔街相望。

陪在甄妮身边的新绿一把夺过手机:"登雅,甄妮没三头六臂,哪能事事都找她?快打110啊。我这就给胜利路派出所马所长打电话,请他们出警救人。"

"我已经报过警。可救人得先救心,这点甄妮肯定比警察强……"

"都半下午了,她今天忙得停不下来,午饭都还没吃呢……"

"求你了,这人……原来在私募基金公司操盘,现在代人理财,重仓股的公司财务造假被立案调查,股价大幅暴挫,几千万融资盘爆仓。感觉他这会儿,是完全崩溃了……"电话里登雅放声大哭。

甄妮拿回手机:"冷静点,我们马上过来,尽量先喊话稳住他……"信号突然中断,再拨过去,忙音。

的士急驶,甄妮脑子里复演出登雅的片断人生:从小家庭关系紧张,生母自杀前常年酗酒、沉迷赌博,跟父亲吵架是家常便饭……登雅因此痛恨并诅咒她。然而当母亲真的离世,登雅生命中又留下一道永难消弭的伤口。她一直不敢面对过往的某些记忆,不敢面对真实的自己,缺乏安全感,害怕贫困,害怕孤独,对积攒钱财有一种近乎病态的狂热。

见甄妮出神，新绿开始拨打登雅的手机，但总是忙音。眼前就是世纪新都广场，登雅总算回电话了，只是声音有气无力，完全没了先前的十万火急——

"别过来了，警察把人救下来了，他家人也在。你们回去吧，真是万幸。我也没事，太麻烦你们了。"

登雅独自一人，呆坐在金源大厦右侧的阶梯上，脸色晦暗无光。见甄妮和新绿出现，只是抬起手，无力地挥了挥。

回到离离工作室，三人将就吃了点中午的剩饭菜，情绪都有些低落。缓过劲儿来的登雅，盘坐在客厅沙发里低声哭泣，新绿在旁边安抚着她。

努力镇定下自己，甄妮打起精神，开始为登雅调理情绪……一首满族音乐《摇篮曲》在室内柔和地循环，登雅慢慢止住了抽泣，身心变得松弛安静。在她快要入睡的当儿，新绿从书房抱过来一床夏凉薄被。

新绿陪甄妮折腾完工作室的事务，已近凌晨。她心疼累了一天的甄妮，离开时要她多睡晚起，不料第二天自己一早过来时，发现甄妮正在厨房用平底锅煎鸡蛋。

"真是工蜂命哎，不是说好了睡个懒觉吗？"新绿嗔道。

"今儿中午，是王志儿子的百日宴，怎么着我也得早点去啊。"

5

又是"大河鱼庄"。

王志为儿子举办百日宴，甄妮是特邀的贵宾。

登上四楼时，蔡红英迎上来，夸张地双手合十。正是经她游说，王志妻子许佳接受了甄妮的保胎催眠，并顺利生下儿子王皓天。王婆婆喜不自胜，逢人便讲甄妮是她家的送子观音。

来致贺的客人不少：除了亲友和群星楼的邻居，许佳工作的银行同事和客户，王志供职的国资委和下挂企业的同事朋友都来了。四楼的大厅挤得满满当当。

王修和在电视台工作的沈妍丁担任主持。

宴会开始，王婆婆督促全家四口一起，向大家鞠躬致谢。沈妍丁适时把话筒伸过去，要她说几句，但婆婆一时不知说啥，无措地从许佳手里夺过婴孩，失态地抱紧，仿佛有谁要抢走她的心头肉似的，结果弄得小孩哇哇大哭。许佳啼笑皆非，她尴尬地接过王志手上准备送给甄妮的锦旗，示意丈夫把老人和哭闹的孩子带到后台去。

王修趁机展开锦旗，上面有两个金色的隶书大字：妙语。王修对许佳说："请解释一下，这上面的'妙语'有何寓意？怎么理解？"

许佳由衷地说："感谢甄妮，感谢离离工作室带给我家的幸福欢乐。王志家三代单传，我们这个孩子承载的分量太重了。我在银行，从营业员做到部门经理，经手的钱全加起来，也买不到这个宝贝儿！"

掌声中，王修点醒她："妙语，是美妙的话语吗？"

"就是美好吉祥的言语，是祈祷、劝慰和祝福。我的习惯性流产是全家的噩梦，好多次我都想放弃了，打算领养一个孩子。这次又怀上宝宝时，我忧喜参半，是甄妮给了我信心和力量。可以说，没有甄妮，就没有我的儿子王皓天。"

"甄妮。让我们请出甄妮！美妙吉祥的甄妮，请上来接受锦旗，再说几句妙语，把欢乐幸福送给在座的人！"王修有点煽情地说。

甄妮被蔡红英和陈姨半劝半哄推上了台。

接受了王修和许佳的拥抱，甄妮有点羞涩地接过锦旗。

许佳噙住眼泪说："多谢你，甄妮，你是我和王志的恩人！"

"说几句吧，甄妮，请给我们来几句妙语！"王修递过去话筒。

"刚才，你们给了我过高的抬爱，我知道自己的能力其实很有限。作为母亲，许佳很了不起。她发挥了自己非凡的勇气和潜能。我也想在这里感谢舒那茜，是她引导了我，让我学习催眠。"面对热情的掌声，甄妮深鞠了一躬。

许佳续上话头："有朋友甚至是从医的朋友，向我询问甄妮的秘密。说实话，这里面没什么超常的魔力，她只是让我相信，我一定能拥有这个孩子。我因为相信她，然后也相信了自己。"

"甄妮父母也来到了现场，请允许我向他们致敬！有甄妮这样的女儿，是二老的骄傲！有请甄伯伯和伯母——"沈妍丁做了个请的手势。

这有点出人意料。甄则光一再摇手，舒文低头忸怩着。待二人上台，王志也携家人再次出现。全家人再三鞠躬致谢。若非甄妮眼疾手快，王婆婆的头就要叩到地板上了。

蔡红英举着酒杯，开心地问卢老师："甄妮是您学生中最棒的，对不？"

卢老师笑道："是啊，他们都挺棒的。还有那茜、王修、齐越、王志。"

一旁的甄则光听了连忙说："那茜是师傅。甄妮学催眠，开工作室，她都是功臣。"

蔡红英说："青出于蓝嘛。他们几个都是我看着长大的，而今一个比一个出息。"

那茜摇晃着栗色卷发，正给甄则光翻看齐越相机里的照片——王修和甄妮在台上的同框，一对俊男靓女。

后来，很多人在有线台的育儿节目里看到许佳诠释"妙语"的画面，快乐幸福将她的裙子和声音都撑得丰满动人。

第五章

以心见心

1

夜半暴风雨,甄妮起身,把雷雨声都关在了窗外。

雾白如拉萨的云朵。无船无桨,是云朵把她和滋滋带到了江心。她深吸一口气,几条大大的黑鲤显现在浪波中,恍如积雪融化后的山脊。她牵着滋滋的手,两人开心笑着,赤足行走在水雾中……

半睡半醒的甄妮,再一次睡去……这次的背景是蓝天雪山,她和滋滋奔跑在羊卓雍措湖畔,湖面浩大,空气湿润而稀薄……

难得的好梦,醒来后的甄妮又做了几分钟自我催眠。她要在新的一天开始之际,呵护好愉悦的状态并持续下去。

早餐时,她记起今天是跟滋滋第一次喝酥油茶的日子。她俩有太多的纪念日:相识纪念日、远足纪念日、住庙纪念日、脱恨纪念日、发愿纪念日、辟谷纪念日等。滋滋喜欢有仪式感的生活,那几年,每逢生日,滋滋必给她发生日卡或祝福短信。

喜悦里蕴含着真实的能量。早餐虽然简单,一碟榨菜,半只咸鸭蛋，一碗绿豆粥……但甄妮却感到思维清晰，精力充沛。

2

学长王修上午来访。

他是新绿的高中同桌。当时全班二十一个女生，但大家都说有二十一点五个，那半个指的就是王修。他不太受同学们待见，唯有新绿对他友好。王修是失独的姨妈抚养大的，接受了她对早夭女儿全部的爱——进壹江最好的学校，课外学书法、舞蹈……他学习用功，对长辈孝顺体恤，属于典型的"好孩子"。

正因为如此，王修被同学们认为"太娘"，缺乏男人的阳刚。但恰恰是这种温和细密的脾性，使得他在仕途上顺风顺水，在干休所没两年就成了"王科"，不久前又升迁为副所长。

王修多才多艺，书法和运动是他调节身心的放松方式。每周他都会约朋友去体育馆打一两小时乒乓球，可最近不知怎么出现了幻视，老把单打当作双打，把一个球看成两个。

不只是视力，听力也出了问题：乒乓球的弹跳声，在耳朵里日夜响个不休。去附院检查，各项指标都"未见异常"，齐越建议他去咨询下舒那茜或甄妮。

王修神情倦怠，不时掩嘴打哈欠，对甄妮的询问每每答非所问。意识到这点后，他失血的脸颊上泛起一抹潮红。

催眠室里，两个人似乎在漫无目的地闲聊。等完全放松后，甄妮拿起桌上的翡翠笔筒问道："这两个玩意儿，登雅说是千年文物，你信吗？"

王修看看笔筒，又看向甄妮："只有一个呀，哪来的两个？"

甄妮笑一笑，抛出问题核心："你是不是害怕变动，想一直待在原地？"

王修明白她说的是调市局宣传处的事，但嘴上却说："没有啊。那又不是什么坏事。"

"潜意识不愿意，幻视就来配合。潜意识是你的仆人，总是配合你的意愿和身体。你是不是觉得，去一个新环境履职，不确定性太大，甚至得不偿失？"

"有得就有失。"

"得到的像乒乓球，失去的或许像篮球？"

王修沉默了。之后望着袖珍玉器苦笑："失去的比篮球更大。"他抽出笔筒里的笔，"夜里躺在床上，我闭上眼，想象在球台上挥拍。你知道我抽打、推挡，对抗的是谁？"

甄妮期待地望着他。

"猜一猜，点名要我的是谁？"

甄妮莞尔："一个家有千金，急于求婿的人？"

"局里新调来的头儿，分管宣教。这人典型的'三高'，体重超标，却鸟兽蛇鼠驼峰癫蛤蟆无所不吃，而且口味苛刻刁钻，周围多数人都很怵他。别看他身高体胖，却喜欢运动，还喜欢书法甚至跳舞……"说到这儿，他挥手在空中一劈，像在抽打一个飞得很高的球。

这当然是一个难题。王修茹素，甄妮是知道的。

"我面对的问题是，明知山有虎，还得往那虎山行。"

"谁逼你了？"

"自己呗。如果怯场，我以往的兢兢业业忍辱负重，就可能前功尽弃。"

"除了仕途，难道就没有别的路好走？"

"难道还有更好的？哪来比这更实惠、体面、便捷的路？"

"好吧。那你就把这个，当成是一场修行。"

王修沉默良久，点了点头。

中午没时间休息，甄妮也没感到困倦。午后连续接待了两个患者。

先是一位出柜的男生，因不堪压力而绝食。起初只是为了恫吓父母，父母让步后，男生的胃却继续恋战，厌食加少食。先后五个疗程结束后，他在客厅一气喝光了助理给的果奶，觉得自己声带的疼痛也跟胃痛一起蒸发了。

咨客回馈的疗效和信任，让甄妮快乐且感动。她的直觉判断，催眠时的即兴发挥以及应对问题的准确与妥帖，常常超出咨客乃至自己的想象。

随后的一位咨客有偷窃钥匙的癖好。他把偷来的"赃物"藏到自己也难以想起的地方，夜来失眠便通宵达旦去搜寻那些"赃物"。这行为其实与一次婚外情有关——面对甄妮的探究和暗示，他由抵赖到服软到主动供认。那段荒唐迷人的经历，差不多将他的自尊和家庭摧毁殆尽。他因膺服而信任其引导，甄妮由此找到了打开他秘藏的钥匙。

3

舒那茜不明白,自己近来怎么老爱找碴儿。那天下班后来到离离,她又莫名发脾气:催眠室的灯太暗,用具的摆放也有问题。

甄妮看了看新绿,示意她去另一个房间。

新绿白了那茜一眼,没有吱声。

"这房间的气场,不对。"舒那茜继续表达不满。

"这怎么回事,"新绿说,"好端端的气场,你一进来就变了样。"

舒那茜焦躁地重复:"是啊是啊。好端端的气场,你一进来就变了样!"她从沙发床上撑起身,两只手以胸椎为顶点构成一个微颤的三角形。

甄妮轻拍一下她的肩:"那茜,安静点。你是来做调理,不是来撒气的。"

"我就是来撒气的。我一肚子气,好想找地方撒一撒。"

"分明是一坛子醋吧?我只闻到呛鼻的酸——"新绿扭身走出了房间。

新绿说得不错,那茜醋坛子莫名打翻了,除了碜牙的酸,还有苦和咸……

"那茜,我们都是常人,都难免被情绪左右,不过一切终将过去。我们能做的,是观察自己的身体、感觉,保持觉知。须知当下的心，都非真心，只是随境而生的暂时心……"

"暂时心"是甄妮即兴所造，可"真心"二字刺激了对方："我的真心喂狗了，甄妮。没人识得我的真心，不仅齐越不懂，你也不懂，马新绿更不用说了。在你们眼里，舒那茜就是一阴谋家，自私虚伪，精于算计……"

"不是这样的，那茜。这会儿，你就是脱离了医生角色的普通人，一样需要宣泄。你的职业是倾听、疏解别人的苦痛，那些负面黑暗的情绪，一样会影响到你……"

"这话术演练的……你进步很快，你真的比我有天资，但我更喜欢以前不世故不讨好的你。别忘了，是我引你入门，自律我不如你，读心和催眠却是你师父。因为齐越，你记恨和鄙视我，至今也没有谅解。"

"你说的不全是事实，那茜。我的经验是，不要放任自己的情绪：怒火一上升，痛苦就开始了。你需要好好减压，至少不要主动给自己添堵。"

那茜默念了一声"stop"（停）。为让自我独裁终止，她起身走到窗前，撩开帘子，向混沌的江天呼出一口气。

"对不起——"她揪了下头发，"年年月月，我心头的块垒越积越多，已超出了极限。昨晚有位患者在家自杀未遂，用的是慢慢攒起来的、我给她开的安眠药。她预订的第三个疗程都还没做完呢。上周六，农校学生小陶跳江了，他是个英气的男孩儿，因校暴致残休学在家，一直有轻生倾向。他家父母都下岗了，经济状况很差……我参与团市委组织的公益援助，为他做过几次心理干预。哎，想想这些无助的人，我其实也不算啥了。不说了，咱们重新开始——"

甄妮再次让她放松。进入暗示环节，她又止不住泪流，纸巾用了一张又一张。过了一阵，情绪总算缓过来，最终道了声"谢谢。"

入夜，齐越打来电话，说自己溺水了，怎么用力也浮不上来。

甄妮分辨着对方的环境音："你在哪儿？江边吗？我感觉风好大……"

"好像是幻视，就像王修那样。明天有两台手术，我很担心。"

"赶快回家休息，要不要告诉那茜，让她帮忙请假？需要她来接你吗？"

"我在迷途呢，甄妮。我一直都在迷途。"

"……"

"我真的，很不舒服。你听见了吗？"

"你这是生病了吧，我马上联系那茜。"

"别。我曾经被她催眠，失去了方向。幻视让我恐惧。"

"唉，齐越，你现在到底在哪儿？"

"在江边，木架上搭满了榨菜串。不不，是露天剧场，屋顶全是星星。"

"调匀呼吸，放松你的身体，尽可能保持安静。观察脑海里来往的念头，听我数数的声音。当我从5往下数到0，每说出一个数字，你都会更加专注更加放松。数到0以后，你再睁开眼，就能恢复日常状态了。"

"回不去了。我待在冬天里,甄妮。风吹得人发抖。我好冷。"

"没事的。你太紧张了,按我说的做吧,呼气……"

"不行,我,我快憋死了——是什么压得人喘不过气来?"

"来,深呼吸。想象吸进身体的,是清新的江风;呼气时,想象东流的江水,正一丝丝带走你的伤感、焦虑和忧惧。"

"想象江水会抹去记忆,一切都重新开始?"

"……"

"甄妮……甄,妮。"齐越发出动情的呼喊,声音甜蜜痛楚,让人心悸。

"……"

"甄妮,你听得见我说话吗?这不是水声,是我的心跳。每一声心跳,都是你。"

"你到底在哪里啊,齐越?是在值班室?"

"在梦中。这个噩梦,你从来都看着的。"

4

甄妮左右逢源,如有神助。

来访离离的除了失眠者,还有失眠引起的并发症患者。

新绿最初还觉得错愕,对甄妮的表现将信将疑。有位急性失明的老年盲人来离离就诊,两个疗程后,他一字一顿念出了蜀绣上的行书:催眠改变你。

新绿问老人："您第一次来的时候，视力怎么样？"

"瞎的。"见她疑惑，老人哀叹道，"好端端一家人突然少了两个，别说眼睛，连命都瞎了。"

那天是他生日，一家人在大荣城订好桌，等老伴和小女儿来吃火锅，结果等来的是中巴车坠江家人双双遇难的消息。见新绿无语，老人连连向甄妮拱手："感谢甄老师，让我看见了你。"甄妮说："应该感谢您自己，是您放宽心让您恢复了视力。"

老人的手还悬着，眼睛调皮地眨巴："我还真是要感谢自己，感谢我见到你就相信了你。"

"信就能看见。"这句改编后的甄妮语录，很快上了工作室的墙，又被来访者热传。的确，任何催眠都是自我催眠，其唤醒的是患者的自愈能力，而人体的自愈潜能远超我们的认知。对奇迹的期待与信念本身就是强大的能量，好的催眠就是成功地改变患者的状态，激活并发挥他们的潜能。始料未及的是，催眠师的引导作用，常在患者的口口相传中被夸大甚至神化，甄妮自然也未能幸免。

工作室有时会有不速之客出现，甄妮只好利用午休"群聊"（即所谓集体催眠）。互动交流后，她会吩咐甲数数，乙数息，丙观墙上字，走向窗边的丁未及反应即被她瞬间催眠——"你好好待在舒适的状态里，唤醒后，你劳损的腰肌将不再疼痛。"

回到座位后甄妮提问戊："你能想象他的情形吗？"她指了下窗边的受术者，"请你也闭上眼，想象你就是他，身体像他一样舒适，沐浴着暖洋洋的阳光……"

过程中，患者自动跟随，进入催眠状态。凭借直觉，她会对某访客说："你的头越来越舒适。"又告诉另一访客："你的眼跳消失了，一切正常。"集体唤醒后，有人说偏头痛消失，有人说胸不再闷，有人说嗅觉恢复了。

通过激发患者的灵感与想象力，加上互动感染，一个即兴场景会显出超常的效果。身兼导演、演员和观众，甄妮举重若轻，让旁观的新绿也发出惊叹。

比较而言，离离的优势在于耐心体恤。为了准确定位身与心、意识与潜意识的错位，理出深埋的心结，给出有效指令，甄妮常常会花费超出常规治疗一倍以上的时间跟患者交流。

如何达成最佳的催眠效果？甄妮的体会是以心见心。咨客的共通处在于——因为各种缘由，他们都遭受过不公对待，也自造了不轻的罪孽，却只能将忧惧痛苦压在心底。一经来到这个可以放松身心、宣泄积郁、获得关爱理解的去处，自然会依赖上瘾。在甄妮眼里，"潜意识"并非冷冰冰的概念名词，而是一颗颗鲜活的心。透过这些备受折磨煎熬的人，她看到了自己灵魂的面影。

富商老鑫在诊疗过程中发心忏悔，由此看清和疗救自己。催眠引导之外，他更需要的是倾听和理解。为了感谢甄妮超常的耐心与帮助，他决定为获得超时服务的患者付费。"为劳动付薪就像为良善赋形。"他对助理小雯说。按劳付酬能让患者更珍惜自己的受益，催眠的价值也有必要由此获得肯定。

一天，舒那茜的母亲临时带来一位患者，登雅和那茜刚好也在。助理说有预约访客马上到，那茜一听就脸色难看，说甄妮不能再这样拼命下去，一个下午怎么可以接待这么多人。

"没办法嘛，你不也带人插过队？"登雅快人快语，但立刻意识到自己又犯蠢了，毕竟那茜是自己多年的催眠师，况且同时还冒犯了她的母亲。

"今晚各位有没有空啊？我请吃大餐。"登雅的弥补方式总是那么孩子气。

"什么情况，最近手气回来了？"舒那茜眉毛挑了挑。

"还行吧，我的重仓股连续两涨停。大概是背运到头了，连玩牌都只赢不输。有个做期货的朋友，千挑万选圈了三支票，求我帮他三择一，我就随便点了一个。你猜怎么着？第二天一开盘，那货噌噌噌直往上冲。"

"运气来了神鬼都挡不住，"那茜母亲来了兴致，"怎么这样顺风顺水？我正好跟你相反，今年做啥都不行，一做就错。"

"很简单，就是要放下贪念。"

那茜一撇嘴："这什么套话啊，顶用？"

登雅满脸认真："真话。尽管你以前说过不少，但让我听进去的是甄妮。心气直接相关，心决定你身上的气，气影响呼吸，呼吸决定睡眠。我现在不缺手气，睡眠也就好了，这两方面相辅相成。"

登雅自顾自说了一通，那茜母亲却走心了："都说股市风险大，做实业风险其实也不小，因为人际关系复杂，市场变数太大。"

话出口,才见女儿一脸阴沉。

那茜母女平时各行其是,往还不多。自母亲再婚起,随外婆长大的那茜就同她渐行渐远了。

这场催眠进行得很顺利,结束时预约的访客正好也到了——就是前面提到的老鑫,跟登雅一样,他也曾是那茜的患者。与那茜母女的不期而遇让他有点尴尬,好在他洞察应变力强,马上表示推迟预约,请大家去世纪新都吃饭。登雅拍手赞成,那茜却拒赴饭局,她不满甄妮违反跟患者发生治疗外关系的行规。

"我不是患者,而是甄妮的朋友。"老鑫严肃地说。

舒那茜平静地看着他:"现在该你啦。至于晚饭,不用你来操心。"

5

甄妮开始尝试去理解父亲和继母,并且善待他们的亲友或宿敌。

文化馆的老人赵馆长,曾一度瞧不起甄则光穷清高的做派:还在任时,他曾好意请甄则光为某富豪临写文徵明的小楷《琴赋》(润笔不菲),甄则光却不置可否。赵老馆长也喜欢写写画画,退休后不久却痛失所好——颤抖的手不仅拿不稳笔,甚至拿不稳香烟和筷子。

为了方便与老馆长沟通,甄妮重拾久违的毛笔。催眠疗愈在小书房进行,两人一边闲聊,一边各自挥毫临帖,甄妮不时向老馆长请教。待作业铺满房间空地，催眠也润物无声地煞尾了。一段时间的治疗后，老人用恢复正常的手写了幅颜体给甄妮：催眠改变你。中秋节，老馆长又托人给老甄带了盒燕窝月饼。

6

又到周末，甄妮和新绿去了一趟附院妇产科。新晋的龙凤胎妈妈是眼科宁主任的儿媳，孕期在离离做过几个疗程的催眠。甄妮和新绿走进病房时，产妇娘家一干人正乐呵呵地看电视。

"我想看《催眠改变你》，"新晋妈妈说，"他们不让，说对眼睛不好。月子里就看这一次嘛，下不为例。哈哈，快看那胖阿姨——"

登场的胖阿姨衣着鲜艳，面对广大还在依赖药物对抗失眠的观众，她讲述了自己的疗愈经历。大概意识到自己跑题，于是急中生智说："想让自己睡得好，就去试试催眠吧，胜过吃那些保健品。"

接着镜头转换，对准一个发声细柔的姑娘："……那天我化好妆，穿上喜欢的衣服，不想甄妮老师来电话了。记不起都聊了什么，直到两位救助者上门，我才意识到自己放弃了轻生的念头，因为我迷上了她的声音。"她羞涩地笑起来，眼里闪着泪光，"真的，她的声音太有魔力，比死亡更吸引人。"

随后，一男子坦陈在离离顺走了甄妮的笔，他觉得那支笔像神奇的天线，携带着积极的暗示与祝福。

见甄妮一头雾水，新绿歉疚地说："这是沈妍丁做的催眠节目，之前跟我沟通过，但因为种种原因最后没谈拢，不知为啥后来节目改编成了这个样子。"为避免尴尬，也担心产妇用眼过度，新绿提议关上电视。

产妇的妹妹磨蹭着揿下电视开关，随后灵机一动，摸出个小本要甄妮签名。这举动引发一波效仿：有笔的掏笔，没笔的摸钥匙，还有人抓过甄妮喝的水杯……混乱中，两人拎来的水果被瓜分。一个女子退而求其次，要跟马新绿交换手镯，新绿无奈护住手腕："不行不行，我这是淘的旧货，不值钱。"对方答："镯子不值钱，你朋友可是黄金。"

这时，齐越、舒那茜和助手薛建芹也来了，屋里人太多，只好站在门边。一位老太太找来一支笔，将外甥名字写在掌心，然后摊手伸向甄妮，请求她念出来。

"通通！通通！"甄妮放声朗读，一屋子的人都被逗笑了。老太太笑得尤为开心，经这么一念，那名字似乎跟甄妮有了某种联系。

"甄妮变身巫师了？"舒那茜一瞥闹哄哄的病房，"没人觉得荒唐吗？催眠不是魔术，不是观花跳大神，咋这么神神道道的？"

齐越本想打圆场，话到嘴边却成了："甄妮抱起小孩，真有点母亲范儿。"

"那对孩子是甄妮催眠助产的，甄妮被认作干妈了。"新绿说。

"是吗？"舒那茜乜了齐越一眼，"你不想过一下干爸的瘾？"

"不错啊，我看他配得上。"新绿笑道。

"是吗？你也这样认为？"舒那茜嘴上问新绿，眼却看向齐越。

"当然了，还用说。"新绿故意杠那茜。

一旁的齐越假装什么都没听见，目视前方。舒那茜并未恼羞成怒，她将食指竖在唇边，轻声说："请别吵吵了，这儿是病房。"

第六章

返而复去的新绿

1

转眼就是新年。

元旦那天,新绿约甄妮去崇龛镇——著名"睡仙"陈抟老祖的出生地。据说这位高人得道全靠"睡功",一觉可以睡上三五个月,有《睡经》心法传世。在人均寿命仅三十余岁的年代,"睡仙"从五代活到宋初,享年一百一十八岁,绝对称得上神迹。

甄妮坐上新绿自驾的雪铁龙,为避免打扰,关闭了手机。结果行程尚未过半,新绿的诺基亚手机响了,应了几声后就交给了甄妮。

"那茜说,登雅割腕了,正在附院门诊部抢救,问我能不能赶回去。"甄妮合上手机着急地说。

"既然在抢救,你回去也顶不了啥用啊?"

"你怎么啦,新绿?出了这么大的事,难道不该到场帮衬一下?"新绿的语气让甄妮诧异。

"告诉你我的预感。登雅嘛,肯定是在股市栽大跟斗了。别的不想多说，甄妮，就一句话，你不能借给她钱。"

"这都啥话，还有比生命更珍贵的吗？更何况，登雅是大户，我能拿出来的钱，跟她操作的资金比，完全是杯水车薪。"

"你啊，还是太书生意气，对人性并没有真正的了解。登雅的朋友不止你一个，可对绝望的人来说，一根稻草也会被当成救生圈。炒股堪比赌博啊，一旦惹上身，就是不归路。"

"……也不能说得这样过分吧？"

"我不懂股市，不过有经济学家说过，A股不如赌场，赌场还有起码的规则，不能看对家的底牌。而在股市，因为信息不对称，暗箱操作成常态，你说普通股民能有多大胜算？"

"那总不能，看着她走投无路不管吧？"

新绿苦笑着摇头。

崇兔的朋友是新绿以前合作过且关系一直不错的客户，为了接待她俩，对方头天特意从外地匆匆赶回来，总不能一起放人家鸽子吧？

于是新绿一人前行。甄妮在服务区下车，搭了辆中巴返回主城。午后赶拢医大附院，登雅昏睡在急救室，床边的小护工打着盹儿。入城前跟那茜联系，说问题不大，已经没有生命危险了。

不出新绿所料。登雅重仓的重组股横盘阴跌数月，不少资金被逼割肉出局，她也为避险将仓位减半。上月初该股突然启动，不到两个交易周急涨百分之四十，媒体股评一哄而上，小道消息满天飞，传翻倍、重组行情即将展开。情急之下，登雅融资高杠杆追入，次日上市公司申请停牌核查。两天后辟谣复牌，股票连续一字跌停,登雅跟几家大户的账户被强平……

乡下气候寒凉,新绿回来就病了,由发烧咳嗽发展到急性肺炎。

"新绿的肺,感觉不大好啊?"甄妮把拍片结果拿给舒那茜看。

"还用说吗?那肺发嗲邀宠呢。"那茜没有好声气。

甄妮抽时间陪侍新绿,到她痊愈时,春节已临近了。

腊月二十六,新绿跟两位助手一道,将离离收到的年货帮甄妮作了清理:装一箱腊肉、香肠及滋补保健品给甄妮父母,留了些茶叶、奶粉、咖啡之类的饮品在工作室。还有杂七杂八一大堆,给舒那茜、王修、王怡、陈姨、卢老师、蔡姨、房东王圆菊等人各打包一份。新绿自己拿了条羊绒披肩,打算去北京给住在二哥家的母亲——她已订好腊月二十九的机票。

甄妮则备了一个大红包(存有八万元钱的银行卡)给新绿。离离的创设发展,新绿可以说是全情投入,却拒领任何薪酬。

礼物中还有些不大好处理的物品。比如,来自印度的两只小叶紫檀木茶叶罐,罐体是少见的梨状,新绿问王修觉得像啥,他回:"你说它像什么,它就不像什么;你说它不像什么,它就像什么。"

腊月二十七,壹江市政府官网,刊发甄妮以青年个体创业者代表身份参加市政府团拜会的新闻。有领导接见的照片——市长握着甄妮的手开怀地笑着,看上去和气又亲民。

腊月二十八,甄妮在电话里答应父亲回家吃年夜饭,跟新绿一道。一旁的舒文大喜过望，但马新绿的名字又让她沉下脸来。她急迫地打着哑语，示意老甄推掉新绿，但老甄假装不明白，语气热切如一。

过年团聚，舒文一开始还是配合的，闲话客套话说个不休。几个人吃水果零食，饭桌上大家相互布菜，一时间气氛很温馨。最后甄则光端上自己的拿手锅巴饭，给女儿和新绿各盛了一碗。

两人被零食水果撑得半饱，上桌又吃了不少酒菜，对米饭颇觉为难。酒精上头的老甄毫无知觉，一根筋地劝用那雪白连金黄的锅巴饭，让你觉得不吃就对不起主人的盛情。新绿深吸一口气，提起精神扒饭，待饭碗见底，她已有点哽噎。

"哎，你看你……"甄妮放下筷子，轻拍她后背。

"别——急，别急。慢慢吃。"老甄还自以为是。

"人家是咋回事，你看在眼里就行了。"舒文说。

"什么话？"老甄正在兴头上，"来，我再敬两位姑娘一杯。"

三个杯子碰到了一起，舒文却在一旁愣神。

三人尴尬地喝完杯中酒，不再言语。

这时，舒文突然离座弯腰，给马新绿鞠了一躬："求你，我和甄叔都求求你，劝劝甄妮吧。都老大不小的，各自都到了成家的年纪，再耽误不起了。"

"说些啥啊？"甄则光冷汗嗖地冒出。抬眼看，俩姑娘面无表情。

"女人的好时光，就那么几年。我来甄家时，比你们这会儿大不了多少，一转眼就人老珠黄。我是说，人不能只顾自己，就耽误了朋友的生活。"

甄妮脸色骤变，甄则光酒也醒了大半："都什么屁话？"

未置一词，马新绿起身告辞。甄妮也随之离开。

"我陪你去北京吧？"甄妮略带歉意地说。

新绿却不想走了。

甄妮给了三个过除夕的选项：去鸢尾花看女子乐队演出；住碧云寺吃素膳、宿客堂；入住南山民居看村民舞龙。新绿点了碧云寺，并商定初二后各回各家，初五六再见面。

三十早上，新绿电话甄妮，咳喘着说头痛胸闷，可能出不了门了。甄妮问是感冒还是肺炎反复？对方却嗫嗫嚅嚅。甄妮本想歇业去看新绿，可沈妍丁和她同事非要趁假期过来调理下疲累的精神状态。

折腾了半日，直到午后，甄妮才拎了笕现成吃食外加川贝、冰糖、鸭梨，急赶到新绿家。

客厅只开着几盏壁灯，空间光效暗淡。未及放下东西，甄妮就领受了主人无声的拥抱——她左手被箍住，右手的购物袋悬在空中。她有点张皇地摇了摇头，表情身姿都显得有点可笑。

窘况持续了片刻。主人解嘲地说了声：对不起。

2

大年初一，新绿离开了壹江。

甄妮关了门，关了手机，让自己宅在十六梯出租屋里。

衣橱里的衣物年前清洗过。眼下都取出来，堆在椅子、沙发和床上。包括睡衣、衬衣、外套和大方巾……它们唤醒了滋滋的面容和声影。

在滋滋刚走的日子，甄妮夜里失眠时会拨打她的电话——泪水每每濡湿按键。回溯随时都在展开，通道无处不在；回溯中的过去，比真实的昔日更自由，那里没有梦与醒、虚和实、生同死的界限。

餐桌上小相框里，滋滋笑靥如花，宛若生前。除了喝点蔬果汁，甄妮几无食欲。一桌酒菜，成了纯粹的祭品。

滋滋之名一直在唇齿间。一经唤起，甄妮眼前就映现出鲜花摇动的草甸——旭日的光线耀亮她的头脸肩背，草尖露珠欲滴未滴。滋滋单腿跪地，朝着她不断调整镜头的角度。那些日子，滋滋狂爱摄影，玩的是尼康顶级单反F5。在西藏，两人常为突然遇到的一处寺庙、一道溪流、一座山峰改变行程。

甄妮满意自己的唯有性感的嘴唇，但经过滋滋对角度、光线的选择，拍出来的照片里甄妮整个人都熠熠生辉。滋滋善于发现特异的美，捕捉拍摄对象的内在神气，这一点深深吸引着甄妮。

滋滋曾说，想知晓某人的品位吗，看看她最心仪的朋友就一目了然。甄妮一听就乐了，心想，你夸赞的是别人还是你自己？

滋滋考研选的是美学专业。对无用之用，对美和心灵的探究，其专注热情不下于齐越。

滋滋某次笑问："我是不是另一个齐越？"

甄妮答："你是他的翅膀，他的飞翔。"

滋滋对齐越从未有过微词。因为，她说，若是没有他那冲动的情欲，他的动摇与过失，又哪来我们的相遇？舒那茜也无所谓对错——那不过是以自己的方式，跟闺蜜同时爱上了一个男孩而已。

清空身体后的体验是特别的：触感敏锐，思维轻灵。

以前需要着意唤醒才能一点点显影的缥缈记忆，而今格外真切：大江上破浪远行的江轮，晨雾里隐现的搬运工，小巷深处半掩的木门，高温炙烤下的街面，码头上随波起伏的船舶，远方火电厂烟囱口升腾的浓烟……行道树墨绿的阴影下，卖卤菜的小推车出现了——滋滋喜欢去买一小包卤豆干，每当她现身，买卖就会火起来……

房东隔壁的发廊后来变成"两元"杂货店。有位少年从早到晚站在门前吆喝："两元！两元！样样两元！"她俩路过，少年总是看向滋滋："姐，两元，只要两元。"滋滋便拉着她进去，挑选点彩色铅笔、软面抄本什么的。过些时间，买的东西又悄悄回到货架上。这个心照不宣的游戏，她们都喜欢。

接着出现的，是在壹江碧云寺、西藏大昭寺、杭州灵隐寺的情景。去拉萨前的那个春节，壹江罕见地下起了大雪。初一上午，她们沿江徒步而行，雪花无声无息飘落，沿途少有行人，空旷的天地好像是专为两个孤独的人准备的。第二年冬，也是大雪，她俩同几个背包客在野外迷路。又冷又饿的一行人依靠一个呼吸法门，竟然幸运地走出了绝境。最后一个除夕是在灵隐寺度过的，初一那天，她们交换了一绺头发，作为尘世中相伴的凭证……

事实上滋滋就在甄妮血液里——她们无须刻意相聚，却也从未分离。

3

大年初五，新绿回来了。带着满脸憔悴和一箱行李。

十六梯的出租屋，新绿极少来。以前屋里清清爽爽，眼下却是满床满地衣物，还有不同样式的帽子、鞋子和墨镜。

甄妮裹着睡袍，赤足没穿袜子，局促地站在一角。

当新绿扒开椅子上的几件内衣，打算给自己腾个座位时，甄妮发出一声失态的惊叫。

"啊，看来在你这儿，没有我的位置。"新绿的失望溢于言表。

甄妮尴尬地转移话题，说："饿坏了吧？先去洗个热水脸，我来弄饭菜。"

走出盥洗间的马新绿，犹疑一瞬后，坐到了小餐桌旁。

很简单的菜肴：黄瓜皮蛋、宣威火腿炒彩蔬、卤鸡蛋干、廖记酱牛肉、萝卜丝鲫鱼汤。甄妮还开了瓶芝华士十二年威士忌，并拿出三只古典杯，依次斟上。

"我其实，真想听听你和滋滋的故事。"

"你想知道什么？"

"也没什么。哎，是人都有好奇心吧。"

"因为现实中少有而美好——所以往往让人难以置信，一说出来就像是矫情。那样的相知相惜心心相印，也只能一人独自怀念了。"

"我相信。也能够理解。不过甄妮，对于灵与魂，取与予，默契与信赖的探究，并不是少数人的专属。只要你还没有放弃梦想和期待，就可以重燃投入的热情。"

不等回答，新绿又接着说："快乐春节，人家温馨团圆，我却在地狱里煎熬。啥是地狱？就是魂无所依，情无所寄，感觉自己如同孤魂野鬼。"她扭绞着手指，眼底有泪光一闪。

"别再说了，新绿。来，一起干了杯中酒吧。"

酒精的燃烧，让新绿脸上有了些微血色："你啊，你就是放不下过去。"

"说起滋滋，她对你印象很不错的。"两人叮的碰响杯子，"说你身上有大义。"

新绿一饮而尽，再度伸出空杯："请给我斟满。就像涨水的壹江。"

她抚住前额，脸泛红晕，眼里充满无奈。

甄妮递上新盛的热汤，新绿却抓住她的手激动地说："这不公平，甄妮。你、我，还有滋滋，都投入地爱过男人，然后都彻底绝望。我希望与你相知相惜成为最好的知己，是因为你更像我心目中理想的自己。我敢说，我比滋滋更了解更珍惜你，但总感到与你隔膜，我们的情谊并不对等，我受不了这个距离。"

"滋滋跟我从未分离过——"她目光又移向了相框中人。

"那不过是幻觉——"新绿摇头，"一个重情人的幻觉而已。甄妮，生命孤寂，时世艰难，需要懂得的人相互关爱……"她一点点放低额头,直到触及攥在自己手中的手。

情势的转捩出人意料——新绿一个后仰跌坐在地上,跟她同时坠下的还有那碗无辜的鱼汤。甄妮的手惊愕地僵在空中,像是在继续或固定那个抽离的动作。新绿的脸色由红转白,她拒绝了对方打算扶一把的手。片刻后甄妮垂下眼睑说:"对不起新绿……"

新绿恢复冷静后说道:"我错了。世上最滑稽的事莫过于,你把人家当自己,人家却把你当别人。"

4

三天后,马新绿离开了壹江。临行前给甄妮留了条短信:当心舒那茜吧,别被小善迷惑。

或许新绿终于明白,甄妮对过去的执念已近病态。只是不知她的远走是想唤起甄妮的感情,还是彻底死心——没有疑问的是,新绿走得决绝而失意。

甄妮反复拨打新绿的手机,每次的回应都是语音提示:您拨打的电话已停机。

正月十五过后,甄妮总算相信,新绿并非赌气,而是铁了心离开。她再也不会回来了。

甄妮父母如释重负。舒文撺掇甄则光唤女儿回家吃饭,并谋划着邀请王修一道上门。她的如意算盘是,把王修跟甄妮撮合到一起,尽早了结这件人生大事,天下就太平了。

王修姨妈廖老师隐隐觉察到了不妙。她问甄妮,新绿是真走了吗?

甄妮情绪沮丧地埋着头,一言不发。

过完春节不久,壹江催眠圈接连出了几件事——先是有咨客报警,说她在接受杨诉催眠时遭猥亵;随后附院心理科的一位老年患者突然投水自杀(万幸的是此人留下了遗书,声明其选择与任何人无关);还有舒那茜的实习生薛建芹被曝施术诱套某公司老总的商业秘密。

一天蔡红英带一位患过敏性荨麻疹的亲戚来离离,硬要甄妮帮"治一下"。不料过了两天,那位更年期妇女又扭着蔡红英气势汹汹地来了工作室,她腿脚上的斑点已蔓延到全身——裸露的头颈如同刷上了一层红油彩。

"催眠能催成这样子,"她质问甄妮,"难道你是魔术师?"

5

在父亲的努力下,自上次年夜饭不欢而散后,甄妮跟继母的关系也有了改善。有人笑舒文在女大当嫁的年纪,才找到做母亲的感觉,她抿嘴笑笑算是默认。

舒文成了甄妮的厨师兼营养师,甄父则负责运送她烹制的美味。在重建的关系里,舒文感受到了甄妮的温顺礼让,也提升了自己的包容度。她不再去守小书店,老甄也不再办训练班,老两口儿全身心支持甄妮,期盼她把工作室做大。

许佳父亲阑尾手术失误在老家去世,因路途遥远,她和丈夫王志为要不要带上孩子奔丧纠结不已。保姆是新手,又不放心把孩子交给老人照看。舒文出主意:"带孩子分心,路上太折腾,不如留下王志照顾老小,孩子有啥需要,我们还可以帮忙。"许佳攀住舒文的肩,湿着眼眶说:"皓天是甄妮送我的,把他托付给你们,我放心。"

那天一早,王婆婆用小石磨给孙子磨核桃浆,皓天本来有点低烧。小保姆电话王志,但他正在一个重要采购招标会上,无法脱身,于是低声吩咐保姆先找舒文。接电话的甄则光说,舒文去郊外参加亲戚的婚宴去了,他会催她尽快赶回来。

没多久,皓天低烧变高烧,哭叫不止,勉强喂食的奶水很快呕出来了。家里人惊慌失措,好不容易等到舒文进门,小孩已经烧得滚烫,脸颈通红发亮,眼神迷迷瞪瞪的,手脚也有点抽搐。

"这哪儿行啊,得赶紧送医院。"舒文手忙脚乱地拨通120。

"你不是也给甄妮打电话,说她马上就要到了吗?"王婆婆说,她相信既然甄妮帮助许佳保住了孩子,也会帮助孙子度过这一劫。

甄妮进门后,看着小孩已烧得像一团明火,知道必须马上送医。但救护车还在路上,慌了神的王婆婆边哭边哀声央求甄妮,赶紧想办法救下孩子。

甄妮也慌了,她脱下外套,蹲在儿童床前,凑近孩子耳边喃喃低语——可那个昏蒙的小生命对她的言语一点反应都没有。

"没事的婆婆。救护车已经在路上了,皓天不会有事的。"

甄妮一边安慰老人，一边继续唤醒孩子，并用湿毛巾给他物理降温。

大半个小时后，救护车到达，一干人抱着小孩等候在楼下。随车医生简单诊断孩子后问："早你们在干吗？"

大家面面相觑。

结果是谁都不愿看到的，孩子入院后被确诊为病毒性脑炎，经全力抢救后生命无虞，但听力和智力都不同程度受损。王志在把小保姆撵回乡下老家的同时，以更凶猛的怒火痛揍了自己。

回家得知消息后的许佳并未如想象中的崩溃——不知这连续的打击是让她冷静还是麻木？几天后，小保姆（王志的远房侄女）也被她叫了回来。

孩子住院期间，舒文几度想去帮忙，许佳却不领情。她扔出的话是"咱家已经祸不单行了，再帮下去，恐怕会家破人亡"。

这事被《晚报》的记者盯上了。最早看到报道的是每天必买一份《晚报》的舒文，文章发在社会新闻版里，标题耸人听闻——催眠师炫技尝苦果，贻误救命时机害孩子。

凑热闹的还有一件大事：齐越悔婚。舒那茜自然不同意，齐越为了终止跟她的关系，甚至想辞职离开医大附院。

6

有人给甄则光支招，让他筹一笔钱跟王家私了。

老甄觉得憋屈，但还是跟女儿商量，说奶奶的钱暂时没用，可以取出来应急。甄妮不同意，说自己有七八万元活期，不够可以让登雅再还一些。她的大宗存款全借给了登雅，说好的，随要随还。结果甄家准备了二十万现金，主要是甄妮的活期和家中存款。老甄说，就当是慰问吧。甄妮母亲当年病故，守夜时王家人哭得像至亲般伤心，甄妮从小也没少受王婆婆的疼爱。

舒文却不干，这不是蚀钱，是蚀理："害友害孩子有啥好处？难道我们是神经病？"

媒体总是不甘寂寞——《商报》的《社会聚焦》专栏发表时评，题为《别再吹了，吹眠大师》，暗指甄妮为了打造"催眠大师"形象，扩大影响力，进而堕入夸大乃至神化催眠术效用的误区，无视病患家人意愿执意对幼儿施术，因此贻误就医良机，导致严重后果。此前力挺甄妮的《时报》副刊部主任，在杨诉丑闻曝光后，也重新站队，此次更是谴责甄妮借催眠术谋财害命。

电视栏目《六点半》直播报道该事件时，王家人都出镜了。

记者问："发现孩子高烧，为何不第一时间送医院？"

王婆婆答："她（甄妮）进屋时，我让她做一做催眠，搭救我家孙子。她说没事，娃娃没事的。"

再问小保姆："你当时如何说的？"

小保姆答："我说了赶紧送医院，婆婆可以作证。"

记者接着启发提问："既然主张送医院,为何又耽误下来了？"

王婆婆无反应，小保姆抢答："当时都昏头了，她蹲在孩子床前念念有词，不知说了啥，兴许就是催眠吧。我只听她对婆婆说'没事，孩子会好的'。"王婆婆愣了下，也跟着点头。

王志一言不发。许佳自批："当初真蠢，自己得了个孩子，非要往人家脸上贴金……"

舒文不服，单枪匹马跑去报社，一定要澄清事实真相。她的身份引来了记者围观。不只《时报》，以前正面报道过甄妮的媒体也纷纷倒戈，在掘地三尺也未找到甄妮的黑料后，便开始肆意编造不实消息：有文章说她以前主持《女报》情感栏目时，利用来访者信任出卖他人隐私；还有报道暗示离离不法经营偷税漏税；更有甚者称她催眠乱收费，并以暴露个人隐私相要挟，多次向患者索要财物。

事态发展到这一步，当事者百口莫辩。愤怒的舒文正想请律师起诉王家及媒体，工商、税务、卫生部门已开始介入调查离离工作室。经审计取证，离离不仅涉嫌偷税漏税，还属于非法经营，非法行医。相关部门为此开出了十五万元的罚单。

蔡红英劝舒文放弃诉讼，说别小看许佳这个银行投资部经理，人脉很广，连支行行长都怵她几分。

甄家亲友也不主张起诉，都说如今打官司水很深。舒文咽不下这口气，可她上得台面的资源哪能跟许佳比？当她开始泄气时，对方反而来劲了，许佳公开宣称，不搞臭甄妮、搞垮离离，她就对不起自己的孩子。

甄则光痛悔那天给舒文打那个该死的电话，不然甄妮就不会被牵扯进来。麻烦还在于，当前国内的催眠行业，催眠师资格认证的权威性存疑，执业的合法性也就难说了。官方只认可心理咨询师或治疗师，催眠师的存在感很低，几无公认的行规可言。加之催眠治疗的范围无从严格界定，因而催眠师很容易被扣上"非法行医"的帽子。非法行医导致患者伤残，责任人被判入狱也不是不可能。

甄则光找到王志，恳求他念在世交的分上帮一把甄叔。王志默想片刻，答应去跟许佳商量。之后，许佳同意放弃诉讼，但坚持民事索赔——包括已付和未付的医疗费用及伤残赔偿。两方面赔偿显然都不易确认，甄则光能做的，还是向王志求情。他交出了所有存款及变现的债券、基金，恳求道："就这些了。你让许佳在银行查，要是我有隐瞒，你们都可以拿去。"

老甄的所为，没敢让舒文、甄妮知晓。自老母亲出走后，任何一点闪失他都会心惊胆战，只要这个家完好平安，再大代价他也愿意付出。

第七章

眠催破了

1

甄妮的手机响了，铃声悦耳。是舒文来电，说有要紧事，让她马上回家一趟。

楼道尽头的防盗门虚掩着。推门进去，客厅里一塌糊涂，像刚经历了一场洗劫——靠墙大书架上的书被拉下了约三分之一，线装、精装、平装书，杂志，画册，卷轴，一片狼藉，散落在沙发、茶几、地板上。厨房里，父亲蹲在地上埋头捡拾碗盏碎片，垃圾桶里是半成品的鱼香茄子、虾仁冬瓜、咖喱牛腩及切好的姜葱青椒粒。

考虑到对王家可能的民事赔偿，有人支招舒文，先行转移部分存款和凭证式债券，以防弄不好人财两空。舒文觉得有理，回家就立马翻找小保险柜里的储蓄卡、债券等，没料到这些凭证已不翼而飞。面对老婆的雷霆之怒，自知理亏的老甄，只能乖乖交代家中财产去向。狂怒的舒文先冲进厨房摧毁了丈夫的未完成作品，随即又转战客厅对柜子里的书画（她深知这是老甄的命根子）

大打出手，能量狂暴宣泄后，她才颤抖着拨通了甄妮的电话。

得知父亲动用家里特别是继母的钱，甄妮也歉疚不已。其中的债券来自舒文买断工龄的钱，从未动用过。家里之所以还有一笔像样的积蓄，是因为近几年甄则光书法润格水平上升，加上办训练班积攒所得，不料这下子全都鸡飞蛋打。

甄妮安慰瘫倒在床的舒文，说都怪自己惹下飞来横祸，她保证会承担家中所有损失。自己的钱节前借给朋友，投入股市了，但她会尽快追讨。

舒文听不进任何安抚、承诺，她夸张地翻了个身，背对继女。

"你别太心焦了，那些钱，我一定会连本带息还给你。"

"催眠我，是吧？谁不晓得进股市的钱，是肉包子打狗？"舒文一下子坐起来。

"登雅保证过，我随时要她随时还，她是个守信重情的朋友。"

"你没做过股民，懂个屁——"

甄则光在厨房拾掇，耳朵却留意着动静。他听见两人絮叨着走出卧室，舒文又发声尖叫，说她藏在词典里的小额存单找不到了。

老甄赶紧探出头申明，说自己不会那么小人——她的存折他并不知晓，更不会偷偷拿走。

这更惹火了舒文："你是正人君子？没偷拿老婆的东西？家里的债券、存款哪儿去了？你跟我说过商量过吗？"

老甄低头在围裙上擦手，脸涨得通红。

"说啊，你这个没出息的窝囊废！"舒文手中的词典直接飞到了他身上。

老甄向来委曲求全,但兔子逼急了也会咬人,他嗫嚅道:"你不去应承许佳,怎么会生出这件事?甄妮也不至于被牵扯进来……"

"怪我啰?我是送子送福观世音?还是包医百病的活神仙?我得了锦旗,还是登报出了大名?我骗了人家的财,还是收了别人的礼?"

见她义正词严火星四溅,甄则光只好弓着背退回厨房。

舒文刚下岗时,想在馆里做零工,父亲鼓起勇气去赵馆长家,结果请求被拒礼物退回。家中经济一直拮据,舒文陆续去美容院、服装店、超市、电脑城打过工,也倒腾过小生意,但都没挣什么钱。继母脾气变得乖戾暴躁,既有生存压力的缘故,也跟那次流产的打击有关……

满地零乱的书,甄妮一本本捡起来重新上架。书架上的数千册藏书分类排列,数量最多的是艺术、书法类,文学、社科、政经类杂书也不少。上初中时,为让父亲允准读课外书,甄妮所做的就是打理书架,先用鸡毛掸子扫去灰尘,再用湿抹布一格格擦拭。中考后的暑假,她囫囵吞枣地读了些文史哲类的书,作了不少摘抄和胡乱写就的感想,父亲如获至宝,将这些幼稚文字珍藏在抽屉里。整理过程中,她发现了夹在市书协编印的书法作品集里的存折,舒文接过一看,上有六千五百元余额,正是她搜寻了半天的那张存折。

"别怪我抠门儿财迷,甄妮。这个家多年来都没啥财运,你爸是最不愿为五斗米折腰的人,可为了这四张要吃饭的嘴,你知他受过多少屈辱？"舒文的情绪舒缓下来。

"我明白。请相信我，就是割肉，我也要让登雅把钱割出来还你。"

"我也愿意割肉给你，要是还有肉可割的话。"舒文捂着眼睛，压抑不住地抽泣。个头矮小、体单力薄的舒文，哭起来就像个孩子。

甄妮放下一摞书，给继母抽递了一张纸巾："放心吧，我尽快去找登雅，钱一定会还你们。要不，我也没脸再进家门。"

舒文用小笔资金买过股票，领教过A股的凶险。她推开甄妮的手："进不进这家门，随你便，但是钱必须还！"

甄妮收拾好书架后起身离开，甄则光追到门外，讪讪道歉，要她原谅舒文。甄妮垂着眼说，都怪自己，让父母担惊受怕。老甄无力地点头说，她也很苦，很可怜。甄妮没敢抬头，她不忍看老父亲此刻的神情。

甄妮在回去的路上就电话登雅，但无人接听。回出租屋又用座机打，变成您拨打的电话暂时无法接通。她无奈发了条短信，大意是有急事相商，想约她见面。

当天夜里，食欲全无的甄妮早早躺在床上，想起父亲和继母的晚年，还有离离的未来，心室一下下刺痛。迷迷糊糊睡到第二天，打电话问询，父亲说，还好，舒文基本平息下来了，让甄妮照管好自己，不要担心。

而事实是，整个下午和夜晚，舒文都不发一声，不流泪也不闹腾，只傻傻地发呆，像极了当年流掉胎儿后的状态。这情状让甄则光更加害怕。

2

上午甄妮收到登雅回复,只说看见信息了,其他啥都没讲。接下来的日子,登雅不是有饭局,就是在跟谁谁谈配资。记起新绿不要借钱的告诫,以及继母肉包子打狗的话,甄妮莫名开始发慌。除了心疼自己的钱,更心疼舒文——愧疚对她的两次伤害,尽管前次缘于无知,这一次则是无意。

周五上午,甄妮电话登雅开户的券商营业部,工作人员给了一个号码,那是登雅大户室的电话。

一听见甄妮的声音,登雅就说:"知道你要钱,可最近股市跌跌不休……我的股票深套,这几天都不敢看来电显示了,就害怕有不好的消息。"

甄妮满心烦乱,但听她嗓音沙哑生机全无,便叹了一口气:"人人都有本难念的经。我们也好久不见,找个地方聚聚吧。"

下午两人在鸢尾花碰了面。早到一步的登雅坐在了甄妮"包厢"——六号卡座。她面容有点浮肿,瓜子脸变圆,下巴也成了双层。可以想象,焦虑让她放纵了自己的胃口。她身着第一次去离离时的藏蓝长裙,盘成高髻的头发上别了枚象牙色发簪,肉桂色披肩下的颈脖依旧优美白皙。不过稍加端详,就会发现她眼神涣散,眼圈青紫,割伤过的左手腕戴了只宽扁的玉镯……见到甄妮,她似有一丝欣喜掠过,但很快便客气地示意对方入座。

时间没到,她已点好了餐:碳烤羊排、安格斯肉眼、锅煎三文鱼、特色田园蔬菜色拉、慕斯小蛋糕、两客奶油蘑菇汤。王怡让服务生开了瓶智利考迪罗梅洛干红蓝标。登雅菜吃得不多,酒却喝得很凶,每次碰杯都说,我干了,你随意。

甄妮想再提下钱的事,登雅只说了句,你要的钱下周转你,就不再提及。她一直聊资助过的小女孩,她天生兔唇,眼睛却特别美,眸子接近靛蓝色。靛蓝色,她天真地问甄妮,你能想象吗?

甄妮笑了笑。蓝可是她最熟悉的色彩:从靛蓝、湖蓝、藏蓝、海蓝、天蓝,到钢蓝、钴蓝、蔚蓝……因为那是滋滋喜爱的颜色。出租屋的桌布、灯罩、沙发靠垫、枕头、拖鞋,都是搭配的深深浅浅的蓝,乃至她俩用的眼影、头饰、手饰也都是蓝色调。

登雅愁容暂消,透出些许开心。一瓶红酒喝罄,女子乐队的演出开始,开场音乐是翻唱摇滚乐队挂在盒子上(Hang on The Box)的 *Now I Wanna Say Apologies to You*(《现在我想向你道歉》):

> Now I wanna say apologies to you
> (现在我想向你道歉)
> Though it is late
> (虽然已经很晚了)
> I take my baggage and make a travel
> (我带上行李去旅行)
> May be I won't come back
> (也许我不会回来)
> I won't come back

（我不会回来）

Now I wanna say apologies to you

（现在我想向你道歉）

Though it is late

（虽然已经很晚了）

……

跟随着歌词、旋律和节奏，甄妮身心忽然被伤感充满。当听到歌手吟唱"I enjoy happiness and I drink the pain too. When it is over, I will close my eyes. Dear if you have been i love or heartbreak, forget it all, Forget it all, Forget it all, Forget it all."（我享受幸福，也啜饮痛苦，当一切都结束了，我将闭上眼睛。亲爱的，如果你曾爱过或伤情过，请忘记这一切，忘了这一切吧，忘了这一切吧，忘了这一切吧。）的时候，她不由得想起了滋滋和新绿，眼眶立刻湿润了。

返程中，萦回在耳道里的老是那几个乐句：Now I wanna say apologies to you to you to you to you（现在我想向你道歉向你道歉向你道歉），失控的泪水夺眶而出——要不是在的士上，她肯定会大放悲声。

往下是几个空白的日子。周末结束，周一、周二过去了，登雅没有任何音讯。周三，甄妮给蔡红英电话，想探询下家人的动向。蔡姨说："你爸好像在借钱，我也帮了他两万，只是这一星半点的,解决不了问题啊。"

周四,登雅打来电话,并未说债务的事,而是倾诉自己多年拼杀股市,一念天堂一念地狱,与暴富机会几度擦肩而过的跌宕历程。被动煲了小半天电话,甄妮根本插不进嘴,登雅口若悬河,还夹带了大量股市术语,让她半懂不懂云里雾里。事后回想起来,甄妮才明白,当时满口融资融券、对手盘、骗线骗筹、轧空洗盘等术语的登雅,因背负巨额债务,精神已处于崩溃状态。

跟甄妮借讨债之举转移压力相似,登雅的倾诉也是希图减轻无法承受之重—— 一错再错的抉择将她推向万劫不复的深渊,而足以让一个人心智全面崩塌的恐慌之兽已然坐大。旁观者尽可指责登雅铤而走险的赌徒行为,假如时光可以倒流,重回登雅首次爆仓那天,她又会做何选择呢?选项似乎不多,或者说只有单选,这也正是人生的两难。

甄妮显然略有不同,若从未来回望,能够获知局内人的身心状态、现实处境,她是有选择余地的。若必须在伤害舒文和逼迫登雅之间二择一,放过登雅乃是更优选项——舒文虽会为损失钱财疯狂(暂时的),但她不会搏命,不至轻生,而登雅却只剩彻底放弃。

因为她俩所处的困境并非同一量级。舒文是家庭储蓄被挪用,登雅则是股市自有资金巨亏后,融资借贷又再度爆仓,因此需要面对千万级的债务,包括高利贷。甄妮在登雅债务中的权重不足十分之一,即便她一笔勾销自己的借款,堕入深渊的登雅也无法从中挣扎出来。

即使如此，对于无法了知更高层级因果关系的局内人来说，只能身受恐惧的痛苦煎熬，但若将甄妮的催债看作压垮登雅的最后一根稻草，也不无道理。

此时此刻，甄妮无从作为，只有等待。既期盼又惧怕电话铃声突然响起：对登雅，是担忧期盼落空；对舒文，是惧怕哭诉与催逼。

傍晚登雅的电话来了。甄妮问："情况怎么样了？"登雅嗯了一声，发声气若游丝："我在家……快三天没吃东西了。我好饿，你能不能过来，我们一块儿吃个饭？"

说起吃，甄妮突然也感到饥肠辘辘，她也是几天没吃什么东西了。

"登雅，钱筹得咋样了？有多少都行……"

"唉，出来再说好吗？求求你甄妮……我实在是扛不住了。"

"都一样啊……我也在想自己，可能真是在骗人吧……"

"别再说了。实在对不起，让我去死吧。我想死。我这个赌徒，活该有这样的下场……"

"我也想死。我早就想过了。人总有一死。活着好难，早死早解脱……"

深夜两点，甄妮手机屏幕跳出条新短信："你说得不错，甄妮。早死早解脱。就冲这句话，我要感谢你。我欠你太多，只有来生再还了。"她回拨电话，那边已关机。

第二天中午。半睡半醒的甄妮，听见房东王圆菊跟一个女人口角，话语间不时提到自己的名字。那人好像有事想见她，但王姐一口咬定甄妮不在家。更晚些时候，好像又有人上门，也被王姐打发走了。

甄妮继续昏睡，直到新的一天来临。上午十点，王圆菊敲了几下门，随后塞进一份报纸："你的麻烦大了。登雅的死扯上你了。赶紧离开吧，能走多远走多远！"

那是新出的《晨报》，本地新闻版发了篇报道，大意是，股市大户登雅因高杠杆融资跟庄炒股爆仓，欠下债务千万余元无力偿还，自缢身亡。其手机上有轻生前发送的短信，从内容和接收者身份分析，非法执业被曝光罚款的催眠师甄妮，有诱导登雅自杀的嫌疑。

反复读了报道，甄妮感觉胃疼得厉害，胸腹部位如有一把刀子在绞动。她揣想，登雅股票亏损割肉的时候，可能就是这感觉吧？

最让甄妮难受的，不只是登雅的死，而是她饥肠辘辘地死去。那天晚上，如果跟她一块儿去吃了饭又会如何呢？即使没有陪她赴死，让她的胃带着食物上路，也比只剩悲伤恐惧绝望强。

肠道仿佛扭结到了一起，沉闷的疼伴随针刺般的辣。便意难忍，想上卫生间，可身体全然不听驱遣，她只能一直瘫软在床上，任由胃肠的间歇性痉挛发作。她咬紧牙关，收缩躯体，屏住气，把呻吟和喊叫的欲望都咽回去。她不想原谅自己，只想接受痛楚的惩罚……

昏睡的她，全靠王姐每天来喂点水和流质食物。好几拨媒体记者都被赶走了，除了警察，王圆菊不允许任何人接近甄妮。当警察问询时，她坚持在旁边监护，并提醒说甄妮病得不轻，脑子完全是混乱的，一个病人的胡话不能作为调查证据。

警察离开后，她嗔怪道："你干吗要瞎说八道，说自己害了人？连警察都确认她是自己上吊的，遗嘱也找到了。自己坑自己，你这唱的是哪一出？"

"我没瞎说。早死早解脱，这就是我的原话，是对她也是对我自己说的。我推了她最后一把，难道不是吗……登雅的死，跟我脱不了干系。"甄妮气息细弱，连哭泣也发不出声。

"傻姑娘，你大半个月没出门了……这几天床都没法儿下。我说给舒那茜和陈慧苓院长打个电话，你死活不让。"

"是我推的，你哪里懂得。在她自杀之前，我就开始推了。"

"你脑子烧坏了甄妮，不然就是饿糊涂了。唉，我这就去请舒那茜。"

"别啊。你就是请个刽子手来，也别请她。"

3

甄妮重见天日，是在登雅的三七。

又是大半个月，她关了房门和电话，整天与床为伴。

她拒绝看医生吃药，也不再顾忌失眠。这样的昼夜颠倒，睡眠反而不时找上门来。只是入睡太短太浅，噩梦常常让汗湿的她从惊骇中醒转。催眠偶尔也能帮帮她——可当她提起正念，观察自己的厌倦痛苦恐慌时，无法直视的根由也随之而至。她尝试数数观息，但大都只开了个头，思绪便缭乱无序。倒是深深的自责愧悔，一次次将她从涣散里拉回来。

一拨一拨来看甄妮的人都被挡在了门外，连舒那茜、齐越也不例外。她无法面对自己，更不知如何面对朋友。

这天舒文来电，要王圆菊喊甄妮接听。王姐担心她提钱的事，便推托说："甄妮早就出远门了。"舒文大为不满，说："你别合伙骗我，我知道她藏你那儿。"甄妮一把抢过小灵通，劈头就说："登雅人都不在了，你不要逼这么紧行吗？"

舒文本不是来讨钱的，可一听就火了："逼不逼是你的事，我哪儿知道！"

"你不逼我，我怎么会逼她？"

"问得好。那我也问一个，姓叶的我逼没逼？"话出口，舒文就后悔了，自己不是来吵架的，而是问她去不去登雅的追思会，不管怎样，登雅都还欠着甄妮的钱，那可是人民币呀又不是冥币，然而口一开就刹不住，"马新绿我逼没逼，齐越我逼没逼，为啥这些人一个个都离开你？"

甄妮立即反击："我奶奶呢？你逼没逼？"

"要逼也是你逼的。你不任性离家，她咋会满世界去找你？"

话说得太难听。王圆菊拿回电话："有话好好说嘛。甄妮心太慈，不是看登雅有难才帮她的吗？钱再大也大不过命。"

4

追思会那天，天色阴沉。出门时又下起了小雨。

甄妮在薄T恤外面罩了件黑风衣，进入会场，才察觉自己穿多了。前来送别的人中，甄妮认识的不算少：舒那茜、王修、沈妍丁、金枝自不必说，还有老貂、老鑫、保镖男等一干人都来了。她发现，虽然认识登雅的时间不算长，但其熟人、朋友大都成了离离的患者，这让她心里隐隐作痛。

会场设在她做过讲座的体育馆北楼小会议室，桌子摆成回形。登雅的照片投影在正对门的幕布上，音响里播放着法国作曲家加布里埃尔·弗雷的《安魂曲》。因为到得晚，甄妮在外围找了个不起眼的座位。

音乐降低了分贝，沈妍丁悲伤的语音响起。甄妮感觉虚汗连片沁出来，没听清开场白，只在听到为逝者默哀时轻轻闭上了眼。

不同于追思会通常所用的登记照遗像，幕布上呈现的是登雅全身照——穿的就是那条藏蓝色长裙，体态曼妙，一双幽深的蓝紫色眼瞳美艳惊心。忽然听见有人呼叫逝者的名字，声音出自座席内圈一个正揩拭眼泪的女子。

她自称登雅发小，说登雅上高中时，常跟几个小姐妹互换衣服穿，登雅的同学不明就里，因此常羡慕她衣服多。她夸张的语调刺痛了甄妮，登雅也有类似口音，她总是笑得很响，有一种虚张声势，有意无意显示自己的美丽富足。回想起她的笑声，甄妮的心再度感到刺痛。

接下来的内容，甄妮大都没听进去。她胸闷，肠胃仍旧很不舒服。

等她重拾注意力，话筒已经转手——这人话语里不仅有登雅，还有甄妮,还有青山。"留得青山在,不怕没柴烧;青山不在,柴火也就没了……"甄妮努力串联她的语词,但怎么也没弄懂她要表达的意思。倒是那含混拖沓的鼻音颇具催眠效应,让人昏昏欲睡。她想起了那份报纸,想起了登雅临走前给她的短信。突然,一个沙哑的男声响起,像是在鄙夷、讨伐和质询。似乎也提到了青山、柴火、甄妮。她迟缓地循声寻找,终于看清发言者是个壮实的、艺术家打扮的大块头,花白头发披拂在肩头后背,像秋天里焦干枯熟的玉米叶。

突如其来,被他吸引的听众一齐转向了甄妮,神情各异的一粒粒脸,密集散布在色泽黝黯的背景上,如同漂游在冥河里的点点光斑。甄妮集中起全副精神,还是没法结构起那些散碎的字词,唯一能听明白的是回音般的几个字:"你还有心吗? 你还有心吗?你还有心吗还有心吗心吗心吗心吗心吗……"

激愤的男人语无伦次了,接替他的是个尖嗓门儿女子。她开头先聊电影《画皮》,云山雾罩后进入正题,开始追邀甄妮到底有没有心;如果有,又是由啥材料构成的……登雅的追思会,变成了对甄妮的研讨暨批判会,研讨对象是她的心,心的形状、色泽、用料、质地。最终的结果定性是凶恶阴损,重财轻友,冷漠无情……女子冲她大声质问:"你究竟,究竟安了颗什么样的心?你说呀!"

甄妮艰难地起身,嘴唇看似嚅动着,却听不到一丝声音。

有谁轻唤了甄妮的名字。那语气迟疑、含糊、漂移不定。

是王修还是舒那茜?

身后有人失望地说:"连甄妮都这样了,你还能相信谁?"

这话甄妮听清了。主持人似乎开口叫了她,却没有得到任何回应。像是要搜寻什么,甄妮离座疾步走到出口,倏然回头,幕布上登雅的美照正对她发出魅惑的微笑。

她的听觉突然回来了,思维也快速苏醒。她看见场内所有的目光、声音都铁屑般飞向她,而她就是一块紧绷着即将爆裂开来的磁铁,她听见自己的大脑和心脏发出低音炮似的隆隆声响。

仿佛赛车疾驰,又仿佛巨瀑狂泻跌落百丈悬崖,甄妮以惊人手速飞快剥去了自己的"画皮"——从风衣、长裤、T恤、鞋袜到佩饰,直到触及内衣时潜意识阻止了她。在这一气呵成的脱衣动作里,在场的所有人都屏息静气,瞠目结舌,惊骇得发不出声来。

像是对无法挖出自己胸腔中心脏的绝望,也像是那原地疯狂起舞动作的延伸,就在人们呆若木鸡的一瞬间,那刺目的身体极速转向,如一名陡然发力的短跑选手,从会议室冲出,紧接着冲出体育馆大门,冲向车水马龙行人如织的热闹大街……

第八章

开往普旺的客车

1

去往漆县的长途客运车,每天六点从城南车站发首班。

那天雾罩阴沉,一辆安凯大巴驶离主城,将甄妮带往普旺——客车并不直达普旺,中途还要转一次车。此前,她并不知晓有个叫普旺的所在。本想去漆县县城的甄妮,临时起意去普旺,是因为跟同车乘客——一个叫裴加庆的陌生人的偶遇。

漆县是壹江最偏远的辖地之一,境内山高谷深,穿城而过的漆江上游有一段河流被当地人叫作梅子河,普旺就在梅子河边。普旺又叫裴家渡,聚居的三四百户人家中,裴氏属于大姓家族。河街有栋绿树簇拥的五层楼房,那就是裴医生的家,小有名气的"一心"诊所。

裴加庆曾是县医院妇产科的头牌,20 世纪 80 年代末毕业于壹江医科大学,硕士学历。当年的他学业优异,本该留校任教或者去医大附院工作,后来却出乎意料地被分配回漆县。在县医院一待就是七年,做了两年科主任,之后辞职回普旺开起了私人诊所。

那时他的母亲还健在，自留山植被稀疏，多是无用的茅草灌木。

近十年间，楼房四近和自留山上的树木逐渐成林。诊所搬进新楼那年，一位康复病人来送年货，裴医生去县城未回。母亲说，这些东西你带走吧，加庆不会收礼，如果方便，你给一心弄点树苗好吗？没过多久，患者表哥开大货车运来十几棵半大的树，栽种在诊所新楼周围。

从此，植树成了人们表示谢意的常礼——治愈的患者给他送树，求医无钱付账的人给他送树，年节、生日时亲朋好友给他送树，裴医生离婚时给他的安慰也是树。送树苗也送大树，送开花结果的树，也送无花无果的树。有人说，那山上和诊所的林木就是裴医生的锦旗。

裴医生每个月都会去一两趟壹江，有时回母校看老师，有时跟同学朋友聚会。江北老福音堂旁的"会饮书屋"是他常逗留的地方。这天，他携刚买的新书坐客车返程——头天饭局上，还有热心的老板捐助了若干农药、化肥、二手家电，约好过几天送达普旺。

有位男子晕车，裴医生换座到了后排，那人抱着刚火化的妻子的骨灰，一时间觉得天昏地暗，哽咽欲呕。一个人的伤悲，让整个车厢的气氛都有些压抑。

获得安抚的晕车男尽力平复心情，把难以化解的伤心都咽进肚里。中途他携妻子的骨灰下车，裴医生重回甄妮邻座，不过各怀心思的两人并未搭讪。在服务区休息时，裴医生不言不语给甄妮带回一份盒饭，她才留意到这个温厚持重的中年男子。

在仓促无措的茫然状态中，裴医生温文的声音举止和饭菜的香气，使甄妮放下戒备，莫名地生出信赖。

路上两人交流并不多，她只大略说了下自己目前的境况，自称姓吕名白（屡败谐音），朋友都叫她栗子。裴医生稍一愣怔，随即笑道："你叫栗子，一心诊所有个护士叫核桃。"当甄妮答应去普旺做客时，裴医生开心地说："核桃和栗子，你们俩正好搭伴儿。"

事过很久，甄妮都没想明白，自己为何会鬼使神差坐上去漆县的班车，而非远远地飞离壹江。她对这里毫无了解，唯一的认知是房东王姐来自漆县的鞍子——那是个僻远但风景秀美的地方。

同样的疑问，裴医生为何会向一个萍水相逢的人发出邀请？是缘于对甄妮处境的共情，还是对稀有同类的辨识？而甄妮，最初也并未认真对待邀请，因为她搭乘这班大巴，完全不是清醒考虑后的选择。

车轮飞旋，窗外掠过相似的景致，那座未知的陌生小城正在急速迫近。今后的甄妮或许会多次问询自己：假如没有偶遇裴医生，假如没有他的邀请，这次毫无目的的出走，可能会有什么样的方向和结局？不过眼下，她不需要方向也没考虑终点，只需要暂时的离开，暂时隐姓埋名，如一颗芥粒，默然待在地球某个微细的皱褶里。

2

裴医生带回的这个女子，让诊所的核桃和舒凤梅有点不安。

核桃正登记新采购的药品，她悄声问："你觉得这人干啥来的？怎么看上去这么别扭？"

"不会是暗访的记者吧？"舒凤梅的猜测是基于经验。她是普旺本地人，卫校药剂专业毕业，在一心上班多年，主要管理药房，也协助核桃做些洗理类杂务。

让人生疑的不止身份。这位"吕医生"不穿白大褂，也跟诊所无工作联系，平时不是待在卧室，就是去外面闲走。豆腐店宋奶奶、麻糖店陈老爹听说她是裴医生的客人，主动打招呼示好，她只是面无表情地点点头。

她不用诊所的洗衣机，偶尔拎几件衣物去河边洗，常常是衣物随水漂走老远，才猛然回过神去追。有人见她倚在大石桥桥头，一待就一两个小时。

偶尔，她也露一手厨艺，但水平不大稳定。她不用自来水，而是喜欢去屋后老井里打水。见她独往独来，你好意上前搭讪，她貌似在听，却并没往心里去。

裴医生从云盘带回一筐葡萄，大家都在饭厅热热闹闹抢着吃，她却像个局外人站在一边看。她从不进裴医生的书房、诊室，跟他说话简短客气，裴医生却并不在意。他关心她的饮食起居，让陈方贵代买新的床上用品，窗帘也换成遮光布。

核桃说："你这身黑衣服好打眼，最近啊，树上的乌鸦也叫得勤。"

"乌鸦叫？关我啥事？"甄妮口气冷淡。

核桃乜斜一眼，以为她故意装傻呢。

接下来，甄妮脸上又多了一副墨镜。

对甄妮可能的身世秘辛，本来就猜度不少，这下子更成闲人谈资了。他们的心思跟核桃、舒凤梅类似，好奇窥探里还杂有挤对、排斥。

唯有矿泉水厂的老板陈方贵对甄妮友善，不但彬彬有礼，还时常从县城为她带点个人日用品。

年届七十的马婆婆，有天郑重告诫裴医生，说："这女人来路不明，弄不好，你的名声、诊所，都会败在她身上。"

裴医生一句辩解也没有，只是让她放心。

裴医生回乡行医快十年了，医德、人品有口皆碑。在乡民看不起病、不敢生病的年代，诊所恪守只赚取微利的宗旨，因此常年需要争取各种捐助以维持运营。因为母校的关系，不断有壹医的学生来一心做义工或实习，这也引来了市内媒体的长期关注。然而人性的自私亘古不变，有些情况下，对穷弱者的帮扶不仅会让其养成过度依赖的惰性，还可能造就匪夷所思的担忧排斥，或是利益受损幻觉下的自我保护与针对假想敌的攻击。

一个身份不明的外来者出现在普旺，其意图未知，行止乖戾，免不了引发当地人的揣想猜度、疑虑腹诽……这反应其实是势所必然，只不过往下的演变就难以预判了。而局内人对自身所处的情状往往懵然不明，很难保持客观清醒。

中元节（鬼节）当天，云盘、苍岭等地有人前来祭拜裴母，有的人受裴妈妈照拂过，更多人是回报裴医生的救治之恩。完事后他们会顺便来诊所坐坐，核桃也会备好茶水瓜果款待客人。

一干人在院坝里喝茶，刚从河边回来的甄妮在花坛前晾晒衣物。这时，名叫长云的独臂男人突然大叫一声"好！"围坐的人群随即发出夸张的笑声。

甄妮转过身，没明白他们干吗要胡乱叫笑。

"晒完了没有，女医生？"独臂男话音刚落，又引来一阵哄笑。

甄妮的颈背涌起一片潮热，因为剩在桶里的，是几件贴身内衣裤。

一位瘦高男人也加入起哄："长云大哥说，他想参观下你换洗的衣裳。"

人们笑得更欢了。只有邬老头将铜烟锅在石桌上敲了一记："瞎闹个屁啊，裴医生回来了，有你们好看的。"

掺茶的核桃说："裴医生在霞村接生呢，回来还早。"另一个蹭茶喝的女子附和道："没事的，杀杀她的傲气也好。"

甄妮白了起哄的人们一眼，觉察到某种敌意又不想置理，扔下一句"无聊"便拎起桶离开了。

如果她嗓门儿大一点，事态发展可能不同，因为她这几乎算不上什么反应。当甄妮踏上回屋的楼梯时，独臂男忽问众人她说的啥。核桃煽风点火地说道："你那耳朵也不顶用啦？"

蹭茶的妇女冷笑一声："说你要流氓不要脸呗！"

又是一阵哄笑，但嘲笑的不是甄妮，而是独臂男。大家都知晓他外出打工时的那点风流事，却少有人体恤他的伤痛。当他先丢手臂又丢老婆儿子时，得到的也是这句话：你不要脸！

独臂长云恼羞成怒。沉积的屈辱和愤懑冲上脑门，并迅速找到了宣泄口。他几步跃上楼侧盘曲的外楼梯，夺过甄妮手中的桶，并粗声召唤那帮看客："都他妈猜一猜，里头装的是啥？猜中的有奖！"旋即把塑料桶高举过头，来了个兜底儿倾倒——几件带镂空花纹的胸罩及轻薄内裤飘悠着从天而降，如五彩斑斓的秋叶。

一堆男女凑前来，意味深长地观赏着脚下的色彩，好像那不是几件衣物，而是主人身体的隐秘部位。

"啧啧，"蹭茶女人撮起嘴唇，"这些货怕要值，几只母鸡的价吧？"

瘦高男神情猥琐，怂恿独臂男捡拾掉落的胸罩，不料对方出手捞起后，反手套向自己脑袋——这自然又博得了看客的掌声。

突发的围观、点戳的手势和得意的哄笑，让甄妮惊愕了：这些与她无冤无仇也非亲非故的人，为何要这样无端羞辱自己？

独臂男咧嘴坏笑，正想进一步动作，却发现对方表情有异——不适痛楚替代了恐慌嫌恶，同时脚下虚浮，眼神迷离……当围观者由亢奋转为惊惶，抓挠了一把空气的甄妮晕厥在楼梯上，然后骨碌碌滚落下来。

待裴医生、舒凤梅、陈方贵回到一心，额头磕了条口子的甄妮挂着输液瓶，已在观察室昏睡了几个小时。

事情本没有一点迷障，可害怕裴医生责骂的核桃遮遮掩掩、闪烁其词。裴医生又叫来两位目击者询问,真相很快一目了然。

"狗日的一群,都他妈是畜生养的!"陈方贵一掌拍在诊室的门枋上。

裴医生则满脸寒霜,一言不发。

3

甄妮受辱给在场者带来的快意,转眼就消释在裴医生的沉默里。对个人的疏失过错,裴医生很少当面责难,更别说疾言厉色,但他的无言会让你觉察到一种陌生感。那是仁者的宽宥,若你不努力祛除自身的不善不洁,无颜以对的就不只是他的厚道,还有自身的虚饰卑劣。

核桃红肿了两眼,情绪低落。虽然事出偶然,却跟她的推波助澜脱不了干系。裴医生的失望疏远,让她感到无地自容。

核桃母亲早年患脑卒中(又称"中风")合并高血压,来一心做溶栓治疗兼康复,用了近半年时间,欠下大额住院治疗费用。出院那天,父亲千恩万谢,希望送女儿来诊所打工还债。裴医生说,债务可以从长计议,但孩子必须学个谋生本事。他资助核桃上职业学院学习护理专业,毕业后回诊所上班,挂账的医药费裴医生却再没有提起过。

独臂长云亦受恩于裴医生。当年他因工伤获得一小笔赔偿,可很快被离婚后破罐破摔的他花得精光,是裴医生鼓励他在山上培植食用菌,需要的菌种及技术,都是裴医生请县农林局的黄科搞定的。几年下来，长云成了镇政府表彰的脱贫典型。

搞事的几个人都感到了莫大的压力——那是发自内心的愧疚不安。

甄妮昏睡了三天。头上的碰伤并无大碍，她的虚弱、谵妄、痛楚，源于长期超负荷工作，加上最近承压，这次意外算是身心失衡的总爆发。三天后，她不愿再卧床接受诊疗护理（舒凤梅一直尽心照料），而是拖着身体自己上厕所，自己去饭厅吃饭。

无人知晓，甄妮仍在内心领受自我羞辱——那个运气不济、气象不祥的黑衣人，那个厄运的携带与播散者，那个被媒体公众声讨的催眠师——她在想象中反复清算惩戒自己的罪错。

舒凤梅悉心熬制的炖品，使甄妮的元气日渐恢复。她遍尝了土鸡、野鸭、斑鸠、鱼鳖跟黄芪、党参、天麻、当归等配伍的鲜美煲汤。几位愧疚的肇事者争相供给食材，那个瘦高男是甲鱼养殖专业户，出手尤其大方。

身体康复让甄妮心气变得平和，人际交往也由冷漠转为友善。"心由境变""境随心转"，"谐境"中的"心"感知到的外物不同以往，甚至有了全新的意义。

中秋到了，裴医生决定放假一天。除了留下三五人值班，其他人相约爬山，登高望远。回诊所后，中医翁老先生，以及诸位医生和几位志愿者各显厨艺，做了一顿丰盛的晚餐：腊土猪蹄膀炖方竹笋、红焖带皮羊肉、井水豆花、梅子河泡菜黄腊丁、蒸桐叶麦粑、水煮嫩南瓜、炝炒娃娃菜……还有舒凤梅和核桃提前做好的菊花糕、桂花饼。

培英小学校长覃水支,带来了学生们给裴校董的礼物——一只野菊花大花篮;壹医的志愿者曾一咏送来一筐红艳艳的山柿子。这俩小伙子都英俊健硕,留着跟裴医生一样的寸头。

参加会餐的特邀客人有三位:陈方贵、普旺村尤书记、裴主任。

饭厅里灯光明亮,四十多号人各自入席后,年近七旬的翁先生、尤书记和覃水支分别致辞,裴医生也几次举杯,向客人和员工们敬酒祈福。席间,微醺的裴医生用方言吟诵了刘禹锡的《八月十五夜桃源玩月》:

尘中见月心亦闲,况是清秋仙府间。
凝光悠悠寒露坠,此时立在最高山。
碧虚无云风不起,山上长松山下水。
群动悠然一顾中,天高地平千万里。
……

甄妮也说了些温馨的话,感谢大家的关心照料,也对此前自己的放任无羁表示歉疚。

"欢迎吕医生。"年纪最长的翁先生带头举杯。

"叫我甄妮吧。我虽然不是医生,但非常希望能帮上你们的忙。"

"未来的吕医生。"翁先生笑着碰了下甄妮的酒杯。

裴医生打趣说:"可以叫她栗子。"在当地,鼻音和边音不分,栗（吕）和妮同音。

"欢迎栗（吕）医生。"在座的男女老少都举起了酒杯。

甄妮开始参与诊所的事务。除了抽空学习医疗知识与医护技能，以及帮核桃、舒凤梅分担部分内务，更多的时间是协调、规范诊所的内部管理。

核桃的绝活儿是输液扎针，在对付那些不明晰或隐匿不见的老化软化硬化脆薄血管时鲜少失手——她那双胖乎乎的小手难以置信的灵巧。

裴医生四楼的大书房，面积达六七十平方米。房间并未特别装修：乳胶漆刷墙，防滑地砖铺地，宽大的玻璃窗采光充足；北墙、西墙分别有两个直顶天花板的大书柜，摆满书刊；宽大的花梨木书桌上，铺满或翻开或堆叠的书籍。稍有空闲，裴医生就会待在那里阅读。藤条座椅和榉木茶几后摆了张折叠床，有时如果熬夜太晚，他会将就在书房里休息。

甄妮发现裴医生的藏书多而杂。除了医学专业方面的，还有很多无关本行的"闲书"，包括文、史、哲、政治、宗教、军事领域的典籍。其中有不少闻所未闻、内容艰深的大部头。分类标签注明"专类（乡建）"的两格，有梁漱溟的《这个世界会好吗》《乡村建设理论》、晏阳初的《告语人民》，还有费孝通的《乡土中国》和《乡土重建》。

书桌上的相框中镶嵌着一张人像照片——一位前额开阔、眼神略显忧郁、蓄着哥萨克人式的茂盛胡髭、头发花白蓬乱的男性，神情睿智而安详。照片下方的签名是：

Albert Schweitzer（1875—1965）

她从书架上找到了几册有关这个人的书，并记住了他的名字：阿尔伯特·史怀哲。

4

甄妮愿留下来，核桃总算舒了口气，她为有机会弥补自己的过失感到高兴。常年奔波在外的陈方贵，也时常关照甄妮。听说她向翁老先生学习针灸，特意从县城买回一个硅胶人体穴位模型送给她。

对人体穴位的识记，如同一次发现自我的探索过程。借助人体模型，甄妮感知到人心与精神赖以成立的物质支撑——从头面五官到四肢百骸，从可见的肌腱关节、毛孔、血管到不可见的气脉经络，都是造物者浑然天成的完美杰作。对历经如此多磨难的身体仍跟自己不离不弃，她唯有庆幸。

除夕夜，一心团年，除了自家的四十多人，还有来自福建的一对中年夫妻——他们的子女已出国定居，不喜欢异地生活的老母亲独自留在普旺家乡。前年老人遽然病逝，是一心给了她最后的照料。夫妇俩多次表示要捐助诊所，这次就是特地回老家履行承诺。

屋外或闷重或敞亮的鞭炮声密集地响起，窗户外面，沉沉暗夜里突然亮起五彩缤纷的烟花。一阵伤感倏然掠过——甄妮思念起了壹江，思念起那些被她遗忘和遗忘她的人……

回到客房已是夜阑人静，她给滋滋、奶奶、父亲，以及陈姨、王姐、卢老师等人拟了一条短信：我在普旺辞旧迎新。没有手机，她用唇齿舌头将信息"发"了出去。

第九章

妮医生，栗医生

1

新的称呼，宛若新的肉身。甄妮寄生其中，有了不同的感觉和呼吸。渐渐的，她习惯了新身份。只有一人独处时才会偶然想起"甄妮"，想起以前的那些痛苦与忧惧。

位处普旺下河街的一心诊所，透过楼上的窗户，可以俯瞰颜色不断变换的梅子河——天气晴朗时，可以从清晨太阳映照河面呈现出的樱红、金红、海棠红，看到傍晚夕阳下的杏黄、橘黄、草黄，仅仅两岸的绿色，就有翠绿、艾绿、青绿、黛绿好多种。有时候，甄妮会散步去码头边，蹲下，掬起一捧河水——水中的倒影波动着，静止又破碎。

闲时，她会和核桃去后山，采回大束鲜艳的野花，用来扮靓卧室、诊室、饭厅和裴医生的书房。

她学会了一点方言，还有几首民歌——本地人说话的调门儿像唱歌，每句话最后一两个字词的声调都往上扬，听起来让人忍俊不禁。

在河边,她看见一个背背篓的老人。他也看见了她,于是一边自言自语,一边沿石阶下到河边,将盛樱桃的背篓浸入水里清洗。洗净的樱桃新鲜闪亮,他捧起一把送给甄妮。

忽然,身后传来急促的呼喊,回看是核桃,在诊所前舞扎着双手喊叫。见她没有反应,核桃拉开步子直冲下来。甄妮还没弄明白怎么回事,老人就弹起身,背上背篓,飞快地逃走了。

核桃喘息未定,结巴着告诉甄妮,这人是莲花村的疯老刘,著名的"武疯子"。他拿刀追砍过不同的人,点燃过邻居的房子,多亏发现及时,才没有酿成大祸。

"他好像挺正常呀。"甄妮有些疑惑。

"这件事儿,你听我的好了。"

过几天,老人又来了。这次背了半背篓鲜花,大把的百合、海棠、山茶、蝴蝶兰、金盏菊扎得整整齐齐。他告诉甄妮自己打算出远门,要是春节后还看不到他,就请抽空烧些纸钱,不是为他,是为他的孙女。老人说着呜呜地哭了:"我是个孤寡人的命啊,没有人能跟我过得长。"

他说自己一个人当爹又当妈,好不容易带大儿子,儿子成家后有了两个孙女。小的念小学二年级时,上学途中失足摔下了沟谷,在外打工的儿子媳妇并没有深责他。不料,之后唯一的孙女又离家出走了,这下儿子媳妇也音讯全无,不再回家了。他牵挂出走的那个,几次出门寻找,都没有结果。

"我大孙女叫刘玉珠,"疯爷爷说,"她出走前,跟金旺家媳妇骂架,头发给揪掉一大把。我实在气不过,放火烧了她家的木楼……"

甄妮用两张大钞,买下了疯爷爷背篓里的鲜花。她将花束拆散,一枝枝放入水波:"玉珠看到这些花儿,就会想起爷爷,回到家里。你不要再到处乱走了,应该待在家里等她。"

2

暮春的一天,甄妮跟裴医生去莲花村出诊。村子位于九曜山西面的台地,名为莲花实则更像莲蓬。巨大的花托上,麇集的人家如攒在一起的莲子。

随着海拔升高,沿途的山水让甄妮止不住惊叹,看来王姐说她老家风景美甲天下并非虚言。临夏时节,远远近近新绿嫣红,壑谷间林涛声回荡,不时有悦耳的鸟鸣传来。

搭了一段普旺去云盘的小客车,裴医生见甄妮兴致不错,建议分道后的一段路徒步行走。

乡村公路逶迤回环,林间野地的高树上,传来布谷鸟的啼叫。甄妮停住脚,仰头问:"这就是传说中的,啼血杜鹃吗?"

裴医生回答:"杜鹃鸟种类很多,我们这儿就有大杜鹃、三声杜鹃和四声杜鹃。文人笔下啼血的子归,据说是四声杜鹃。"

甄妮谛听了片刻,说:"这几个鸟儿叫的……好像只有两声呢。"

"叫两声的应该是大杜鹃。这种鸟有点'缺德'的。"

"怎么个缺德法?"甄妮感兴趣地问。

"就是一种寄生鸟，不会筑巢也不会孵幼。临下蛋时，雌杜鹃会飞到已选好的巢附近，模仿食肉鸟的声音，叫个不停。等画眉、苇莺类的鸟儿被吓跑后，它就趁机下一粒蛋在别人巢里。"

"啊哈，有这样不劳而获的鸟？"

"更恶劣的还没说呢。它会把人家的蛋全扔掉，只留下自己的。刚孵出的小杜鹃也许是天性使然，也会把没血缘关系的弟妹偷偷推出去，对孵育自己的'奶娘'没一点感恩。"

说完，裴医生拧开手中的矿泉水喝一口，继续赶路，留下甄妮在原地愣了会儿神。

还有草本植物叶片，在通常的印象中，也就是圆形、心形、扇形几种。可村边林地里，长势不错的黄连让甄妮开了眼界：这种植物的长柄叶是卵状带点菱形的。三角形顶端，对称的羽状"深裂"——越往下裂隙越深。裴医生随意而谈，甄妮忍不住插嘴："我有个发现，就是自然科学类的词汇很严谨。体会下，'深裂'这词儿有多准确！"

裴医生说："每门学科都自有其精妙处，以前有洞穴专家上云盘考察天坑，那些描述溶洞构成的词就很有意思，精准而简洁。"

这时，在林地除草的人发现了裴医生，男人和他女人都欣喜地奔过来。这家人种黄连有六个年头了，去年收获了第一季。四亩多林地，产出干黄连约五百公斤，收入近十万元。男人结巴着对裴医生讲述，女人在一旁兀自憨笑。当初，裴医生请农业局的专家来村里办培训班，他最先报名，黄连种子也是镇种子站资助的。

莲花村算得上大村寨，有近两百户人家聚在坝子尾端。这个有着三平方千米面积、上千亩良田熟地、在漆县也排得上名的大坝子，竟坐落在海拔近千米的台地上，不能不说是造物者的恩赐。

他们去看的是一个叫陶宝春的高龄产妇。她生养过，后来又失去了，那时的她已三十六岁。之后两度怀孕都习惯性流产，这次好不容易怀上，为保胎全家人如履薄冰。她整天卧床休息，连咳嗽都不敢用劲儿。

被婆婆、丈夫侍候着的孕妇，脾气仍旧焦躁，动辄发火生闷气。出发前核桃面授甄妮沟通经验："顺着她，她说啥都听着，你的耳朵就是她的药。"

得知裴医生要来，宝春家人早早收拾好房间，清扫了院坝，穿上八成新的过年衣裳，婆婆和儿子特意在路口迎候。裴医生和甄妮一出现，母子俩就上前接过背袋药箱，不住地千恩万谢。

光线暗淡的睡房里，陶宝春仰卧在床，双手放在隆起的肚腹上，嘴里一直哼哼唧唧。

"昨晚就说肚子不舒服——"婆婆比画着告诉裴医生，"今天早上呢，胸也痛起来了，还有点发烧。"

"不是嘴巴说，是真的痛。"陶宝春掬起头，眼角皱纹凌乱，她捋了下头发，对婆婆说，"这会儿好恶心，想吐。"

"都五个多月了，反应还这么大……"见媳妇自作主张地扭动身体，婆婆赶紧说，"莫动莫动，我这就去拿个盆来。"

老人快步回房时，见甄妮正在裴医生指点下，给陶宝春检查。

"这儿，还有这儿……"她引导甄妮的手在自己身上游走，胎儿还不大，肚腹只是微微隆起，灯芯绒样的皮肤略显松弛。

婆婆屏住气，目不转睛地盯视着，甄妮的手每移动一下，她的身体就颤动一下。

"可能是肠胃感染引发的不适。"不太有把握的甄妮先征询裴医生，接着又问婆婆，"她是不是吃了生冷的东西？"

老人摇摇头："没有啊，根本不准她乱吃东西的。会不会滑胎噢，那一年小产，也是从肚子疼开始的。"

裴医生接过听诊器，先听胎音，再听胸音，小手电照了下舌苔，简单询问后说："就是胃肠型感冒，问题不大的。注意饮食营养，清淡易消化，休息好就行了。"

老人松了口气。病人却若有所失。

"有备无患，开点中药冲剂吧，按说明先服三天。"

甄妮取药时，陶宝春说她脑袋也疼。

裴医生坐下，摩挲她的太阳穴，末了轻拍头顶："要放松点，别紧张别焦虑，别太执着自己的身体了，好心情比什么药物都管用。"

见老婆没什么大碍，男人就兴冲冲拉裴医生去看他新补的黄连苗。

宝春婆婆备好了丰盛的午饭，却没留住客人——裴医生被村长接走，甄妮则被疯爷爷引到了敬老院。

甄妮的现身给足了疯爷爷面子，因为他多次对老友们说起过栗医生，这会儿让大家看到了真人。打量着门楣上的牌子，甄妮惊奇地问:"这敬老院是你们村办的?"

"是啊!"一位跛脚婆婆愉快地回答,并递给她一个桃子。

这里有二十多位七八十岁的老人,多数来自本村,也有来自云盘和苍岭的。他们也并不都是鳏寡孤独的老人,有的是跟疯老刘一样身边无人。因为有了集体生活和专人照管,几位原本沉默少言的老人都学会了唱歌逗乐。

裴医生过来时,他们正在表演山歌对唱,往下又献上了独唱。跛脚婆婆嗓音清脆婉转,很是好听。一首唱完,她要裴医生也加入演唱,她跟裴医生是老熟人了,当初,裴医生跟村长张罗敬老院时,为住房问题,还征求过她的意见。

疯爷爷柔媚的假女声一枝独秀:"春天里那个百花鲜,莲花村来了个栗医生——"

裴医生和其他老人都跟着应合:"栗医生,妮医生,咿呀咿儿吆……"

3

六月底,陈方贵给诊所小卖部送货,顺便带来两个竹篓:一个装了条酒杯粗的白花蛇,一个装了只六七斤重的大公鸡。鸡是陈方贵在乡下买的,蛇是独臂长云在野地里抓的——

"乖乖,这下又有好吃的了。"核桃蹲下身,打量着篓子里的蛇。

蛇盘曲了几圈,把竹篓撑得满满的。

"嗯，龙凤呈祥，绝配。"舒凤梅说。

陈方贵笑笑："蛇是人家送栗医生的，你们起啥劲儿？"

"不就是独臂长云嘛，我还给他妈扎过针呢。"核桃说。

不过大家都明白，这是独臂长云想表达对甄妮的歉意。

这会儿，一个小男孩从牙科治疗室出来，正捂着嘴哭泣。为转移注意力，跟在身后的妈妈让他看笼子里的蛇。小男孩刚走近竹篓，蛇头就鞠起来，眼睛亮晶晶，嘴里吞吐着芯子。

孩子又哭起来。嘴一张，咬着的棉球也掉出来，拔牙位置再度出血。母亲拍拍他的背，没说两句，他哭得更厉害了。

"咋回事？疼得厉害吗？"甄妮也出现在门厅。

母亲扭捏着，只用责怪的眼神看儿子。小男孩吐出一泡血水，对甄妮说："别杀它，阿姨，别吃它。你看，它全身都在抖呢。"甄妮走近看，那蛇张开嘴，芯子轻晃着，小眼露出恳求的神情。

"放了它吧，阿姨。求求你。"

母亲很不好意思："这孩子心软。见人杀只鸡，踩死条蚯蚓都要哭。"

甄妮搂住孩子的肩，要带他再去咬一块棉球："我答应你，把蛇放了。"孩子半信半疑，并不跟她走。

甄妮喊来陈方贵，请他把竹篓提到后山林子里放生。

陈方贵对男孩说："蛇肉真的很好吃。不过你放心，阿姨答应了，我就做个人情。你救了这条蛇，过几年，它会变个漂亮姑娘来嫁你。"他一边说一边瞄甄妮，只要她高兴，不要说放条蛇，就是放老虎归山都可以。他提起竹篓，迈开大步就朝屋后去了。

"放什么放啊？"舒凤梅说，"杀了的蛇，不过是一堆肉。要是它死里逃生，绝对要来算账的。"

核桃语气也怪怪的："在蛇眼里，我们都成了歹人。"

两人一唱一和，旁边的男孩白了她们一眼。

裴医生从诊室出来，外面的动静也惊扰了他："不就是条蛇嘛，有啥好吃的？等周末，我来煮一锅竹荪野菌土鸡汤，保证不输鸡蛇煲。"

"鸡蛇煲不算事儿。"舒凤梅说，"核桃的意思是，那条蛇是带着仇恨走的，不来报仇才怪。"

裴医生哈哈一笑："你们啊，子不语怪力乱神，连孔夫子都不愿随便说这类话题。如今都啥年代了？我常说，不能整天就困在工作里，有空要坐下来读读书，多长点见识。"

裴医生未能如约煮他的山珍汤。周五那天，诊所多数人都出了门：郑医生去云盘；核桃去霞村回访中风病人；甄妮随陈医生去对岸庹家村，探视骨折的庹村长……而裴医生两天前，就跟一咏搭便车上南天谷，到"癌症村"栗坪调查取样去了。家里只剩下翁老先生，以及县医院来短期坐诊的屈医生。

星期天午后，陈方贵来电告知了一条坏消息：裴医生返程途中出事了。

从云盘通往甘酺的三级公路，弯道多，落差大，路况向来不好。尤其兔娃岭一段，上下约十五公里，是交通事故多发地。裴医生和一咏在栗坪待了三天多，本可以搭中巴先到甘酺镇，再转车回普旺，村长却一定要用村里的小面包车送客。在兔娃岭半山腰，为避让一辆超载的货车，司机猛打方向盘，结果面包车翻下路边陡坡。说来真是幸运，因为不是最险的路段，一咏和司机只是皮外伤，并无大碍，严重的是裴医生，一直处在昏迷状态。陈方贵得到消息后第一时间把长城皮卡开到一心，拉上屈医生和甄妮直奔现场——此时从甘酺过去的救护车还在途中。

曾一咏追溯说，面包车冲出路道时他也吓蒙了，醒转后自觉情况还好，司机也还清醒。山里本来手机信号就弱，于是他们赶紧自救：先简单处置裴医生的外伤，接着一咏在司机帮助下爬上公路，幸运地拦下一辆小货车。车主跟独臂长云同村，于是消息很快就传开了。

栗坪村村长也搭车赶来，一小群人聚在现场，协商裴医生的送医问题。商量的结果是继续赶回普旺，去县城路太远，如果去甘酺，还不如回诊所，镇卫生院的医疗设施未必比一心强。按屈医生的诊断，裴医生生命体征稳定，只是意识处于昏迷状态。

陈方贵为自己的疏忽懊恼不已，裴医生今天回普旺，他是知道的，但因故没能上山接应，而诊所的救护车正好在大修。陈方贵尽量把车开得又快又稳，可这条路弯多坡陡，路面养护差，随着车轮的颠簸，每人手心里都捏了把冷汗。

天色向晚，半轮灰太阳停靠在山尖的豁口处，皮卡车如一只硕大的甲虫，抓紧起伏的盘山路，轰响着前行——此时此刻，甄妮在后排座位上开始对裴医生进行唤醒。她把裴医生的头枕在腿上，揉捏了几个穴位，同时轻柔发声，仿若在传递某种只有对方才能接收的密码,并不时监听昏迷者的胸音。

在引擎轰鸣、山风啸叫的声浪里,甄妮俯身在裴医生耳旁,发出喃喃细语。这些声音的分贝太过低弱,但她那沉迷的神情,不断翕张的嘴唇,却让人不能不相信,裴医生肯定在听——用他的灵智或潜意识倾听。那不离不弃的密语,正穿越昏睡者感知封闭的硬壳,水滴般浸入他的潜意识。

甄妮的锲而不舍终于结出了果实。暮色合围后不久,裴医生的喉咙深处发出一丝痛苦的呻吟:他醒来了。或者说,他终于恢复了对身体和周遭空间的朦胧感知,车厢里沉闷的氛围由此裂开了一点罅隙。眼下离普旺已经不远了,借助顶灯的光照,甄妮打开一瓶矿泉水,自己先喝了一口(她快渴死了),再倒一点进裴医生干裂的嘴唇间。后者的喉结动了动,两眼撑开一条细缝,短暂的困惑之后,努力做了个微笑的表情。

翻过插旗山,就能看见低处的梅子河了。

原油般滞重的黑色水面上,浮动着点点暗淡的光斑,那是普旺灯火映现的倒影。

4

裴医生养伤的日子,不断有人来看望。跟曾经的患者们互换身份,他变成了被呵护照顾的病人。

这天上午,陈方贵送来半桶土泥鳅——他听说泥鳅营养丰富,对体弱气虚者有特别的补益。他把桶交给大厨,让他做一个豆腐枸杞泥鳅煲，自己则来到四楼的书房。

裴医生半倚在单人折叠床上，捧了本书慢慢翻读。陈方贵问候了几句，刚好甄妮端着药进来，她调了杯温热合适的水，让裴医生把药服下。

陈方贵趁机说："我其实一直都想知道，那天在车上，你是在给裴医生招魂，还是念经？"

"就算念经吧。"甄妮敷衍了一句。

"什么经？能不能念几句，让我这大老粗也听听？"

"当然不可以。"甄妮走近书架，自顾自翻书。

"那太遗憾了，本来想见识下的……哎裴医生——"

裴医生笑了笑，吃完药继续看书，对他的玩笑不置可否。

甄妮看向裴医生，指着标签是"专类"的书架问："我看这些书，多数都跟'乡建'有关？"

裴医生抬起眼："是啊，乡村建设，一个几十年前发起的伟大工程，可惜因历史进程的动荡意外中断了。"他说自己收读这方面的书也很偶然，前几年"三农"问题大热，著书作文的人不免会去钩沉历史，中国20世纪上半叶的"乡建"运动于是被"发现"了。后来官方与民间学界和"新乡建"人士，一起参与了相关的学术研讨，更有身体力行的实验实践。

"大四实习，我就在晏阳初当初搞乡建的壁县。不过那时很无知，听当地人说起这个人也没啥感觉。直到前几天读《晏阳初传》——噢，就是岳麓书社那本——我一下子就记起来了。不过更意外的，还要数遇上一个乡建的'行动派'……"甄妮调侃一句，随即又抿起嘴。

"别给裴医生贴标签了。追慕前贤的意愿不是没有，可世间事哪能依样画葫芦？现实羁绊太多，个人的力量太微弱……我勉强可以自主的，就是在这个小诊所，做一名乡村医生。"裴医生慨叹今天的中国乡村，依然程度不等地存在着晏阳初所说的愚贫弱私等问题，他的平民教育、乡村建设理论及多年实践经验的价值仍存，可当下的时代背景和社会环境，已经发生了沧海桑田的巨变。

对20世纪民国时期的乡建，甄妮之前并不了解。读了晏阳初传记和《告语人民》里赛珍珠对其作的访谈后，甄妮才知晏先生团队的成员大多是社会精英（包括若干毕业于哈佛、康奈尔等名校的博士）。他们不计报酬，自愿离开都市到贫穷的乡村工作，通过文化扫盲开发农民智慧，培养公民意识，以期达成政治自治，精神与物质脱贫的目标……这让她满心叹服："想不到在那么早的年代，就有那么了不起的一群人。这一段历史真是激动人心！"

"我们了解的历史肯定是残缺不全的。还有呢，就像生命不一定是由低级到高级一样，人类社会的进化也不见得一直向前，今人未必比前人更高明。在很多方面，我们的认知都需要从头开始。"裴医生的话语，让甄妮想起大二时那位颇受欢迎的马哲老师。

陈方贵有点茫然："咳，像我这样儿肚子里没墨水的，也没资格来说道裴医生的学问。不过我觉得，他更了不起的，不单是学问大、医术高，而是他愿离开县城回到乡村，真心为我们这些底层的人服务。所以最主要的，他就是一位有眼光、有能力、有爱心的大好人。"

"老陈，别给裴医生戴高帽子了。"裴认真地说，"每个人都有自己的优长，不管他有没有意识到。你也有了不起的一面嘛——疾恶如仇、正直大气、有担当，不计较个人的得失……"

陈方贵红了脸，连连摆手："我就没文化的粗人一个。不过呢，人是人非，我心头还是有一把尺子的。"

"呵嘀，要是回到古代，你就是仗义疏财的豪客一个！至于我，没你说的那么高尚，回普旺固然是想为乡亲们服务，其实也有自己的私心。要说个别人的不友善，也不奇怪，百人百性，十根指头哪能一般齐呢？"

"裴医生大人大量，我常常就做不到，以后要修身养性好好学习了。不过要改变自己的倔脾气，确实有点难，都说禀性难移哎，哈哈。"

"能不能做到真心宽容，或者说不以牙还牙、锱铢必较，我的体会呢，气量大小并不是根本，而在于你怎样看自己、看他人、看这个世界。"甄妮沉吟着说，"从个人失败的经验看，回到源头才是解决之道，那就是建立起积极健康的人生态度，还有思维方式。真正做到了这点，就不必过多担忧自己的行事了，因为你已无须刻意选择，一切只不过是天性的自然反应而已。"

裴医生轻拍了下掌："很好的思考嘛,悟性不错,可以打五分。"

"读书太少，单凭瞎想还是不行的。"甄妮有些羞赧，"可以自慰的是这思和想来自切身经历。唉，一个人的冲动盲目，误打误撞，会造成多少愚妄、错讹和伤害啊……回头看过去，曾经的自己就像个陌生人。"

陈方贵的手机响了,是舒凤梅打来的,要他去厨房帮帮忙。

房间里静下来,只听见座钟均匀的轻响。剩下两个人,气氛变得有点拘谨,语言之流出现了短暂的阻滞。

"没想到的是,裴医生也有偶像?"

"偶像?什么偶像?"

"阿尔伯特·史怀哲。"甄妮看向桌上的相框。

"噢。你是说他?我从来反对偶像崇拜,这也是我有了点独立思考意识后,给自己确立的原则。不过对于史怀哲,我真有发自内心的景仰。"

甄妮刚读完史怀哲的传记,对这位生于牧师家庭,二十六岁即成为哲学博士,外加天才级管风琴演奏技能的博学之人印象深刻。以世俗标准看,他本来前途无量,但为了救助非洲缺医少药的民众,他竟然在二十九岁时转学医科,耗时九年获得医学博士学位与行医资格,而后去非洲加蓬创建丛林诊所,将自己的后半生投入救死扶伤的事业。她本想说,像史怀哲这样博爱睿智、知行合一的人,说他是"圣人"也不为过,但说出口的却是"偶像是他,一点都不跌份儿"。

"一个人的事功,当然很重要,但这个价值判断还是表层的。史怀哲的伟大,除了社会实践层面的身体力行,更重要还在于他'敬畏生命'的思索,他对生命伦理学,对新时代道德文明的创建。注意他所说的生命,是包括所有生命在内的生命。"

"我的了解还很肤浅,但也不妨碍我对他的景仰。"

"好。我再推荐一部传记，算是奖赏——"裴医生慢慢起身，去书架上抽出一本书。甄妮接过手，迅速扫了一眼封面，压印在黑白摄影人像上的是仿宋体书名《特蕾莎嬷嬷传》。

座机铃声突然响起，核桃打来电话："下来吃午饭了。"

5

雷暴雨突如其来，奔袭了普旺、苍岭、云盘、甘酬等地，方圆百里内狼藉一片。一心诊所旁的古银杏被劈下一巨枝，荷花石缸里的水满溢出来。庭院里的花草东倒西歪，连油皂树顶的鸟巢也给撕破，巢里掉下的蛋碎在地上。

早上暴风雨稍息，天仍阴沉着。甄妮和核桃穿着高筒雨靴，跟男人们一起疏通院子里的积水。

梅子河水位上升，沿江公路小半成了水下世界。周边不断有灾情传来——山体滑坡、泥石流或洪涝导致房屋损毁、渠堰堵塞、交通事故频发，等等。伤亡人数不断增加。

对岸的茅儿盖庹家村，部分房屋遭遇泥石流，被困的人黎明时才全部被救出，有人受伤且伤势严重。村里电话打过来时，暴风雨尚未完全停息，乌云和闪电仍在搏杀，电话里灌满了雷声。裴医生去河边察看汛情，河水已涨到历史高位，那座八十年代的老桥，桥身大都浸没了，只剩下一小截栏杆露出水面。

转身回望，不少人都聚到了院坝里。裴医生右手高举雨伞，左手拢嘴边喊了一声："请郑医生和核桃准备一下，我们马上出诊，去庾家村！"他的声音被风吹散，变得七零八落，焦急的调门儿显得有点怪异。

回到诊所，裴医生的安排遭到大家的强烈反对，他身体仍在康复中，没有痊愈，不适合出诊；而且目前梅子河浪大流急，渡河相当危险，会游泳是这次出诊的必备条件。说来好笑，裴医生虽在梅子河边长大，却是个地道的旱鸭子。五岁那年，他姨妈来裴家走亲戚，不料俩小表兄弟，其中一个就淹死在这河里，此后母亲再不准他下河玩水。

反对的理由很充分，但裴医生更执着。"非常情况啊！"他说，"不怕的，带上救生圈嘛，旱鸭子就有了加持。"

经慎重甄选，最终敲定了出诊人选：郑医生（本地人，能在梅子河游几个来回的高手）、曾一咏（壹医校运会蛙泳亚军）、甄妮（上初一时横渡壹江，资深游泳爱好者），当然还有裴医生。

将常用医疗器械、药品和衣服打包，装入结实防水的工程塑料袋，再绑上救生圈，七八号人齐心合力把物品拉到河边。四位出征者身着短衣裤（甄妮戴了泳帽），每人一根长竹竿，点戳着试探下水。

裴医生先跟庾村村长通了电话，请他派村里的面包车到河边接应。

水流浑浊湍急，河面比平时宽了一倍多。雨雾混融交错，对岸山景模糊不清，酷似噪点过多的彩照。几个人摸索着，一步步往前。桥面没入水下，水深及胸，他们只能"游"而不能"涉"过去。

水泥老桥阻遏了部分水势，流速有所减缓，但桥栏外的河水凉飕飕依旧蛮悍。虽然水深有限，但来自左侧的激流持续冲撞身体，再加上不小的浮力，重心难稳，很难直立行走。甄妮叮嘱郑医生照顾好裴医生，自己则伏下身，和一咏牵引医药行李包，努力向对岸洇渡。

水流急遽地拂过体表，甄妮发力划动两臂，腿脚打水，肺叶扩张开来，心脏更沉实地跃动。等体肤跟水温相互适应，不再感到凉意，甚至有一点陌生而熟悉的温暖，她才惊觉很久没亲近河水了，她以前是那么喜欢游泳并为之骄傲！她发现身上的某些东西在消逝，另一些东西在复返，还有些前所未有的新物正在生成。这样的改变，让她兴奋之余又有点忐忑。

事后他们庆幸选择借桥过江的明智：因为有栏杆辅助，他们节省了太多力气，顺利渡河。郑医生是真高手，不仅耐力强，而且熟悉水性。一咏胜在反应敏捷，能随机应变。"旱鸭子"裴医生则难免紧张，到达桥梁中段时，一个涌浪瞬间漫过头顶，好在一咏和郑医生快速将呛了水的他托出水面。不过裴医生很快放松下来，他捋一把湿透的寸头，吐出口中水，放大肺活量发出"呵呵"的吼叫，就像他重阳登山时陡然兴起，放开嗓门儿长啸一样。

若以上帝视角，俯瞰几个微渺人类蠕动在汹涌河道中的滑稽情景，不免会生出某种哑然失笑却又亢奋悲壮的矛盾观感。

庹家村的车到了，一辆七座的金杯面包车。车内下来几个赤膊小伙子，从桥头进入浑黄的水浪。两拨人会合后，移动的速度加快了不少，大包医药物品和几个载沉载浮的人很快抵达了对岸。

第十章

襁褓似的蓝色群山

1

冬去夏来,甄妮在普旺已待了一年。

这四近的人好酒,也擅长酿酒、泡酒。诊所储藏室有一排瓷坛,全是用花果、中草药泡制的果酒和药酒。三个大坛子分别盛满百草酒、百花酒和百果酒。百草酒其实是药酒,由翁先生打理,另外两坛由舒凤梅侍弄。

泡酒的用料与配伍,从种类取量、材料成色到入坛时间,舒凤梅都有讲究。操作时她大多独自一人,神态动作庄重而专注,别有一种仪式感。

苹果花和樱桃花用的是花瓣,牡丹和大丽花用的是花蕊,金银花则是两两相对的整朵儿。当那金黄雪白的小喇叭花,被她举向窗前的日光下时,甄妮听见了自己咚的一声心跳,那透亮的花儿仿佛提前跳进了酒坛。要是滋滋在这里,不知会拍出多美的作品,她想。

百花酒不见得有一百种花,但几十种是有的。然而最终酿出的酒，香味却纯净而丰富，不是多种香气的叠加，倒像是一种全新的花香。酒的色泽如七彩霓虹般变幻不定，混沌复杂难以把捉。每逢舒凤梅开坛取酒（或是加料）时，甄妮都喜欢同她一起，从储藏室出来很久后，衣襟发梢都还弥散着酒香。

甄妮学泡了一小坛百花酒，品质上比舒凤梅酿的酒不消说逊色太多，却也获得了不少赞许。只要桌上喝的是甄氏百花酒，裴医生就会问一句，这酒怎么样？客人答，好喝。裴医生抿一口后眯起眼说，嗯，确实好喝。

说是移情也好幻觉也罢，在甄妮身上，裴医生发现了某个理想人物的影子，有时甚至是母亲的影子——无论她沉思默想还是低头微笑的模样，看上去都那么熟稔。

院坝林荫下，有一张青石方桌，裴妈妈以前常坐那儿做针线或诵《心经》。如今裴医生也会在那儿给大家讲点什么，桌上有时摆几本书，偶尔也有酒。裴医生讲医术、医道、社会世相，也讲历史人物、哲学故事。聊到忘形处，他会得意地抿一口酒。

酒后的裴医生，会跟大家玩一种文字接口游戏。比方说，游戏起始句：王峰从大同来。那么你可以接：一咏到莲花去。前者说两个名字，后者紧随说出两个不同的名字。游戏的关键是反应快，直觉对方的来意后恰当应对。裴医生做游戏大多是即兴无章法的，但一起玩的人需要心无旁骛才能接上。他说，闪电，你说，惊雷；他说，吃得苦中苦，你说，喝得醉中醉；他说，五味子，你说，牛蹄膀；他说，蚂蚁是大雁的影子，你说，蜗牛是苹果的鞋子；他说苦中有蜜，你说酸里带甜……

玩文字游戏时的裴医生,脸上一副顽皮的赤子神情,宛如儿童和成人的奇妙结合。在他身上,你会看到几种不同角色的混合:既像父亲、老师、兄长,又像同学、同事、知己。

有时,大家聚在一起品尝新酿的美酒,有人不知不觉喝多会失态。某次一咏喝多后,一改平时的腼腆斯文,露出强烈的表演欲。他先上自己拿手的保留节目——翻唱张楚的摇滚曲目《蚂蚁蚂蚁》,接着他又邀请水支配合他即兴表演。他率先出场身兼两角:一位是理性悲悯、极具共情能力的长者;一位是高考落榜惶惑茫然的青年。山村秋夜,黯淡灯光下两人促膝长谈(长者勉励青年鼓起勇气外出打工看世界)。一咏不断在两个角色间转换,时而扮演长者时而扮演落榜生⋯⋯开演不久,裴医生就呵呵地笑起来,因为那位长者的原型就是他本人。他没想到一咏还挺会演,尤其是仿他的说话腔调,细微的语速停顿拿捏得恰到好处,整体表演称得上惟妙惟肖,几可乱真。

覃水支则有点窘,有点被动——他接替一咏演落榜青年外出打工的戏份。他上场后,一咏改换身份成了他的女友,重头戏是两人在火车站话别的场景。那时水支扮演的青年已是南方一家公司的中层管理人员,收入和前景都不错,但他却萌生了辞职回乡创业的想法,只是一时犹豫不决,是女友的反对乃至分手促使他下定决心。女友站在月台上,伤心又恼怒地望着他:"你走,去做你的白日梦,去跟那个空壳壳(空心化的乡村)结婚吧。你以后吃下去的是草,吐出来的将是后悔药。"

青年说:"我承认,这样做在你眼里很傻。当人们纷纷逃离故土，我却选择离开城市，回到凋敝的家乡，但只要还有留守的人在，有乡村在，就有作为的可能。我是个傻蛋儿，不过做这个理想主义的傻蛋儿，却是我自己的主动选择。"青年说得动情，望着他的女友也满脸哀怨。

甄妮两眼热热的，侧过脸，瞥见裴医生用指头轻揩了下眼角。

2

一个晴朗的秋日，陶宝春婆婆托人送来一篮新鲜的石榴。收获的季节，这家人正满怀欣喜准备迎接新生命的降生。但好事多磨，陶宝春的肚腹突然又剧烈疼痛，之后，平时活跃的胎儿跟母亲捉起了迷藏——忽然感觉不到他的声息了。

"胎音很微弱。"这是裴医生和甄妮赶到后，第一时间做出的判断。

"孩子咋样了？"宝春丈夫问裴医生，又问甄妮。

甄妮冲口而出："可能早产，要手术！得赶快送医院！"

宝春丈夫在裴医生的沉默中嗅到了不祥，他看了看窗外的天色："天快黑了，几十里山路，怎么熬得到医院？"

裴医生把甄妮叫到门外，小声商量着什么。陶家人感觉到了事态的凶险，宝春哀求裴医生挽救孩子，婆婆则开始咒骂早逝的老伴，抱怨他留下自己，再三经受骨肉分离的痛苦。

裴医生进门俯下身，用胎儿听诊器再次辨听，正色说："确实很危险了，胎音几乎听不见，等不及自然分娩了。"

老人扑通跪下，抱住裴医生的腿："求求你，一定要保咱家母子平安。"起身又对甄妮作揖，"菩萨保佑，活菩萨保佑……"

裴医生说："送诊所肯定来不及了，孕妇也很难承受沿途的颠簸。如果就地手术呢，因为条件简陋，也要冒不小的风险，需要征得你们同意。"

老人的身体又矮了下去。男人则有些懵懂地问："你是说，就在这儿剖开肚子，取出小孩儿？"他环视熟悉的睡房，不由得打了个冷噤。

裴医生冷静地说："别无选择了——产妇有大出血征兆，胎心音接近消失。当然手术风险也不小，不过我决定这样做，自然是有所准备的。"

宝春丈夫伸出手，不明所以地拂了一把老婆的头发："你忍不忍得了啊……"对方茫然地摇了摇头。

裴医生打开药箱，取出一瓶碘伏消毒液，去外面用肥皂仔细洗了手，再用无菌毛刷蘸消毒液刷手，戴上一次性消毒手套，示意甄妮充当助手。

这毕竟不是拔牙或割个疮痈。甄妮虚汗一下子涌出来："麻醉怎么办？"她压低嗓门儿问。

"只能尽量减轻疼痛吧。这是剃刀，给她剃一下毛发。"

"憋不住你就叫，怎么好受怎么叫。"丈夫换上一颗百瓦灯泡，边往外走边嘱咐老婆。

陶宝春解开的内衣已经汗湿。等她的呻吟稍缓，裴医生柔声说:"不要害怕,尽管没有麻醉师,但手术刀上蘸有麻药,不会太疼的。即便有一点疼,为了宝宝,你也愿意忍受,我说的对吗?"陶宝春点头,但听到手脚需要固定起来,她的牙齿即刻就上下叩响,身体哆嗦着,耳朵也抖个不停。

"放松点,别紧张。闭上眼睛,眼睛闭上后,身体更容易放松下来。不需要固定手脚,你爱你的宝宝嘛,手脚会听你话的,心思啊,身体啊,都会听你的支配。你相信裴医生,也相信我,我们都希望宝宝顺利降生。相信我就按我说的话去做吧,这很重要。注意力放到你的呼吸和我的声音上来。好的,深深地吸一口气,再慢慢呼出来。做得很好,再来,深深地吸气……"

在裴医生为陶宝春消毒时,甄妮就开始了催眠——也可以说这之前就开始了。那是序曲,催眠的序曲,手术的序曲,也是仨人共同迎接新生命的序曲。

如果将他俩的合作视作一阕起伏跌宕的乐曲,主刀的裴医生是主声部,甄妮的催眠是背景音或和声。他们相互配合,使演出默契、和谐而完满。

甄妮的语音柔和明快,像掠过石榴枝头的秋风,宝春听取指令的反应温顺灵敏,宛若风中果实。裴医生则全力以赴,他经验丰富,双手剪切、探取、结扎的动作与甄妮的声音、产妇的呼吸融为一体。

屋外的人在凝神听取动静。宝春最初的呻吟让母子俩心慌意乱,之后的安稳和甄妮的抚慰让人渐渐心安。老人几番想回屋去探个究竟,都被儿子果断喝止。她倚住石榴树的躯干,念了若干佛菩萨的名讳，情绪依旧难以平静，于是改为半蹲半跪在树下。当她再也保持不了这个别扭甚至痛苦的动作时，突然听见屋里传出嘹亮的啼哭声……

新生儿的哭声解放了煎熬中的奶奶和母亲。实际上，从切开皮肤、皮下脂肪和筋膜——分开腹壁进入腹腔中的子宫——切开子宫吸出羊水——取出胎儿切断脐带，裴医生只用了半小时左右，倒是往下缝合多层伤口耗费了更多时间。当看到婴儿平安无恙时，陶宝春幸福地笑了，终为人母的喜悦让她忽略了疼痛与疲惫。

事后，甄妮对裴医生说："没有麻醉师，这个手术还是有点冒险哎。"

"催眠师也可以是麻醉师。"

"事后诸葛亮吧？我自己当时也没想到的……"

裴医生笑而不答，看上去像是喝了百花酒。

3

这年的秋季异常短暂。两场肃杀的霜冻过后，大雪就下来了。

对于雪，甄妮有着特别的体验和感动。有次出诊遭逢大雪，白皑皑的群山恍若不远千里来探亲的西藏，而疾走在她视线里的裴医生，如同一位仁波切。从大白岩顶下来，搭上渡船，裴医生很有兴致地去操弄船桨，老船工正抽一袋草烟，见甄妮用手背擦眼，便抱歉地说："熏着你了吧，呵呵，老糊涂了。"甄妮赶紧回道："跟您没有关系，是刚才被风刮的。"

半月后，从瓦当寨回来的路上，甄妮意外崴伤了脚踝。她坐在地上望着裴医生："这下麻烦大了，回普旺还有几十里路呢。"

裴医生把手中的棍子递过去："不要紧的，把这个拿上，我扶你去渡口。"

好不容易慢慢挪到渡口，不料渡船泊在梅子河对岸，天色近晚也不见老船工出现。

"怎么办呢？没船咋渡河……这一带荒山野岭的，也看不到个人家。"甄妮有点发慌。

"没关系，今天如果走不了，还有渡口小屋嘛。"

那个夜晚的蓝，像极了西藏纳木措的蓝。黛蓝色的天穹下，河道曲折，峡谷逼仄凌厉。裸裸似的蓝色群山，寂无声息地偃伏着，如同被催眠了一般。

渡口小屋大约七八平方米，片石墙，油毛毡盖顶。里面有火塘，松木火铺，三只棕编坐墩，一张粗笨的小木桌。

裴医生让甄妮倚躺在火铺上，自己弄来细木柴引燃，再架上两个大杂树疙蔸。没多大工夫，火塘里就烧得红彤彤的，冰窖样的小屋很快温暖起来。

泥炉旁有块木质搁板，上面有几样干净的厨具，简单的油盐调料。没发现什么吃食，只见屋角竖了只饱胀的大麻袋。扒开袋口看，里面是又圆又大的鲜土豆。

"发现了好东西，可以饱餐一顿了。"他从口袋里取出土豆，放在火塘边上烤着。

"别看它不起眼,却是世界五大粮食作物之一呢。高含钾,抗衰老,防中风,还有减肥的作用。"裴医生瞄一眼甄妮。

"土豆啊?我从小就喜欢的,百吃不厌。"

甄妮一边答话,一边让裴医生给她脱下鞋子,喷上跌打损伤药液并轻揉脚踝。看着他在小屋里转来转去,忙这忙那,突然觉得他特别机警——面对不同的事态境遇,能及时做出恰当应对。他那个出诊用的大背包,被一心的同人称为"百宝囊",常常魔术般变出急需的东西来。比如眼下,他就从里面拿出了两瓶矿泉水,一听午餐肉,一袋辣白菜。

"我发现,你的生存应变能力,比一般人强太多哎。"

"不奇怪啊。我们这代人,本来就是在缺吃少穿的年代长大的,所以嘛,可能更能吃苦一点。"

"不只是吃苦。除了耐受力,还有思维方式、生活习惯的不同,比如凡事都会未雨绸缪,给自己留下余地。"

"你要这样表扬裴医生,当然也说得过去。不过换个角度看呢,何尝又不是一代人的谨慎保守作风呢,这大概也是环境塑造的结果?"裴医生从火塘边直起身,"来来来,你先吃点热乎的东西。河谷地风凉气温低,不补充能量还真有点难熬。"

高温灰烬烤熟的土豆,外表灰头土脸,内里却热乎粉香。甄妮掰开一个,像吃汉堡样夹进辣白菜和午餐肉——"这是我吃过的最可口土豆,又香又面!"她太饿了,一气吃了好几个。

裴医生举了举剥去一半皮儿的土豆:"还得感谢老伯的渡口小屋,不然到了明天,人们也许会见到两个冻僵的人。"

"可能是两个高人呢。两个武林高手,以风雪为伴,宁静为食。"

裴医生咬了口土豆,会心一笑。

温暖的石屋里,他们随性而聊,无意间说起了自己的过往。20世纪80年代的大学校园,在裴医生记忆里,是不同"思潮"相互碰撞的地方,学生们积极关注社会改革进程,理想主义热情空前高涨……当时研三在壹医附院实习的他,"医途"似乎一片光明,毕业后却被派遣回了家乡漆县;后来,他执意从县医院辞职回普旺办诊所,这一变动最终导致了家庭的解体……

甄妮则说起了奶奶的失踪,跟父亲、继母还有齐越、舒那茜、叶滋滋、马新绿等人的恩怨情仇:齐越的江边"岩画"与初吻,辞去记者后的西藏、杭州之旅,同滋滋的生死之交……被动回乡后的她自弃失眠,幸好发现并爱上催眠,由此创建离离工作室并意外走红,但出事后墙倒众人推,登雅自缢轰毁了自己最后的心理支撑,于是在神思恍惚间出走……

她在倾诉,更是在省思盘点……因为一重时空之幕的间隔,原本生命中过度熟稔却认知模糊的至爱亲朋,如今却显影得更为真切清晰。那些曾经的赤诚与背叛,挚爱与寇仇,单纯与心机,沉溺与疏离,沉静与疯狂……在滤去了当初情绪的扰乱后,反而能重新给予冷静的省视。

说起跟好友新绿的隔阂,甄妮突然哽咽,眼泪大滴掉落下来。

"新绿觉得滋滋的人生处处顺遂,其实是她误会了。人生从来就是五味俱全,哪可能占尽幸运。滋滋的感情生活也受过很大伤害,只不过她选择了退让而已。滋滋最让人着迷的地方,就是她既自律又自由。"

裴点点头："自由与自律，其实是一体两面，要让这两者融合无间，一般人恐怕很难做到。"

甄妮望了望火塘中艳红的火焰，迷醉地说："有一种特别值得珍惜的情感，处在爱和友谊之间的模糊地带，比友谊亲密，比爱情更纯净。遇到它需要福报，葆有它则需要理智和信仰。"

"嗯。一是养护，二是保持适当距离吧？如何把握其中的分寸，的确是对人性的大考。"

"回想起来，当时的我，对新绿可能还缺乏真正的信任，潜意识里觉得彼此的情谊并不对等，但她的确有着纯良的天性，愿意为他人无私付出。"

"有时候，我们会眼看美好一点点消逝，甚至会放任或加快消逝的速度……等到醒悟过来，曲终人散，一切都来不及了。"

"是啊。"甄妮凝望着他，"看看这个吕白（屡败），是不是穿着又厚又沉、罪孽深重的盔甲，像一位滑稽的小丑？"

"我可没看见什么小丑，只看见一个姑娘。一个比我原先想象的，还要温柔善良的姑娘。"

"真的呀，那你也是魔法师，这样赞美一个弄砸了锅的催眠师，一个靠近谁就失去谁的倒霉蛋儿。"

"甄妮，你一定要相信，你是这世界上少见的好姑娘。真的，你都不清楚自己有多美好。"

……

两人的对谈如跃动的火苗，暖洋洋晕乎乎，焕发出某种催眠般的修复力量。凛冬寒夜,在梅子河的渡口小屋,他们自身就是炭火——彼此自燃和互燃着体内的光热,曾经的苦乐荣辱,都化作了炽热的柴炭。

曙色来临,不规则窗洞外偃伏的蓝色群山,随着一点点明亮起来的太阳,渐渐变幻为钢蓝、黛绿与青紫。

甄妮弹起身,将地上的大包抡到肩上。裴医生伸手阻拦:"脚怎么样了?能自己走就好,包不要背啦。"

"你应该说,你的脚已经完全好了。"甄妮原地轻盈地跳了跳,"没什么事了,情况正常。"

"啧啧,是我小瞧了催眠师,不知道她也是个魔法师。"

第十一章

最早的春天

1

裴医生兴致好时，会下厨做几样可口悦目的菜肴。当你端起一碗金黄中点缀着几丝翠绿玫红的小米粥，品尝蔬果米粟的清香时，会沉迷于食材最单纯原初的滋味，直到听他轻敲盛菜的盘盏，你才如梦乍醒般回过神来。

享受美食的间隙，甄妮也会即兴玩玩催眠——当裴医生醉酒或醉菜（一心流行的新词）时，她会脉脉地瞩望他，然后用一个响指叫"停"。此时口若悬河的裴医生防线全失，瞬间的催眠让他憨立桌旁，满脸满眼的笑意，须发间闪烁着细小的光芒。

甄妮终于发现，裴医生才是转换意识的高手：他会在不经意间进入你的下意识。待你察觉时，你已不是原来的你——你比以前更像自己，或者说，更像理想中的自己。

一有空闲，甄妮就会待在四楼书房里乱翻书。不一定读，但心中充满喜悦。有天午后，她看见裴医生的记事活页新抄了一段文字——

他种果树已经有30多年的历史。当时他正在给桃树浇水,他告诉我,种好果树除了书本知识外,一定要善于观察,比如说给树浇水,一定要掌握时机,浇早了,树还在冬眠,会把树害死;浇晚了树已经长出大片的叶子,这时大量的水分对树的成长也不利。

甄妮问裴医生啥意思,对方答,就是那个意思啊。她说,真的这么简单?裴医生说,简单有啥不好。本来简单的事,难道非要弄得复杂?她再读一遍,总觉得文中藏有什么深意。

见她一脸迷惑,裴医生有点无奈:"看来语言越是浅白,读的人越容易生出机心。你会想,这么简单的意思,写出来干吗?于是,打开感觉智力的触手或鼻孔,东摸摸西嗅嗅,想探寻有没有隐藏的信息。"

"醉翁之意不在酒吧。说的虽然是浇树要掌握时机,但也可以引申到别的事情上去啊。"

"当然可以。"裴医生拨了拨火盆里的木炭,"我是说那段文字本身是明白的,并没有想象的言外之意,至于读者怎么理解,那就见仁见智了。过度解读也好,无中生有也罢,那是你联想创造的自由,但这些延伸的意思未必是作者写作时的所想。"

"好吧,按你说的,就一段大白话……只是我这笨脑子,搞不懂裴医生的煞有介事——"

"哎,语言的歧义当然是存在的嘛,要是再加上修辞,解读的空间就更大了。不过作为读者,对文本有误读也是很正常的事。"

"绕了半天弯子,结果你的看法跟我没啥区别啊?"

"我说的是本然、或然两类情况,它们各是独立的存在,不应该随便搭装在一起吧。"裴医生半开玩笑地回答。

"呵呵,今天算是发现了一位辩手!只是觉得方法有点,接近诡辩。"

"是吗——"裴医生歉意地拱了拱手,"多谢栗医生谬奖。"

差不多同时,两人都哈哈大笑起来。

甄妮身后的窗外,大雪还在撕棉扯絮般地下。

2

过完元旦,村里开会商讨春节活动的安排。裴医生说:"每年大年三十,大家都傻坐在电视机前看'春晚',能不能搞一台普旺自己的'村晚'呢?"潘村长一愣神儿,接着赞道:"好主意!"沉缸酒业的胡总也拍掌称妙,并表示他可以资助"村晚"的费用。

"村晚"班子很快就搭建好了:潘村长、卢书记和胡总任组委会主任,裴医生任总策划,甄妮、曾一咏任总导演,覃水支和"打工诗人"阿柔任艺术指导。他们分工负责节目统筹,主持词撰写,还有舞美设计灯光音响等方面的协调。

晚会彩排定在腊月二十二,整台节目的搭配、调度、主持人串词磨合等,都需要通过彩排来落实。

天气雨雪交加,空气湿冷,甄妮晚上排练回来,头和嗓子有些酸痛。去药房拿了点药，回来时碰见裴医生。裴定睛看了看她泛红的脸，一言未发跟到了五楼卧室。他先倒水让甄妮服药，接着去厨房拎来一桶热水，倾入柏木脚盆，吩咐甄妮说："赶快，把脚伸进来，裴医生今天客串一次洗脚师。"

水很热，确切地说是很烫——入水的一瞬脚掌有强烈的灼痛感，以至引发身体的激灵。正确的应对是蛰伏不动，等待环围的水温慢慢降低……

甄妮阖上眼，放松全身，耳听裴医生浑厚踏实的男中音：

"放松脚心，放松脚趾，放松脚背、脚后跟……

"请专注地想象，现在你正置身幽深的山谷，四周古树参天，鸟语鹿鸣，脚下是热气腾腾的温泉。泉水涌动着，轻轻按摩脚掌的穴位，白色水蒸气笼罩着你的身体，滋润肌肤，打开毛孔，贯通所有的经脉……从头到脚，从里到外，你都感觉愉悦、通透和舒服……"

这语词、调门儿、音色带来的体验难以言喻。甄妮没想到裴医生会来这一招儿，只是很快感到了身心的舒适：轻软旷朗的感觉从头顶流布到肩臂到手指再到下肢。待水温合适，脚掌、脚踝由寒凉到发热，水波开始荡漾有声，她察觉到一双温暖有力的大手在摩挲自己的脚，力道由轻到重又由重到轻。脚心、脚背、脚趾都在享受按摩揉捏，加上推压扣打，脚心、趾间的穴位持续生出反应，一点一点地回暖，郁积造成的心塞、窒闷得以纾通，头顶和太阳穴的压力化解了，体内一股暖流，正缓缓流淌……

夜气冷冽，乡间的夜安静极了。

"少吃药，慎输液，多走路，勤梳头。烧盆水，泡泡脚，血脉畅，好睡觉。一觉醒来，耳聪目明，神清气爽，充满能量……"裴医生的话语变成纯粹的声波，一丝丝进入耳道，传往大脑听觉中枢，再播散至全身心——听闻里，裴医生的声音越来越低弱、邈远……随着体感的漂浮混沌，意识也变得暗昧闪烁，不知不觉间，她坠入了深深的黑甜乡。

裴医生起身站立片刻，替睡熟的人披好被子，踮着脚移近窗户。窗扇是外开的，他推出内层防蚊纱窗，沁冷的气流一下涌进来。微微的寒噤，脸面感到来自江野的气息——视界内物体的轮廓都模糊不清，只察知有细密的雪霰在持续洒落……

过了一会儿，裴医生从不由自主的神游中惊觉。他拉回纱窗，看了看熟睡的甄妮——她面色红润，呼吸匀称，鼻翼徐徐翕张着。裴医生离开房间门锁弹回时，顶灯已灭，只剩下床头灯和微温的夜气。

3

除夕下午，英武殿被灯笼和彩旗、彩带装扮得喜气洋洋，戏台边的空地架起了十余堆待点燃的柴火。舒凤梅的婆婆说："烧柴纯粹是浪费，年夜饭酒足饭饱了，人人心头都有一盆火。"普旺人习惯喝家酿的果酒、粮食酒，都为御寒储备了热量。

诊所的同人也喝了酒。裴医生脸和脖子潮红，却调侃甄妮："栗主持满脸红霞，就不用化妆了。"

甄妮替代主持小华是临时决定的。小华是诗人阿柔的女友，在漆县电视台做过栏目主持，因小华父亲病危，两人昨天赶回老家栗坪村去了。

晚会在锣鼓、唢呐、丝竹的合奏及掌声中开幕，台下挤满密密匝匝的观众。穿玫红旗袍的甄妮和西装革履的曾一咏刚上台亮相，身后幕布即刻投射出几个金色大字：最早的春天。龙蛇飞动的草书出自翁先生手笔。

甄妮："亲爱的爷爷奶奶们——"

曾一咏："亲爱的爸爸妈妈们——"

合："亲爱的兄弟姐妹们，大家过年好！"两人的音声都元气饱满，仿佛灌满了陈年佳酿。

裴医生、胡总跟村委会的人微笑着坐在前排。酒的甘洌还未从舌尖消散，裴医生记得最后喝的是一杯猕猴桃酒，色泽鲜绿，像入春的梅子河水。

开场节目是童声朗诵。表演完毕，甄妮随口接诵：

我长兄，在他乡，年年作客，久未归家。我在家中，思兄无已，写信一封，问兄安否？

调子有点感伤。好在她话锋一转，控制住了自己的情绪："感谢各位父老乡亲的光临，在这里，我想向远在米耶的新月婆婆致敬。刚才孩子们的朗诵和我念诵的句子，都来自新月婆婆珍藏的国文老课本。我虽无缘跟她谋面，但早就听说她的美善，她葆有的珍稀的人性乡情。借此机会，我也要向在场的长辈致敬。在这欢乐时刻，你们都是温暖都是爱。"

　　台上的音效、灯光道具都是从县文化馆借来的。彩排时音响出了点故障，赶制的演出服装也让人放心不下，好在今晚一切顺利。甄妮的台风优雅大方，措辞举止也恰到好处。

　　彩排时，裴医生为近三十位大婶参与的民歌联唱捏了一把汗，因为编排的曲目多，合唱或小合唱的声部很容易搞错。他建议弄简单一点，甄妮却信心满满。舒婆婆更是用夸张的阳剧念白说："放心，放心，放一万个心。"的确，这些朴实的歌者一经登台亮相，个个都显得灵气四溢，神采飞扬。

　　联唱结束，应观众的强烈要求，合唱者又演绎了一曲《春之声》。这是首纯音乐，从头至尾都是鸟儿的鸣啭，和声的难度很高。虽说是临时加演，效果却非常好。当地人原本就擅歌舞，几十位妇女模仿春天森林里的鸟鸣，用婉转的嗓音唱出了自然的天籁。

　　侯老师（阿柔父亲，小学教师）的小品也大受欢迎。他既是脚本的创作者，又是角色扮演者。小品主题是对乡村赌博恶习的讽喻，表演幽默，细节生动，逗得人们开怀大笑。当父亲问负债的儿子，麻将薅（搓）得薅（搓）不得时，台下观众大声呼应：薅不得！薅不得！这时，裴医生有点后悔，是他独断地拿下了一咏和水支上次表演过的拿手节目，他俩确实演得不错，可裴医生又不想再次被赞美。

　　相声和武术表演结束后，晚会进行了第一轮抽奖。抽取的是幸运观众奖，抽奖嘉宾有马婆婆老两口、阿柔爷爷、村长的母亲

163

等八位老人。他们都穿上了过年的新衣，戴着厚厚的帽子围巾，手伸进票箱时兴奋得像小孩子。

几位男子合作表演了《喜庆锣鼓》和《面具阳戏》，往下由舒凤梅等十几位妇女表演走秀。这些腰系花围裙、扎彩色头巾的年轻母亲，或背背篓或担水桶，或顶木盆或扛锄头，喜滋滋、笑盈盈、颤悠悠地朝观众走来。她们多数常年在外打工谋生，可这会儿的身姿心神又暂时回到了农耕生活。那真实的欢乐既含伤时之美，又有几分怅惘迷茫。节目的背景音乐烟火味十足——乐声来自锅碗瓢盆的击打，在后台，几个老汉用铸铁、陶瓷、瓦石、竹木诙谐地传达了多味儿的人生。

走秀结束，一群小孩儿上台向母亲献花——这不知是谁的临时创意。那花束，是下午新采摘的蜡梅。

第二轮抽奖后，裴医生登台，清唱一首荷兰民歌《白兰鸽》。甄妮熟悉这首歌，但以前没怎么对歌词上心——

当那曙光渐渐明朗

这是一个新希望

一年之计在于春

一日之计在于晨

它享受了春的光线

尝到了新鲜的空气

它见到了白云欢腾

蓝色天空真灿烂

哦，它是一只白兰鸽

爱在那蓝天飞翔

哦，它是一只白兰鸽

遨游那丘陵山冈

在白云下面自由飞翔

……

最末的音符落定，掌声响起，两位"走秀"表演者从后台折返，将各自的蜡梅献给了裴医生。甄妮很欣赏这样的"节外生枝"，当观众让裴医生"再来一个"时，她也有意推波助澜。

掌声让裴医生稍显羞赧："抱歉，演艺不是裴医生的专长，这样吧，我请栗医生表演一个魔术——"他清了清嗓子，"'村晚'已过半，气温有点下降，希望大家都满怀喜悦，一起来分享温暖安宁。"

甄妮眉梢嘴角发出会心的笑："裴医生不愧是太极高手。好吧，我这儿就献丑了。"她自己先合拢双目，"各位观众，请轻轻闭上眼睛，调深调匀你的呼吸……"

灯光转暗，台上的人率先阖上眼，台下观众追随模仿。那些依傍父母的小孩也做得像模像样。

甄妮凑近话筒，压低调门儿：

"请专注你的身体，深长，自然地呼吸……

"当你自由呼吸的时候，你会感到特别放松，特别舒适。现在，请想象梅子河水在我们身体里，欢乐地流淌……"

人们阖上眼。台上的声音短暂消逝,低处的梅子河水和远处零星的犬吠重又响起。

甄妮接着引导:"请继续往下想,红彤彤的太阳正从插旗山后慢慢升起,明亮的光线从头顶流向你的脸颊肩臂,流经你的前胸,后背,小腹,腿脚,你的骨肉血脉通畅又温热……

"头顶的太阳正一点点降低,一点点变轻,像一个红色气球,慢慢接近你。它进入了你的头颅和胸腔,与你的心合而为一。你怀揣一颗滚烫的小太阳,全身暖融融明亮亮……"

甄妮睁开眼,目光掠过黑压压的人群,再将视线一点点抬高……群山之上是冬夜的天穹,银河清浅,猎户星座腰部的三星排列一线,闪耀着暗淡的星光。记得儿时奶奶说,除夕夜三星高照,福禄寿大全,预示新一年平安幸福吉祥。

"从插旗山后升起的太阳,一直都在我们心中,随时都可以点燃。我们每个人的体内,都潜藏有无穷的光芒,无限的潜能……它会照亮我们的新年,我们生命的将来……"

伴随着甄妮梦幻般的尾音,灯光转亮,曾一咏快步来到台前:"栗医生的魔术非常精彩,我想在场的人都感受到了她的温善赤诚。不过我还是提议,裴医生再表演一个节目。大家说好不好?"

台上台下,赞声和掌声同时响起。

裴医生抱拳说道:"今天很遗憾,翁老先生因小恙未能来现场,我们错失一个欣赏他书艺的机会。老先生的字可是普旺一绝。没有玉,我来献丑抛几块砖,替翁先生献上贺岁的书法。"

变戏法似的,一张长条桌同纸笔墨砚出现在台上,曾一咏和舒凤梅一左一右铺展好宣纸。裴医生凝思片刻，蘸饱浓墨，倾身运笔。一幅健劲沉实的楷书就展示在大家眼前——

德风熏漆县
法雨润苍生

甄妮心中微惊，暗忖裴医生心事仍重。
接下来的一幅变成了汉隶——

插旗山间飞明月
梅子河上漾春风

最后一幅行书字数稍多，裴医生花了好几分钟才写定。

"依我所见，裴医生的字如舞蹈的花草，又像移动的城堡，变化多端，有迷人的活力。"曾一咏眯着眼睛说，"那些本来熟悉的汉字，在书写中显得陌生复杂起来，恰如古代的兵阵，蕴藏着难解的奥义与神秘。只是我才疏学浅，无力做出更具体的阐释。"他后退了两步，"我把难题交给栗医生，看她能否为大家解谜——"

甄妮趋前半步："我不是解谜师，跟裴医生相比，只能算半个文盲。诗人阿柔本想在晚会朗诵他的新作，不料有事来不了现场，我代他献上一首诗，也就是裴医生第三幅书法的内容。"

一咏与舒凤梅展开字幅，甄妮旁移几步，继续说："写下这些文字的不是诗人，而是一位矮小瘦弱的老人，她毕生都在印度的加尔各答为贫病者、孤儿、流浪汉和垂死者服务，她的善行成为道德力量和人性至善的见证。她创建的慈善会资产超过四亿美金，而当她以八十七岁高龄去世时，留下的个人财产只有一双凉鞋和三件粗布纱衣——她，就是在全世界备受尊崇的特蕾莎嬷嬷。"

这当儿，场边的柴火堆按晚会既定流程点燃，木柴噼里啪啦的爆裂声，加上撕开夜幕愈燃愈旺的火焰，恰好构成了甄妮诵读的背景——

> 我们大家都渴望他所在的乐土
> 但是这一刻我们就有能力与他同在
> 此刻，快乐与他同在的意义是
> 像他一般的慈爱
> 像他一般的帮助
> 像他一般的给予
> 像他一般的服务
> 像他一般的拯救
> 一天二十四小时都与他同在
> 在他苦难的化身中接触他

念完以上文字，甄妮静立着一动未动，仿佛被自己的声音催眠。宣纸上墨色绵延跃跃欲动，似是呈现深隐的存在或生命之谜。

压轴歌曲《美乡普旺》开始时，旧岁已尽，新春将临，前排嘉宾及晚会的所有表演者和观众都放开歌喉，台上台下的人悉数加入了热烈的大合唱。这首歌的词由阿柔、曾一咏联手创作,曲调则改编自当地民歌《太阳出山》。第一段音乐未完,零点的钟声敲响,后台锣乐齐鸣,备好的烟花爆竹噼里啪啦炸响或升上夜空——新的一年由此开始了……

晚会结束,人们却意犹未尽。一些青年男女围着篝火,摩肩接踵跳起了接龙舞……随后又有不少人笑闹着加入,不规则的舞队连成了曲曲弯弯的长龙。

回程中裴医生吹起了口哨,那是一首他最喜欢的秘鲁民歌:《老鹰之歌》。片刻后,又跟同事们玩起了接口游戏——

"好美的夜晚!"他说。

"最早的春天!"甄妮答。

语词经过他们嘴唇,像轻盈的燕子。

第十二章

不管怎样

1

一辆大货车载着巨大的桂花树停在诊所旁。三个男人从驾驶室爬下来，闷头走进裴医生的诊所，领头的中年男人惴惴地问："我们，拉了棵树停在楼下。这是前两天，召集全村人投票同意的。希望您能收下……只是搁在啥位置好呢，院坝呢还是屋后——您看？"

一位刚检查过鼻炎的男子走出卫生间，瓮声瓮气地说："吓！是栗坪来的树，会不会也得了癌症噢？"他一边说，一边下意识地捂住口鼻，似乎担心被传染。

栗村长（领头的中年男人）横了他一眼，说："栗坪人得了绝症，不假。可这棵树还好好的，送它下来，算是死里逃生吧。"

同来的长颈男指着鼻炎患者说："像你这鼻子，在我们那儿可能最早遭殃，喉咙和肺也要倒霉。"

货车司机拍了下鼻炎男的肩："兄弟，谁都可能有倒运的时候，说话行事厚道点，多给后人积点德。"

鼻炎男颈脖通红，啜喏着溜到隔壁病房去了。

"是那棵老金桂啊，"一脸疑惑的裴医生随栗村长来到车尾，摸着树上湿润的叶片，"我还记得它秋天开的花呢，金灿灿的好香……这么大岁数的树，你们知道它的价值不？"

栗村长咧嘴苦笑："以前有个老板想出高价买，被大伙儿否了。它是栗坪的一个念想嘛。都说梦见金桂开花，好运就来了。"

"唉，对买卖老树和成年大树，我向来都是反对的。你们知道，有人送树苗或小树，我来者不拒。大树嘛……"裴医生挠了挠头皮。

长颈男爬上车厢，弯腰拍了拍树身："在普旺它可能活得更好，可以养更多人的眼鼻。我们想起来看它的时候，也可以顺便看看裴医生。"

"问题是，裴医生怎么受得起——这么大的礼？"裴显然感到为难。

"您这么说，真羞煞我这村干部了。村里人常说，若不是裴医生，栗坪村怕还要早走不少人……您的大恩大德，哪是一棵树能报答的？"

"我表弟出门打工早，也算是发了点财，但两年来全缴给医院了。他妈的病没我妈的重，却比我妈先走。要没有一心的救助，我妈恐怕也早就不在了。"长颈男话音里充满着无奈。

"裴医生别误会，"货车司机拱起双手，"我们送树来，一是表达对您的感激，二是想让它有个好归宿。您看这树住哪儿合适？栗村长昨天联系了胡总，他说需要吊车随时打电话。"

"让我来猜猜，裴医生的答案可能是这样的——这金桂嘛，送到插旗寺最好。"忽然现身的甄妮拿着腔调说。

"噢嗬,栗医生真会读心啊……插旗寺里的双桂病了一棵,都好几年了,住持行远师父也无力回春。既然有这个因缘,那就是天意了。行远师父也一直在为你们祈福和募捐呢。"

"裴医生莫怪,"栗村长一下子如释重负,"我没敢先打电话跟您商量,就是担心您不会答应这事儿。"同行的三个人对视着,舒展开了笑脸。

三月底,栗坪村来车接走了裴医生和一咏,也没说是什么事,但甄妮预感他们一时半会儿回不来。

清明前一天正好是翁先生生日。这天上午,食堂的厨师就开始预备菜肴。翁先生摇头说:"几位师傅别费心了,裴医生不在,虽珍馐美馔也食之无味矣。"鲁大厨回道:"别人的生日裴医生可能缺席,翁老先生的绝无可能噢。"一旁的郑医生接住话头:"除非有突发情况,谁的生日裴医生都不会落下的。"

翁先生是一心的元老。无论年龄、医术医德还是个人涵养,都堪为前辈,裴医生对他尊敬有加。老先生刚才的话,也是缘于担忧,因为栗坪村的事涉及多方利益,情况很复杂,介入不消说存在很大风险。

天渐渐黑下来,可一直见不到裴医生的身影。手机也打不通。

众人心中忐忑,核桃不时跑到院坝里探望,静听路上的动静。快九点时,便道上传来急促的脚步声——"是裴医生回来了吧?"核桃在外面大声问道。出现在人们眼前的却是阿柔。他也是联系不上裴医生，晚饭后顺便来打探消息的。

"信号不好，手机怎么也打不通，我们啥情况都不知晓……"核桃抓住阿柔的胳膊，语调里带几分哭腔。

一时间，在场的人都陷入了沉默。翁先生想了想道："以我之见，在没有确切消息前，大家就不要随意猜测了，更不必惊慌——裴医生不过是暂时失联而已。"

"翁先生说得有理，请大家都镇静点。栗坪山高路远，电话信号不稳定很正常。再说呢，裴医生以前出诊也有过失联嘛。"甄妮停了下来，继续说，"吉人自有天相，不会有事的，我们去餐厅给翁先生贺寿吧。祝翁先生生日快乐，也希望裴医生平安回家！"

2

第二天下午，裴医生和一咏回来了。周日上午，除了值班医护，一心全体员工出门踏青，中午在插旗寺品尝素食——庙里的"五灯会"和"十样锦"远近闻名。

那天天气清朗，河谷的雾霭一遇太阳就散了，山树流水氤氲着七彩光晕。一咏带上诊所的尼康D80，一路上跑前跑后，给大家拍了不少照片。

油菜花盛开了，大片大片的金黄，从山麓平野漫铺到山腰插旗寺周围。大路平缓，太阳升起来，天穹由紫蓝而瓦蓝，阳光播散出温热。花丛里，一咏不停按动快门。置身金子般明亮的花海，不要说年轻人，连翁老先生也聊发少年狂——他单手旋舞起自己的外套，一抹玄色飘飞在耀眼的花海上，如老鹰掠过的影子。日常"楷体"性情的同人们，此时变成了"行草"甚至"狂草"：他们随性地喧闹奔跑，摆出各式各样的姿势，并被一咏的镜头捕获。

一张诊所的"全家福"，被洗印放大后装入实木清漆相框，挂在会议室的墙上。照片里四十余位一心人笑得灿烂开怀。也许只有少数人留意到，后排裴医生谦和笑意里的那一丝隐忧。

细心的一咏给甄妮和裴医生单独拍了张合影——很久以后，甄妮才意识到，这是她跟裴医生唯一的合影。照片上的时间是2006 / 04 / 09 / 11：25，背景盛满炫目的阳光、金灿灿的油菜花，构成画面主体的人反倒有一种朦胧的不真实感。

夜里骤降大雨，醒转的甄妮关窗后复又睡去。她梦见同裴医生一道为产妇接生：手术盘里晶亮的不锈钢器械，取用和置放都发出悦耳的金属声；裴医生修长的双手，好似正在筑巢的忙碌鸟儿……生命来到了他们手上，那玲珑剔透的婴儿，娇嫩如春天……

3

青蛙的弹舌音，从梦里响到梦外。清晨，甄妮开窗探出头去，像是要召回遗落在梦中的天籁。花鸟鸣虫都已苏醒，泥土散发出温厚的母性气息，大地在内部繁衍自己的果实。

面对镜屏，甄妮总禁不住自我打量：一个人的面容里，到底埋藏有多少人所不知，甚至也不自知的秘密？它们左右人的心流，决定人的情绪，改变人的心态。不知为什么，她最近看见什么都欣喜，一切都是那么美丽祥和，好似暴风雨前的宁静……

局势的转折发生在裴医生从壹江回来后。

他在主城待了十多天——事发很久后，甄妮才得知那段时间裴医生有多紧张。为应对即将开始的力量不对等的博弈，裴医生马不停蹄见人托人，今天咨询法院的朋友，明天请托律所的律师……明知挑战庞然大物的沉重后果，却又不甘心尚未交手就鸣金收兵。正是死者的不幸、病者与濒死者的惨苦面容、村民们的恐惧无奈悲愤，让一度在希望与绝望、坚定与迟疑间踟蹰的他，最终选择支持栗坪村村民走法律程序，起诉制造污染的企业。

裴医生的忙碌和压力，大家都有察觉：他饭量明显减少，时常若有所思；跟他人在一起，他看似在倾听对方，实际上心思不在此处。

这天午后，甄妮进入四楼书房，送来一壶新沏的普洱。裴医生从一大堆宗卷材料后探出头，手指戳戳太阳穴："我最近睡眠不大好，说话行事有时会有疏忽。如果有的话，请多加谅解。"

"比这更要紧的，是裴医生太不爱惜自己。"甄妮将茶沏入紫砂杯里，"不论多大的事，也得放松一下。最近啊，书房的灯天天亮到下半夜……"

"官司下周就要开庭，我得随时跟各方保持联系。不过弦的确绷得紧了点，我会注意调整的。"裴医生端起杯子，抿了一小口，"茶不错，汤色红浓，口感醇香回甘。我还是习惯这熟普，生普呢，肠胃不是那么适应。"

"我最近也莫名烦躁,自己一点忙都帮不上,这种局外人的感觉实在是……"

"你就别多想了。你看看,我很少在一心提这事,就是避免给大家增添无谓的担心。维权带有高敏性,诉诸法律也是无奈之举。没有谁想激化矛盾,还是希望企业给予一定的经济补偿,达成法庭调解吧。"

裴医生感叹,今年的栗坪特别不祥:先是阿柔岳父在县医院病逝,水支那不到40岁的堂兄危在旦夕。如今村里还有3位死者准备下葬,5位病患处于弥留状态……从10年前发现首个肺癌患者算起,至今共有107人离世,包括肺肝癌症者46人,肝肾、消化道疾病者61人,其中80%的人集中在近5年去世。全村225户人家,仅剩78户尚无癌症患者出现。

触耳惊心是甄妮的第一反应:"你以前说过,好像跟工业园的铬渣有关?"

"对,就是那家叫大创的化工公司——来自长三角的招商引资企业,漆县的利税大户。铬渣是金属铬和铬盐生产过程中的废渣,多年来都是从工业园拉到栗坪附近弃置,没进行过任何环保处理。那一带的土壤、溪河甚至地下水,都被剧毒的六价铬污染,这就是栗坪村癌症高发的秘密。"

"怀疑铬渣污染致病后,村里不是一直在维权吗?为啥到去年才起诉污染企业?"

"村里多次向县、镇两级政府反映过,都没引起足够的重视。至于打官司,一是成本高,二是需要专业支持。而这两个条件,他们都不具备。"

"我看不只是告污染企业，还连带着'民告官'，这才是最让人担忧的。"

"你说得对——"裴医生抚过桌上的卷宗，"我聘请了闻道律所的卓乙凡代理这个案子，他是壹江最有名的维权律师。本案已经申请了管辖权转移，改由永州中院受理。一审败诉估计没啥悬念，我们寄希望于高院的二审。"

"裴医生人脉广大，大隐隐于村哎。"甄妮想让气氛轻松点，"诉讼的成败，有太多的不确定，我们只能尽人事听天命。"

"环保官司难打，难在取证和举证，这涉及专业检测机构跟企业、法庭及受害者的复杂关系。能否真正做到专业、客观、公正，考验的是制度还有人性。"裴医生放缓了语速，"不知咋回事，最近心里总有个隐秘的声音在提醒自己，别入戏太深。你看我一边果决地行动，一边又不时自我怀疑……裴医生骨子里，其实是一个乐观的悲观主义者。"

"你既不是原告，也不是诉讼代理人，最坏的结局不过是案子败诉嘛。"甄妮突然感到有点紧张。

"或许是我敏感了……但直觉常常是反逻辑的。不过既然瞄上这事了，发生交集就是一种必然，权当它是个人的命运吧。"

看着离开座椅来回踱步的裴医生，甄妮心中五味杂陈。

"最让我愤怒的，还不是村民们遭受的病痛折磨，也不是因为贫穷得不到像样的治疗，而是多年来对致命危险的懵然无知。没有人告诉他们身边存在着什么，可能会发生什么——完全的无辜，完全的不知情。试想想，一个可怕的污染源就在身边，一天天累积扩散，直到酿成灾难性的后果。有天我出诊时碰见一个叫栗老庚的患者，坐在破烂的家门前，头脸水肿，嗓音沙哑，一边咳嗽一边死命咯痰。我停下来看，是血痰啊，他的肺已经坏掉了。他买不起也不知买什么药，只有游医告诉的一个偏方，说吃地鳖虫可以止痛，于是每天吃一把。邻居说他天天吃臭虫，显然是把地鳖虫误认为臭虫了。"

"偶遇栗老庚，发现癌症村……"甄妮默念了两句，喉头有点发堵，冷汗粒儿从前额沁了出来。

4

裴医生赴永州开庭的头一天，覃水支的母亲过世了。裴医生委托甄妮和阿柔去栗坪村参加葬礼。

栗坪距普旺约八十公里，坐落在一片植被稀薄的贫瘠山地上。近年因戴上了"癌症村"的帽子，栗坪村忽然间获得外界关注，不时有壹江甚至京城的记者前来探访。

那几座庞大的铬渣山，是在十几个春秋里聚积起来的。灰褐土红的工业废料，以前完全露天堆放，两年前才用简陋的水泥墙圈起来。每年到了夏秋雨季，就有色泽怪异的水流从基脚渗出，顺山势四处漫浸。周边的草木稼禾成片死亡，枯黄的茎叶抽搐卷曲，像被大火燎过一样。

水泥防护墙圈地数十亩，青灰的墙面，白昼里吸吮日光，入夜阴森瘆人，村民称之为"生基屋"（为未死之人提前修建的墓室）。铬渣堆落户栗坪后，不少家庭都有成员躺进新坟。从这个意义上看，生基屋的命名倒是名副其实，尽管那些生命的非正常消逝跟"种生基"祈福的意旨全然相反。

水支父母都是肺癌晚期，母亲的病并不比父亲严重多少。她之所以轻生，原因一半是难忍疼痛，另一半是难忍老伴的刻薄。老两口的矛盾几年前就埋下了。当时水支和堂弟都在南方打工，父亲想去水支堂弟的灯饰店帮忙，并要老伴一起去，可她死活不愿舍弃旧屋猫狗。按覃父的推演：假如当年全家外出谋生，水支就不会回乡办学，女朋友也不会离他而去，老两口也不会待在村里喝毒水吸毒气。于是全家的不幸，都被归咎到水支妈头上。尽管覃父向水支保证会善待他妈，可辗转求医的艰辛屈辱，不堪重负的医疗费用，身体脏腑的极致疼痛，病榻旁无休止的烦劳……都让失意大半辈子的覃父心生怨毒，唯有通过咒天骂地泄愤解压。水支妈自觉有愧，不愿对丈夫以牙还牙，更不愿给儿子增添负担，实在忍无可忍时，才边咳嗽边发出低弱的嘶吼："再不闭嘴，我就死给你看！"

终于在一个午后，趁老伴外出，水支妈将一根结实的麻绳挽上横梁，无声地解脱了自己。那几天老两口其实相安无事，让水支妈轻生的唯有一个执拗的逻辑：癌症就是绝症，绝症就是没治，既然没治，为什么还要四处求医折腾浪费儿子的钱？

灵堂设在水支家底楼的堂屋里，偏房和院坝都摆上了桌椅板凳，苍黄的灯泡像几只病瓜，蔫蔫地悬停在灰黑的夜气中。山上的夜依旧寒凉，几张聚有老弱妇孺的桌子底下炭火通红，麻将牌发出炸裂的声响——水支家的丧钟，让栗坪村的每个家庭都心惊胆寒。

一位"法师"带着五六个小道士在灵堂忙碌——他们用各种道具搭建"道场"，拾掇做道场需要的法器、袍服、乐器等行头。在几天的法事中，道士们除了任文武法师还兼乐手，刚放下钟磬又拿起箫簧，从诵经、掐诀、踏罡超度亡灵，到吹拉弹唱，技艺算不上精，但都能对付两下。

乐队临时加入了一位拉胡琴的老人，那是双唇紧闭的水支父亲。他将一腔怨愤化作了琴声，一边拉琴一边扭身狂咳，那黏稠的血痰像是他的怨词——负罪的愧悔使得他眼睑低垂目不视人，枯涩的眼眶里已分泌不出泪水。

水支默默地忙前忙后，同时领受着乡亲和学生家长传递的慰藉，一次次陪吊唁者去致意母亲。多年漂泊在外，回乡后又全身心投入办学，水支自觉对父母亏欠太多。痛楚不止来自母亲的离世和父亲的重病在身，还有对整个村子遭遇灾难自己却无能为力的挫败。

不少人将甄妮误认作了水支的女友，这多少冲淡了现场的哀戚。有个婆婆抹着眼泪，俯身凑近逝者："老天有眼呢，亏欠你的，补偿给了水支。"

送走水支母亲的下午，妇女主任带来一个手绣的肚兜和两片手佩，上面的图案与色彩都很惊艳：织在黑色土布上的一簇硕大亮丽的牡丹，花姿肆意奔放，色泽酣畅饱满。甄妮怎么也想不到，在这闭塞的乡野竟有这么土味又摩登的饰品。

"我不能接受这么贵重的礼物……绣这个要花很多功夫吧？"

"我哪有这手艺，是我表妹送的，她在新月婆婆那儿学漆绣。今天送给你，算是水支家人的见面礼。"

"可我，我其实，"甄妮红着脸说，"水支的女友不是我啊。"

"那又有啥关系，"妇女主任爽朗地笑起来，"不是水支媳妇，也是栗坪村的女儿。谁叫你是栗医生呢？"

5

仿佛约定好似的，诊所里的氛围变得沉闷——大家谨言慎行，闷头工作，连几位做保洁护理的临时工也一改往日的欢快，悄声交流。

餐桌上，核桃用力一拍筷子："闷死个人，快受不了啦！"翁先生抬头扫了下埋头扒饭的众人，柔声说："快吃吧，菜凉了。"核桃拖着哭腔嚷嚷："吃不下去，肚子里全是气，憋气、胀气，难受死了！"裴医生夹起一箸青菜，有意打破无形的压抑："还有一样气也在你的肚子里——"见核桃疑惑地傻望着他，便笑出了声，"淘气！"

接下来的日子，裴医生带头放松，调节气氛，饭桌上不时讲点冷知识或段子；郑医生、翁先生和一咏也一起找话题打破沉默。

当大家积极面对困难时，事态也真往好的方向转化了：经法院民事庭和卓律师的斡旋，栗坪村维权官司虽一审败诉，但大创公司有意化解矛盾，两次派代表到栗坪村协商，并承诺对部分逝者家庭作人道补偿。在得到参与谈判的村干部和村民代表认可后，大创公司财务人员很快上门，向近两年间因癌症辞世的患者家庭，分别发放了五万元慰问金。

栗坪村的问题得以初步解决，大家的喜悦洋溢在脸上。有次吃饭，甄妮亮出了腕上的漂亮绣品。"甄妮姐的宝贝来自新月婆婆，吉祥物哦。"核桃端着粥碗，添油加醋地说。

绣片佩戴在甄妮腕上，借众人瞩目之势，核桃得寸进尺地要她取下传看，像是要给在座的每个人都分一份吉祥。

"这是米耶绣坊制作的，她们的产品销到了广州、深圳、香港，甚至东南亚的'新马泰'。"甄妮说。

"没错，他们最早的外贸经销商是广州人，牵线搭桥的还是我的学长。"裴医生点点头，"米耶的绣品、泥制和陶制玩偶都很特别，做工也非常精致，跟通常那种土土的民间工艺品不大相同，所以价格不菲，市场也还不错。"

"空了我去学艺，学成了，给您绣一件袍子。"核桃跟裴医生贫嘴。

"新月婆婆是我尊敬的前辈，她了不起的地方在于——既活在传统的民间，又有很强的现实行动力。这位充满活力的老人，无论人格修为、精神信仰还是组织才能，都超出了人们通常的认知，很值得我们用心学习了解。"裴医生目光移向甄妮，"我在想，不知你愿不愿换个环境，去新月婆婆那儿住些日子？"

说到新月婆婆，甄妮一直心怀敬佩。后来她惊奇地发现，这事儿裴医生早有考虑,他甚至选定了一些书,供她离开普旺后阅读。

"壹医的临床医学本科,需要读五年。你目前知行能够合一,顶多有个专科程度吧,要想毕业还得再研读两年。"裴医生语带几分调侃。

"半路出家,术业无专攻,恐怕难成啊。"甄妮微现窘态,"不过我在一心,学到的是比专业技能更重要的东西。"

"嗯,知识和技能不可或缺,不过这些都属于术的范畴。问道嘛,可以去新月婆婆那里——"裴医生挥了挥手。

"听裴医生的意思,是要赶我走喽?"

"每个人,都是一个独特的世界。"裴医生神色严肃起来,"多看看不同的世界,感受不同的生活,扩展视野,丰富知见,何乐而不为呢?"稍一停顿,又说,"至于一心嘛,这儿是你永远的娘家,要是想念,随时都可以回来住几天。"

裴医生本想亲自送甄妮去米耶,但栗坪又出事了。

据栗村长电话里的慌乱讲述,情况大致还原如下:自认为花钱摆平了村民的大创公司又开始运弃铬渣,与之前不同的是,现在把运送时间改到了夜里。头天晚上,一个在外务工回乡的年轻人,邀集五六个喝高了的小弟兄,在村外截住两辆工业园的自卸车。争执过程中,一辆车刮伤一村民后加速越过路障逃脱;另一辆车,轮胎被刺破,驾驶室也被砸坏,司机和押运员因为态度骄横,被揪下车暴揍了一顿(据传司机断了几根肋骨)。

事态有点严重,裴医生、一咏和水支当即分头赶往栗坪村。

183

那位截车的"首犯"是水支堂弟，不远千里回家是为了参加病亡兄长的葬礼。

裴医生临行前，让甄妮去培英小学帮水支做几天代课老师。水支除了担任校长，还兼有三个年级的语文和音乐课。

6

小小培英，是一所不大的"迷你"（甄妮语）学校。

几个月前，甄妮随"裴校董"来参加过校庆，印象深刻。培英所在的赵家槽，位于云盘西南向的山麓，距普旺三十公里，山间有千余亩肥沃水田。作为自然村，它的主体是漆县有名的赵家大院——这座五进院落占地五六十亩，朝门庑殿顶，翘角凌空，雕梁画栋。大院里又分为若干小院，一百二十多个房间，如今还居住有几十户人家。大半个世纪前，大院主人赵姓乡绅富甲一方，四世祖系前清进士，做过通判，而他本人也是当地的耆宿。

20世纪中叶，土改巨潮席卷，赵家人财散尽。大院里住进了附近的农夫、猎户。西院的三层木楼曾用作"公社粮站"，现在是培英小学校舍。前几年"撤点并校"政策实施后，一百多名学生被并入甘酬镇中心校，因路途遥远，连刚发蒙的小孩都得去镇上住读。直到"培英小学"正式挂牌，本村和邻村的孩子才得以就近入学。

代课的甄妮很快体验到了教学之乐。天真未凿的童心有如白纸，可以画出最美善的图像。就像亲眼看见种子发芽、花蕾绽放，她相信水支放弃打拼多年的成果回乡办学,自有"做一个理想主义傻瓜"的幸福。

作文课,尤其批改作文,是甄妮的快乐之源。在幼稚敏感的观察者眼里,甄妮老师"是我梦中的妈妈"(一年级赵小薇);"她笑起来好像在过年"(三年级俞梦梦);"我为什么觉得,裴校董、覃校长和新来的甄老师,跟新月婆婆都是一家的?"(六年级吴蓓蕾)。

甄妮最为感动的则是早读课,孩童们以稚嫩嗓音诵读的那些动人句子,在大半个世纪前,曾经由同样稚嫩的嗓音诵读——

  小树低,大树高,大小树上有鸟巢,飞呀飞呀飞来一只鸟,飞到树上吱吱叫……

  人初生时,饥不能自食,寒不能自衣,父母乳哺之、怀抱之。有疾,则为延医诊治。及年稍长,又使入学。其劳苦如此,为子女者,岂可忘其恩乎?

  三只牛吃草,一只羊也吃草,一只羊不吃草,它看着花。

白天被上课占满,课余周末,厨师兼手工课老师吴姐便陪甄妮"逛"赵家大院,她不是本地人,却熟悉大院的每个细节和角落。

"新月婆婆也来'观光'过。培英第一年开学典礼时,婆婆是特邀贵宾,她带来的礼物是一套不全的老课本。那时,我初来乍到,不明白婆婆为啥熟悉这里的一切,是她反客为主带我'逛'

绣楼花园、祠堂议事厅，还有石碾老水井的故事，都是她告诉我的。"

木楼底层是村委办公室，壁头的村民守则，据说裴医生和水支都曾参与拟定。当看到"讲卫生，讲友爱，互帮扶"条款时，甄妮记起梁漱溟先生的"德业相劝，过失相规，礼俗相交，患难相恤"及兴办"乡学""村学"的实践，不免觉得对"历史"有了新的亲近感。

村主任说，赵家槽和相邻几个村，都拟有内容相近的乡规民约，因此许多家长放心让孩子转培英上学。

待了大半月，第三个周四的中午，甄妮正吃饭，一心的电话打到校办，说裴医生和水支都出事了。

甄妮听到消息后，脑袋嗡的一响，放下饭碗，赶紧搭了辆小面包车往普旺赶。

7

甄妮是诊所最后得知裴医生出事的人。因为担心她接受不了，大家善意地隐瞒了相关消息。

在裴医生、一咏、水支赶往栗坪村之前，两位肇事者已被县公安局刑警队铐走（"主犯"水支堂弟在逃）。三辆警车被上百名愤怒的村民拦截，滞留村口小半日，最后是镇派出所出警增援并鸣枪示警才得以脱身。

"麻烦有点大了。"听栗村长介绍了事态进展，裴医生开口道，

"从法律角度讲，这事儿本来可大可小，性质可重可轻。如果由基层派出所处理，顶多就是个治安处罚，比如行政拘留加罚款之类。况且对方非法运输、弃置有毒危险物品，已经违反了环保法乃至刑法，属于危害公共安全的行为……"

"那你的意思是？"一咏急不可耐地问。这也是水支和几个村干部共同的疑问。

"情况很清楚了嘛，刑警队而非辖区派出所出面抓人，表明治安事件可能升级为刑事案件，定性就完全不一样了。"裴医生眉头紧锁，"大创公司撇开基层派出所，直接向刑警队报案，这不是不懂法的随意作为，而是有计划的通盘考虑，不排除暗箱操作的可能。"

栗村长鼻息粗重，面色由红转青，忍不住拍了一记茶几："狗东西们，这世道，到底还有没有个王法啊？"

几案上的茶杯盖应声翻了个个儿。聚在村委办公室的这一小群人相对无语。

商议结果，裴医生决定和一咏火速去壹江，一是当面向卓律师通报突发的新情况，并咨询如何应对；二是通过多种渠道，向政府相关部门反映情况，同时寻求市内外媒体报道真相，制造舆论压力。行前裴医生反复叮嘱水支和栗村长，尽快召开村民大会，周知村民以大局为重冷静行事，防止情绪化言行导致事态扩大。

可世事往往难以预料，命运就是这么波谲云诡。

裴医生下午匆匆离开后，当天傍晚，栗坪村人得知了水支堂弟被捕的消息——他原打算逃往外地避祸，不料电话联系朋友时，手机被警方精准定位，结果在高速路收费站被便衣警察截获。

大创公司的态度自此急转，宣称没有权威的医学数据鉴证，栗坪人患病跟铬渣有关，帮助患者主要是基于公益和人道。公司方面有无责任，应负什么责任，无论经济的还是法律的，只能以法院判决为准。

就这样，大创单方面终止了法庭调停达成的和解，不仅不再支付住院危重病人的医疗费用，还收回了向病亡家庭"提供人道主义救助"的承诺……

某种局势的演进由萌芽生长到完全改观，从来都是内外因点滴叠加由量变而质变的——对小小的栗坪村而言，水支堂弟的被捕及大创态度的陡转无疑是那粒致命火星，点燃了栗坪村人多年的屈辱感与无边的绝望情绪，由此爆发出核裂变般的能量。

水支随村长、村民代表再赴县城大创公司总部沟通，但对方态度强硬，谈判无果。消息传回村里后，当即有两百多村民乘客车、三轮车、小面包车赶往县城，要向大创讨个说法。水支和栗村长苦劝无效，电话裴医生，回复是全力截返村民，通过合法手段表达诉求，一定不要激化矛盾发生对抗。

下午四点钟光景，大创总部主楼前对峙的人群出现骚动：村民王老黑、刘加法跟几位保安由口角而发生斗殴，接着有人砸坏了底楼的大玻璃窗，这时从工业园区拉来的几车"安全帽"抵达现场，他们跳下车就同公司保安联手暴力驱赶众人……愤怒的村民们搀扶着流血受伤的伙伴，结队走上县城最繁华的商业路。

"十五年乱抛致癌矿渣，大创公司杀人不见血""推卸责任拒不赔偿，大创公司行凶殴打村民""107个癌症死者的冤魂拷问企业良知"——村民们大声高呼"打工诗人"阿柔现编的口号，引发了行人的围观跟随，两百来人的队伍很快扩充至上千。水支和栗村长既感动又担忧，感动于这些素昧平生者的共情，同时也为局面可能的失控担忧。

时间接近七点，气派的县政府大楼已门窗紧闭，一队临时赶来的警察正严阵以待。栗村长、水支、阿柔一起上前交涉，希望面见县领导表达诉求。领头的中年警官表示，现在是下班时间，他们只是奉命维持社会治安秩序，保护政府机关正常运转，继而要求聚集人群马上解散，否则将按冲击国家机关性质严厉处置。双方僵持期间，围观者又增加了不少，有人拉开嗓子高呼"揪出打伤村民的黑手"，也有人质问有关部门为何包庇纵容大创公司？满脸猪肝色的栗老庚，一边激动地挥舞拳头，一边咯咯咯狂咳不止。阿柔走上台阶，举臂领喊："污染企业大创滚出栗坪，滚出漆县！"他的愤怒引发了人们的强烈反应，"大创公司滚出漆县！"的呼叫声连续响起，滚动回荡在数千人的头顶。

天色向晚，一无所获的人群又回返大创公司总部。街旁停靠的两辆无人公交车忽然冒出浓烟，随即燃起熊熊大火。有人寻来钢管、砖头等打砸店铺门窗，两辆改装的警车被吆喝者推了个四轮朝天。一粒鹅卵石飞向县报采访车的玻璃窗，回弹落地前蹭过一妇女额头，血流染花了她的脸，引发一片惊惧的哭叫。更多的人试图冲破警察和保安的警戒线，进入大创公司……

此际，警笛声刺耳地传来，五六辆警用大巴及十几辆巡逻防暴车出现在北街口——据媒体后来的报道，这是从邻近区县紧急抽调的治安、特警和刑警——警车上的高音喇叭敦促"不明真相群众"立即解散，正告"少数不法分子"尽快投案自首，阻碍执法者将承担一切后果……播音未停，连续发射的催泪弹让人们鼻涕泪水横流，喷嚏连连没法睁眼，喉咙火辣有如误吞一大口芥末的感觉……水支用外衣急捂住脸，久久不敢视物，几分钟后发现人群已散，阿柔等人不知被冲散到哪儿去了。

入夜，大创公司门前的冲突终算止息，几千人作鸟兽散，只余满地砖块垃圾鞋袜口痰血迹……据媒体半月后的正式通报，这是一次有幕后黑手煽动的突发群体性事件，面对打砸纵火的失序局面，当地政府果断决策，以最小代价维护了漆县大局的稳定。警方行拘或刑拘了近百名肇事者，有十六名犯罪嫌疑人被批捕并由检察机关提起公诉。此外，有关部门袒护大创公司污染环境的违法行为，相关当事人将会受到党纪政纪严肃处理。大创公司亦深刻检讨企业社会责任感的缺失，已经同栗坪村致病村民家庭商定给予经济补偿，并积极缴纳罚款，配合政府治理被污染的环境。

裴医生为栗坪村维权所做的一切，都成了他涉嫌充当群体性事件幕后黑手的证据——由此看来，他前一段直觉到的"不祥"并非空穴来风……而一心的同人们认为，大创公司将裴医生视作眼中钉，不排除他们再次暗箱操作和陷害的可能。

甄妮回诊所那天，裴医生已被"请走"快一周了，其间一心也接受了来自卫生、工商部门的检查……经考虑权衡，甄妮还是决定周六去培英，暂代被拘留的覃水支管理学校事务。

周六早上，一起吃粥的核桃郁郁地吸着气——她实在吃不下去："你能不能预测下，裴医生哪天能回来？"

甄妮用力摇头，冲口而出的却是："他今天就会回来——"这股冒失劲儿连她自己都感到吃惊，就像暗地里有谁在让她代言似的。

上午十点半，裴医生真的回来了。只不过是三个便衣男子"陪同"他一起来的。

裴医生回来取一些衣服和资料，大家觉得他是回来告别。他先去五楼卧室，随后又进了四楼的书房。

一小时后，裴医生拎了个大包下来。看到等在门厅、院坝的同人，他挥挥手，笑着问跟随的人："你看，都快吃午饭了，要不品尝下一心食堂的饭菜再走？"对方面无表情地答："抱歉，不可以。"

核桃放声大哭，翁先生、曾一咏等人轮流上前跟裴医生拥抱道别……几位便衣男见此情景，只好在一旁默默等待。轮到甄妮时，裴医生紧握她的手，低声道了一句珍重。

在去往赵家槽的车上，甄妮再一次打开裴医生的信。那是翁先生几天前转交给她的。

甄妮好。

现在是凌晨五点，室外已有宿鸟苏醒。合上读到一

191

半的书，纷扰的思绪落定，身体也松弛下来。忽然记起那次过梅子河的情景，人生就如一次泅渡，在中流沉浮不定时，往往会有置身大海的无力感……可换个角度看，真实的生命历程必然如此吧？想到跟一心同人还有架上书籍可能的暂别，难免生出似梦非梦的感觉。

事实上我们的惶恐焦虑，常源于过度的自我关注。自我的真正实现，恐怕还是需要跟他人及环境的融合。值此艰难时世，如果没有对某种恒定价值的坚信投入，很难具备强大繁盛的心力；而从这信与行中获得安身立命的根基，可能就是人生意义之所在了。于我而言，有认同的事可做，有喜欢的书可读，除了感恩精进，夫复何言？所谓精进——努力、谦抑、反思、感恩、利他、乐观，是我认同的。"人不能单独谈爱的意义来表现自己，必须做个实践的人，把具体的爱行出来。"史怀哲如是说，让我们共勉。

"分离的日子并不完全是一种损失，对我们的友谊来说，它们也不完全无益——至少没有任何理由必然是那样。"（朋霍费尔《狱中书简》）

深深地祝福！

并代问新月婆婆好。

裴加庆

2006年6月8日

第十三章

欣悦的相逢

1

夏日的早晨,阳光熙和,蓝天上透明的云絮,像是用清水洗过。陈方贵开车送甄妮去米耶。

皮卡顺九曜山的盘山公路爬行。这条路凿在一面大坡上,有十余处回头弯,近二十处急弯。想起远去的梅子河,想起一心和裴医生,甄妮的伤感便如山路般千回百转。她徐徐地吐纳,提起正念,不让那些愁绪泛滥开来。

送行止于鸡公坡附近的路段。远远看见陈方贵的皮卡,一位穿花衬衫的年轻人掐灭烟头,从蹲姿改换为站姿。公路旁靠山的灌木丛中,不时出现一道道水流冲刷过的痕迹,这是前不久大雨肆虐留下的物证。

花衬衫瘦高个儿,饱满的额头上,修剪齐整的黑发像女孩子的刘海。

"他叫潘一明。亦明亦暗,亦正亦邪。"陈方贵嬉笑着向甄妮介绍。他显然跟对方很熟。

一明有点窘:"太阳月亮嘛,白昼夜晚的意思。"

"是太极吧?"握过手,甄妮调侃了一句。

"太极不行,消极也不行。普旺的甄妮嘛,不用我多介绍了。你替婆婆接回去,要积极照顾,毋消极失礼。"

"去你的,"一明给陈方贵点燃烟,挥灭火柴,"照顾人是我的强项。"

"但是你小子别过头——"陈方贵拍了下他的肩膀。

告别陈方贵,甄妮坐进一明的江铃凯运轻卡,沿灌木林行驶了约半小时。一明说:"前头是尖山嘴,地势不算高但没有遮挡。今天天气不错,我们顺便去看看吧,也等下另外一个给新月婆婆捎果酒的人。"没等甄妮表态,他就自顾刹住车,抓起半瓶矿泉水,从驾驶室下到路边。

甄妮也下了车。她好奇地四处打量,心想能不能看到梅子河。

很多年前,尖山嘴有过寺庙。眼下只剩残破的地条石、主庙台、插旗桩和石碓、石碑。在最靠前的大雄宝殿位置,循一明的手指,甄妮看见了气势雄浑、延绵数十里的九曜山西脉。南面的天穹下丘峦起伏,像群狮埋着硕大的头。极远处的低地,有一小段麻线样的梅子河,普旺却不知隐藏在哪个皱褶里。甄妮问米耶的方位,一明却表情神秘地摇了摇头。

山石后有一汪清洌的泉水。一明灌满了矿泉水瓶,眯起眼大口痛饮。他说九曜山到处都是好水,自己出车时,有时会带一桶回去,给新月婆婆酿酒用。

邻村人是骑摩托来的,装上他送来的果酒,在一段相对平缓的路上继续向前,就到了望虎岭。岭上长满杜鹃,花期已过,偶尔还得见几簇杏红雪青的残花。过岭再走几公里斜斜的下坡路,穿过两道垭口,米耶突然出现在眼前。

那是一处鲜绿的山谷,漆县西北丘峦小盆地中的一个。四周的山都有好听的名字——北面是望虎岭,西面是摸月山,南面是铜鼓山,东面是红花铺。望虎岭海拔最高,摸月山次之,铜鼓山最矮。红花铺山势阔大,坐东朝西,朝晖夕照下云蒸霞蔚,又叫栖霞岭。

山间平野以大片水田为主,放眼望去,不少于六七百亩。像是怕破坏田畴的宽大整饬,流贯的溪河开口不大,弧度也小,远看像条地缝。这道温顺的水流叫里溪,经过栖霞岭后渐渐消失,不知是变成暗河还是掉进了五维时空。

米耶寨分上中下三部分,最大的下寨铺展在谷底,有独立院落也有相互依傍的石木结构房舍。里溪浇灌了山间的肥田沃土,但人们饮用的则是望虎岭下来的甘洌山泉。依次从高到低的几个寨子,都是背靠望虎岭而建。

穿过大片繁茂的斑竹林,一明的货车抵达下寨。一群孩子,早就等候在公路旁边。

来的六个孩子,全穿着新衣裳。白眉毛小孩戴了顶遮阳帽,一对双胞胎姐妹穿着同款粉色T恤,短发上扎着蝴蝶结,一派喜气洋洋过节的模样儿。

车刚停稳,孩子们就迎上来。缺两颗门牙的圆头男孩对甄妮说了句"阿姨好",随即爬上后排座,帮一明拖拽行李。双胞胎姐妹仰脸冲甄妮笑，一前一后推拉起她的旅行箱。白眉男孩和另两个孩子也凑过去，踮脚伸出手臂，合力去接一个大纸箱。

一明说："这个太重了，你们接不住的。"

他把纸箱移近车门，自己先倒跨下车，再转身一使劲儿扛上肩头，边走边嘀咕："啥玩意儿好重，装的是书吧？"甄妮跟随着抱歉说："对啊，就是书。一半是借装医生的，一半是我自己买的。"

在这个过程中，兴奋的小手们都找到了各自的目标。孩子们很开心，迎接新月婆婆的客人，这可不是寻常的荣幸。走过望虎溪上的小石桥时，和着潺潺水声，几个小孩为箱袋里到底藏着啥物什，互相争论。

望虎溪的水水量不大，但几乎从不断流，寨子里饮的水都引自那里。新月婆婆家门前的浅水渠，用一种钢灰色的龙骨石砌成——山里石材易得，家家户户的屋基、堡坎，村里的阶梯路面，都是用条石或片石砌成。新月婆婆家的矮院墙也是，墙根处几块自生石头大若水牛。

甄妮随一明穿过朝门，进入新月婆婆敞亮的院子。婆婆头天去茂盖为一位临终病人"送归"，暂时还没回来。一明打开堂屋的六合门，用备好的水果岩茶待客。

坐定没多大工夫，门外进来一位穿宝蓝亚麻衣裤的年轻女子，大袖筒大裤腿，大眼睛和厚嘴唇灵动鲜润，一条绣工精美的绲边围腰勾勒出丰满的胸臀。

"榛子，"一明向甄妮介绍，"新月婆婆委托她专门接待你。

婆婆回来前,她就是这儿的主人。"

甄妮的脸红扑扑的,她接过榛子端来的醪糟水吃起来。醪糟水,其实是放有芝麻、核桃、花生、红糖醪糟的荷包蛋,汤水蛋蒙了层猪油和黟黑的芝麻核桃,不冒热气却内里滚烫。甄妮小心地吹着气,吃完那碗红黄白,额头鼻尖已全是汗珠。

在她独享这份见面礼时,榛子正在厨房忙碌。午饭是在厨房火铺上吃的,如果说那份醪糟蛋咽吞起来有点烫嘴,中午饭却吃得很是欢畅。

新月婆婆家正屋是一字排开的大五间,左右两边是吊脚楼厢房。右首正屋与厢房的过渡("马屁股")部位,是一间连着四五扇木门的火铺屋兼厨房。宽绰的厨房里东西不多,除了火铺,嵌有几口大锅及鼎罐的老式牛角灶,还有电炒锅、电火锅、电热水壶,再就是碗柜、米缸、蓄水池。壁头的几排搁架上,整洁的瓶罐里盛有各色香料与调味品。

甄妮很喜欢临窗的大火铺:木质铺面做工精细,镶嵌的杂木板严丝合缝,被坐卧摩挲得光滑明亮。春夏无须烤火时,火塘上便架放一只宽矮的几案。盘腿坐在周围喝茶吃饭,有那么点榻榻米的味道。

丰满的榛子身手轻灵,利落能干,几案上转眼就摆满了菜肴。甄妮被安排在靠窗的贵客位置,孩子们也脱下鞋,盘坐着品尝榛子做的美味。

蕨巴土猪老腊肉,里溪河豆腐鱼,清炒嫩胡豆,肉末蒸春笋,凉拌红油折耳根……几个小孩饭量不错,喝起米酒来也不落人后,每次向客人敬酒,他们都跟着敬一巡。山珍汤用木钵端上来,榛子想发动小孩子再次敬酒——新月婆婆亲酿的糯米酒,入口柔和但后劲不小。甄妮已不胜酒力,一明阻拦未果,干脆一一代干。榛子斜了他一眼,盛一大碗锅巴饭,浇上满勺山珍,笑吟吟双手递向甄妮。

一明把脸转向堂屋方向,颈项连着耳朵红成一片。连小孩子也看出了甄妮的为难,但榛子举碗齐眉,盛情难却。甄妮只好深吸一口气,接过碗,愉快地享受起那份礼仪。

下午稍事休息。吃过晚饭,石头(缺牙男孩)的外婆外公,飞雪和迎春(双胞胎姐妹)的奶奶爷爷,老啵儿(白眉毛孩子)的爷爷奶奶,还有韩星、韩山、韩水三姐弟的外祖祖都来到新月婆婆家,临时承担起了晚间接待。

他们带来了新鲜的桃李、枇杷,温热的花生、板栗、葵花籽,还有鲜榨杨梅汁。各种零食堆满了堂屋的方桌。老啵儿的奶奶带来的半篮晚熟樱桃很是诱人,这个季节,樱桃算是珍品。老太太瘦削得厉害,窄脸,尖长的鼻子,很像一只山雀。她来得有点晚了,进门就建议侄媳妇榛子把桌子摆到院坝里:"这么好的月亮,待在屋里多可惜。"

榛子没好脸色。老太太讪讪地扭头,寻看孙子老啵儿。因为背脊佝偻,扭头时,她颈脖上的褶痕格外显深。

月亮下排排坐毕竟是个好主意——不单孩子们喜欢,长辈也乐意。于是大家动手,很快将桌凳转移到了院坝。一明打开堂屋前悬挂的大灯，乳白的光线与月色完美相融。

带着简单的笑容，陆续有人走进院子。所有人差不多都是亲缘血缘关系网的一环——短短几分钟里，甄妮就听见一明被呼作舅、叔、哥、崽儿、侄等。叫他哥的是个矮个儿的盲人，跟同样矮小的父亲坐在阶檐下，仔细剥出葵花里的籽粒。

说到新月婆婆时，大人小孩都叫她婆婆。甄妮有点纳闷地问一明："新月婆婆没辈分吗？"一明反问："我们称先生老师时有没有辈分？"不等甄妮回答，石头的外婆接了过去："称呼菩萨的时候，我们也不分辈分。"

人越来越多，堂屋、厢房里的椅子凳子也被搬了出来。说笑声加上蛙鸣虫叫，使寂静夜晚变得闹热。

新月婆婆不在，客人不能被冷落。大家竞相搭讪甄妮，递给她各种吃食。一明开心地四处走动，给长辈们敬烟续茶。

见他那乐陶陶的样儿，有人怂恿他来首山歌。一明当真就来了一嗓子："马儿无头啊，无头哩，生个龙头朝四方——"偏柔美的声音不像出自他口，倒像来自不时斜睨他的榛子。正当有人喝彩时，小石头突然惊叫一声"车来了！"

几个孩子和大人不约而同冲出院门。十来分钟后，一个白发黑衣，背小背篓的婆婆被簇拥着进了朝门。她步态轻盈地穿过人群，走向站在堂屋前的甄妮。

要不是亲眼所见，甄妮很难想到有这么悦目的老太太。

婆婆的神态温煦而宽和，鼻子秀美，眼瞳乌黑幽深，跟她面容配合的是雪白的齐耳短发。同跟随的孩子比，她只高出大半个头,可那瘦小的身躯却透露出水似的包容、树根样的坚韧和谷地般的平静。某种从未有过的体验击中了甄妮,那是混合了神奇、困惑、欣喜的身心战栗的感觉。

她喜欢老人那珠贝般的牙齿。婆婆含着它们,有如祈愿前含着祷词。

"新月婆婆!"

她听见自己略微变调的呼喊并伸出了双臂。那惊喜与急迫的嗓音,与其说是指认,不如说是命名,为了那漫长的寻觅和最终的相遇。

婆婆身后随行的是个蜜糖肤色的小姑娘。婆婆跟甄妮寒暄的工夫,她已去厨房为老人拧来了热毛巾。待两人坐定,她将背篼里的红杏洗净,一大盘摆在大方桌上,一小盘双手呈给甄妮:"贵客远道而来,远乡僻壤,无以为敬……"

大人们都笑起来。婆婆回家后,院坝里落座的人有的站起身,有的挤到了阶檐上。

一明调侃道:"小雨,你这是在递状子还是……?"

小姑娘抬眼望向甄妮:"花径不曾缘客扫,蓬门今始为君开——"她的诵读声纯净自然,像草叶上的露珠。

"谢谢——"甄妮起身接过果盘,"不过千万别把我当客人,我是来拜婆婆为师的。我会在这里住很久,不是做客,是来做学生,做主人——我是来学做主人的。"

老啵儿的奶奶吃力地转动长脖子:"她说的啥,来为谁做主人?"

榛子挺了挺胸，不悦地耷拉下眼皮："总有那没主儿的人呗。"

石头的外婆接口："为自己做主，也算做主。"

新月婆婆微笑道："为自己做主，做自己的主人，最好，也最难。"

夏天的米耶，夜里仍带凉意。

新月婆婆从牛角灶上的鼎罐里舀出热水，将一张新毛巾浸入脸盆，她慢条斯理的举止猝不及防地击中了甄妮—— 一时间，她辨不清眼前人是叶滋滋还是不知所终的奶奶，而不管是谁，她都想亲手为她洗尘，并将脸贴近她的脸。觉察到甄妮走神儿，洗罢脸的婆婆拉出宽大的柏木盆，倾进半盆热水，邀她一起泡脚。

水温灼热，光影散碎，足部的毛细血管神经敏感舒爽……屋外的虫鸣蛙声此伏彼起，间或有模糊的狗吠。这不正是她曾期许过的晚年生活吗？在一个世外的安静之地，与知心姐妹、睿智师友一起，彼此相互关照，平淡地度过余生。

跟婆婆道晚安时，她还有几分留恋，像是怕被梦境分隔。回屋又出户呆立了一会儿，上床后很快被睡眠拥入。她梦见冬天的严寒，几个孩子嬉戏着为小院的蜡梅树剪枝，淡淡的清香环围着他们……可这画境转瞬即逝，黑屏背景上响起裴医生的声音："……优雅智慧，那是个难得一见的老人。" 此时此刻，新月婆婆近在咫尺，与她只隔几重木质板壁。

2

早上,小雨蹑着手脚来到门外,叫一声"阿姨吃饭了"。甄妮的眼半睁半闭,她早已被雀鸟的啼鸣唤醒,只是贪恋这晨光里的音声,舍不得马上起身。

新月婆婆刚做好早饭,石头和老啵儿几个小孩就背着书包过来了。

早饭刚吃完,孩子们见婆婆拿出昨日带回来的艾蒿粑、绿豆糕、茶叶蛋,就一股脑儿坐下继续吃起来。为搭配这些小吃,婆婆还专门磨了豆浆。

今天周末,孩子们自觉前来上课。小雨陪婆婆去了一趟茂盖,他们急于听她说一说在那边的见闻,新来的甄妮也让他们兴趣盎然。

昨天自己出门在外,婆婆有点歉然。她见甄妮爱吃艾蒿粑,就问孩子们:"过一会儿,我们来做艾蒿粑怎么样?"

大家都欢呼起来。婆婆带回的粑粑不多,他们都忍嘴让客。谁不喜欢那绿得像春天的野菜粑粑呢。更何况,婆婆喜欢的东西没有谁不喜欢,无论是养嘴的还是养眼的。

采野菜,孩子们认得艾蒿、马齿苋、鱼腥草(即折耳根)、水芹、荠菜,等等。地上的动植物,天上的飞鸟,水中的鱼虾,是他们最早认识的活文字。在田间、溪河、林子里,采艾蒿时他们顺便捕捉了蝴蝶,采水芹、鱼腥草时,顺便摸到了螃蟹、泥鳅,还有杜鹃鸟、娃娃鸡、饿老鹳。新月婆婆的教室从不囿于吊脚楼的厢房，它更多开设在米耶的山水自然里。

孩子们出去，不大工夫就采回了一筐艾蒿叶（连带着少许野葱、芫荽）。小雨和几个女伴在屋前的水渠里，把野菜洗得干干净净。婆婆将艾蒿叶用加小苏打的沸水潦过，然后捞在笸箕里晾着。豆腐干、野葱、绿豆沙分类装进小碗，搁在大方桌上。糯米粉、面粉都是现成的，甄妮学着用擂棒舂石钵里炒香的花生和芝麻。

婆婆坐在堂屋前的小靠椅上，一边捏挤木盆里青绿的艾蒿叶，一边喊小雨。

小雨知道，婆婆要上课了。因为甄妮阿姨在，她希望小伙伴们表现得更出色，于是招呼正在掐胭脂花的飞雪和迎春赶紧过来。

孩子们每人占据一根条凳或一把椅子，向新月婆婆靠拢——石头躬身前倾，双手放在假想的马头部位，他将柏木条凳当坐骑了；迎春双腿并紧，斜坐在条凳末端，她大约是最害羞的那一个；老啵儿像跨坐在牛屁股上，姿势别扭，仿佛随时都会出溜下来；飞雪十指张开平伸双手，每个指甲盖都粘上了胭脂花瓣……韩家三姐弟中，姐姐韩星离小集体最远，她仰脸向天，还在看飞过的燕子呢。

木盆里倾进了糯米粉和少许面粉，跟揉碎的艾蒿叶混合，加入熬制好的黄片糖水，再继续搅拌揉捏——这是个耐心活儿，野菜跟糯米粉拌和得越均匀，口感和美感自然越好。

"韩星，你在读望天书吗？"婆婆直起腰问道，"把你看见的，说给我们听听。"

燕子了无影踪，韩星只好努了努嘴说："云！"接着又补充道，

"被太阳晒蓝的云。"

"她乱说。明明是白云，跟白马的毛一样。"石头瞄一眼天空，挽住手中不存在的缰绳。

"白的云，"韩山也说，"像羊奶那么白，像大雾那么白。"遇上类似争执，他多选择跟外人而非跟姐姐站队。

"蓝的。蓝色的云。"韩星执拗地说，"像里溪河水那么蓝。"她不能容忍弟弟胳膊肘朝外拐。

"确实是白的呀，星姐姐。像我的头发眉毛这么白。"老啵儿笨笨地说。

不止一次，老啵儿因为白化病受欺凌：在中心校住读时被人用墨水染黑毛发，太阳帽也被写上大大的"怪兽"。韩星听说后单枪匹马去教训对方，虽然架没打赢，她的炮仗脾气却为同学所知。从小照看韩山韩水，对老啵儿，韩星也像对弟弟一样呵护。老啵儿的反水，气得她连声尖叫："蓝的，蓝的。"随后又追加，"像焰火一样蓝，像风信子一样蓝！"

"可它真是白的呀，"小弟韩水看了看天，"像天坑的瀑布那么白，像蒲公英的毛毛那么白。"

韩星伸长脖子，冲着小弟嚷嚷："蓝的！像南天湖那么蓝，像姑娘山那么蓝！"

"可云彩的的确确是白的呀，"迎春拉长嗓门说，"像白天一样白。"她的手指甲全都变成了胭脂色。

飞雪瞥了眼胞妹妖娆的指甲，下意识地说："是的嘛，今天的云没有颜色，只是白，像新下的雪一样白。"

"像夜晚一样蓝,像扎染一样蓝!"韩星固执地坚持,不愿意放弃。

"像竹篮打水……一样白。"

"像蜘蛛走路一样白。"

"像大白天说梦话……一样白。"

反对的声音也五花八门,此伏彼起。

小雨独自坐在桌边剥蒜瓣。小伙伴们的争论,她没有参加——这帮娃娃早就被婆婆宠得无法无天,谁也别想说服谁。不过韩星的一根筋,倒是让她觉得很好玩儿。

小雨是新月婆婆从风雨桥上捡回来的娃。她婴幼时没吸到母乳,却养成跟婆婆一样的好记性。二年级下学期的她竟然能记诵上百首古诗词,二十多首英文诗,以及《千字文》《弟子规》《百家姓》之类,这些都是新月婆婆闲暇时教的。

芳树千株发,摇荡三阳时。
气软来风易,枝繁度鸟迟。
春至花如锦,夏近叶成帷。
欲寄边城客,路远谁能持。

随着小雨的诵读声响起,几个小伙伴停止争辩,坐正了身体。在这群娃娃中,小雨的年龄居中,却因耳濡目染,从新月婆婆那里获益最多。同伴们爱屋及乌,喜爱羡慕的同时不免也听信于她。

"南北朝诗人李爽的《芳树》,婆婆新教的,特用来欢迎甄妮阿姨。"她征询婆婆,"以后我们也会是她的学生,大家都自我介绍一下,好吗?"

婆婆揉好盆里的面,开始拌和桌上的馅料(一种腊肉春笋,一种芝麻核桃冰糖),微笑道:"很好啊,你先说吧。"

小雨离开凳子,鞠了一躬:"我叫小雨,是长风和闪电的女儿,是朝阳和新月的女儿。"话语脱口而出,也不知怎么得来的。

"我是韩星,一颗闪亮在山尖的小星星。"爽朗的韩星突然有点眼热,兴许是想起了远方的离异母亲。

弟弟说:"韩山。看日月,含山川。"

韩水见哥哥圈地太多,赶紧道:"我韩水,青山绿水。"

迎春这名字吉祥,但近两年家中霉运多多,好事少有。她边说边绞起了十指:"迎春是我的名字。迎接的迎,倒春寒的春。"

飞雪靠近妹妹,捏住她的手:"飞雪迎春。我是飞雪,最快乐,最不怕冷的雪。"

老啵儿对自己的学名"过敏",因为那联系着伤痛的住读记忆:不仅他遭受了羞辱,他的家人也因此深感愤怒绝望。有人说,婆婆家的小学堂是个"特殊学堂",其实除了老啵儿的白化病、迎春的六指、小雨的黑肤,其他人都跟"特殊"关系不大。韩家姐弟和飞雪纯属"陪读",而石头是标准的调皮小子,壮如小牛,他每学期都来这儿上一段课,期末在中心校考试,成绩总是前几名。

"我的小名儿是个象声词,"老啵儿有点嗫嚅,"是两个人亲嘴的声音。"这个解释有点尴尬也有点逗乐,但一想到给亲人、伙伴带来的担忧和麻烦，老啵儿就不由得一阵歉疚，脸上露出哭笑不得的表情。

解手回来的石头重新跨坐在条凳上，不过现在"马"已变成了"汽车"。不晓得频道已转换，他握着虚拟的方向盘，怪腔怪调地念唱："红灯停，绿灯行，见了黄灯等一等。先看左，再看右，个个路牌要看清。走路要走人行道……"

孩子们哈哈大笑，唯有小雨没笑，而是一本正经地鼓掌，请他"继续！"

石头脑袋一偏，接着唱："讲究公德，遵纪守法，邻里相帮，互敬互助。明理诚信，勤俭自强。讲究卫生，勤剪指甲，勤换内衣，不说脏话……"

小雨忍俊不禁，终于笑出声来。石头一会儿交通规则一会儿村民守则，好似把可乐和米酒胡乱搅和在了一起。

孩子们的快乐感染着甄妮，她忽然也想朗诵点什么。对了，就是出自婆婆赠送给培英小学的老课本里那篇——

三只牛吃草，一只羊也吃草。一只羊不吃草，它看着花。

忙了半上午，新月婆婆的艾蒿粑粑已然成形。木盆里黏稠的面团变成了一个个圆或椭圆的蛋蛋，绿油油躺入垫好了粽叶的竹蒸笼，婆婆的双手也染成了绿色。

小雨乐滋滋的，因为婆婆看上去心情特别好，她脸上一直带着笑意，两眼像飘飞的蝴蝶。

第一笼粑粑先上灶开蒸。经婆婆允准，甄妮和小伙伴们都参与进来，人多手快，剩余面团的包馅塑形很快得以完成。艾蒿粑一个个乖巧地待在小簸箕里，看上去就不由得让人胃口大开。

艾蒿粑粑热气腾腾出笼时，三三摸索着提了一篮鸡蛋来到厨房。他恭敬地向甄妮行礼，说想来上课当学生。

甄妮看了一眼婆婆，见她不动声色，便半推半就地说："好嘛，我们下周再开课。今天呢是周末，咱们上的是课外课。"

婆婆的胃口很好，糖馅和肉馅的粑粑都吃了不少，还喝了一小盅杨梅酒。孩子们兴高采烈、闹闹嚷嚷，直到午后才心满意足地离去。

3

夏阳高悬，树影婆娑摇曳，井边草地，流水路道都筛漏下斑驳的光点。熏风吹过，那些五彩的光斑便浮动起来，像洒落的透明蝉翼。灌木丛中，斑鸠并着小脚折回头拨弄身上的羽毛，一旦发现有人的目光扫视，便展开翅膀，噗噜噜飞上高处的树杈。

甄妮本来觉得住客房蛮好的，推开窗户就能看见屋后的小树林和流动的水渠。可一明却嫌它太逼仄，没有点宽裕的空间。

"当初不是你跟榛子挑的吗？"新月婆婆对一明的说辞没怎么在意，"强调这个房间最安静，没人打搅……"

"是啊，那会儿确实估计不足，"一明看了看挂在墙上的漆绣，

"没想到有这么多书,需要地方摆一个大书架。"

他相中了西厢房那个大房间,面朝田野,视野更开阔,稍微改造下就成。

不料榛子发出警告:"你敢碰那儿一颗钉子,我就立马走人,到时莫说跪求,雇八抬大轿上门也不行。"那间房前些年是米耶的绣坊,好多幅获奖且卖出大价钱的大型绣品都出自那儿,后来绣坊转移了,一些小活儿被绣娘们带回家独立完成,房间就改成了展览室。

"你啥意思啊,动不动就拿跑路吓唬人?"

"你又啥意思啊,哪个客人来不是住客房?"

"那是临时的,只住一小段。"

"咿呀,这一个,原来是要住一辈子的啊。那你想弄的到底是书房,还是洞房?"

嘴硬归嘴硬,新月婆婆认可后,榛子还是乖乖地交出了钥匙。婆婆跟甄妮他们一起商定了房间的摆布,测量好尺寸,并亲自给县城的家具公司打电话,定制了书桌、书柜和座椅。

绣坊陈列的奖杯、奖牌,部分以中外名画为蓝本的刺绣,以及挂墙相框里获奖和被收藏的米绣作品的照片,随玻璃展柜移往另外的房间。

屋子很快布置妥当。房门朝向院坝,透过东、南两壁墙上的大玻璃窗,能看到低处的田野河谷,以及由苍翠到蓝灰色的远山。田里的稻子灌浆了,风儿吹送来野地花卉植物混合的香气,弥漫整个房间。开放式书架上,摆放着从普旺带来的书籍杂志,还有新月婆婆的少量藏书，其中林语堂编著、丰子恺插图的《开明英文读本》（小雨英语童谣的出处），法国作家莫罗斯（今译莫洛亚）著、傅雷翻译的《人生五大问题》，以及早年出版的《使徒行传》等，都是甄妮的最爱。

孩子们的礼物来了：小雨学书的诗经《葛覃》楷书条幅，石头的大象枣树根，韩家姐弟的里溪河彩虹石，三三的藤编收纳小筐……老啵儿抱来的一束红腹锦鸡尾羽，正好跟飞雪、迎春姐妹的粗陶花瓶相配。

榛子也代表绣娘们表示了祝贺，礼物就是先前客房那幅《果熟来禽图》刺绣，是仿南宋画家林椿的作品，不过重装了一个新的实木相框。

石头外婆背来一床崭新的棉被，被新月婆婆称为"厚礼"。这份礼物确实厚重，但要到冬天才能派上用场。

婆婆的礼物是一面葵花镜，来自最疼爱她的曾祖母。当年她随姐姐去壹江上学，临行前，母亲用绒布包裹铜镜放入她的皮箱，之后铜镜再没跟主人须臾分离过。镜面不大，背后的银锭钮和精美纹饰显出年代的久远。晶莹透亮的镜面，收藏过一个家族若干代女子的容颜，也伴随了婆婆的艰难岁月。凑近镜子，甄妮有一种加入某个生命队列的神圣感，仿佛自己正接近时光深处那些已然安息的女性，她们曾在劳作婚丧、饥寒富足、战乱和平中兜兜转转，或欢乐幸福，或痛楚忧伤。

4

马上就是七夕。在米耶，这个节日还保有它的部分古意：穿针乞巧。所以也叫乞巧节。那一天，家家户户都要净手焚香，向神明乞求灵慧智巧。

这天，新月婆婆西厢房的"小学堂"里，大清早就被热闹充满。榛子和绣娘们，提着竹篮，从各家来这里集体"乞巧"。榛子带了一大一小两个篮子，小的盛满七彩丝线，大的那个方形加盖，还留存着新篾的清香。

教室的桌椅被重新摆布：朝向谷地的窗下，摆了三张课桌、五把椅子、两根条凳，面对院坝的窗户前也同样布置；黑板对过贴有一方彩色墙报的木板壁前也摆上了桌凳。五六十平方米的空间，转眼变了个模样。几位年轻妇女嘻嘻哈哈打趣着抬来一张大方桌，放在房间中央。

所谓的集体乞巧，不过是大家聚在一起，边干活边切磋闲聊，再吃顿饭而已。来的绣娘有二三十位，这会儿已陆续坐定。

朝院坝的一方坐了六七位女子。榛子从小篮子里取出两把外观古旧、形制特别的鹤剪，一个针插包，一个绷子。小篮子里有几十种彩色绣线，有的闪亮有的沉黯，有的成束也有的成锭。穿针时，她头一偏，发髻银梳上悬停的细小饰物相互碰撞，丁零有声。

她右边女子的发髻上也别了把银梳，外加一朵红芍药；肉乎乎的手指捏着绣花针，绣绷子将黑绸片拉抻得一展平。她和榛子是堂妯娌，曾一起读职高、外出务工，结婚后生了一双儿女就留在了家里。亲朋好友都说,她比少女时更俏丽,是她老公滋养得好。她老公学的是烹饪专业,毕业后却回乡搞养殖,还发了家。她温良恭俭,深获家人和绣娘们的喜欢,连带娘家来学竹编的亲戚也受待见。

左边女子穿质料轻薄的雪青绲边斜襟衣,立领和七分袖口绣着亮黄的忍冬花纹,低发髻上的银梳像一弯弦月,还有两朵湿漉漉的玫瑰。她从竹篮里拿出装着米珠、翡翠珠、水晶琉璃的小盒子,准备为已完成大半的绣花葫芦收尾——用碎珠玉线打造一对吊坠。她喊榛子"叔娘",可开起玩笑来,却跟同辈人一样口无遮拦。她有一手做糕点的绝活儿,榛子想学,她却说"只教姑娘,不教妇人"。榛子说:"我又没生孩子,跟姑娘有啥区别?"她说:"那更不能教,尤其是像你这样儿老公不常在家的。"绣娘们的哄笑声中榛子脸颊嫣红,作势要去拧她的嘴,她边躲闪边嬉笑:"看看你这气性,糕点不被你烤煳才怪……"榛子老公忙于土特产合作社的经营,这是个由村委会承头,各村民小组或个人自由加入的松散组织,产品除了在县里市集和壹江超市专柜销售外,近年还开始在网上销售。因为米耶未通互联网,鲁村长委托了一个在漆县电大工作的老乡,利用业余时间帮忙经管。

一位蓄油亮独辫,穿圆领绣花月白绸衫,戴刺绣耳环和手佩的姑娘,坐在椅上绣一朵赵粉牡丹——莹白玫红花瓣下的花蕊活色生香,像要挣脱绣绷子绽放开来。另外三位妇女不时凑在一起低声细语,身前绣架上的大幅绣品是仿法国印象派画家莫奈的《睡莲》,从效果看进度已接近完成。

稍远处并拢的课桌间，坐着一个戴老花镜、缠薄头帕、光脑门儿、高鼻梁、嘴角堆满皱纹的小老太。她矜持的两眼正从老花镜上方往榛子那边打量，耳朵也在紧张地捕捉，可对方话音总是被喧闹声淹没。她撇着嘴，有几分气急，漫无目的地用针去挑黑色绣面上的蘑菇。

这位老太是绣娘中绣龄最长的，绣功扎实，手感敏锐，熟悉不同类型的针法，自诩"我任师太就是闭上眼，也能想绣啥就绣啥"。叫她任师太本是年轻人的玩闹，没想到她大方应允。秀坊成立之初，一无所有，全靠大家吃苦吃亏惨淡经营，当时数任师太挣的报酬最多。改为绣社后，有了比较像样的绣室、设备、资金、客户，虽然仍是集体互助，但除了大宗订单和大型作品的协作，也有不少分派给个人的业务。后来市场不断变化，批量化产品利润很薄，高端买主更喜欢定制创意型作品——在这方面，任师太显然赶不上年轻人。壹江画院的文老师来米耶写生，在新月婆婆家搞了几次绘画基础培训后，绣娘们开始读画册、学写生、素描、线描，去县文化馆听讲座，看美展，做创意作品。几年下来，她们逐步具备了自己的眼光品位，有的作品被时装节或收藏家看中，一两个月的收入就抵得上师太全年的报酬。她跟新月婆婆发牢骚，婆婆劝解说，一代人有一代人的路，待在家里能挣钱总是好事。话虽有理，可她依旧觉得憋气，总疑心被人挤对。最近分配到的定制活儿，是风景花卉而非人像系列，她又觉得被榛子另眼相看。

朝向山野的窗下，七八位绣娘身姿后仰，专心观摩一幅新完成的风景绣品：前景是点缀着金银、酒红色碎花的绿草地，赭色岩石，蜿蜒的溪流；中景是向左右延展的黛紫色缓坡；远景是融入天际的广袤平野，明亮的钴蓝天穹，以群青与丰富的灰白丝线混合织成，多层次晕染开去，呈现出放射状的巨大光芒，使得虚空的景深神秘而邃远。

一头卷发的创作者骄矜地微笑着，迎接来自姐妹们赞许的目光。

这个昵称"二师姐"的年轻姑娘绣功不凡，想象力丰富，创意点子多。米耶刺绣有市场有附加值，除了特色传统绣工以及自然乡野和民族民俗元素外，更要紧的是绣娘们接受绘画培训和现代艺术熏染后，生命灵智开启所迸发的创造力。新月婆婆看绣品时常随兴点评，比如"亚梅的寿带鸟有仙气""细妹版娃娃鱼，它肚子里藏着星光欸"，或者"青蛇形态不错，再妖一点就更好""白石老人蜻蜓画，体会下它的轻盈透明，那种薄如蝉翼的感觉"。

观摩完作品，一位短发姑娘钦羡地说："二师姐好优秀，她的绣品我要认真学习。"她来自黑水老山，除了来米耶学绣艺，还对市场营销感兴趣，大师姐榛子、二师姐小蛮都很器重她。

这时候，新月婆婆、甄妮和一帮小孩循厢房的走廊过来，手里端着木托盘，拎着藤编盒子，里面装满煮花生、炒板栗、桃酥、土味糕点、牛肉干、卤兔头、鸡翅、鹅掌等小吃，色香味让人馋涎欲滴。

几位绣娘眼疾手快，上前接过婆婆和孩子们手中的食物，转眼间，教室中央的空桌上就摆满了大小盘碟。这些米耶美食，有的是新月婆婆亲手所做，有的是学生们的姑奶、外婆等家人亲戚贡献的成品。

摆放零食的空当，新月婆婆被簇拥上讲台，短发姑娘斟了杯苦荞茶给婆婆，自己带头鼓掌："欢迎婆婆发表乞巧节讲演！"

"我哪有什么好讲的，要讲，请你的师父们讲才对。来嘛榛子，你是大师姐，理应说几句。"婆婆穿了件天青色的长袖衫，小巧的衣领将她的颈脖修饰得柔美有力，红润的脸颊焕发出年轻人似的光彩。

榛子正在吃桃酥，听到婆婆招呼，赶紧喝口茶咽下食物："婆婆才是我们大家的老师，米耶的领头人。这是过节的惯例嘛，无论如何，婆婆都要给我们讲一讲。"话音未落，屋里几十号人又鼓起掌来。

新月婆婆端端地站着，个头娇小，却自有一种韧力和威仪。她目光亲和地掠过每一个人，发出不像八旬老人的清澈嗓音："今天聚会在一起的，是米耶绣社的师傅，也是家庭、寨子的领头人。正因为有了你们，有了你们的劳累和创造，米耶才一直像个寨子，才有一个个完整的家庭。为此，我首先要感谢你们。另外呢，还想借这个机会，表达一点小小的意愿——尽管新月已是老朽之身，但不管怎么样，我都乐意做你们的帮手和同道，跟大家一起同甘共苦。在这里我先给大家鞠个躬，中午再斟酒敬你们。"话毕走下讲台，跟甄妮一起沏茶，让几个孩子将茶水送到绣娘们手中。

二师姐眼眶有点泛红："应该是我们敬婆婆您嘛！如果说米耶一直还像个寨子，每个家庭还像个家庭，日子过得也还算和美，从根本上讲,不都是因为您的眼光和主见嘛。"

"眼光和主见自然头等重要,不过我觉得,还离不开婆婆的威望和人品,那就是米耶老老少少对婆婆的信赖信服。缺少了这个,人再多也是一盘散沙。"榛子接过小蛮的话头,"是您苦口婆心把我们拢到一起。"

新月婆婆摆了摆手:"婆婆年纪大了,精力有限,这些苦活累活、慢工细活,一针一线都得靠大家,尤其是靠年轻人来完成。没有这个根基,再美好的想法都只是空中楼阁。"她的脸侧向榛子,"今早上门儿的好消息还没宣布呢,你赶紧向大家报个喜吧。"

"好的,婆婆。"榛子转到老人身后,拍拍手让大家安静,笑逐颜开地说,"两个好消息。一个呢,是米耶绣社的绣品登堂入室,要去市博物馆民俗艺术展露脸啦;二是文老师、贺老师又要来米耶采风,打算跟他的研究生助手一块儿,再给绣社的姐妹们讲课。"

"这次特别特别不一样的是,文教授希望选派几位优秀的绣娘去壹江,观摩画院、美术馆、博物馆,一起看展览,听讲座,欣赏话剧歌剧。"小蛮按榛子的示意给予补充。

似乎是先静止了几秒,随后掌声突然爆响起来,伴随着绣娘们热烈的、兴致勃勃的议论。

任师太心头一直不大爽,此际更有几分酸楚。她睃了眼讲台,又看向新月婆婆:"花开得再漂亮,也有凋谢的那天;宴席再热闹,也有散伙的时间。黑水的亲戚跟我打赌,说不出十年,米耶也会像他们村那样,变成个空壳壳。"

她声音不高,却冷静清晰,每句话都像一根针,扎得人哆嗦一下。见大家不知所措,小蛮忍不住呛回去:"就算天下的寨子都空了,也轮不到米耶。"

"你爹以前还说,公路就是通到了天上,也不会通到米耶呢,结果怎么样呢?"任师太冷冷一笑。

小蛮听着,反而放轻松下来:"你这是啥话,自相矛盾也不觉得?"

正在这当儿,门外有人说一明父子和村长来了。

甄妮自己T恤上的小口子,被一个绣娘缝合并绣上了一朵喇叭花。

午餐丰盛,氛围和睦。上桌后,大家随婆婆举杯,祈请神明启迪灵慧巧智。同时也相互敬献,感谢彼此的帮扶和成就。

为欢迎甄妮,大家同时向她敬酒。王村长说:"我代表全村人欢迎你,从今往后,你就是米耶的女儿。"

吃完午饭,绣娘们来到甄妮贴着剪纸窗花的卧室。

叫榛子叔娘的女子看了看别致喜气的房间,又跟榛子开起了玩笑:"唉呀呀,一明给弄的这个,真像新人的洞房啊!"

榛子睁大俏丽的杏眼,淡淡地说:"是啊没办法,这是人家的强项嘛。"

第十四章

米耶的日子

1

甄妮没料到,自己来米耶会又一次做老师。

辞去记者后,她也算跟学校有过交集:先是跟滋滋在西藏,前不久在培英小学代课。现在辅导这帮小孩,语文、英语、数学、美术全包。进行数学演算示范时,先要重温教科书上那些早被忘到爪哇国去了的公式;汉字拼音里的卷舌音、舌边音,以前多少有点大而化之了,眼下也需要练习清晰准确的发音。

有过跟失眠者沟通的经历,甄妮上课的耐心就不用说了。老啵儿是有名的错别字大王,不是把"按照"写成"安照",就是把"辨别"写成"辩别"。你上午好不容易纠正过来,他下午又犯了,这周改好,下周又犯,反反复复许多次才能记牢。

韩星姐弟则克服了夏天盖棉被的强迫症——这习惯是姐姐强加的。外祖祖年纪大了,两个弟弟都由韩星照顾,因此她总是担心他们会感冒生病。连带的还有洁癖,表现为频繁地让两个弟弟洗脸洗手。新月婆婆说,人可以贫穷,但决不可以肮脏邋遢,他们想以自己的干净整洁获得婆婆的肯定。

甄妮教音乐舞蹈,还教绘画书法。人的潜力真是奇妙欸,她对婆婆感慨:"我都不敢相信自己会这么多。看到孩子们的需求,自己几乎也无所不能了。"

临时学堂也就七八个小孩,是有趣让他们自愿来这儿,而且课内课外都充满了兴味。有时放学了他们还黏着不走,直到新月婆婆把饭煮熟,才脸色红红地起身往家里跑。

儿童的感受和思维能力,远超成年人的想象。一次有人逗韩家小弟:"韩水啊,你妈不要你了,外祖祖两眼一闭,也不要你了。咋办,想起来难过不?"

"我妈没有不要我,外祖祖更不会。我离不开她们,她们也离不开我。"他正色说。

"可是外祖祖老了啊。人老了,迟早都会离开的。要是她走了,你难不难过?"

"不,只要外祖祖不难过,我就快乐。"

"可是她难过啊,她放心不下你们。你难过不?"

"你怎么这样,专戳人痛脚?"

"你不是不难过吗?"逗他的绣娘笑了,"看来韩水,还是有怕人戳的痛处呦。"

"我不难过。"韩水断然否定,"因为她还在。没有离开。"

后来他告诉甄妮一个秘密,那就是把难过转移到溪水中,让它流走。他完全不记得妈妈的模样,但她从未离开过自己,尽管她长着石头母亲的脸,外祖祖的嘴,新月婆婆的眼睛,戴着榛子

219

阿姨的耳环。

飞雪、迎春排解孤独的办法是不停地说话。孪生姐妹的好处，就是不用寻找自己，因为无论样貌还是表情，眼前的她就是另一个自己。

小雨对提高自己的记忆力上瘾。只要你见她飞快地合上眼，双唇微张，就可以确认她是在默记默诵。她能叫出几百种树木花草、鸟兽虫鱼的名字。跟婆婆去某个老寿星或小寿星家走一遭，闲聊中提到的这家人的情况她一定记得。随便一封邮件、一个包裹上的地址、邮编、人名，她也能过目不忘。

有年清明，她跟婆婆去踏青扫墓。烧完纸钱，她突然说："我要给谭闻道先生也磕个头。"话音未落即扑倒在地。婆婆大为惊讶："你……是怎么知道谭先生的？"小雨跪拜了一会儿，仰起脸说："学《中庸》时你提到的嘛。他是王先生的老师，没有他就没有王先生，没有王先生，就没有婆婆教的《中庸》。"

王先生在新月家几十年，教过她和她的父辈。不同于一般的家庭教师，此人不止熟悉传统经典，对西学也很感兴趣。新月和姐姐新雪聪慧好学，深获先生器重。当年姐妹俩考入有名的壹江二师，王先生几天闷闷不乐。父亲说，先生是舍不得呢。临行前，她和姐姐给老师鞠躬道别，王先生掏出手巾拭泪，连带着鼻涕。上车后父亲告诉她俩，涕泪并流，那是真伤心了！不过当时谁都没想到，那次离别竟是她跟先生、父母和家族所有成员的永诀。

在壹江求学的日子，新月不止一次梦见王先生。先生上课时行止有度，不苟言笑。姐姐的腔调神态，也跟他如出一辙。新月难免调皮，有时故意涎着脸模仿老师"致知在格物，物格而后知至，知至而后意诚，意诚而后心正"的口气，姐姐不高兴了："先生可以这样戏谑吗？他是君子，真正的君子。别不知长幼高下。"姐姐的正经让她忍不住笑，不过还是绷起脸抱歉地说："见贤思齐焉，见不贤而内自省也。"

事实上，先生给新月的比她姐姐更多。幼时的新月总是黏着他不放，有时坐在他腿上，有时趴在背上，随他读《千字文》或一首简短的英文诗。奶奶见他那么喜爱幺孙女，忍不住大声说："遇到这样的先生，是你新月的福气呢。"新月则回头答："遇到新月这样的学生，也是先生的福气呢。"听得王先生和奶奶相视一笑。

小雨记忆力超强，略等于婆婆的一个小字典。其间有被动的储存，也有不少属于主动的挖掘寻觅。一次甄妮问新月婆婆名字的由来，小雨回答说新月和她姐姐赵新雪都是王老师取的名儿。甄妮有点不解：婆婆不是姓王嘛，怎么她姐姐又姓赵？小雨说赵家院子的子女当然都姓赵啊。甄妮愣了下问，是赵家槽那个赵家院子吗？小雨点点头。察觉到甄妮还想继续询问，小雨找了个借口就跑开了。

小雨毕竟是小孩，心头有话很难一直藏着。过了些时间，她又告诉甄妮，婆婆还会跳交际舞。甄妮憋不住求证，婆婆却笑而不语，末了说王先生英语水平其实有限，她这点基础更多来自二师的英语老师："端木老师体态健美，能歌善舞，英文歌唱得尤其动听——"

随着对新月婆婆了解的加深，每当听小雨以稚嫩的嗓音跟婆婆读R.L.史蒂文森的 *At the Seaside* （《海边》），童谣 *The Cuckoo*（《布谷鸟》）或《木兰辞》时，甄妮内心总会有种不能自已的沧桑感，那兴许是世事人情时空奇妙契合而生的共振。

一个阴天，甄妮正在读书，刚练完字的小雨凑过来："这个婆婆跟她有点像哦。"甄妮先有点迷瞪，随即明白了，小姑娘说的是书中配图上的特蕾莎。于是故作不解："谁像谁啊？"

小雨轻哼了一声。

"我觉得……并不像欸。"甄妮只好自我解嘲。

"我是说神气。"小雨撇了下嘴，表示小小的不满。

在甄妮看来，新月婆婆的衣商食商行商都是高分。"衣商"是榛子无意间造出的。那天婆婆俯身在缝纫机上，榛子走进来，盯住她藕绿色便衫的小圆领叫了声"衣商"，稍一停顿又说："婆婆你的衣商真高。"

新月婆婆的衣服大都是棉布或麻纱的，她个子小，成衣不易买。人们送她的礼物中常会有布料。婆婆制衣的技艺可以跟榛子的绣艺媲美，那些纯色或碎花的布料经她剪裁缝纫，很快就变成精致的美衣。她喜欢做新衣、补旧衣——给自己补也给乡邻补。韩星外祖祖有件补丁别致好看的百衲衣，就出自婆婆之手。那台20世纪的蝴蝶牌缝纫机就在偏房窗户下，有时一大早，就听见缝纫机的嚓嚓声。待你走近，晨光正投射在老人脸上，白发丝丝亮眼。

午后，甄妮、小雨跟新月婆婆去里溪河畔。婆婆在黄绿间杂、籽粒饱满的田边站定，捋过沉甸甸的谷穗，带着笑意回看小雨：

"十里西畴熟稻香——"

"槿花篱落竹丝长,垂垂山果挂青黄。"小雨接得飞快。

"噢,我都忘了,这句子来自哪儿?"婆婆问。

"《浣溪沙·江村道中》,南宋范成大。"小雨轻松应考。

"小雨厉害。阿姨底子薄,最多只能说出个'稻花香里说丰年'了。"

"我跟婆婆,像不像樵渔问答?"小雨问。

"像高山流水吧。"甄妮答。

"嘻嘻,说的也是。"小雨眯起眼,得意扬扬。

"小雨哎,你有点疯呢。"甄妮逗她。

"不是疯,是风雅。"

站在一旁的婆婆,笑了起来。

2

日历翻得飞快,一年倏忽过去,转眼又到了夏天。

这年,寨子的泥陶坊、养殖组跟绣社一样,也打算集体过乞巧节,请婆婆吃饭。泥陶坊新开了两孔烧制玩偶的窑,销售经理从西亚带回几箱阿塞拜疆的卡巴拉红酒。养殖组则提前杀了两头黑山羊和十几只放养的土鸡。都邀请新月婆婆去分享,那干脆合到一块儿吧。婆婆说,请把酒和现成的吃食统统带过来吧。

那天,婆婆院坝里摆了约二十桌。大家尽情吃喝,男女老少都很开心。

飞雪、迎春的奶奶醉得脚下不稳,俩孙女好不容易才把她扶回家。家里去年收入了五万元,明年有望还清贷款,以后赚的钱都归自家了。

然而,往下的情形却让这一家子乐极生悲。老人把自家和米耶的霉运都归咎于酒,自责中她封存了家里的一个大酒坛。

石头的外婆更是声声哀叹,她抱怨老伴:"巧雅当初不做好人啥事也无,这下好了,全寨人都得罪光了。"巧雅是她女儿,在壹江某公司任高层管理者,四年前公司老总有意参选市人大代表,她说动其打造公益形象,为此借给米耶寨一笔无息扶贫资金。接受借款的有六十多户人家,少的借三五万,多的借八九万,五年后也就是明年一次性还清。不料今年公司的一场知识产权官司败诉,被判巨额赔偿及罚金,四处筹钱的老板恳请米耶寨村民提前还款(尽管杯水车薪,但此时蚊子腿也是肉)。折腾了十几天,全村人筹措了大半款项,最终还有八十余万的缺口。

飞雪、迎春家本想扩大黑猪养殖规模。她奶奶买好料,借了邻居的空猪圈,连木工也说妥了。奶奶告诉孙女:"过两三年,我们也上漆县买个小房子,让你们跟爸妈一起,在城里念书。"

买的头批猪崽儿已进了自家猪圈,另外计划借圈养的猪崽儿也交了定金,迎春爸却在壹江的建筑工地受了伤。奶奶在电话里听说儿子的一条腿弄不好会残废,二话没讲就汇了三万块给媳妇。不料钱刚离手,立马就来了提前还款的事。

榛子的还款压力更大。她个人借了九万,加上她承头的绣坊集体入股了一明的"明月社"。明月社流转三百多亩稻田,承包了四千亩林地，种植茶油树、青钱柳和五倍子，还有几口池塘养殖无公害冷水鱼，投入的资金量很大——婆婆的部分积蓄和借款也入了股。

明月社的经营刚起步，这时候提前还贷款等于被人卡住了脖子。一明父亲性急，打算出手自家粮油作坊的几台设备。老啵儿奶奶的远亲看上了潘家的自动香油机和打米碾米机。它们是潘光正丢腿的第二年，漆县一位老板捐助的。当时他同新月婆婆承头修路，路还是毛坯，两条腿却受伤报废了，老婆也负气离婚。寨子里的人来榨油打米时，除了给加工费，还顺便帮做点家务农活。

最终，飞雪、迎春奶奶要回了猪崽儿的预付款；三三父亲卖掉了一百多只蛋鹅；榛子去县城，借了同学三万私房钱……可有些家庭不是有人生病住院就是要供小孩上学，实在想不出办法。

大伙儿为担保人新月婆婆心焦。也有人出馊主意——钱都凑得差不多了，缺这点大老板估计也不在乎。更有人说，反正这钱是巧雅拉来的，让她自己应付去。

婆婆沉下脸说："当初黎总给米耶无息借款，是真心相帮，如今人家有大难，我们怎么可以翻脸不认呢？老话说得好，转眼无情，贫寒夭促，时谈念旧，富贵期颐。说到巧雅，她出面请我担保促成这事，不也是报效乡土的一片好心？我们身为长辈，怎么能耍赖为难孩子？"

新月婆婆淡定依旧，好似那个缺口对她闭上了嘴。她不让甄妮向壹江的朋友求助："少安毋躁，等我去一趟茂盖再说。"

第二天新月婆婆带回了转机："事情解决了。老四（甄妮刚来时婆婆曾去"送归"那家的儿子）答应现款买下我的床。八十万，一分不少。"

一明失声叫道："就是卖掉我的车，也不能卖那拔步床。"

"得了吧，还不如卖你人呢。"榛子说，"那破车都多少万公里了，还能值个啥钱？"

"不管咋说，都不能卖婆婆的床。那可是米耶的宝贝儿……"一明嗓音都有些变了。

婆婆宽慰他："床再好，也不过是一堆木头。米耶寨好了，大家才好。"

3

山雨欲来，雷公的炮仗炸响在小树林，余音飞溅似蛇芯凌乱。

有时闪电停伫在窗外，黑暗里的架子床也随之显形——先是整木的踏板跳脱出来，接着是五进的床柱，廊庑，门罩，挂落，垂带。床体上檐的挂落共有五层，当第一层浮雕显影时，雕花的门带、遮枕、廊庑边的小厨和彩绘屏封也依稀可见。

这个五进的架子床就是拔步床。二十几年前，几个倒腾文物的江浙人得见后，当场出价十万。一明父亲潘光正说，你们就别做梦了，这是清代的千工描金拔步床。虽说金粉彩绘磨蚀了，可单凭做工，像我这样的工匠带几个下手，至少也要做三年。江浙人见他气概不凡，解嘲说我们就是出得起钱，也带不走货。当时公路未通，潘光正还是方圆百里数一数二的木匠。米高公路动工前，他们又来过一次，因为知道村民修路缺钱。大伙儿都反对婆婆卖床，后来变通出售了堂屋镶嵌的几块古木（阴沉木），也算筹得了一笔资金。

老少三人并排躺着，庞大的拔步床如房中房，庇佑着雨夜中的她们。小雨一左一右握住甄妮和婆婆的手，满足而幸福。若不是为了告别，她还没有这样的机会呢。她转动小脸，鼻子蹭蹭婆婆的肩，下巴触一下甄阿姨的发梢——

"这咋回事，我睡不着啊。"小雨阖上眼，不去看窗外时明时暗的闪电。

雷公电母退隐，暴雨从天庭倾盆而下，房前屋后里里外外，整个天地间都充满了炸裂般的密集雨声。

电断了，蜡烛燃尽，但婆婆和甄妮的轮廓依旧真切。小雨或会暗中启动内视，看见梦境和悬停的微尘。眼下她看见的是婆婆的额头和甄妮阿姨的耳垂。

甄妮也没睡着。

常言道一心不可二用，但极度专注时，潜能超常启动，一心多用、一眼多见是可能的——其见闻触感或许来自不同时空的交错。此刻甄妮脑海中复现的情景，既有新月婆婆的讲述，也有她的联想补充，讲述毕竟只是音声的传译、散碎的断片……在追溯少女新月坐马车，跟姐姐上漆县搭乘民生公司客轮去壹江求学时，她也看到了年轻的新月在二师校园，在教室和图书馆，在堂伯宽敞的官邸；之后，她瘦弱的身影出现在兴奋狂乱的游行街头，在危机四伏的逃难途中，在贫瘠乡野山村，在农田水利基本建设工地、在批斗大会现场……伏案苦读，奔波往还，躬身劳作，自我批判的矮小身影……如此丰富的声光色味，繁杂而眩迷。难以想象的是，涉世未深、辗转逃到米耶祖姨婆家的新月，如何面对亲人的骤然辞世和家族的惨烈巨变，又是怎样在漫长光阴里独自咀嚼锥心的伤痛，并在岁月的淘洗磨砺中，最终将其酿造成深隐于内心的悲苦和蜜糖的。

血缘相关的人类或许真有所谓的"心灵感应"？父亲的猝死神奇地呈现于新月的噩梦中。那时她跟姐姐在二师共居一室，惊醒时天刚蒙蒙亮，迷糊里听完她的讲述，尚未完全清醒的姐姐在起床钟里嘟囔了一声：打胡乱说。下午体育课课间，教务处有人叫姐妹俩去听电话，是堂伯打来的——父亲真的走了。因为事发突然，场面太过血腥，长辈也不忍多说细节。

三天前的正午，主持家族事务多年，且因乐善好施惠及乡梓而颇有声望的赵嘉礼被一粒无情的子弹带去了未知世界，随行的还有几位成年与未成年的叔伯兄弟姊妹。在时代的大动荡到来之际，堂伯将家人和姐姐新雪仓促带往了海外，新月却隐姓埋名成为家族孑遗，跟残剩的族人断绝了往来。这阴差阳错的安排，命运之神到底有什么意图？生年见过太多的苦难与死亡，使得新月格外看重感情，敬畏天道悲悯生命。在缺医少药的年代，她义务帮乡邻接生——老啵儿奶奶夭折过三个孩子，生老啵儿父亲时又胎位异常——从昼折腾到夜，小孩好不容易顺利出生，母子平安。那一刻的新月抱紧婴儿喜极而泣，以至忘了为他清洗。

在一本薄薄的旧相册里，甄妮意外发现了婆婆的少女时代，其中有一幅老照片：新月蓄短发，穿阴丹士林布旗袍，拿着书有"家"的硬字纸，正在教室教一群男女识字。让她惊讶的是，那会儿的新月也就十五六岁，可身高差不多已定型，而年长三岁的姐姐却是高挑的美人。难道悲苦与思念真的有重量，不仅改变人的形貌气质，还能压制骨骼肌腱，影响身体的生长发育？浏览旧照的时候，甄妮蓦然想起了特蕾莎嬷嬷，那位身形枯瘦矮小，满脸皱褶神情忧戚却心怀大爱的老人，同样被哀伤和慈悲净化的美丽女性……难道承受的悲伤越早越深，容纳的爱越多越广，灵魂抵达的领域越深邃幽远，心灵的负荷也就越沉重，以至让一个人的肉身不堪负载？又或是过度专注于内心而忽略了身体的成长？

甄妮又想起有次读《晏阳初传》，新月婆婆送来一盘野莓，书封上的晏阳初像让她欲言又止。甄妮敏感地问："晏阳初，民国乡建的实践者，您知道这人吧？"

"上二师时，我在他的乡建学院做过义工，教扫盲班。"

"哎哟，您真当过老师呀！"

"老师算不上，那时我还小，就是教最简单的识字。乡建学院有正式的老师，用现在的称呼，有不少还是高学历的'海归'。"

她并不了解新月婆婆跟裴医生的交往，后来才知道他们认识很早，裴医生也不止一次来过米耶。回想起他提到新月婆婆时流露的敬意，不由得搂住小雨，用鼻子轻蹭孩子的脸。

小雨正沉迷于想象，一些字句拥挤在喉咙深处，按捺不住往外蹦跳。甄妮突然的爱抚让她兴奋："阿姨，我一点都睡不着。"

"嗯，你不睡，都在想啥呢？"甄妮问。

"在想这床啊。从我出生到现在，它抱了我好多年。我还在想，我是被爸妈抛弃才跟婆婆在一起的，我也不想恨他们，不然就对不住今天。"

甄妮摸她的头："我只知你是米耶的小诗人，却不知你还是个小哲学家。"

屋外突然安静下来。暴风雨不再，偶或有闪电亮起，低沉的雷声从很远的远方碾过。

"你在想啥呢，甄妮阿姨？"小雨轻声问。

"我在想，我来米耶前经历过的所有，都是为了遇见新月婆婆。"甄妮心里这么想，说出的却是："我在想，床檐上雕刻的故事。"

"拈花微笑？"

"不是。我说的是那幅沉雕。"

"噢。是割肉救鸽吧？婆婆说，尸毗王为了救鸽子，把自身的肉一块块割下来，喂那只紧追不放的鹰。"

在西藏，甄妮见过舍身喂鹰的壁画——鸽被鹰追赶，飞到尸毗王腋下祈求保护，鹰请王把鸽还给自己。王答，我立过誓愿，要保护一切生灵，所以不能把它给你。鹰说，你护助生灵，我就难以活命了。我不该得救吗？王问，给你食物，你要不要吃？鹰答，我只吃新鲜的肉。王随即割下自己的腿肉给鹰，鹰却要求用天平称量，须与鸽子等重。不料王割尽全身的肉也达不到鸽子的重量，最后忍痛坐上天平一端，结果力不从心晕厥过去。苏醒后的王再度爬上天平，其心坚定无悔——这一刻大地震动，枯树生华，天降香雨，天女歌赞，王的身体刹那间完好如初。

甄妮走神的当儿,婆婆小睡后清醒过来——小睡并没有真的睡沉,而是介于醒与眠之间,清明而愉悦。

留恋于回忆的甄妮自语:"直到最后的最后,可能才会发觉,你所经历的一切都是造物的考验。"

"到最后一刻才明白的,恐怕是大多数人。"婆婆答。

"什么最后?"小雨说,"我一开始就晓得,那鸽子不是普通的鸽子,鹰也不是普通的鹰。"

"我也是一开始就晓得,小雨不是普通的小雨,甄妮不是普通的甄妮。"婆婆说。

"你对谁都是这么说的。石头不是普通的石头,老啵儿不是普通的老啵儿,飞雪不是普通的飞雪……"

"是啊,你们的确不普通,因为每个人都是不一样的。"

小雨乐了。她百听不厌的,就是婆婆的夸赞,和那夸赞时的疼爱口气。

又断续下了几茬小雨,电一直没有恢复。耀眼的闪电,一忽儿照亮围屏上雕镂的朱雀翅膀,一忽儿又无影无踪了。想起听过的有关床的传言,甄妮感兴趣地问:"听说带这陪嫁床的新娘子来自很远的地方,是这样的吗?"

这问其实来自小雨。新月祖姨婆家族的上几代也没见过携带如此陪嫁的新娘子,只听说新媳妇娘家那一带以摩崖石刻著称,内容则以佛经佛像为主。那位新娘子明事理善持家,还喜欢写字,画工笔画。

"我祖姨婆家几代男子都长得特别俊朗。奇怪的是,他们的媳妇大多是外地甚至外省人。上次你也看到了,那张唯一保存下来的全家福……"婆婆像在喃喃自语。

新月的祖姨婆当然不会料到,这张老床——自家故宅残余的最后守护者、继承者,竟然落到了虽非远亲,却也不属直系家族成员的侄孙女身上。

"人的一生,大约有三分之一的时间在床上度过。不过很少人意识到这件事。有些年头儿,我常常半夜醒来自说自话,那么多的话语和念想积累起来,真不知要储满多少个粮仓。"新月婆婆喃喃低语。

"婆婆啊,把这床卖掉,您确定不后悔?"甄妮问。

"怎么个后悔法?"

"我是说,让这历经几代人,又跟随了您大半生的器物离开,您真的舍得吗?任何东西,相处时间长了,都难免产生感情和灵性呢。"

"这便是无常吧,无常才是人间的常态。"

"可我舍不得,这些鸟兽啊花树啊,都看到过我做的梦。是它们陪伴我长大的……"小雨嗓音带着点哭腔。

甄妮呼出口长气,说不出是满心的遗憾,还是伤感。

第二天,小雨问婆婆:"你猜我后来许啥愿了?"

"许你梦想的,或者你失去的。"婆婆正顶着日头浇花。

"我呀,祈求老天留下这张大床,永远跟婆婆在一起,跟小雨在一起。祈求米耶能渡过难关,别让婆婆心焦。祈求甄妮阿姨留在米耶,直到永远。"

婆婆听得笑起来:"傻姑娘,愿只能许最重要的一件,不能啥都要完。"

小雨非常得意。她许的愿应验了。

新月婆婆打算把床拆下,包装的麻袋、旧棉被和绳子都备好了,揣着银行卡来的茂盖老四却死活不愿搬走。他媳妇说,这钱是借给米耶的。老四年幼时,父亲远在西藏当兵,兄妹仨常年得到婆婆的照拂,大到上学小到压岁钱和新衣新鞋。爷爷奶奶临终时婆婆登门陪护,甚至亲手做寿衣……

"我怎么能要婆婆您的东西呢?"老四说,"况且这资金也不是捐的,是借给明月社的好不好?"

婆婆并未刻意坚持。拔步床虽物归原位,但她当即给它确定了去处。"你去把纸笔印泥拿来,我要写个字据。"她吩咐小雨,又对老四媳妇说,"这床的继承权属于你家,任何时候你都可以来取。"

老四夫妇是性情中人,他俩当即也写了字据,承诺自己公司县城在建的两个楼盘开盘时,为米耶捐助一笔钱,用于七十岁以上老人的医疗和村民应急(如特困生上学和其他突发困难)。一个多月后,米耶村收到了十五万元捐款。老四电话村委会和新月婆婆商定,这点钱不多,以后逐步增加做成专项基金。

4

茂盖老四的捐款促成了"新月堂"的设立。

"新月堂"最先打算取名米耶诊所——自从乡医刘贤江因年岁已高被儿子接去了县城，寨上人看病就很不方便了。

老啵儿奶奶有她的担心，所以特地提醒："甄妮是位好老师，教书是重点噢，一心几用，会误人子弟的。"

"小学堂也要学大人生，"新月婆婆说，"生老病死是很深的学问，小学生可以了解一点嘛。"她让老啵儿奶奶放心，漆县实验学校有位老教师，退休后想来米耶住一段，愿意跟甄妮一起教娃娃。

榛子却说："随便开诊所不合法。"

一明说："咱们不叫诊所，叫新月堂总可以吧？不过就是备点常用药品，有时给人包扎下伤口，处理个头疼脑热拉肚子之类的。"

新月婆婆说："守法是必须的，诊所的事等条件具备时再说吧。"

新月堂设在堂屋左首的大房间。

开张那日天气晴好，妇女儿童们采摘了大抱的海棠、百合、菊花、月季、一串红，插满了阶檐的坛子、瓶子、罐子。韩星外祖祖、老啵儿奶奶也来了，还有特地从漆县"回家"的刘老先生，他送来一箱子药品和一副听诊器。

老啵儿奶奶怀抱着芙蓉花，尖尖的鼻子似乎正被花瓣吸附。欢笑声中，她用下巴指了指甄妮，又看向新月："这姑娘是要在米耶开花，还是结果？"

婆婆回："该开花开花，该结果结果。"

一明说:"先开花,后结果。"

一旁的榛子听了,很响地嗑着婆婆新炒的葵花籽。

傍晚时分,小雨捡起散落的花瓣揉碎在墨汁里。蘸着彩色汁液的笔,在一块木牌上,她写下了"新月堂"三个大大的颜体字。看着鲜艳敦实的大字,她绽开了笑容。老师加医生,她相信甄妮阿姨一定会留在米耶。

5

小小的新月堂吸引了外来的捐助。一咏跟药商学长带来几箱常用药和简单的医疗设备,包括两张输液椅。陈方贵捐助了一笔资金。核桃和舒凤梅也送了礼:自制雪花膏和一大坛百花酒。前者治冻疮和皲裂,后者治悲伤和抑郁。

除了寨子里的人,外村也有患者来这里——主要不是看病,更多的是来倒倒苦水,叙说内心的伤心委屈,跟婆婆、甄妮说平时无处说的体己话、私房话。有的人满脸怨气携着悲苦而来,走的时候好转了不少;也有人只是来走动走动,看看新月婆婆,顺便分享两盒糕点,一瓶好酒,一个好消息……此时好客的婆婆会亲自下厨,做一桌佳肴,主宾在火铺的矮凳上坐定,开怀对饮——气氛毫不拘谨,老远就能听到敞亮的笑声。

客人或患者告辞时,新月会回赠礼物(转送别人的赠予,是她的习惯和快乐)——这些东西往往又会由另外的人,换一种样貌或方式回馈给她。

第十五章

雪落在大地上

1

初夏,一个纤瘦的姑娘背着背袋,拉着红色旅行箱来到新月婆婆家。

一见她婆婆就心疼道:"你又背又拉带这么多东西干啥,早早啊,你自己就不知道小心点?"

"反正都要流掉的。"被称作早早的姑娘拍了拍衣服下隆起的肚腹,气冲冲地说。

"不好好保胎,瞎说些什么?"

"惩罚他呗。我要让他不得安宁!"她说的是胎儿的父亲,那个让她又爱又恨的胆小鬼,曾经的中学语文老师。

早早祖婆黎花是新月的老姐妹。黎老太已故的儿女孙子都是新月婆婆接的生。新月送走了黎老太的老伴、大儿子、小儿子、女儿——除了早早母女外全家所有的人。黎老太每次见到新月,总不忘来一句"把我也送到阎王爷那儿去吧,我这个老不死,老克星。我死了,早早她才得安生!"黎花年纪轻轻守寡,与后来的丈夫相恋时，因同姓且比男方大几岁，遭到双方家人和族人的一致反对。后来两人搬出莲花村，在老鹰岩离群索居。她生养过五个儿女，又先后送走了他们。于是把不幸全归罪于自己，认为自己命带克星。

黎老太担心幸存的早早，总是劝她学她母亲离开，早早却割舍不下。因而曾孙女稍有闪失，老人都会惊惶自责。新月婆婆牵挂婆孙俩，过一段时间，就托人从她那儿讨点老鹰茶、肾豆之类，顺便给婆孙俩带去零花钱日用品，借此互报平安。

老姐姐过意不去，会恳请带信人："让早早跟你去看看新月吧，她一个人太孤单。"带信人说没有的事啊，寨子里的人全都是婆婆的亲人。对此老太太心知肚明，她不过是想重申：早早是也是新月的至亲。

早早从小就学会了照顾自己和祖婆，新月婆婆对她也格外疼爱，常接她来家过生日，带她去县城玩儿。早早知恩图报，每年都会用芝麻、核桃、花生、猪油给婆婆做一大罐油醪糟儿。

倚仗新月婆婆的宠爱，加上对负心人的怨怒，怀孕后的早早喜怒无常，不仅对老啵儿、石头冷眼相向，对甄妮、小雨也充满敌意，就像他们是那个负心人的亲戚。

甄妮把一粒维 E 放到她手心，她略一端详，便面无表情地抛进嘴里。几秒钟后，小圆丸忽然子弹般飞速弹射出去。

早早有时莫名兴奋，会把正忙碌的新月婆婆搂得喘不过气；一转眼又情绪低落，发疯似的将自己学做的婴儿衣裤铰烂；刚炫耀完负心人给她买的人生第一件连衣裙，立马又骂他是不要脸的下流坯。

婆婆说:"你呀,是错把他当爹和兄长了。"

一开始,小雨也像婆婆那般心疼和迁就早早,可见她越来越无礼横蛮,也使出了性子。有天夜里,她把早早的枕头被子扔上火铺,关了睡房门,不让她进婆婆的屋。婆婆叹气说:"小雨也这么狠心了。你想想,你有寨子里的人们宠你,还有我和甄妮阿姨。早早呢,除了老祖婆,啥都没有。"

2

米耶人对早早满不在乎地怀了孕虽然感到惊讶,但也给了足够的包容。姑娘从小家里就没个男人,怎么懂得跟男人相处的分寸?那个教书的小伙子,据说很受学生欢迎,人也帅气大方,若非已有家室,跟早早相配倒是两全其美。

老啵儿奶奶把早早叫回自己家里说,打掉肚子里的孩子,再找个好婆家。随即把一碗油醪糟汤圆递到她手上。

早早在新月婆婆跟前横蛮,在别人家却乖巧。她用勺子搅着不冒热气的汤圆,问能找个啥样的婆家。

"潘一明。小伙子能干正直,心疼人,会开车,合作社搞得也很红火。"

早早手一颤,油汤溅上手背,碗差点打翻——一明和老奶奶佺媳榛子的风言风语,她可听说过不少。

"我肚子里的孩子可是我的命。"她使劲摇头。

老人一意孤行，劳神费力说服了一明的父亲。老潘怜惜早早，也理解她，并不嫌弃肚里的孩子。

一明坚决不同意。他吐掉叼着的烟头，对老啵儿奶奶说："都啥年代啦，还说媒包办？"

父亲为修米耶公路截肢那年，一明还是个半大的孩子。族内有个老姑娘感念光正对大家的付出，愿意上门做后妈，没想到却遭婉拒。一明为父亲的"无情寡义"生气，说别以为自己修路功劳大，就可以随便拒绝人。父亲脸色一变："别没羞没臊了，米耶的功臣是新月婆婆懂吗？再说你母亲负气出走，她想通了会回来的，而且，哪有本家通婚的道理？"父亲的固执其实源于善意，不忍让一个未婚姑娘陷进潘家的困境。他对自己狠，却希望儿子能找到自己的幸福。

一明不同意与早早的婚事，做父亲的并不会当面表示什么，只是黯然神伤，叹息伴着若干不眠夜，其痛苦不亚于又一次截肢手术。

一明无奈妥协："行行行，我为你娶回媳妇，再养个孙子。"

早早也同意有条件的妥协："打掉孩子可以，但祖婆要和我一起来。"

老啵儿奶奶不高兴，对新月婆婆说："早早这姑娘脾气横、自私。带个野种倒也罢了，还想拖个老人。"

"这也没啥。"新月说，"人来了就住我这里，老姐姐生活由我负责。"

新月婆婆腾出一间屋，准备好床上用品。早早也收起娇怪，

239

主动下厨帮忙——小姑娘其实相当能干,祖婆的厨艺大都继承了:烙麦饼、蒸荞粑、调蕨根糊糊、切手工面样样会做。小雨早上一睁开眼,就把脸凑近那圆鼓鼓的肚腹,为小生命唱诵诗词。

婚事已敲定,榛子和甄妮打算陪早早去镇上引产,临行前早早却不见了。几天后,她打电话回来说,自己还是放不下"那个人"。

3

早早的出走,让一明松了口气。只是父亲的又一次失落让他难免自责——传宗接代,天伦之乐,这毕竟是平常人的愿景。

这天傍晚,一明拎了个小背篓来到婆婆家。还没放稳,小雨便朝那发出乳香的目标冲过去,被弄醒的婴儿莫名惊惶,哇哇大哭起来。

一明坐下来跟婆婆说起了孩子的由来:"我昨天去镇邮政所汇果苗款,看见这个背篓放在门口。天气有点热了,婴儿脸通红却一点不闹。我觉得不大对劲儿,进去跟柜台的小傅说,送子娘娘快递来一个大礼包。她出来一看也蒙了:谁这么缺德,又丢个孩子来,这是邮政局不是福利院啊!果然直到下班,都没有人来管。

"小傅跟我开玩笑,说'要不这个礼物,你先代领,等主人要的时候,你再还回去。'我说还是你合适,吃喝都现成——她恰好在哺乳期。小傅叹口气说,'如果我是高收入,多喂一个也没啥。但我只是个合同工,母亲身体又不好,再养个孩子哪儿承受得起。'我愣了一会儿，汇完款狠狠心回来了。今天上午，我再去办事，小傅一边处理业务，一边奶这孩子。她见我就说，'这个宝贝儿，派出所也不愿接手，可能真是老天给我的专递。'我鼻子一酸，说还是我来代领吧。她笑了，奶饱孩子，上楼拿了个包裹给我，里面是两袋奶粉和旧的尿布衣服。我把背篓放进驾驶室，赶紧开车往回赶。心想，我给老爹送了个大礼包，他肯定高兴得不得了。没想到他根本不要，说请神容易送神难，这东西从哪儿来就还哪儿去。还说我已经养了个残废，绝无可能再养一外人。"

"我来养。"小雨兴高采烈，搂着那个也被父母抛弃的婴孩亲了又亲。

"先留这儿吧，尿布和衣服也拿过来。"新月婆婆蹲下身，亲和的眼神立刻吸引住了孩子。

甄妮抱出那坨肉肉。小人儿已会转动头颈，紫黑的眼山葡萄似的。她转脸盯着一明，像是为再次被抛弃大惑不解。

夜幕降临，一明又打着手电来，把孩子接了回去。晚饭时间，他和老爹都没食欲，短暂相处，难以割舍的感情就产生了。老父亲下午说的不过是气话，无论如何，他们也不能把这个负担转给新月婆婆。

一明叫婴孩珍珍，给她吃合作社出产的岩蜂糖和山羊奶；另外也把包装好的奶和蜜送到婆婆家，撺掇甄妮用蜂蜜做面膜。

得闲时他就逗女儿："看啊珍珍，女孩就该像花儿一般漂亮，像蜂蜜一样甜。"

婆婆瞥了他一眼："你那张嘴才像蜂蜜一样甜呢。"

一明带女儿来串门时，碰上吃饭，一点也不推辞。吃完还带上婆婆捎给老爹的那份。

有了珍珍，一明更勤快了。他贷款买了辆新车，运送自己的土特产到漆县和周边地区销售，顺便也带回工业品和市场信息。经人引荐，壹江一家仓储式合资超市派员来米耶考察并达成合作意向：一是投资加工野生茶籽油；二是委托合作社修整活水塘，用来喂养鲟鱼和甲鱼。

有客人来，一明必带到婆婆家，当来客惊叹老人的优雅健朗时，他就会骄傲地介绍："这是米耶的地母和灵魂，亲爱的新月婆婆。"

一明历练得更大度了，对榛子的讥讽装糊涂，不恼怒不计较。榛子特别受不了他叫女儿的肉麻劲儿："啥珍珍，直接叫心肝儿得了。"

见一明不吭声，榛子又问："你真真，真真想吃天鹅肉？"

"别胡思乱想行吗？不真真难道假假？"

甄妮带来的书加上新月婆婆的收藏，凑成了一个小小的乡村书屋。一明也喜欢在书架上东翻翻西看看，只是脑子灵光的他不大有耐心读书，只对《农村新技术》之类的期刊感兴趣。有时他会跟甄妮商讨在"致富新点子""市场营销""养殖技术"等版块读到的内容。后来合作社跟村委会合作，绘制了米耶未来二十年规划图，把寨子画成个桃花源，据说该设想得到了镇政府的肯定。他向婆婆夸海口："等到你期颐之年，米耶会变得人们都认不出。那时你不用去天堂了，因为这儿就是天堂。"

潘光正很快就感受到了珍珍带来的改变。孩子一双乌溜溜的大眼睛，总是边笑边伸手抓他的脸。哭的时候，只要唤她的乳名，她便会歪头寻觅声音的来处，然后破涕为笑。有次一明不在，他急于给珍珍取奶瓶，竟自己挪下床，奇迹般用双手支撑着跃进了轮椅。

家里多了一股生气，日常也热闹多了：榛子和绣娘们三天两头过来帮忙洗洗涮涮，小雨和甄妮也时或出现，帮小姑娘洗澡剪指甲成了一种别样的乐趣。

4

冬至那天，早早祖婆托人带来一罐油醪糟，几块腊猪肉，一束方竹笋和一小包肾豆给新月；并表示她很想念老妹，等身体稍微好一点，再来米耶看她。

新月婆婆一听，心里就明白了——老姐姐从不这样说话的，估计是剩下的日子不多了。她告诉一明，要上莲花山住几天。甄妮见婆婆面露焦虑，表示要一起去，她点头答应了。

一明要去莲花山，老潘的眉毛拧成了麻花：雪暂时是没下，可高山上气温低雾罩大，下了凌的公路硬邦邦滑溜溜，车走起来实在是犯险。老潘说："万一有啥闪失，我和珍珍是小事，你合作社那么大摊子，牵扯到几百万资金和几十户人家，后果谁担得起？"

一明却说:"婆婆要做的,都不是可做可不做的事,更不是个人的私事。我无论如何,也得去帮她一把。"

出门前,他把孩子托给榛子照管。榛子瞅着一大沓尿布衣服和吃食,别别扭扭不大乐意:"要去待几天啊,莲花也没多远吧?"

一明答:"来回好几天哩。婆婆毕竟年纪大了,甄妮又人生地不熟,我不送她们上山咋办?"

榛子嘴上不愿意,但接过孩子,马上就亲热起来。

一明准备好了防滑链,将携带的几包衣物食物药物,统统扔进二排座。待几个人上车坐定,发动机也点火了,甄妮却从后视镜里看见小雨小跑着追过来——她把自己的橡胶热水袋和充电的暖宝宝全拿来了,说山上冷,暖手暖脚都用得着。

汽车轰鸣着爬上望虎岭,循盘山路驶往莲花山。这条路路况还行,只是路面较窄,雨雪之后容易打滑。几个人沉默不语,一明放慢车速,小心翼翼地驾驶。老鹰岩距莲花村尚有五六里山路,一明将车开到相距最近的杉树湾停下。

先下车的他趔趄了一下,叫了声"糟糕",便赶紧从纸箱里取出几段草绳,让每个人都捆在鞋子上防滑。

路面上了桐油凌,他向前谨慎迈步,没几米远就摔倒了。慢慢抬起上身,一明试图稳住腿脚,不料又滑坐在地。甄妮出了驾驶室,蹑着手脚想接近他,没走两步,也摔了一跤。

"老爹这下该放心了。"一明坐着不起身,口气有点幸灾乐祸,"他担忧的事,终于变成了现实。"

"你没事吧?"甄妮大声问。

一明摇摇晃晃爬起来，努力站直，刚伸出右腿，又是一个仰八叉。这次真摔得够呛，不光屁股和背，连后脑勺也磕得生疼。

甄妮下意识伸出了手。这个徒劳的援手尽管很快撤回，却被一明捕捉到，他的手也下意识地伸了过来。

好在彼此相距还有五六米，那小小的尴尬似乎可以忽略。

"再过两三年，经过高镇的高速公路就要修通了。如果米耶的路能够连过去，我们只要大半天，就可以到壹江。"一明无话找话。他放弃了直立行走的企图，匍匐在地，像条快乐的蛇，朝甄妮这边靠近。

"那很好呀！"甄妮应和着，想撑起身来。

"噢，当心别乱动！山路很滑，我去取车里的工具，凿几个脚窝子。你可能听说过，好好祖爷给祖婆专门修过一条路，从老鹰岩到兴隆场，后来有新闻称它为爱的天梯。"

甄妮没有接茬，也不敢动弹。她不想让一明看见自己的狼狈。

"你看看，"一明指了指野猪岭上的红叶，"好漂亮！这黄栌叶子，满坡满岭，比三峡秋天的乌桕还要鲜艳。"

他从车上取下一把轻巧结实的蓝色冰镐，手柄修长，镐身闪亮。这是一明表弟从金华寄来的礼物，在一家登山器材厂打工的表弟说，他常年在高山跑车，肯定会有用的。

三人背着箱包拐进小路。一明打头，时或停住脚，凿上几下。冰冻的桐油路在他们身后留下了点点凹印。

午后日光清淡，气温冷冽，三人寂静地跋涉在山路上。一明背着半人高的牛仔袋在前，甄妮背双肩包断后，新月婆婆拎竹篮居中。一明想搀扶婆婆,几度被婉拒——老人专注地踩实一个个凹印,身姿稳健,步态轻盈。

从野猪岭半腰间斜插过去,眼前就是老鹰岩后面的沟谷。太阳没了,有薄薄的雾气升腾起来,青灰黛绿的沟壑林木间,一条细长的石板路,从谷口伸延到老鹰岩石壁下的房屋。

这就是被记者称作"爱的天梯"中的一段。

5

早早家的大狗黑李叫起来。

几个人刚出现,狗狗就摇着尾巴热切地迎上来。它直立着后腿,一双前爪搭在新月婆婆身上,湿润的鼻子蹭着她的衣裳,发出呜噜噜的喉音。婆婆是它的老熟人了。爱屋及乌,它对甄妮也如法炮制表示了亲热。对一明,它先以为是前些年来住过的画家,发现误认后,便不满地叫了一声,转身跑开了。

门扇半掩着,却不见主人。新月婆婆推开堂屋右边的火铺间,半明半暗的光线下,适应片刻,才得见没有火的火塘、鼎罐和悬挂的腊肉豆干香肠。正在疑惑,碗柜左手的门咿呀一声打开,一位裹黑头帕的高个儿老太太挺着身板探出头来。她披了件洗得发白的军棉大衣,趿拉着棉鞋,皱纹细密的脸轮廓分明。只听她一边摇头,一边小声念叨——

"何小红,对不住。何小红,对不住……"随后低低地弯腰,向甄妮鞠了一躬。

新月婆婆上前扶她,她却抱住新月说:"早早啊,我对不住你。对不住你妈何小红……"

直到客人在火塘里燃起柴火,屋里有点暖和了,老人才觉得甄妮和婆婆似乎不是她的孙媳和曾孙女。可接下来又当她们是来找麻烦的亲戚,再度开口说"对不住,对不住"。自忖叫不准来人的称谓,她便下厨去煮醪糟鸡蛋,甄妮和新月婆婆每人一碗。对一明并不待见,只给他一杯白水。

一明讪讪地喝着水,扮了个鬼脸。

不知是否察觉到失礼了,主人偏起头想了想,又去灶上下了碗羊肉荞麦面。端给一明时说:"吃完赶紧走,别再招惹早早了。她的命本来就够苦。"

一明吃完面,去屋旁水井担了几挑水,将巨大的砂石水缸灌满。估摸这边一时半会儿不会有事,便提出告辞:"我先开车回去,过几天再来接你们。"

一明离开时,主人又不舍了,冲着他的背影喊:"有空过来,给早早补习功课。"大约一明又被她当成某位老师了。

新月婆婆难过地自语:"她怄糊涂了。都认不明白人了。"

甄妮帮婆婆做好了晚饭,食材都是从米耶带来的。主人记忆混乱,胃口却不差,舌头和牙齿都畅快地运动着,当她喝完半碗泡菜鱼汤后,忽然冲婆婆叫了声"新月!"

她想起了老姐妹的名字,并试着叫了一声。为防止这凭空而降的幸福消失,她起身下火铺,掩上了门。记起家里还有米酒,她抱出一小坛,将几个杯子斟满。

"她一个人待太久了，难得吃顿可口的饭菜。"新月婆婆说。

主人不舍得结束晚餐，细嚼慢咽地延挨着时间。新月婆婆好不容易把她哄上了床。得见甄妮手里的听诊器、血压计，老人说："你是甄妮，甄医生。"语毕又问新月，"早早走了，你晓得吧？"见对方点头，她又顽皮地问，"我谁都没告诉，你怎么晓得的？"

"我怎么不晓得，那油蘸糟是你做的，不是早早的手艺。小丫头剁的料比你细，她心疼我的牙。"

老太太飞快地回她："我不心疼，我晓得你那口牙保养得好，整整齐齐，嚼啥都没问题。"

老太太血压高，心律也不正常。检查胸腹时，甄妮见她姜黄的脸泛起了潮红，为积液导致的肚腹隆起而害臊。

甄妮被安排到早早的房间，新月婆婆陪老姐姐住。主人从橱柜里取出两个簇新的绣花枕套，颤巍巍地对甄妮说："这是给早早准备的。可她呢，找她妈算账去了。"说完用皲裂的手捂住脸，"这账要算，也该算在我头上……"

6

早早的屋子，曾经被一位写生的画家租用过。征得主人同意，画家请工人在西墙和南墙两面都开了双层大玻璃窗，窗帘一拉开，就能望见深深的峡谷和重叠的山峦。壁头留存有两幅速写：一是高山飞瀑，二是她家的小院。桌上铺了块结实的厚玻璃板，压着画家拍的十几幅黑白照片。早早看上去凄美而忧伤，有如梨花仙子。还有张更早的合照，面容酷似早早的大约是她母亲，倚住她的女儿也是满眼哀怨。

熄灯后，甄妮躺在床上，睡意立即奔向了绣花枕。一对枕头将睡眠分成两半：一半在眠，一半在打量。枕芯内干爽的荞麦壳透出绵长的辛香，似乎混杂了麦子葵花薄荷柏蒿的多种气味。从峡谷升起的风，在窗外的墙根儿，冬熊般压抑的喘息。甄妮看见了入眠的自己，一半酣睡如熟果，另一半如树枝上倒悬的叶片。

似睡非睡的状态真是奇妙。电梯平稳地匀速上升，从谷底到岩顶，从大地到天穹；银河旷远清澈，多重时空中那么多张自己的脸。她按捺住兴奋，试图发声或打个响指，却听见有人在敲门：沉闷的剥啄声，好似青核桃从枝头坠下。

她努力睁开两眼，发觉自己已不在梦中。

"是我，甄妮。"门外的新月婆婆说，"老姐姐过分激动，刚才又有点迷糊了。她把你当成早早，一定要我过来看看。"

"你呢，又成了何小红？"甄妮开门让婆婆进来。

"我嘛她倒一直记得。还叮嘱我好好休息，自己却不睡。话说太多了，我先离开，她也好休息。"

甄妮展开两床被子，把睡暖的位置让给婆婆，自己却难以入睡了。

无边静谧中，感官异常活跃，整个身心弥漫着醉意——一丝丝热乎感如细微的水流从头顶贯注至脚心，五脏六腑血脉经络都通畅无碍。记忆里的场景联翩迭出，一连串影子像打开的套娃，那小小的队列就是从小到大的自己。她原以为影子是幽暗无形的，孰料是那么的明亮瓷实、跃跃欲试——它们整齐地游弋，无声地歌咏，相互顶礼如仪……低头弯腰之际，她看见了滋滋、齐越、马新绿、王怡、曾一咏、裴医生，她被那些干净温暖的脸盘所吸引。为了留住这幸福的聚会，她下意识阖紧双眼，屏住了呼吸。

而枕畔耳边，婆婆的呼吸整饬平和、纹丝不乱，那是一种安睡的清醒。

山谷里的风徐缓地吹拂，一波跟随一波，接续不断，柔韧有力，像一匹匹矫健的牡马跨越栅栏，跃过草地。甄妮发现自己的身体变得温软，四肢百骸全都舒张开来，气息出入轻盈，有一种漂移在水上或飞升在云端的感觉。

"休息吧，天不早了。"她恍然听见婆婆说。

甄妮闭合双眼："啊，我好像在很宽很广的、一大片蓝湖的水面行走……又好像在高天之上，驾着一朵云彩滑翔。"她含混地低语着，不知是意识的幻象还是堕入了深深的梦境。

户外晨光乍现，沉甸甸的墨蓝渐变为柔和的灰紫，天穹下的铁青色山谷横陈着，深不见底。

7

新月的到来，让黎老太快乐又亢奋。可高兴之余，却并不敢懈怠，她希望自己能支撑得久一点，看能不能等到早早回来。可事与愿违，她明显感觉到力气正一点点脱离身体，衰弱一刻胜似一刻。之前以龟速接近的死亡，眼下变成了青蛙和游鱼。

冬日的清早，寒冷彻骨，火塘里红彤彤烧着杂树疙瘩。一壶水滚沸后，新月婆婆望着升腾的柴烟，有点心焦地说，昨天晚上雪下得好大，山路恐怕全封了吧，这个冬天来势不善啊。

气温又下降一截，连水缸里都有了薄冰，几只老母鸡眯眼缩头，依偎在灶门前取暖。老姐姐穿着新月买的鸭绒背心，连睡觉也不想脱下来。火塘和烘笼不间断地燃着火，即便这样，屋子里也不是很暖和。

而这只是前戏。又过了几天，吓人的暴风雪才正式降临。

大雪纷纷扬扬接连下了两天两夜，老屋周遭的树或是枝丫折断，或是在积雪重压下不堪负载——板栗树、核桃树、梅树、梨树看上去都呆愣愣的，如葬礼上一个个精神垮塌的人。小院前延伸到沟谷的灌木林大半埋在雪里，崖顶坠下的水流变成了细长的冰凌，大片绿色的乔木林也白皑皑凝定不动了。

主人斜靠住床栏，看着拥堵在窗前的雪墙，无奈地说："这样的大雪，好多年都没见过了。老天爷是成心，不让我见早早和她娘啊！"

甄妮脚套塑料高筒雨靴，头脸用厚围脖盘绕护住，拿起铁锹将屋前的积雪拨拉到院坝里，拍拍打打，堆起一个木炭画眉、表情滑稽的大雪人。黑李瞪圆了惊讶的眼，不解她怎么能变出这样奇妙的魔术。

回屋已过十一点，甄妮舀了两勺鱼羹，想让祖婆吃点东西，让她有力气去门口看看自己的作品。黑李快活地打着帮腔，在她身边绕来绕去。

卧房里的情形让她吃了一惊：灯光下，新月婆婆端坐床头，腰腿偎在被子里。祖婆穿着藏青灯芯绒棉袄，戴褐色驼绒帽并肩而坐，脸腮和嘴唇显然涂过胭脂，似是要展示她最体面的模样。架子床、脚踏板、箱盖坐凳、椅面椅靠上，满是摊开的鞋帽衣裤。这几十件款式不同，散发着樟脑味的旧衣，曾温暖护持过这家老小。老主人常年孤寂，难得一见来客，能在生命烛火即将燃尽时得到新月的陪伴，自然是意外之喜。或许，她是在以这独特的仪式向人世告别？

看到甄妮，祖婆略微一怔，随即又回到昨天的颠倒恍惚："对不住你，何小红，对不住你……"她念叨着收紧身姿，摘去呢帽，低下毛发稀疏的头。

"她心头难过，想起亲人来了……"新月婆婆说。

话音刚落，老姐姐得到提醒似的摸索下床，拾掇散乱的衣物。每拿起一件就喊出一个名字，身体同时一躬到底说"对不住——"这些揪心的名字都是她的至亲骨肉：病亡的丈夫和女婿，在越战中排雷被炸的二儿子，井下挖矿被埋的孙子，自杀的外甥媳妇，饥荒年早夭的大儿子、小女儿……所有人的亡故都被归因于"老克星"——她的长寿来自他们的不幸，所以她没法宽恕自己。

初见祖婆，甄妮就直觉她藏有大悲苦，不料比这悲苦更深的是抉心自谴。这时老人捏了件小花衣涕泪交下——那是小女儿的衣服，在食野草树皮观音土的年头早殇的她未满十岁。只要她重述起亲人辞世的细节，就更加懊悔自己苟活，她叫喊着自己的名字，哭泣抽噎，直到上气不接下气。

放下汤碗，甄妮下意识打了个响指。老人望过来一眼，也魔怔地抬起手，连扇自己的耳光："唉，唉，你这该死的老魔头，老克星！"

甄妮将老人环抱到靠椅上，一边柔声安慰，一边摩挲她抖动的颈肩，可她不为所动，依旧泣诉不止。

新月婆婆平和地说："没关系，让她多哭一会儿吧，她心里太多苦水。"

"要说苦，你比老姐姐更苦呢。"祖婆战栗着发声，"你娘家的人经受了多大的摧折？成年人离开也就罢了，怎么着也在世上走了一遭，最痛莫过于几个小生命，有的宝宝都还没长全手脚呢。我一点也想不明白，老天爷为啥分派给咱姐妹这么多苦日子？我再怎么不幸，还有个独苗早早，你呢，却是一生孤苦……"

"耐也耐得烦，忍也忍得难。这话是你那年来看我时，亲口对我讲的。还记得吗？重要的是，我们都撑过来了。"

8

柴房的茅草顶在夜间垮塌，院坝里的雪人被新雪壅埋；门外黑李大声吠叫，像是要吓阻无休无止的风雪。

火铺屋里，甄妮打开那台老彩电。自接天线的信号很差，县电视台转播的央视新闻称，受强冷空气影响，一月初以来，国内南方部分地区出现入冬后最大幅度的降温和雨雪天气。这属于五十年一遇的雪灾，有十余省区的三千万人受灾，三万间房屋倒塌，直接经济损失已达六十余亿元。接下来还将出现第二次、第三次大范围持续雨雪天气，各级政府正启动应急预案，全力抗灾救灾。

新月看完大半条新闻，低声对甄妮说："你去烧些热水，准备一下。老姐姐的时辰恐怕要到了。"

甄妮用菜盆从屋外一次次盛进干净的雪，烧溶在鼎罐和大锅里。

卧室里，炭火燃烧着。神色安然的祖婆，放开新月的手，指了指衣橱上的那口樟木箱子。新月默契地点点头，明白她是想提前穿上自己的寿衣。

甄妮用塑料桶拎进热水，倒进杉木澡盆。婆婆脱掉外套，挽起衣袖，动手为老姐姐擦身。

"黎花姐，这雪水洁净暖和，好比入春的小南风。你脸上这第一帕啊，是新月为你擦洗的——不管你受了多少蹉磨，额头有多少皱纹，在我眼里你永远都是，俊俏能干的黎花姐。"

祖婆抿了抿干缩的嘴唇，脸上漾起一丝暖意。

"接下来这一帕，洗净你的眼睛和耳朵，这是代你男人擦的。你为他开花，为他结果；吃他留下来的苦，撑起塌下来的天。你替他一天天往下活，活着比赴死难太多啊。他在那边，啥都看得明白……"

祖婆鼻息加重，眼里有点点泪光。

"这一帕擦的是肩和背，代你的晚辈们擦。你的肩扛起了千斤重担，你是不舍得磨孩子才磨自己。这肩头的茧脱落一层又长出一层呀，老姐姐，你的肩藏有男儿的黄金……"

老太太喉咙牵扯着，努力吞下了一声呜咽。

"胸腹这一帕，是代早早和她妈擦的。你生养众多，从儿子孙子到曾孙，养育之恩，天大地大。"

"新月啊，"祖婆一双泪眼看过来，"把她们的苦，全转给我来受吧。你要咒我嫌我，剐我剁我，千万不要怜悯我。我受的苦越多，她母女俩遭的罪就越少。"

"放下你的心吧。早早母女俩有我，还有大家呢。"

祖婆舒展眉头。脸上露出欣慰与释然。她示意新月打开樟木箱，取出里面备好的七件上衣，五条裤子，显然是想尽快把这些穿上，看看自己最后稳妥清爽的模样。

看着新月婆婆的忙碌和祖婆的淡定，甄妮噙着泪水去了厨房。

半小时后，小饭桌搬到了火盆边，三只酒杯斟上了从米耶带来的红酒，碗碟筷子摆放整齐，几样简单的饭菜氤氲着热乎的香气。

尽管主人已无力享用美味，却也心领了甄妮的盛情——她想动弹下手脚，从喉咙深处发声，但终于力不从心，重新躺卧回床上。

一下午的安分后，山谷风又呜呜地啸叫起来，冲撞摇撼着树草岩谷，偶或听见积雪扑簌着倾覆洒落……时间不可逆转地逝去，老人眸子里的神光渐次涣散，脸色暗黄发黑，发僵的嘴唇不再嚅动，出入的气息趋向微细低弱，再无法聚拢起有意义的声音。随后，体内疼痛似又突如其来地苏醒，她的眉头扭颤，剧烈的痛感不仅来自愈益沉重的肉身，也来自潜意识深处的隐伏……

新月紧拽住老姐姐的指头，小巧温暖的手有如虹吸，丝丝缕缕，吸出逝者的冰凉苦痛。祖婆的耳朵，感受着来自新月嘴唇的暖意："好大好白的雾，那些山树啊岩头啊，还有你的房子，全都被埋起来看不见了！""顺着老哥修的石板路，一直往前走吧，那儿是没有痛苦的福地，只有永久的安宁。""林子里有大杜鹃，给我在树上留下标记，等到溪河开冻，苦荞酒酿成，新月就会来看你的。"

老姐姐咽气后好久，新月依然坐在床边，身姿保持不动。祖婆的样貌平和安详，无有颠倒恐怖，那是一位逝者所获得的最好报偿。

黎明在即，甄妮调了杯蜂蜜水给新月婆婆，要她赶紧去早早房间休息。婆婆答道："再陪老姐姐一会儿吧，眼下雪冻风冷，赶路不易啊。"

直到三天以后老主人下葬，黑李才不得不默认，这个家，当真是人去屋空了。它从小来到这儿，跟家人一起下地耕种，上山砍伐，赶场买卖……早早有段时间走读上小学，它每天去半路接小主人，这相守如今已成奢望。耷拉着头的黑李神情凄惶，对过来帮忙的村民低声哀鸣。村长看得心酸，叮嘱同来的人带它回村去。他告诉新月婆婆，村里有个开农用车的鳏夫黎某，出车半路上遇难，他的狗一直守在自家空屋，饿得皮包骨也不肯离开，他只好常过去给它扔点吃的。

黑李却一直在甄妮和新月婆婆脚边转悠，死活不愿跟村民们走。

第十六章

辞行

1

出殡后的第二天,村长带了三个精壮男子来送新月婆婆和甄妮。

几个人都打着高高的绑腿。有位黑脸小个子,鼻头红红的,嗓音阴柔,在祖婆葬礼上充任祭司。"今天会来两辆越野工程车,到鞍子抢修高压线。"他说话很利落,白色的热气从嘴里呵出,神情有点羞涩。

鞍子距老鹰岩大约有十五六里地。连日暴雪阻断了道路,婆婆和甄妮得先走去鞍子,再搭一程电力公司的顺风车回米耶。

男人们刮过脸,束紧腰,衣着整洁。不消说,在婆婆和甄妮搭上车之前,他们都做好了充当车马的准备。尤其是红鼻小个子,卖力地搓手,交替跺脚,见缝插针原地热身。

这一带的人擅长背运。公路未通的年代,他们身背超过头顶一大截的高脚背篼,赶场上街,翻山越岭如履平地。祖婆三儿媳过世那年,也是个下雪天,娘家来奔丧的妇幼老人就是村民们交替背下大白岩，去梅子河码头过渡的。

有顺风车可搭，新月婆婆松了口气。她对村长说："你们忙自己的去吧，冻雪这么厉害，村里也需要自救。这段路不算远，我们慢慢走，没事的。"

背双肩包的甄妮跟婆婆都打上绑腿，脚缠防滑的草绳，看上去很精干的样子。黑李也紧跟在身后。

村长并不放心。他悄声吩咐小个子男人："让她俩走，你们在后面跟上。距离远一点就好。"

通向鞍子的路，要翻过两道矮山梁，一道在老鹰岩侧后。路还算好走，就是积雪太厚，拔脚比较费劲儿。坡壁的灌木丛被雪埋掉了小部分，伸展在空气中的枝丫，挂满了成簇成团的雪粉。雪被稍微稀疏的背阴处，树草间显出横竖错杂的深色线条，让人联想到奇异的抽象画或象形文字。

风不大，雪地蓬松柔软，一老一少携黑李蹽行在山野间。脚印、蹄印、杖印，在平滑的积雪上留下了细小的花环。

第二道梁刚爬到一半，殿后的黑李突然发声怒叫，旋即箭也似的往回冲——尾随的三人被它发现了。不知是迁怒其扰乱了途中宁静，还是误判了潜在威胁，它旋风般发起冲锋，奋力保卫着自己的两位亲人。

黑李的果断凶悍，让跟随的人瞬间消失了踪影，却给它的护卫对象带来了麻烦。受到惊吓的婆婆脚下不稳，身体连带拐杖侧翻，甄妮大声惊呼，伸出手却一把抓空，两人先后从路旁斜坡滑坠而下，直到平缓处才停住身形。

飞溅的雪尘消散后，火棘露出了枝叶和殷红的果实。甄妮翻身坐起，还好身体没感到什么异样，只是手持的拐杖不知去向。

"呵呵，是老姐姐的路标，"新月打趣道，"让她找大杜鹃，结果成了火棘。"她尽量显得轻松，掸了掸衣帽上的雪，试图借甄妮伸出的手站起，不料却一下子坐回雪地。

黑李成功地将尾随者赶走，返回后却发现主人滑下了斜坡。它当然不明白，自己做了件天大的蠢事。

"两年前，我在跟裴医生出诊的路上，也崴伤了脚。据说脚只要崴过一次，以后就很容易再崴伤。"

脱下婆婆的筒靴，甄妮查看了青紫的脚踝，随即从药箱取出镊子、药棉、酒精、碘伏及红花油。

"这只脚的确崴过。一次是我当年在夜校上课，半路踩进了水田，还好没弄熄手里的火把。"婆婆感慨道，"那时人年轻嘛，回去用热水烫了下，第二天照样起床做操劳动。"

"我常想，那段经历，对您后来的影响很大的。"

"说来真是幸运。我在那儿只待了半个暑假，有点像现在的'支教'，却学到不少学校教育给不了的东西。当时倡导'博士下乡'，社学区的辅导员和传习处的导生，好几位都有留洋经历。他们离开大学和研究所，从城市'来乡村求知道'，大都是学识广博、谦雅温文的君子。还有二师的俞老师，待我如亲生女儿，恨不能拔苗助长，教给我更多的学识。他们给我的教益，可以说是受用终生。"

尽管新月婆婆口气轻松，甄妮还是不免忐忑——婆婆毕竟年岁大了,虽说滑坠高度有限,但也难说会否造成大的损伤。

"第二次崴伤脚,是带孩子们去高镇看联校运动会——那时米耶的公路还没影儿呢。回程时我崴了脚,七八个孩子争着背我搀扶我……"

"您说的是在村小代课时的事吧?"

"嗯。应该是高考恢复后的第一个学期,下午大太阳,孩子们连扶带背,把我弄到一处农家。都是高小班的学生,一个个累得衣服都湿透了。"

"哎,这一次,有点严重呢。"甄妮确认除了脚,婆婆的腰臀也有挫伤。

"我来背您吧。"甄妮把双肩包挪到胸前,她担心在低温下停留过久,会出现更大的问题。

当她低下身,要婆婆伏在背上时,才觉出尾椎处隐隐生疼。她的异样很快被察觉,婆婆说:"歇一会儿吧,我们再歇一会儿。不会有事的。"

两人分坐在药箱和背包上。甄妮稍一走神儿,那些过往场景画面便一一掠过眼前——羊卓雍措湖畔滋滋的欢声笑语;同齐越赤足走过操场时身后的阳光;登雅夜半发来的手机短信;梅子河渡口小屋的夜晚;裴医生离开一心时警车的啸叫;动荡年代乡道上新月婆婆的瘦小身影……她唯有在心中默默祈祷:祈愿裴医生平安度过人生劫难;祈愿新月婆婆身体无恙;祈愿雪灾早早过去,温热的太阳重新照临山川大地……

她俩没有留意到,黑李已再一次回转,引领着三位村民重新出现在斜坡顶上，跳跃着发出快乐的吠叫。

2

新月婆婆离开米耶的日子，不断有人来向小雨打探消息。

因为通联不便，对婆婆的情况小雨所知也有限。可怕的是寒冷带来感冒和各种并发症，这对老人小孩特别危险。还好新月堂有刘老先生的学生坐诊，大雪封山后小郭医生被困在寨子里，反而给全寨老弱妇孺以安抚。对于老年人来说，病痛和恐惧是一回事。

暴雪后雨雪断续不定，田野和山林间，雪花蓬松地堆积，煞似弹棉花的工场。这场雪灾中，米耶损失了十几头牛、上百头猪、近千只鸡鸭。大狗小狗猫咪都中了风寒，由于呼吸不畅，它们打着怪腔怪调的喷嚏，频率介于低鸣和急喘之间。

遭受重创的是潘一明家。

一明从莲花回来的第四天，王村长带两个拎大礼盒的男人登门。一进门两人就盯住珍珍，说是来寻找女儿的。中年男人谦恭地给潘家父子敬烟，痛责自己遗弃孩子的过失——珍珍正在玩榛子买的布娃娃，对不速之客不怎么理睬。潘光正生气地睃了一眼，便埋头吞云吐雾，抽自个儿的毛烟。一明气不打一处来，粗声吆喝要两人滚蛋，大礼盒也被扔出门外。同行的老头儿捡回礼盒，突然间就跪下了。中年男则不知所云地嗫嚅着，摸出张皱巴巴盖有印章的证明要给一明验看。老潘用力咳了几声，说别胡扯了，你们带上孩子回吧。孰料珍珍一边放声哭叫,一边扑进一明怀里,小兽样不让任何人触碰。村长见状对来人说:"这样弄不行,孩子不认你们有啥办法?强扭的瓜不甜啊。我建议你们换个时间再来。来前安排妥帖自家的事,住上几天,跟女儿混熟点。有了亲情,她自然就会跟你们了。"

那父子俩对了下眼神儿,不约而同地叹气,又一次千恩万谢。而后怏怏地出门,发动起半新不旧的五菱面包车,离开了米耶。

突如其来的变故让一明乱了心态。他跟新月婆婆通了次电话,随即开了社里的金杯车去壹江,希望跟商社敲定建茶油加工厂和冷水鱼的售卖合同。忙得起火的他不怕麻烦,一直把珍珍带在身边。

一明外出的日子,老父亲的情绪很是低落。石头外公见他寡言少语,便拎了罐猪蹄汤过来。光正勉强吃了半碗,说我没啥,可能有点感冒。说话间请老哥帮忙烧点热水,表示要洗洗头理个发。

石头外公理解光正的痛苦,也相信他的坚韧,毕竟当年丢掉两条腿的打击都挺过来了嘛。理发时还笑他的头型饱满硬朗,可以跟年轻人一拼。他根本不会想到,光正是在为自己准备后事。

潘光正走得干净利落,没给人添一点麻烦。

他实际上早已杂病缠身,慢性胃炎加肺气肿,肾也不好。可他究竟是觉得来日无多不愿拖累家人执意离去呢,还是因重感冒引起并发症导致急性猝死,答案还真是难以确定。除病痛折磨外,珍珍的事可能也是一个打击—— 她已成为潘家的一员,更是老潘生命里难得的欢乐。

不承想新月婆婆和一明被这场特大暴雪阻隔，石头外婆和榛子主动承头，着手料理丧葬事宜。

新月婆婆和甄妮到家的那个傍晚，逝者已经入棺。聚在一明家的有百余人，孩子们也学着长辈的样儿，止住平日的聒噪，低着头来来往往。

新月婆婆最后看了一眼棺椁里的光正，回身对大伙儿说："请抓紧准备吧，明儿上午出殡，所有仪式从简。"

潘家的亲戚扯开嗓子哭号起来——为新月婆婆的独断和不近情理。榛子低声告诉婆婆，一明被困在高镇，不知能不能赶回来呢。老啵儿奶奶嘟囔道，她刚送走姐妹，脑子是不是累糊涂了？石头外公白过去一眼，你懂个啥，电视新闻也不晓得看看？光正是米耶的功臣，大伙儿都清楚也记得。关键是过两天还有大雪灾，活着的人得留点力气自救。

新月婆婆已跟一明通过电话。半夜时分，他终于把车开回来了。冰雪路上驾车犹如与鬼为邻：视野有限，轮胎打滑，操作稍有不当就会侧滑或甩尾。伏在方向盘上的一明脚点刹车，两眼紧盯路面，内衣湿了干干了又湿，倒是裹在军棉大衣里的珍珍酣甜地睡了一路。

潘家院子里烧起了篝火，堂屋客房内的火塘火盆也燃得通红。有五六个戴面具的男子在院坝演阳戏，妇女们也轮番哭丧，守灵一直持续到天明。

3

潘光正的葬礼差不多是米耶的总动员,在家的人几乎都出来了。葬礼后,每个人都像被掏空了似的疲惫,新月婆婆的腰背处也悄然贴上了膏药。石头外婆暗自着急,嘱托甄妮多关照婆婆,让她注意歇息。

父亲的辞世让一明悲伤难抑,幸好有珍珍相伴,偶或转移下内心伤痛。多亏榛子天天来家照管他和小孩,顺带做点可口的饭菜。

再次狂降的暴雪叠加在旧雪上,每天都有畜圈柴棚被压塌。入夜的气温已降到零下十几度,不少家庭柴禾燃料所剩无几,不只老弱妇孺,即便是壮实的中青年人,也很难在火塘缺柴、火铺无炭的情况下度过极寒。

第三天,寨子又遭遇了停电。石头外婆来新月家,见火铺上挤挤挨挨,有陈老伯家的一老四小,三三家一老一小等人。他们有的是不习惯家里的黑灯瞎火,有的是柴火无以为继。有俩小孩儿扁桃体肿大发炎了,还有个老婆婆哮喘咳嗽不止。

甄妮从新月堂配了药给他们吃,没想到引来更多人逗留。连石头也以"牙痛"为由不想回自己家,新月婆婆家已成了临时避灾场所,火铺变成了名副其实的大炕,火塘里成天烧着树疙蔸。

看着新月婆婆忙碌不休,榛子满心忧虑地对甄妮抱怨:"这些人是怎么回事唉,婆婆需要休息,再这样折腾下去怎么得了?"

第四天下午,米粒小雪又变成了鹅毛大雪。山野间一片浑茫,天与地的界限都已模糊不明。

但里和外、安全与惧怕的界限还在。抱团取暖的人继续增加，火铺屋的容纳有限，只好在客房和教室生火。有人会回家去背些米面肉食果蔬过来，也有人带来燃料和锅碗。

黑李不喜欢拥挤的人群，它独自蹲在甄妮房间门口。小雨弄了块旧绒毯披在它身上，边轻抚它柔软的额头，边学舌甄妮："黑李啊，请想象一口火塘，里头燃着大块的劈柴，火好旺好猛，屋子里明亮又暖和……"

4

新月婆婆在棉袄外又套了件厚实的羽绒服。她突然感到畏寒，食欲也下降了——石头外婆赶紧用小陶罐给她煨粥。甄妮调好电热毯的温度，充好暖手宝的电，催促她卧床休息。她却说，人上了年纪，跟小孩子一样喜欢热闹，不想一个人待着。

新月婆婆仍然跟大家同桌吃饭，只是专用一副碗筷。饭后烤火吃零食时，榛子一本正经地问："有谁想喝饮料？"石头、韩星等一串小孩儿立即举手。当榛子分发虚拟的可乐七喜美年达鲜橙多时，石头却不高兴了。他撇了撇嘴："假的，你为啥要用假的来哄人？"

新月婆婆呵呵一笑："小石头，你这个实心汤圆儿。那你就说说，想要啥？"

石头犟着脖子："我不是想要东西，只是不愿喝没有的饮料。"

"你最喜欢喝的是可乐吧？来，婆婆教你自造一份可乐。"

婆婆先让石头从大保温桶内接出一小盆开水，加入几勺白砂糖，再从低柜取出一瓶"十滴水"，倒入小半瓶搅匀。最后将盖好的搪瓷盆埋入屋外雪地，半小时后，"石头可乐"大功告成了。

饮料当然由制作人自己先品尝。

石头用纸杯盛了大半杯，试喝了一口，眉毛夸张地扬起。随后咕嘟嘟全部喝光，伸手抹了下嘴，惊叹一声："哎呀，还真有点可乐味儿……"

一旁的小孩们喉咙里早就伸出手来，于是每人上手一杯狂饮，屋子里随即充满了赞美、夸耀和尖叫——

"我的天，比真可乐好喝多了！"

"我的天，这味道……好奇怪噢，咋一股子中药味儿？"

"呜呜呜辣死我了，可味道还真不赖！"

"比凉白开好喝不止一点点儿。"

……

孩子的呜嘘呐喊，乐坏了大人们，一个个笑得前仰后合。

靠垫子养神的新月婆婆说："小石头，这瓶'可乐精'就送你吧，头晕肚子疼的时候，还可以按瓶贴上的说明，喝一点点。"

石头不明所以，但婆婆送的东西，又不好意思拒绝，只得点头应承。

飞雪也开口想要礼物。她看中的是屁股下的小椅子，椅背雕着一只鹦鹉。婆婆笑着点头。

妇女委员半开玩笑地表示，婆婆的小调料罐好精致。新月摆下手："你选两对得了。"

这下子就乱了。有看上婆婆针线篮的，有喜欢婆婆热水瓶的，她都一口应允。榛子心仪梳妆台，赶紧说："婆婆的梳妆台独一无二。"新月笑着赞道："榛子眼光不错，它就归你咯。"

还有要婆婆角柜茶几的，有要婆婆晒席风簾的，也有要婆婆照片相框的。对那些没开口的人，婆婆拿出了多年的珍藏——给飞雪迎春的奶奶两只玉镯，给石头外婆九成新的织锦缎袄，给三三一双羊皮手套……

老啵儿奶奶后悔先要了热水瓶，印有喜鹊的八磅热水瓶虽实用，但并不值钱。她对石头外婆的织锦缎袄心有不忿，拍了拍新月婆婆旁边的小雨："敢情婆婆是闹着玩儿的吧，是不是？难道真让人把家里的东西拿走？"

新月婆婆淡然道："哪有这样开玩笑的。只不过是些小玩意儿，当真送你们了。"

老啵儿奶奶突然急了："唉，你们这帮子财迷心窍的人啊，没觉得情形不对吗，婆婆为啥要给你们东西？"

小雨愣了一瞬，咧嘴哭泣起来。多数人呆愣着，不知道作何反应。唯有石头外婆狠狠瞪过去一眼："乱嚼啥舌根儿，你这个乌鸦嘴！"

"我没有乱讲，婆婆气色真的不大好。"老啵儿奶奶刚打算自辩，马上意识到犯了众怒，赶紧掌了两下自己的嘴，"该死的，该死，是我欠揍该死。新月婆婆活得好好的，长命百岁。"

5

新月婆婆暂时没啥大碍，老啵儿奶奶却不得劲儿了——哮喘胸闷，呼吸困难，小腿抽筋。她瘪陷的嘴因为身体难受而咧开，呻吟里带着怨恨和戾气。

有人说，她诅咒新月婆婆，这么快就得现眼报了。又有人说，她以前糟践新月婆婆太多，老天有眼，该让她清算还债了。

一两天的时间，她的病势就加重了，时而迷糊时而清醒，疼痛从脏腑放射到全身，遍及肌肉经络以至骨髓。她央求耳背的丈夫："去请新月婆婆过来，我有人情必须要还给她。"老伴心知新月有恙，一直敷衍着没有出门。

新月得到消息过去时，老啵儿奶奶已经不大清醒了。甄妮给她输液，针扎进血管都不见反应。她醒来后的第一个动作是在空中抓挠，惊惶的手精瘦嶙峋，指关节像一颗颗板栗。

她刚从噩梦里脱身。梦见自己踮着脚，跟随别人刮拔步床上的金粉。她啥都不怕：阿育王身上的金，鸽子和鹰身上的金都敢刮。相似的梦她做过多次，梦里的金粉，当然比她实际刮下的多得多。她曾将金粉瓶藏在床铺夹层里，丈夫颠来倒去无法入睡，被她一通呵斥："一个大男人家，这点事儿都扛不了，还有啥狗屁出息？"丈夫回："我胆小？我是害怕会陪你一起下地狱。"她那双手刮过人家具上的金粉，烧过人书橱里的书，掌掴过人的脸庞——那家人世代书香门第，抗战中曾牺牲过三个男儿。

她的手在新月手中蠕动，她的声音好不容易才从喉咙里挣扎出来:"新月你,不会记恨我吧?"

"嗯。不记恨。"新月点头。

老啵儿奶奶深知欠对方太多,于是哼哼唧唧拖延磨蹭着,希望在上路前得到对方的宽恕。她做过的最缺德的事,是在批"走资派""地主阶级孝子贤孙"的年头,提议给还年轻的新月剃阴阳头挂大木牌。她最恶毒的诅咒,是称新月为祖姨婆家的"扫帚星",而她明明知晓,正是祖姨婆收留和庇护了新月,而新月对祖姨婆家也可以说是鞠躬尽瘁。

"当真吗,我做了那么多坏事?"

新月再次点头:"当真的,我早已原谅了。别跟自己过不去。谁都做过错事、昧良心的事。"

病人吁了口气,阖上眼皮沙声说:"我真不是好东西,贪财又害人。那年老六要还拔步床给你,我还骂他……可有时又在心头责怪自己。唉,新月你,你是怎么,熬过那些遭罪的日子的?"

"忘掉痛苦,也忘掉自己。把那些不愉快的事,从心头卸下。"

"说来简单。可是多难做到啊!比方说疼吧,你人在哪儿,疼就在哪儿啊。"

新月一脸严肃:"那好。你试着想象一下,把痛苦转移给我,相信疼的人是我不是自己。"

病人不假思索地换了个位,把全身的疼一嘟噜都给了新月。似乎还真管点用,她感到瞬间的舒爽,不过很快,这疼又回到了自己身上。"不行啊新月,自己的疼是给不了别人的,再怎么恼火也得扛。"

"这就对了嘛。自己的疼确实给不了别人,人生的痛苦一直都在,那就坦然接受。新月也病了,就当成是为我扛吧。你分走一点疼,我也会轻松些。"

"真的呀,"对方苦笑,"你相信我会分担你的疼?"

"为什么不相信?相信的。"

"去到另一个世界,你也相信我,还会跟我相认?"

"放心吧。在那边,如果路上有杜鹃树百合花啥的,别忘了留个记号,让我来时好找。"

"新月婆婆呀,有你这样的宽谅,黄泉路上我都会笑醒。"

6

后事都准备好了,在外谋事的儿子也赶回了家。可老啵儿奶奶绝处逢生,身体一天天地好起来。

新月婆婆却卧病不起。这一次,她真的是撑不下去了。

广播里的新闻说,低温、雨雪加冰冻,造成南北多地能源断供,工厂停工,高速封闭,火车站人满为患……年关将近,因为春运阻断,米耶和周边的外出打工者大多滞留在外,不知能否及时回家团聚。整个下寨除夕前赶到家的,只有石头和飞雪迎春的爸妈在内的少数人。多年习成的惯例,人们一回到家乡就会登门看望新月婆婆,并带来各种礼物。今年却一反常态,院子里冷清得不像过年……

卧床休息几天,加上甄妮的催眠帮助,新月婆婆的精神好了不少。她不习惯闲着,只要一离开床榻便开始忙碌,精力仿佛又重新回到她身上,眩晕疼痛也大大减轻了。

除夕夜,新月婆婆给小雨包了个薄薄的红包(一张储蓄卡),郑重托付给潘一明。因为光正去世,一明带珍珍在婆婆家吃团年饭。新月婆婆说:"往年春节寨子里都很闹腾,今年安静过除夕,其实也蛮好的。"甄妮答:"对啊,既然年年都一样热闹,那么冷清一次,留下的记忆可能会更深。"入座前,一明给父亲烧了福纸,婆婆也祭拜了祖姨婆一家,然后每人斟了一小杯自酿的果酒。几个人烤着暖暖的炭火,就着菜肴,举杯互致新春祝福。

初一清早,甄妮、小雨给新月婆婆拜年。婆婆还礼,一发声,就惊吓了小雨。

"怎么啦,婆婆怎么啦?"小雨伸手向婆婆的额头。

"婆婆喉咙里有虫,把声音咬坏了。"婆婆有意缓和气氛。

小雨惊恐又惶乱,甄妮不由得摸了摸小姑娘的头,这孩子有点被吓到了。甄妮当然明白,婆婆身体里面的虫,是时间之虫,病损之虫,衰老之虫。最近因为劳累伤悲的助推,虫子们蠢蠢欲动,拉开了攻击的架势,它们啃噬着婆婆的脏腑躯体,销蚀着她的精气神。

雪终于停了。

化雪那天,蓝天如大湖的浩渺春水,久违的太阳闪射着不敢直视的光芒。屋顶积雪溶解了,雪水顺着瓦沟往下嘀嗒。心急的孩子们跑向野地,翻转扛去的长凳,抓紧时间玩起了拉雪橇的游戏。

气温缓慢上升,交通也逐步恢复正常,有耽误的救灾物品运达。寨子里的人们陆续出门，着手雪灾后的恢复重建工作——危机仿佛正在过去，而事实上损失远超预想。

村委会在新月婆婆家开了个会，商讨救灾和恢复生产。村干部、几大生产合作组织的负责人，包括上寨中药材种植组、泥陶坊、绣社的负责人都聚齐了。

综合大家互通的信息，确定暴雪期间损失最大的是明月社的鱼苗和药材种植组的黄连大棚。鱼塘里的保温设施断电，导致大多数鱼苗冻死，这对一明是雪上加霜了。药材种植组则是盆栽岩黄连大棚部分倒塌——这些日子，他们三班轮换，守护加固棚中支撑，清扫棚膜上的积雪，仍然未能扛过这场灾难。

通过会上交流和咨询县农科所专家，相应补救措施逐步展开。明月社抓紧检修水产养殖设施，监测水质和常规多发性病害；补足鱼苗，及时清除死亡鱼体，防止疫病交叉传染；做好水体鱼体消毒，避免水质污染和冻害后病害发生。药材种植组尽快抢修黄连大棚支架，更换或修补薄膜，清理抢救被掩埋的盆栽岩黄连。已经复工的泥陶坊、绣社，除了在品类、质量和新品创意上多下功夫外，还应关注市场变化，跟新老客户保持联系。

一明又开始忙碌奔波。榛子跟小蛮也催促绣娘们上班赶工，打算在正月底完成年前积压的订单。

婆婆嗓子不见好转，发声困难，挨到初六便又躺下了。尽管身体状况不理想，交流的兴致还保持着，有时客人来访，她的精神又会好一些。

石头外婆上午来家，见婆婆还在应酬，吃了一惊，对甄妮说：

"婆婆这样不好,还是得躺下休息。"

老啵儿奶奶托人送来一副狐皮褥子,要婆婆铺在床上。她在自家抹泪嘀咕:"新月将我拽回人世,却短了自己的福寿。"

新月婆婆心头明白,这是多年明伤暗疾的总清算。这天中午,甄妮熬了红枣花生黑米粥,盛一小碗,端到婆婆床头,小雨捧着水果碟跟在后面。

婆婆抿了半匙粥,见小雨目不转睛望着自己,便说:"读点啥给婆婆听听吧。年前不是学过艾米莉·狄金森吗?就是甄阿姨教的,关于草原的那首。"

小雨点头,她靠拢来,清晰地诵道——

> To make a prairie,
>
> (要造就一个草原,)
>
> It takes a clover and one bee.
>
> (需要一株三叶草和一只蜜蜂。)
>
> One clover and a bee,
>
> (一株三叶草和一只蜜蜂,)
>
> And revery.
>
> (再加一个梦。)
>
> Revery alone will do,
>
> (要是没有蜜蜂,)
>
> If bees are few.
>
> (光靠梦也成。)

婆婆听完说:"小雨你看,一个人的梦想有多重要?居然可以凭空造就一个草原。梦想是想象力,或者说是意愿,说得更大点可以是一种愿力。意识、意志、意愿都自有其能量,并不是可有可无、虚无缥缈的东西。"

"婆婆希望你好好念书,"甄妮捉住小雨的手,"习得做人的道理和生存能力。一天天长大,做一个独立的人。"

新月婆婆因为支气管痰栓堵塞,呼吸不畅,每天晚上都坚持打坐一小时。刚上山的穆医生开了头孢克肟和盐酸氨溴索分散片,婆婆服用后有所好转,但久卧仍然感到难受。

这天傍晚,甄妮试着为她催眠,过一阵发觉婆婆气息微弱,几近不能察觉。正犹疑间,婆婆却睁眼了,说她刚才状态很好,呼吸细长,就像有半辈子似的——半辈子吸,半辈子呼。

"吓死我了。以为婆婆不管小雨了呢。"小雨不好意思地擦着泪。

"小雨是真的伤心了。"甄妮说。

婆婆勉力道:"不要伤心小雨,每个人都会老的,婆婆当然也不例外。婆婆身体最近很难受,可能需要休息了。"

"不要,我不要,婆婆你别老,我要婆婆好好活着——"小雨带着哭腔说。

"傻姑娘,有谁能够长生不老万寿无疆呢?"婆婆笑了,"就连皇帝也办不到哎。婆婆不在了,还有你们。人类就是这样子,一代代生生不息。你们要替婆婆好好活着。"

"婆婆,我这些年做错过很多事,也有过不少遗憾,让我庆幸的是遇到了您,认出了您。"甄妮由衷地说。

婆婆对着她微笑,珠贝样的牙齿熠熠闪亮。

7

甄妮几次尝试说服新月婆婆去县上或壹江住院,都被拒绝了。寨子里的人也很心焦,石头外婆说,婆婆这种体质,不病则已,一病就是大事。社里事务告一段落的一明,天天过来探望,他也力主婆婆去漆县诊疗。老啵儿父母和茂盖的老四,几次三番给甄妮打电话,说只要婆婆松口,立刻就叫救护车来米耶。

孩子们来看婆婆,可只被允许在卧室外逗留,他们会磨蹭到日暮才离开。大人总是说,你们啥忙也帮不上,就别去打扰婆婆了。石头外婆上门又想劝说新月:"你不在乎你的病,孩子们在乎啊……学校很快就要开学,你不去医院,他们快愁死了。"

这一次,新月婆婆认真地点了头。就在当晚,她对甄妮说,自己时辰不多了,有三件事需要告知:一是后事从简,让她安静离开;二是希望甄妮尽早返回壹江,"你待在乡下时间不短了,应该去过自己的生活";三是要一明、榛子照管小雨的学习和生活。

"我有一点积蓄,供小雨上完学直到成人,估计问题不大。"

"我还能待在米耶吗,婆婆?真心想一直陪着你。"虽说是意料的结局,甄妮的眼泪依旧不听话地涌出来。

"会合有别离，人世有生死，如朝露花，日出即堕。没啥可难过的。至于选择米耶还是壹江，或许并没有那么重要——若能待人行事都真心一意，无执无我，那么米耶即壹江，壹江即米耶。"

之后的几天，婆婆边打坐边接受甄妮催眠，状态好像真的好了起来。元宵节那天，她参与了包汤圆，还在院子里慢慢走了大半圈。

年后陆续回村的人送来了礼物和问候，婆婆起床多少安了他们的心。春节一结束，短暂归家的男女们又候鸟般向南向北踏上外出打工的路。

正月二十三，也就是公历二月的最后一天，新月婆婆睡去了——这位米耶的地母，米耶的外来者和守护人，再也不会醒来。

她走得安详。那宁静美丽的样子，像平日里闭着眼睛在笑。

孩子们上学已有一周，得知消息后赶回米耶，聚在里溪河边放声恸哭。他们洗干净脸手来到灵堂，不再继续悲泣，只将自己的脸跟婆婆的脸贴在一起。

按照新月婆婆的遗言，一明和甄妮说服了全寨的人，不要任何仪式，简单地送别了她。墓地就在后山，跟祖姨婆家人葬在一起。

头七是个阴晦的天气，寨子内外的人不请而至，从远或近的地方赶来，密匝匝站满了半座后山。他们树木般静默无语，树叶般微微抖颤，树林般垂首肃立——这场景有如一幅刀法朴拙的黑白版画，深烙在甄妮的记忆里。

小雨跟寨子里的小伙伴一起去上学了，插班在小学四年级。

榛子三天两头来新月婆婆家，一是洒扫清洁，二是喂养黑李。周末小雨从学校回到米耶，她就跟一明和珍珍过来相聚，共同度过一个夜晚和大半个白天。

甄妮离开米耶不久，听说黑李也不在了。它先是伏在婆婆卧室门口，不吃不喝不理人，一天天瘦下去，直到失去最后的力气，连站也站不起来了。

黑李被埋在新月婆婆的墓旁。告别时，人们把婆婆离开时未能释放的悲情全抛洒了出来。老啵儿奶奶一边痛哭一边絮叨："这是条义狗呢，它追随自己的主人去了。"

这么一来，很多人都想托付它，给新月婆婆带去自己的祝福或思念。

石头外婆的口信是：请婆婆来生再回米耶寨。没想到平时少言寡语的三三父亲跟她杠起来，说他不想婆婆再投生到这里来受苦。见他这样泄气，小雨有点不高兴，说婆婆不止一次表示过，她并不认为自己是在吃苦，每个人都有他的富足快乐。

第十七章

柔软的刀子

1

日头偏西了,一艘载满集装箱的货轮逆流而上,被犁开的壹江闪跳着点点碎金。对岸南滨路旁店铺密集,山腰以上的高层建筑群,错落耸立在夕阳余晖下,朦胧迷离如海市蜃楼。

窗外树荫深浓,不时传来觅偶的蝉鸣。马新绿蜷在沙发里,视线一直追随着对面的甄妮。

王怡晃了晃杯子,轻嗅一下,说道:"十五到二十年,据说是 Scotch whisky(苏格兰威士忌)的最佳贮藏时间,那么人呢,有没有最佳贮藏时间?"

"看看甄妮,你就有答案了。"新绿的肢体眼神都带着醉意,那醉有小半来自美酒,大半来自重逢的欣喜。

姐妹仨是自甄妮离开,确切地讲,是自新绿失意北上后的首次相聚。四五年时光,近两千个昼夜,太多困厄的历练,让彼此前嫌尽释。甄妮明显体察到新绿的大气和宽谅。

"哎甄妮,"王怡用牙签挑起一片烤鸭,"希望你认真考虑我的建议，来管理一个分店。利润嘛，亏了我兜底，有赚的五五分成。"

"别听她吓唬，过一会儿你就知道了，鸢尾花的人气可真不是盖的。"新绿说。

甄妮抿一口杯中酒，笑而不语。

"客源确实不差。有来开心的，也有来伤心的。有时呢，满眼都是伤心的人……"王怡摇摇头，"所以甄妮，我期待你来。引导纾解和共情，很少人能比你做得更好。"

"我倒觉得，恢复离离才是正道……"新绿欲言又止。

甄妮放下酒杯："我想办一家微利医院，让普通人看得起病的那种。"

新绿一惊："开玩笑吧？这可不是开酒吧或工作室。"

"甄妮不像是开玩笑。"王怡调了下坐姿，"她可不是从前的那个梦想家了。"

"这件事太大了，只有良好的意愿远远不够呢。"新绿说。

"没有意愿，又哪来的事成？"甄妮望着她笑。

"现在有选址吗？"

"初步想法，借壳天灯堡诊所。"

"天灯堡离医大附院，步行也就半小时。"新绿蹙眉，"设身处地想想，作为患者，你会选功能全、设施好、技术强的大牌医院，还是无名小医院？"

"我理解甄妮的思路，"王怡说，"她的目标人群不一样。"

"医院的资质、条件、名声是患者的第一选择。你不可能对等地开家三甲医院吧？"

"当然不可能。但可以在药价、医疗和医护服务上用力，让患者花更少的钱，获取高质量的服务。等医院立住脚后，我还是做自己最想做的——"

"重操旧业，做催眠？"新绿眼睛一亮。

"范围可能会更宽些，包括心理咨询和治疗，临终关怀……催眠是其中一部分吧。"

"这就不只是大事了，而是一个系统工程。且不说医院的证照难办，从前期市场调研、资金筹措、医资聘请到选址、租赁、规划设计，都需要深入的专业考评。离开壹江这么久了，你对当下的医疗市场了解多少？政策风险了解多少？现在哪个行业不是大土围子？水很深的……"

"新绿，别那么咄咄逼人，也别光泼冷水。甄妮既然动念，肯定有她的考虑和准备。"

甄妮举杯向朋友致意："没关系，新绿的质疑是好意。我知道这个计划太大太难，难得差不多像空想了。"

从米耶返回后，甄妮耗时耗力进行市场考察，除了医院，还跑了几个社区，向相关业内人士咨询、学习，了解筹资选址、证照办理的具体流程。重新打造天灯堡诊所，是她一开始就有的构想。

"陈姨怎么看，跟她沟通过吗？"王怡问。

"她有点犹豫，觉得扩张的风险大。"

"舒那茜的母亲也是诊所股东，她会赞成还是反对？当初离离被查，为啥有关部门拿捏得那么准，被罚得那么重，我一直疑心有'内鬼'。甄妮，防人之心不可无，否则在商场上是会吃大亏的。"

"你也只是推测嘛，别说得铁案似的。"王怡说。

"最清楚离离底细的，除了我和甄妮，就只有舒那茜。这还用我说吗？"

"你的好意我理解，新绿。问题只能在过程中一个个解决，顾虑太多就没法成事了。"

"我感觉，这个慈善乌托邦即便侥幸出生，也容易被视为恶性竞争，遭同业挤对孤立。"

"新绿的分析也有道理。甄妮，这么大的项目，的确要反复论证，考虑周全，尽量预见和降低风险。"

"谢谢你的提醒。我正在跟一咏合作起草商业计划书，因为关系到拉投资，必须专业严谨。法律方面，还希望新绿多把把关。"甄妮举杯，与两姐妹相碰。

"这没问题，我都替新绿答应你了。"王怡神色和悦。

聊天的当儿，店内已有客人陆续到来，结伴而行的女大学生、形单影只的白领女性、全职太太等。牛仔短裤、五光十色的裙子、浑圆的膝盖闪亮着，春天的气息被带了进来。

2

甄妮沿北滨路独行。

三人在江边"北山珍"吃罢晚饭，漫步到十六梯告别。目送两人乘的士离去,甄妮才下到北滨路,朝回家的反方向往前走。意愿是任何一件事的开头。这句话原本是怎么说的?好像是,任何事在实现之前都是想象?嗯。想象比意愿更宽泛。

处在微醺状态,人会更松弛自由。此前她们走出酒吧,进入斜坡上的樱桃林,新绿一下撒起欢来。她低腰采野花,踮脚摘青果,动作自带舞蹈感。甄妮蓦然记起,当年自己失恋后不再跳舞,新绿特意送来一套练功服:"记住你跳舞是因为热爱,而不是为了取悦任何人。"那时她心灰意冷,什么劝导都听不进。

天各一方的日子,她尽量避免回想那些让人伤心愧疚的往事,只不过生命中的大小事体,都自有其因果链条,每个人的戏剧都是那么变幻跌宕又丝丝入扣……

她突觉自己生命的更新是以失去为前提的——在认识滋滋之前,失去了齐越;接近和爱上催眠之前,没有了滋滋;遇见裴医生和新月婆婆之前,迷失了自己。

幸运的是,自己一次次化险为夷。命运是什么?是神在说话。神在哪里?在每个人的心里——潜意识即是庇佑自己的神灵。

她留意到地上的影子。于是止步打量那没有重量的二维身形。她放下腰肢,伸出柔韧的双臂,像是要触摸,又像是要跟它相拥。

今夜是满月。但在体量庞大的都市灯海笼罩下,月色淡弱得难以察觉。只有远离街区,才有少许光影迷蒙的月夜感觉。大江横卧,南北坡岸上的高楼如炫目的电眼怪兽,成串成簇的大小车辆忽闪着大灯,在坡路或是立交桥上快速行驶;河道上的拱桥、梁桥、斜拉桥、悬索桥,被灯光勾画出不同的立体块面……不过此刻让甄妮念想的,却是骆岚的"水上灵堂"。几年前,她去那儿体验过告别仪式,那些被死亡清空的逝者,因后继有人生生不息。如今,她自己就是滋滋,就是新月,就是被缚的裴医生,她要去延续他们的美善。这个执着的心念,像一杯佳酿让她深深地沉浸。

她蜷伏在草地上,像是要搂住自己的影子。这是一种迷醉,泪水细细沁出,脸面热得烫手。她知道是自己的执念,却并不羞赧:她渴望趋近大地,渴望与自己尊爱的人身心交融。

是的,她醉了。她也明白。但自己——她听见内心的引导直接有力:我就是他们,他们所做的,我也能做到。

回到十六梯出租屋,洗漱了一下,她去往阳台。白月光照着低地的街巷旧屋,重叠倾斜的瓦顶……稍远处是直港大道,十几栋高楼一字排开,等距的楼厦空隙间,隐约可见江面跃动不定的碎影。

清早醒来,发现手机里有条短信:今夜壹江月,恰与普旺同。只不过,跟此前写给裴医生的短信和邮件一样,暂时无从发送。

3

早上八点整,天灯堡诊所开始了一天的繁忙。

赵医生总是在七点五十到,大门一打开,等候的患者就涌进来,七八张输液床和十几张躺椅转眼就被占满。近几天恰逢流感,这个五百多平方米的空间,除了药房、诊室、治疗室、输液室、理疗室，到处都是输液打针和等待空位的人。陈慧苓和甄妮进门时，有俩女子正在争一个床位。年长的说，她昨天就占好了，靠枕和暖手袋就是凭证。年轻女士坚持先来后到，她今天最靠前，输完液，还要赶紧去公司打卡。

陈慧苓一边轻声调解，表情却很无奈。作为医生，她不赞同动辄输液，但患者普遍缺乏耐心，不给输还会跟你急。有的病人两条腿走路——去附院检查、拿处方，然后来诊所输液、买药。他们图的是诊所服务好，治疗费用和药价低。陆莉有次跟陈慧苓开玩笑，说："你比咱们的科主任博导活得还滋润，收入可观，却没那么心累。"

收入丰厚是真的，不过更让陈慧苓骄傲的，是从一个小小厂医做到社区医院负责人，大半生都在救死扶伤，尽其所能帮助患者。"一生只做一件事，一生只爱一个人"，这是她对自己的人生总结。

吴奶奶把拎来的保温桶放诊桌上，对陈慧苓说："乡下送来的土鸡，放了点松茸一起炖的，你带回家吃。"接着，她向一旁的甄妮点点头，"我家老头子三高，还有心肌炎，多亏离这儿近。"

"陈姨你看，如果多几张床位，病人输液就不会这么为难。"

一小姑娘坐在凳子上，撩起上衣后摆，露出一小块臀部。陈慧苓用注射器吸入一支针剂，碘伏消毒后徐徐推入药液，再拔出针头："甄妮啊，不用说服我。你跟陈姨年轻时一样，都有点理想主义。我不是谨小慎微的人，却也不喜欢冒险行事。"

犹疑归犹疑，陈慧苓还是征询了股东们的意见。赵医生明确反对，陆莉则表示，如果诊所扩张，自己不会再继续投入。第二天陆莉电话甄妮，说有个大人物的女儿在附院治疗，来日无多，希望她能帮病人减轻痛苦，走完生命的最后一程。

陈慧苓有点疑心陆莉的动机，甄妮却说能帮助患者也是好事。在应承的同时，她希望陈姨和陆姨认真考虑她的建议。

4

住院部大楼三楼尽头，是老五的单人病房。大推拉隔音玻璃窗下是一片养眼的绿化地。高低有致的乔木灌木间，紫丁香和木槿花开得正盛。

轻敲两下，门往里打开，一位戴墨镜的高大老人伸出手："还记得蚂蚁吗，甄妮？我可是离离开业时，第一个上门的咨客噢。"

"我还欠您两个疗程呢。"甄妮握住老人的手，彼此都会意地笑出了声。

甄妮知道老五换过肝，但眼下置她于危境的并非器官排异，而是宫颈癌细胞全身转移。她的坏脾气赶跑了几任陪护，连亲兄妹也受不了，百般容忍的唯有老父亲一人。

也许是在疼痛的间隙，见到甄妮，老五脸色和悦下来，示意她坐在床前的折叠椅上。

"我快要死了，你知道吗？我已经走在死亡的路上了……"

"我们每个人，都一直走在这条路上。"

"可是我的身体里头，正在腐烂……"她粗鲁地说。

"谁能例外呢？咱们的皮囊，最终都会这样啊。"

老五倚住略微抬高的电动升降床，以少有的安静打量着她。

有人敲门。是一位发药的矮个儿护士。老五觑了她一眼，厌倦地挥了挥手。

"昏睡等于死，苟延残喘也等于死。我还有一口气没断，这些药可以帮到我……不过，吃下去太他妈难受了。"

"好好说话，老五。"蚂蚁手捧茶杯，坐在窗前圈椅上，"都闻到花香了吧？我能分辨出丁香、金铃花还有木槿花的香气。"

"嗯！还有黑巧克力的香味。"甄妮从手袋里拿出一块巧克力，剥开锡纸递给老五，再奖赏一块给自己。

老五边嚼巧克力边问甄妮："我吃过的甜变成了苦，生过的气变成了肿块。哎，这苦味为啥比甜味舒服？"

"据说吃黑巧克力可以饿死癌细胞，纯度越高越好。这款Godiva（歌帝梵），可可含量高达86%。"

"第一次手术前，我要求结束后看看切除的瘤子。医生乐了，问我是想给自己做活检吗？我说，我就想知道，一个人五花八门的贪念，究竟喂养出了啥东西。"

"每个果实都有它的根，它的蔓。有的明明白白看得见，有的呢，不太容易看见。"

"我属于那糟糕的果实。这些日子啊，不论好受不好受，我都在琢磨自己活过的这些年，到底是怎么回事。"

"哦？"甄妮感兴趣地看着她。

"公正地讲，我应该算命运的宠儿，少有换肝的人能活这么久。我得到的是最好的肝源，最好的照护，可我不知感恩，反而折腾怨恨个没完……"

"唉老五，医生反复叮嘱过，要注意调控自己的情绪……"蚂蚁的墨镜偏斜在脸上。

"我能理解。她其实说得挺在理的。"

老五吐了下舌头，她的确有点兴奋，觉得无端地跟甄妮亲近。寡言的自己忽然有了表达欲，有的话就好像是专为某人准备的。

"是内心的贪念喂大了毒瘤，然后又生出悔愧懊恼。你相信我有过濒死体验吗？当意识还未溃散时，我看见跟自己失联的身体，毫无生气，像个无家可归的孤儿——那样的恐惧无助，我之前还从未有过……"

"我相信。这都是很真实的体验。"

"我是个糟糕的人。体内有毒瘤，灵魂有罪孽。可我不愿带着这样的灵魂上路，更不愿在最后留下破败的容颜……"老五眼里闪现出绝望，脸色煞白。

甄妮倾近她："几年前，因为我的过失，伤害到了一个婴孩。还有一个朋友的自杀，也跟我有关系——是人都免不了犯错，只要你觉知到了，真心悔改并尽力弥补，那就是莫大的善，就应该得到宽谅。"

蚂蚁将脸转向窗外。而此刻，老五的手已跟甄妮的握在了一起。

"答应我甄妮，在最后的时间里，给我点信心和力气。我不想在恐慌绝望中离开。我没能好好地活，却还是想好好地死。"

"一言为定。只是我的能力，没你想象的那么大，但我会尽自己所能。"

小护士再次敲门。这次一起来的还有主管医生。

老五以少有的轻松说:"今天,我不要美菲康,只要巧克力。"

5

老五身心如皲裂的旱地,甄妮的陪伴则是化雨春风。

甄妮的看护周全,专业。她用催眠调动对方的潜能,让其主动缓解疼痛;她的嗓音眼神儿如高阶止痛药,安抚着老五的怕,减轻着老五的疼。

之前,老五了解且接受过催眠,却没谁像甄妮一样将催眠演绎得如此浅白易懂——催眠就是平和地呼吸,观察和照拂自己的心,看护好每一个念头。

只是,最简单的方法,往往也是最难的。肉体深受剧烈的疼痛,很难集中注意力。"来,听着我的声音。我从5往下数到0,跟随数字,慢慢放松停驻。"甄妮数得很慢,在1和2之间,老五的心已上升至头顶。那是一处深渊——"我没办法,一点都停不下来。"她望着甄妮,露出羞恼的神情。

"没关系,重来。先停下三秒,甚至一秒也行。深深地呼——吸,屏住气。1、2、3。好。真棒!这是了不起的三秒呢。这次能停下三秒,下次就能停下五秒。你知道自己安静时的模样吗?"

"啥模样?"老五睁开眼问。

"马卓的模样。"

听到自己的名字，老五抿着嘴笑了。

老五属于极敏感型，她很快扩展了放空状态，痛感暂时抽离了，烦恼也得到过滤。她发现催眠真没啥玄乎，就是随时看护好自己的心，不让它散乱迷失——不过从转化心流和潜意识，到转化自己的储存与生命，那又很难很难了。

死神也像一位高明的催眠师，当肉身衰败痛楚时，意识会分外地敏感。有时无须引导，也不用自我催眠，老五便会自动进入纯粹的功态。

这天状况稍好，她又开始跟甄妮交流：

"遇上你不在，疼痛没法缓解，我又不想吃药，就尝试把自己，悄悄搬进你的身体……这样说可能有点古怪，但当我用你的嘴教我搬家，用你的耳朵听取各种声音，用你的手搀扶我自己，疼痛好像也就——不再那么难以忍受，乱七八糟的念头，也比以前少了很多。"

甄妮用眼光鼓励着她。

"这是否，就是你说的忘我？还有，假设咱俩交换了身体，你替我面对病痛死亡，我用你的身体，去安慰那些，更孤独绝望，离死亡更近的人……移花接木下来，疼痛似乎不止减轻了一半，而是大半。"

"很好嘛，"甄妮满脸赞赏，"体悟和表述都很棒。"

老五眼里有湿意一闪："要是我明天就死去，甄妮，跟你在一起的现在，就是离死神最远，也是我生命中最清醒的时刻。"

"嗯！眼下这一刻，是我们未来最年轻，也是过去最成熟的时刻。"

说完，轻吻了一下老五的额头。

接下来的日子，老五的气息由细弱到平稳，两颊有了血色，胃口有所恢复。营养师重新制定了食谱，菜肴主食由附院小灶提供，另从市场买来酸奶、坚果、应季果蔬并现榨果蔬汁。

这天晚饭，有麦麸面包、姬松茸炖小黄鱼及保姆送来的蒸红薯、鸡汁芦笋汤。老五吃了点鱼肉和姬松茸，喝了一小口汤，就问汤里怎么没放盐。

保姆答："医生吩咐了不能搁呀。"

老五脸色立马变了："你不知道过一会儿，甄妮也要吃吗？"

保姆脸红红地说："我是给你做的。她要吃的话，我去营养室要点盐吧。"

其实甄妮已电话告知，她有要事跟人约谈，今天来不了病房。蚂蚁心知女儿一腔无名火，只好出面圆场："你自己先吃嘛，至于甄妮，等她回来再说。"

"回来个屁啊，她不会回来啦！谁受得了我这样……快死的人！"老五喘息着。伸手扫过床柜，几个碗碟药瓶飞起来，摔落地下。一串破裂声中，小保姆浑身一激灵，捂住脸哭起来。

蚂蚁赶紧打电话，甄妮回复正在路上。待她推门入室，老五的邪火烧得正旺，吓蒙的保姆已"滚回家去"（老五语）。

没了迁怒对象，她就拿自己出气，干这个她很有一套，那就是憋气吸气再憋气，把自己弄成准窒息模样。看甄妮进门儿，她又开口骂人：骂自己骂老父亲也骂甄妮，说她骗人钱财不好好做事。

蚂蚁听不下去了，呵斥老五："快闭嘴！不要放任坏情绪，更不要冤枉人。小甄至今没拿一分报酬，说是欠我两个疗程。那顶多也就二三十个钟吧？这些天的专业陪护不说了，那比金子更珍贵的真心温暖，钱能买到吗？"

老五哭泣起来，然而并不是对适才行为的反省。也不奇怪，坏情绪一旦出笼就很难遏止。最近随甄妮习得的成果，几乎耗散殆尽。那些暂时隐形的厌弃、恐怖、烦乱重生如旧，如潮汐退去后的狰狞礁石。

接下来几天，疼痛也驾轻就熟地返回身体。老五又开始依赖注射或服药止痛，不时呕吐晕眩，视物模糊。她不愿吃也吃不下东西，体能急剧下降，对甄妮的照护冷淡以对。

甄妮在她输液或昏睡时，尝试着催眠。

有天夜里，老五呻吟了一声。甄妮打开灯，见她满眼是泪。

"对不起，这两天无意间听到你跟别人打电话，才知道有那么多的事压着你。甄妮，你对我没有义务，不必费这么多心力。"

"咱们不是承诺过嘛，要拿出最大的勇气与信心，活着时好好地活，死亡来临时也坦然面对。"

老五破涕为笑："跟你一起，我就觉得自己可以变好。亲爱的甄妮，说说你谋划的大事，我看能不能帮到你。"

甄妮说了办微利医院的事，目前审批有难度，资金没落实，借壳经营不是要价太高就是负债太重。天灯堡诊所是个理想标的，她正在做合伙人的工作。

第二天，老五向父亲提起这事，要他尽最大可能帮助甄妮："筹资我可以想一些办法，办证呢，你出下面嘛，找你卫生局的老部下。"

蚂蚁摘下墨镜："不简单哪甄妮，你的心大啊。在外行看来，病人的钱很好赚，但这行不是谁都能进的。换个说法，就是有不低的门槛。"

"我想办的是微利医院，就是在保证正常运营的前提下，让普通人看得起病住得起院。"

"你的目标并不容易达成。一般人不了解，仅维持医院日常运转的成本就不低。举个例子，单是人力资源费用，一家二级综合医院每年就要上千万，还不算前期固定资产的投入。"

"这事的难度我知道。"甄妮绯红了脸，"我已经做了不少前期准备——学习调研咨询，找投资和捐赠……"

蚂蚁摇头："恕我直言，你要迈这一步，风险还是有点大。医疗市场竞争挺激烈的，前期投入大，运营难度不小。要务实，莫过于恢复离离工作室，做这个轻车熟路，风险可控。至于办医院，可以列为远期目标嘛。"

"老爹，你说的都对，都没问题，只不过说的是'常理'。甄妮办医院，是发心帮看病难或看不起病的人，这跟做这件事的难度，能不能做成，做成后营运能否成功，既有关也无关。就像她明知很难，还是要诚心帮我，甘愿被我骂被我误解一样。"

"我的老五，真进入催眠状态了吧？不过你这番话说得很好，我赞同。"

"老爹，别取笑女儿啦。甄妮干的是良心活儿。你不帮她，我也不会帮你——天堂的路你不熟吧，以后你来，谁领你逛街散步？"

蚂蚁扑哧笑出声，旋即板起脸："别扯了。怎么个帮法？甄妮的情况我也不了解啊。"

"您啥时方便，我负责详尽介绍。项目的商业计划书已经做好了。还有五六个分方案，包括迁址、租房、人才聘用、设备购置、医院管理条例等——"甄妮说着，下意识打开了笔记本电脑。

6

情绪稳定后，老五又恢复了食欲与信心。

她为自己定制了一只造型简单的骨灰盒，材质是产自巴西的玫瑰木——这种木材本是用于制作顶级吉他的，老五喜欢巴玫的漂亮木纹和淡淡的香甜味。

她坦然接受了命运。病房没人时，她会倚住升降床，跟自己和甄妮对话。那些内心沉埋的散乱闲思成了有声戏剧，身兼数角的她既是甄妮，又是听众和自己。旁人偶或也有幸观看她的演出，那是在她入戏太深，旁若无人之时。

某次听她喃喃"我原谅你"，矮个儿小护士好奇地问："原谅谁啊？"老五答："我经历过的一切。包括我自己。"

"刚才有的话好耳熟，像是甄妮老师的口气。"

"对呀，就是她让我跟自己和解，跟他人与世界和解。原谅是有效的药物，不仅可以止疼，还可以化解焦虑和怨恨。"

老五放下负担，脸上多了笑容驻留。护士们对她由畏惧到亲近，她回馈她们精美的黑巧克力，拇指瓶装香水。偶尔甄妮带朋友过来，她更高兴，离开时一定要甄妮代她请吃饭。

大约是自觉来日无多，老五尤为欣赏一咏：欣赏他的热忱、缜密的思维、屡败屡战的韧劲儿。一咏跟甄妮商谈工作时，习惯用"我们"，神气于相知里又流露出那么点骄傲，让旁观者也情不自禁地代入。对老五而言，剩余的无从测量的时光突然被赋予了意义。

长时间逃避人际交往的她，主动给人电话或信息——内容多与甄妮的项目有关，比如找银行朋友协调贷款，向熟悉的投资人推荐，寻觅租金低廉的场地，争取做慈善的商界大佬的捐助……置身于"我们"，老五的孤独、焦灼得以舒缓，身心痛苦也减轻了不少。

老五走得意外的平静，临行告别，她亲吻甄妮的手，气若游丝神志却清楚明白："我遗憾没能好好地活，我欣慰的是学会了好好地死。"

她的遗容平和安适，了无杂染。

7

遵从老五遗嘱，蚂蚁将她的部分资产赠予甄妮，用作新医院的启动资金。

这期间,陈慧苓反复考量了甄妮和一咏的项目计划方案,说:"陈姨能走到今天,凭借的也是诚信和真心。只要发心正,就不怕困难多。咱们一块儿,摸着石头过河吧。"

陆莉果断退出了,赵医生则选择跟陈慧苓同舟共济,他打着哈哈说:"也许咱们摸到的是金子呢,大家相互帮衬吧。"

一咏也全身心投入了医院的筹备工作。

项目进展顺利。由于论证充分,前期准备到位,加上蚂蚁的关照,诊所扩容手续很快审批下来。新院址选在天灯堡后街一栋八层旧楼里,那是港务集团闲置的培训中心,租期暂签三年。在老五的末七祭日,第一笔贷款和慈善总会的捐赠到账。陈姨满心欢喜,想跟甄妮一道请蚂蚁吃饭,蚂蚁却反过来申请做东——理由是老五得到甄妮和朋友们的照拂,要借机答谢——只是女儿刚刚离去,他本人碍难到场。

饭局名单不断更新,最终成了亲朋好友的聚会。

地点仍在大河鱼庄的"渔舟唱晚"包房。老板万相灵准备了果园直送的有机水果,在梅子河现买的野生黄辣丁,以及年前亲自从贵州押运回来的茅台。

卢老师四点就到了,陈慧苓、蔡红英、王怡、马新绿、王圆菊等人来得更早。大家心照不宣,这蚂蚁的答谢宴似乎变成给甄妮的接风宴,大家着装正式,女人们不约而同地化了淡妆。

甄则光身穿熨烫得有点僵硬的西装,拘谨地跟女儿握手。甄妮回来后,父女俩还是初次相见。甄则光告诉女儿,近几年,自己书法的润格上涨不少,家中经济状况改善很大,旧事就一笔勾销别再提了。他自觉亏欠母亲和女儿太多,想起来就愧疚难受。

王修来得晚,简短的开场白后,他向甄妮和所有在座的人致意。

人都到齐后,甄妮举杯敬父亲,敬卢老师、陈慧苓,也敬帮助、牵挂她的所有人。

大家都放开了酒量。

舒那茜有点微醺,她对甄妮的亲近引来新绿的不悦:"哎哎,请保持适当的距离好吗?"

"啥意思啊,马新绿?"

"头顶三尺有神明。你懂的。"

舒那茜的表情一下晴转阴了。

行走仕途的王修借机任性了一把。饭毕,就着现成的文房四宝,他乘兴写下一幅草书"天纵之才",随即被万相灵掠去。万相灵喜欢收藏,得着王修的墨宝后,又开口向甄则光讨要。

甄则光脚步踉跄,但还是乐于献艺。他弓身认真写了两幅,接着叫甄妮也来写一写。

甄妮接过父亲的笔,看了陈姨、新绿一眼,运笔写下几行汉隶——

远离天堂——为地球上
陷入黑暗的人,点燃他们的灯。

这是特蕾莎嬷嬷的话。甄妮所书结字严整,气象正大,笔触丰润。甄则光也感意外,不过说出的却是:"勉强,勉强,写得还勉强。"

"甄老师标准太高,以我这外行看来,写得很好很好了。就是落款有点特别哦。"万相灵指着"妮"字给王修看。

旁边的人凑近围观。经提醒,大家都发现了,甄妮的妮——确切地说,是妮字右下角的那个匕,温柔敦厚,像一位修行者合掌安坐的侧影。

第十八章

在他们中间

1

天灯堡后街,改建后的医院综合楼呈现出温和的牛乳白。"以诚立院,以心见心"几个发光字矗立在楼顶。

申请工商执照前,陈慧苓请蚂蚁为医院取名,老人说:"就叫新医院吧。办一个全新的医院,诚心为老百姓服务的医院。"

错听的一咏表示赞同:"心医院,灵魂就是'心'。以心见心,将心换心。"

陈慧苓拍手:"鑫,很好!"在她眼里,蚂蚁父女是黄金。甄妮、一咏是黄金,包括员工、义工、专家顾问在内,都是医院和患者的黄金。

新绿摇头:"鑫医院,商业味儿太重了。虽然是股份制民营医院,但公益性是重要特征,不然怎么跟别人区分开来?捐赠者又凭啥支持你?不如就叫离离医院吧。"

甄妮却说:"欣医院,也不错,让患者放心又舒心。"不过她的建议只占一票,高票数赞同的是新绿的建议:离离医院。

陈慧苓被董事会任命为院长，赵医生任副院长，甄妮和一咏分任院长的行政和业务助理。

离离医院开业那天，大楼前的阶梯两侧摆满了花篮。壹江医科大学副校长（裴医生的导师）及医大附院的十余位专家顾问光临离离，几所市级医院也派出多科专家（得力于蚂蚁的关照）参加义诊。来自医科大学的志愿者活跃在各科室，多个诊疗室外患者排起了长队，楼道里人头攒动。市有线电视台、壹江网、《晚报》、《商报》、《时报》等主要媒体都派员到场采访。

记者中有一对惹眼的孪生姊妹，正是当年接受过甄妮诊疗的朵朵和闪闪，两人恰好遇上了带嘉宾参观的甄妮。这栋八层建筑近万平方米，设有五个住院科室，十一个门诊科室和六个医技科室，一百三十余张病床，外加行政办公区。在介绍医院筹办过程时，一咏偶或瞥一眼甄妮，甄妮则报以微笑。这默契在两姐妹看来特别有趣。

义诊持续了一周，每天就诊的患者络绎不绝。大厅的抽奖活动更是吸引了不少人。见有人抽到一张面值五百元的代金券，新绿问甄妮："还记得当年在《晚报》，我为离离写的软文吗？"

"催眠状态如河水豆花，安谧柔软专一，你那金句，咋不记得？"

新绿伸手跟甄妮轻轻相击。

开业第二天，陈慧苓的老邻居吴奶奶住进康养中心，街道罗主任的母亲随后成了她的室友……一周内，康养科的床位满员，内科和妇产科的入住率也超出了预期。这热度让赵副院长心生感慨：你若盛开，蝴蝶自来。

诸事停当后，甄妮和一咏去石城，探望服刑的裴医生。一咏说："离离就是壹江的一心，以后你来坐镇就再完满不过了。"甄妮则表示，壹漆高速年底就要动工，地理上的距离不再是问题。

半小时转瞬即逝。告别时，师徒仨玩了一把接口游戏。

裴医生："爱出爱返。"

甄妮："福往福来。"

裴医生："你怎样开端。"

一咏："就怎样保持。"

最末一句既不工整也不对仗，意识到这点，大家都笑了起来。

2

霜降之后，气温下降，雾气变得浓稠。

向来坚持冬泳的一咏竟染上了重感冒，他戴着大口罩，羽绒衣帽子蒙头。公卫团队的小许开玩笑说："咏哥你这哪像去社区控制流行病，倒像去吓唬居民啊。"话音刚落，一咏就打了个喷嚏。他一边摘下口罩用纸巾擤鼻子，一边哑着喉咙说："咱组居民，有一个感冒的吗？我替他们拦住了流感，连你们的病毒也包揽了。"

公卫团队二十多名临聘员工大多是女性，爱开玩笑的小许是全科医生，专业不错，就是有点胆小。有时去患者家也拉上一咏。在她重点联系的病人中，有个患老年性高血压的穆婆婆，有天测完血压,用手捂着嘴,神秘地问:"我有多盼望你们来,知道嘛?我离你们近,离坟墓就远。"

一咏感冒这段时间,穆婆婆的女儿有天电话小许,说她母亲想念一咏。小许说,等他感冒好转,就上门拜访,到时请甄助理也一起来。她感觉穆婆婆肯定也会喜欢甄妮。

不料一咏痊愈后,甄妮却病倒了,她是累病的。三个多月,离离的公卫团队(全院医务人员加上部分临聘工)完成了天灯堡、肖家湾、十六梯等多个片区十余万居民的健康建档工作,其中健康咨询、家庭签约和上门服务这一块做得尤为细致。甄妮的心理健康讲座大受欢迎,在员工沙龙和邻近的院校社区,先后讲了二十多场。

甄妮的感冒和一咏不同,一咏是发烧咳嗽,她则是呕吐腹泻——典型的胃肠型感冒。腹泻造成脱水和电解质紊乱,陈院长不由分说,让她住进了内科。科主任闻一鹏说:"我还以为咱们防控到位呢,没想到堡垒被从内部攻破。"一咏说:"甄助理是在接力,我第一站,她最后一站。"甄妮说:"你负责病毒性感冒,我负责细菌性感冒。"闻主任乐了:"那等于说,治愈了甄助理,就治愈了辖区所有感冒患者。"

感冒期间,甄妮跟一咏外婆成了忘年交。一咏的父亲、舅舅都是附院的资深专家,外婆在那边可以得到最优照顾,可她却选择来离离住院,这显然是为了支持一咏。

一咏外公出身医学世家,父辈是宽仁医院的知名大夫,他自己是烧伤科元老,英俊儒雅,医德有口皆碑。曾做过护士长的外婆,从小就着意引导一咏,要他养成仁心,磨炼意志,强健筋骨(冬泳习惯即其一)。几年前一咏去普旺支医,全家不仅支持,还为他筹集了若干医用物资。

让外婆没想到的是,跟"大医院"技术至上的服务相比,离离更注重人性化,在服务上对患者尽心贴心。医护们喜欢跟这位睿智的老人相处,她也不拿自己当外人。开业红利期后,离离很快冷清下来,除了门诊和康养科,整个住院部都门可罗雀。面对外婆的询问,康养科主任略显尴尬,无奈打趣道:"还好吧。眼下大约是淡季,淡季不淡的只能是大牌医院了。"

老人忧心忡忡,又向一咏和甄妮追询广告投放状况。

一咏答:"广告投放确实不够,大半广告费都用来补贴就诊优惠券了。离离开业初的人气,部分来自人脉关系的支持,部分得力于优惠券的吸引,而自然上门就诊的患者占比并不多。"

外婆摇头:"广告和优惠券应属不同的列支呀,如果二选一,广告投入显然更重要。"

"医护质量是最有效的广告。"甄妮应道,"一所医院的知名度和信誉,是在服务过程中点滴积累起来的,这需要耐心和时间,不能操之过急。"

外婆想了想说:"对这点没有分歧,但前提是医院要能存活,而不是在赚钱之前倒下。"

药剂科老余在院务会上反馈:低价药品是双刃剑,因为离离的药相对便宜，于是有患者问，这抗高血压的倍博特，附院每盒55，药店43，离离只卖32，是不是正品啊？药房答我们的药都是从正规渠道采购，绝对没问题。对方还不信说，没问题为啥降价？药房解释离离就是要让人看得起病。没想到患者大不以为然说，谁知道你们设的是啥局？

陈院长叹一声："人心就是这样，明明希望被善待，可你真去善待他们的时候，他们却疑心生暗鬼了。"

"近年来，医患关系的确不正常，这既有医改不到位的影响，也有医院过度逐利，对患者缺乏人性关怀的因素。我们只能从提供优质优价的服务入手，慢慢重建互信……"甄妮说。

"我们的定位很明确，那就是为社区居民提供基础医疗服务。"一咏表示，"因为无论硬件设施还是专业水准，离离比三甲、三乙医院都差几个量级。所以要做自己能做的，比如疾病预防与健康管理、病人老人康养、家庭医生签约、急诊上门服务等。"

内科王主任正了正眼镜说道："各位的分析都很在理。我的问题是，离离跟市场的磨合，究竟是三五个月还是三年五载？我们的筹资能烧到那个时候吗？"

"事在人为吧。这个磨合时间，当然要尽量缩短。"甄妮的脸上笑意全无，"先熬过今年冬天再说。"

3

新绿俯卧在病床上，嘴里的哼唧清悦婉转。

大半月前，新绿去尖峒山为代理的法援案取证，回程时在山路上滑倒，导致尾椎受损。拍片确认为封闭性骨裂，医生建议固定后保守治疗。甄妮建议她入住康复科，卧床的同时进行超短波理疗加功能性锻炼。没想到肠易激综合征又找上了她——所幸受的这些痛苦都得到了补偿。新绿自嘲享受的是超级 VIP 待遇，不仅单间病房、营养餐花样翻新，医护服务更是无微不至。对她夸张的反应，科主任笑而不语，护士长则打趣她孤陋寡闻，说两月前甄助理住内科时，全科室都围绕她一个人转。

邻室的金枝有重度睡眠障碍，同住的女孩儿长期抑郁，她俩有时会来跟新绿交流。女孩儿是鸢尾花的常客，她在医生办公室偷看过自己的平行病历——写得也太细了吧？她对新绿和金枝说："除了我的病况，还有我的诊疗记录，家人的反馈……"

新绿随后抱怨："我还以为是享受法律顾问的待遇呢，原来大家都一样啊。"

"想要特权？"甄妮不动声色，"那就让甄助理亲自陪护你，怎么样？"甄妮说到做到，不仅随时过来为新绿敷药，还给她做催眠。

康复科的三十多个患者中，伴有心理疾患的占比不少，包括躁狂症、焦虑症、多疑社恐……经新绿提议，甄妮在活动室做了几次集体催眠，同时也跟病友们分享自己的修习经验。每天下午，新绿都借助轮椅去活动室，跟病友和家属谈天说地，或是打几把扑克。

有时，去治愈 / 常常，去帮助 / 总是，去安慰。

这三句短语据说源自有名的特鲁多医生（E.L.Trudeau）的墓志铭，一咏建议将其作为"科训"镌刻在康复科入口的铭牌上。甄妮给医师们作过如下解读：病症凶险，医技有限，给予治疗之外的帮助，是医者的常态；病人亦是完整的人，更需要情感抚慰与人性关怀。这跟传统医学文化中"医乃仁术，无德不立"的意思也相一致。

在新绿出院前后，入住就医和来康复的人数有了回暖迹象。这缘由有各方关系的推广引荐，有治愈患者的口口相传，还有个源头来自附院——那些边远区县甚至邻省的病人，有等不到床位在离离暂住的，也有做完手术为省费用提前出院入住离离进行康复的……

4

春节后第一天上班，甄妮身穿新买的驼色呢大衣，搭配灰蓝羊绒围巾，给陈姨拎了袋自己烤的黑麦面包，看上去兴致不错。

陈慧苓却一脸凝重，院人事科刚收到一沓辞职书，三份医生的，十一份护士的。她拿着那些纸张，像拿着不祥的检验报告单。

"十四个呀，"她对甄妮说，"包括一个副高，两个护士长。"

"也许还不是全部呢，"甄妮说，"这样吧一咏，你，我，还有两位院长，咱们先分头挽留吧。同时也做好招聘准备。"

"我的看法，不一定急着招人，"赵院长说，"眼下是离离的寒冬啊。住院部在床率看起来不错，可占比大的多是康复和临终病人。这一块也就是维系人气扩大影响，实际上挣不了啥钱，更重要的门诊量尚未根本好转。公卫项目有政府补贴，收支平衡略有盈余，但自营业务支大于收，员工收入自然不如人意。老诊所那批人好点，毕竟一起过过苦日子。医技科的人心也不大稳。在业务不饱和的情况下，我建议适当收缩下编制，该裁的裁，不愿留的不留。"

陈院长一听反而笃定了："老赵，心急吃不得热豆腐，想想我们当年有多窘迫，后来不也撑过来啦？离离运营才半年左右嘛，耐心点。"

"有担忧很正常啊。"一咏挠了挠头皮，"要渡过困难期，信心耐心第一等重要。大家多在经营管理上动脑筋，想办法开源节流吧。"

"质量管理，品牌培育，最终还是要落实到人才资源上来。"甄妮面露忧色，"离离初创不久，环境条件一般，没有高薪。能给予的唯有理解，唯有真诚以待，以及医院的未来。我觉得，对医护人员一定要善待爱护，不能轻言放弃。"

陈院长说："我们分头做工作吧，尽快跟辞职员工沟通。"

"我去找马医师。他跟我还算有点私交，加上是壹医的学长，或许能说上话。"一咏毛遂自荐，立即行动。

春节期间，几场酒局让王修元气大伤，元宵节那天不声不响地住进了离离。打完点滴后缓过来了，次日一早他就"身先士卒"去了单位。与他同来的俩哥们一个胃出血，一个阑尾炎复发，只好办理住院治疗。

朋友出院那天，王修来到甄妮办公室。看了看桌上嵌有特蕾莎像的镜框，纳闷说："你们做得很棒了，但这么好的一家医院，怎么就没人气呢？"

"那可能是我们做得还不够好。"

"埋头拉车恐怕还是不行。毕竟是市场经济，怀抱理想，踏实工作之外，经营策略也不能忽视。"

"你说的没错。不过真正的好，源自内心的坚守与真挚。企业需要适当的经营策略，但这并不是问题的根本所在。"

王修摆了摆手，不再争论。只在离开前转达了朋友的感谢。

过了一周，街道罗主任陪区卫生局领导来离离视察。随后医院发布通知，市局举办的基层医院管理培训班，离离的一个名额派甄妮去。

学习结束时，甄妮以"信，就能看见"为题，坦陈了离离当下的困境和未来的方向："有朋友提醒我，不能只埋头做事，而忽略经营的战术谋略。我理解他的好意，也认可这种市场运作方式的有效性，同时也坚信发心的力量，诚实行动的力量。唯有百折不回地朝向理想目标前进，才有可能走出困境，让愿景成为现实。""患者是处于生命异常状态的人，不仅需要药物治疗，还需要对其身心的真情关爱。一位好的医生，既是健康的守护人，也是精神的慰藉者。"

甄妮的观点引发了争议。多数学员觉得她轻视甚至不懂经营管理，把医患关系理想化，把医生职业神圣化，是凌空务虚；也有人认为这才是办医院、做医生，是市场的本义。参与授课的白院长对她说："看来误解你的人不少，当今社会太浮躁了。你其实是行动派，看问题的角度不同而已。建议你做一个主题发言，谈谈诚信和信心的力量。"

白院长也是行动派，做人行事大气干脆。培训结束不久，他就来离离考察，随后将附院妇科、眼科的实习基地挂牌到离离，同时签署了三年帮扶合作协议。

5

离离首例眼科手术的患者是林思密。

林思密几年前离开了西藏，一度在哥哥的北京公司做主管。过大的工作压力让她陷入深度紧张焦虑：先是左眼视物模糊，随后右眼视力下降。在北京，林思密遵医嘱进行保守治疗后，却不见明显好转，只得回壹江家中静养。

孰料最近视力快速恶化，林妈妈焦灼地电话甄妮："那年，思密把我的心脏托付给你。现在我把她的眼睛托付给你。"

甄妮自然不敢掉以轻心。在附院做完检查后，眼科宁主任为林思密制定了详尽的手术方案，指派齐越担任主刀，助手、护士、麻醉师也经过甄选。为确保万无一失，手术地点也放在附院本部。手术前一天，陈慧苓特地跟齐越通了电话。

齐越已做过上千例眼部手术,从未出过差错。可这次手术,他先是迟到,继而在手术中晕台。器械护士也被影响,出现了几次配合闪失,术后效果更是让人大跌眼镜。

齐越下来后承认,手术过程中他产生了幻视,大脑里一片空茫。

术后的林思密右眼还能依稀视物,左眼则下降为一级盲。突如其来的打击让林妈妈悲伤过度,心脏病又犯了。思密哥哥远在北京,愤怒的嫂子要将离离和附院告上法庭。

林思密却异常平静,她劝阻了嫂子的诉讼,也拒绝了医院的补偿。她的解释是:尽管事出意外,但必有更深的因果在,她不愿为此去责怪或连累他人。

甄妮胸中一阵阵绞痛,她攥紧思密的手指,嘴里却发不出一个音节。

满心苦涩的是齐越。手术事故发生后,他的幻视症状愈发严重,先请公休假,随之又请病假。请公休假时只短信舒那茜,说想独自静一静,请完病假后则不见了踪迹。

那茜恳请白院长、陈院长、卢老师、王修联系齐越,都未获回音。情急中她还不忘幽默,语音留言"再不回复,我就预订水上灵堂,让骆岚准备后事"。

马新绿敲打了她一记:"你还催眠师,高情商被下迷药了不是?让甄妮短信他啊,绝对秒回。"

当然是好主意,舒那茜不至于连这也想不到。只是每个人都有自己的敏感点,就像甄妮也不会主动联系齐越一样。果然甄妮短信发出后,没过多久就收到齐越的回复:

其实我最想手术的只有我和你,让你看不见以前的我,让我看不见今后的你,我活该受到这样的惩罚。

"他会不会有什么意外?"一咏有点急。

舒那茜苦笑:"他现在幻视,看山不是山。"

"他是做手术出的状况,离离有雇主责任的。"甄妮认真地对那茜说,"感觉他没走多远,我们分头找找吧。"

甄妮坚信齐越就在附近,却未寻获蛛丝马迹。这个过程,如同寻找多年前的自己。她告诉陈姨,齐越可能长期重度失眠,说不定还有梦游症。

一天深夜下班,甄妮招了辆的士回十六梯。车行没多远,忽见左边便道上有个熟悉的人影。她让司机停车,自己跟上去。那人踯躅在行道树下,冷风吹过,有片片树叶从高处飘下来,恍若梦中影像。一种莫名的悸动穿透全身,她不假思索地叫了声"齐越——"那声音似从潜意识发出,私密亲昵又痛彻骨髓。

对方愣住了,像突然被什么东西击中。他停在阴影里,四肢僵硬一动不动。

"对不起。我不是他。我不是他的现在和过去。"那个影子低哑地发声,并没有回头的意思。

"过去的事就让它过去吧,眼光放开点。世界这么大,有太多的人和事,值得我们去了解、珍爱和付出。"甄妮尽量让语气平和。

"我想换一个地方,换一种活法,换一种人生。这几年,我实在是太孤独太颓丧了,几乎没有了感受生命的能力。"他情绪低落,语意萧索。

"噢齐越,你这样想也正常,如果真有自己感兴趣的事,无论怎么投入都很值当——怕就怕对什么都漠然无感。"

"我今后可能从事的职业,估计连你也想不到,其他人就更不用说了。"

"总不会移居火星吧?"甄妮想轻松一下,"能让我想不到的事儿,在这世界上也不多了呢。"

"那好。对我来说,有你的理解就足够了。多多保重,对自己也别太过苛求。再见了,后会有期。"移动起来的人影,很快便消失在暗夜里。

甄妮眨了眨眼,用力看向空落落的街景,心中泛起一种突然梦醒的失落感。

林思密的宽宥,使手术事故大事化小,思密哥哥也对此表示理解。或许是祸兮福所倚,陆莉劝老姐妹多考虑离离的转型:继续办好康养中心的同时,筹建心理咨询和临终关怀项目,即主打特色医疗服务。陈慧苓多少感到奇怪,对这出自甄妮的想法,陆莉当初并不看好。

陆莉在附院人脉深厚,陈慧苓早就有所了解,但比她更厉害的,其实是女儿舒那茜——当年思密母亲做心脏手术,就是那茜直接找白院长安排的。

新项目没过多久就正式启动了。资金来自城商行的低息贷款，益基金和两家医疗器械商赞助了部分设备，在白院长的关心下，附院提供人力和技术支持。舒那茜在这桩事情上出了大力，当然忙也不是白帮——陆莉再度成为离离的股东。

第十九章

催眠秀

1

离离的存在引来了增量流动人口,随着医院运营的好转,天灯堡上下街都热闹了许多。以前冷清的服装店、眼镜店、发廊,转营鲜花、水果、小吃、鸡鸭鱼鳖炖品及日用品,生意好得出乎人意料。

心理咨询门诊开业后,催眠成了甄妮工作的日常。她以"催眠改变你"为主题做了多次讲座,部分离离员工也成了忠实听众。其间一咏分管的医院信息建设(包括远程诊疗、网上会诊、网购服务)也在有序推进中,这为甄妮引来更多的听众乃至粉丝。

舒那茜应邀担任心理咨询科的顾问,她也会隔三岔五来离离做讲座,并参与少数疑难症状患者的诊疗。

光阴似水,几百个日夜无声滑过。

"短短两年多时间,离离医院在竞争激烈的医护服务市场站稳脚跟,这表明其服务理念与质量得到了患者的认可,运营模式的确有过人之处。"这段摘自卫生局"内参动态"中的文字，来自局医政医管与基层卫生科对离离的调研报告。

这年入夏，康养中心获得国土部门特批的建设地块，九鼎投资也跟离离签署了合作协议。经董事会讨论，股东大会批准，将心理咨询（含催眠）与临终关怀两个科室划归康养中心管理。上述运作得以顺利进行，蚂蚁、白院长、王修都出了大力，舒那茜更是功不可没。

对陈慧苓的致谢，舒那茜嫣然一笑，貌似不经意地说："最近有个催眠宣传普及活动，是医大附院主持，我们科承办的，想请甄妮去站下台，您给促成一下好吗？"

"哎呀，你俩是闺蜜又是同学，"陈院长不解，"这点小事，哪里用得着陈姨开口？"

"怎么说呢，因为这是一场催眠秀，甄妮未必愿意参与，所以想借您的面子……"舒那茜措辞很审慎。

甄妮的确不想去秀什么表演，可又不便驳回陈姨顾全大局的说辞，只得勉强答应下来。

新绿不大高兴："别忘了当年是怎么栽跟斗的。如果为相同的原因摔倒两次，那只能怪自己愚蠢了。"

"那茜帮了我们不少，离离能有眼下的发展，她也是大功臣呢。再说，向大众科普催眠，也算一件好事嘛。"

"对某类人精儿来说，她行事从不会是没有目的的。"

"新绿，你这就偏见了，法律不也是疑罪从无吗？"

"别误解那茜了。"陈姨说，"跟甄妮一样，她也是有情仗义的人。"

2

催眠秀的主角是薛建芹,舒那茜的同事。

读硕士的时候,薛建芹曾跟随舒那茜实习。那时附院的心理咨询只有门诊,尚未建独立科室。薛建芹留在附院,那茜也有举荐之功。最初那茜还为自己的慧眼自得,直到上前年薛建芹出国访学,她才察觉这个女人表面温顺,实则野心勃勃——十年时间不到,师徒俩已平起平坐。年初心理科主任退休,副主任突然移民,薛建芹成了那茜晋升科室负责人的有力竞争者。

薛建芹的资历、临床经验不及那茜,民意与业内影响也逊一筹,但学术成果拔尖,而且"上面"有人(远超医大附院的上面)。她频频申请科研资助项目,发论文出书评奖,明里暗里跟那茜比拼。

"催眠秀"一类活动,怎么说都带有几分江湖味,不太像医科大出身的人所为,但这何尝不是一种剑走偏锋的谋算呢?薛建芹有意筹办西部催眠论坛,催眠秀算是为此所做的预热,而这些,都是她试图为自己增重的砝码。

无极药业有限公司承诺赞助论坛费用,但要求受助方组织一场露天催眠表演,为他们的助眠新药"无极达天安神液"做推广。

舒那茜不想为薛建芹捧场,可又不能显得小气,便推荐了甄妮——私心当然是相信甄妮会轻松碾压薛建芹。她直白地告诉陈院长，甄妮是替自己出场的。

3

表演催眠秀的露天舞台，搭建在市中心步行街的胜利广场。

那天来看热闹的人很多，广场上麇集的男女老少让人想到当年庆祝抗战胜利时的情景。时令刚刚入夏，青年男女们已穿得很"清凉"——在那些相貌各异的面庞上，你很难发现失眠留存的痕迹，就像很难察朗朗笑声背后所隐藏的伤心抑郁一样。衣着时尚的男女与其说是来观赏催眠秀，不如说是来秀自己的装束和青春美丽。

恰逢周末，气候温和，广场周遭的几十栋摩天楼显得比平时安静。有两位来迟的女子斯文地往人群里挤，要不是高个儿女子叫了声姨妈，还不大能看出穿格纹连衣裙的女子年岁已不小。姨妈在离离医院治疗过一段时间，也听过甄妮的讲座，可说是甄妮的粉丝；年轻女子不但是甄妮的粉丝，还跟她有交情，前几天，还将甄妮即将表演催眠的广告转给了好些亲友。她举目朝前探望，并轻声问："甄妮呢，她在哪里？"一位T恤男答道："无极达天安神液，我吃过了，效果不咋样。"他听错也答错了——他说的是广场上空悬浮的氢气球广告。另一位太阳镜中年男将错就错："据说也治抑郁症。"这样一来，两人无形中拉近了距离，他们都从对方身上嗅出了同类的气息。

观众的热情出乎意料，激动的粉丝和围观者挤在一起，气氛显得有些暧昧。突然决定上场表演的舒那茜，正同甄妮一起，坐在前排的嘉宾席。

台上已准备就绪，背景板两侧竖立着造型不同的广告充气娃娃。当老约翰·施特劳斯的《拉德斯基进行曲》响起，两位女主持——卫视的记者闪闪，和薛建芹带的研究生跃跃迅速来到前台。

简要的开场白后，薛建芹登台亮相。她先通俗介绍了何为催眠，催眠的用途，以及大众对催眠产生的误解。随后薛的学生出场表演，他从纸箱里拉出一只大公鸡，两手分别掐住翅膀，左右拇指在颈颏处轻轻揉摩，口中念念有词，挣扎的大公鸡安分下来，两眼合拢，很快进入催眠状态。当他放下公鸡，又拉出一只母鸡并成功将其催眠后，台下一位带着金毛遛弯的主人大声叫喊："鸡是催眠师自带的，能催眠我的麦兜才算真功夫！"

年轻的催眠师邀请他和狗狗上台。狗狗麦兜人一样直立起来，催眠师用双手捉住前爪，一点点放低，横躺；催眠师蹲下，口中发出指令和暗示，指头摩挲它的脑门、颈项、背脊，抚平睁开的眼皮……不到一支烟的工夫，狗狗全身瘫伏在地，就像醉酒了似的。狗主人也在一旁席地而坐，双手抱膝，脑袋耷拉下来，对周围的喧闹充耳不闻。

被唤醒时，金毛主人听到了狗叫和台下的爆笑。

他挠挠头："啥情况？"

"他们在笑，狗咬强盗。"

"哪儿有强盗？"他本能地看向金毛，"想偷我的狗？"

麦兜欢快地叫了一声，抬眼望他。

催眠师笑道:"强盗是隐身的。他想偷走你的意识。"

接着上台的是一位穿唐装的催眠师,内容是让被试者表演太极拳。他点了九名男女志愿者同台表演——当主持人劝阻了更多想上台的观众后,一曲道教音乐《白鹤飞》悠悠响起,被试者在催眠师的身姿以及音乐导引下,很快进入了表演状态。男男女女和着音乐,含胸拔背,意体相随,柔美地舒展开身肢,好似催眠师体势带来的一串回声。表演结束,主持人问询,有三人坦言平时少有运动,看过却从未学过太极拳;另一胖子说,别说打太极拳,自己连工间操也做不好。

台下递上来一张纸条,要求下面的节目由观众挑选配合者。

跃跃念完提议,问:"这是哪位观众的建议呢?"

一眼镜男举起手。他高瘦苍白,稀疏的头发从左拉到右紧贴头皮。众目睽睽下,他大声喊话:"这不是医大附院的专业催眠表演吗?能不能来点高水平的节目?不要搞得像跑滩的江湖客。"

"这个提议好,中肯又有水平!"闪闪敏捷地应和,"今天参加表演的,都是本市的资深催眠师,包括催眠界的学院派高人。下面,有请医大附院的著名催眠师薛建芹女士为大家表演。"

跃跃在掌声中继续介绍:"薛教授是壹江催眠界的领军人物,具备 GPST-IH 国际催眠师认证资格。她将为我们展示超级记忆奇观。"

眼镜男和他随机邀请的 12 位观众成了配合表演者。他们将在催眠状态中记诵"无极安神口服液赋",这篇佶屈聱牙的文字系市内某国学专家、辞赋大师蒋某的神作。

身着名贵塔夫绸定制礼裙的薛建芹快步走到舞台中央,强大的气场让两位年轻女主持相形见绌。美女加催眠,本应是一个精彩时段,结果却被台下突发的混乱打断,而甄妮的命运也随之转向另一个方向。

4

混乱从甄妮就座的嘉宾席开始,她的位置在最末一排的边上。

一个扎丸子头穿牛仔短裙的女子,发现了摘下太阳镜擦汗的甄妮,于是挤过来吻脸加尖叫。甄妮的催眠助产,曾帮助她顺利生下健硕可爱的女婴,然后奉子成婚;她的闺蜜去离离康养科住了一段时间后,也缓解了产后忧郁症。这个离离的普通患者,擅自将自己升格为甄妮的姐妹加粉丝,她的高调做派引来人群中甄妮的熟人粉丝、准粉丝的包围。

更多不明就里的好事者也拥到甄妮周围。有个戴水滴耳坠的妇女上前倾诉失眠的痛苦——不仅自己失眠,还有被累及的儿子媳妇孙子孙女。一个荨麻疹少女展示她后颈的粉红色斑点,另一个男孩替甄妮捡起掉在地上的太阳镜,满脸兴兴头头的样子。

突如其来的搅扰让甄妮尴尬,她努力解释,微笑摆手,也急迫地想离开。

陈院长见状赶紧挤上前来,张开双臂,试图拦阻拥堵的人群。好像母鸡呵护小鸡,她弹动着肥润却格外灵活的手指,要周遭包围的人返回原位。

台上13名男女齐刷刷站着。薛建芹的声音抑扬有致，散发出一种特别的魅惑力："现在我想同大家一起探讨和演示的是，如何通过催眠增强能量，获得超级记忆力。据测量，人脑大约有1000亿个神经元，即便只用1/10，其存储量也能达到惊人的7.6亿TB（太字节）。另外，人体感官接受的信息中，仅有1%得到大脑处理。也就是说，人类对大脑的开发利用还远远不够。催眠可以有效激发人的潜能，提升我们的记忆力，做到过目不忘、博闻强记。"

此时台下，甄妮继续被围观。她移动，人们也跟随移动。这里头有离离的患者和讲座听众，有无聊哄闹捣乱者，也有认定能即刻获得受益的人——甄妮的话语、目光、气息似乎都是可以打开兑现的彩蛋。

陈院长想劝阻那些疯狂的人，但她的手势如同一个不被认可的乐团指挥，被演奏者们忽略；她的语音淹没在分贝更高、更嘈杂的现场噪声中……更好玩儿的是，专程来的粉丝跟看热闹者混耍在一起，生出了意外的情绪反应，即以一种有意无意同台上表演分庭抗礼、另立山头的方式在场内喧嚣喝彩。

陈慧苓伸手指向表演者，再指失措的甄妮，本来是想请大家安静，以免影响台上的表演，不承想这灭火的用意也被曲解。有人将其误认作主办方安排的现场互动，是舞台表演的延伸。于是以此为中心，懵懂的人群又开始了新一轮排列汇聚……

台上的薛建芹很快催眠了被试者。因"神赋"措辞生僻拗口，难以视读更难背诵，薛以"声闻"方式（现场播放录音）让进入催眠状态的被试者记诵，同时为方便观众验证，将"神赋"投影在被试者身后的舞台幕布上。这当儿，主持闪闪将话筒凑到被试者嘴边，一位清秀的小男生正抑扬顿挫地吟诵：

无极天地之始：无色无嗅，无形无相；无始无终，无涯无际……人之初生，道之为物，阴阳所化，岂非一小天地乎……或曰天心百会，地心涌泉，人心劳宫；达天者，上通百会下连涌泉之谓也……

六七百字的"天书"，现场仅播放过两遍录音，随机选定的被试者就口若悬河记诵得一字不漏，接下来的集体齐诵也几近完美。遗憾的是台下的反应并不热烈，连嘉宾席上的掌声也稀稀落落，反倒是身后的喧闹吸引了更多的人。薛建芹悻悻然走向台侧，跃跃接连拍响立麦话筒，可炸裂的电声也未吸引多少观众的注意。

音乐声中，舒那茜神采飞扬地上场。闪闪的介绍极尽夸饰，使用了"壹江催眠界元老""著名读心术大师"等吓人的头衔。她选取七位女性上台表演鹊桥舞——经快速催眠后，六位柔弱女子的身体变得坚硬如铁，几位助手抬起她们，将其悬空横搁在两排椅子之间，再让一位女子在"人桥"上雀跃起舞。

人们发出一迭连声恐慌的尖叫，只不过这并不是冲舒那茜和她的被试者来的，而是一位精瘦男正持玩具高仿枪，模仿影视中杀手开火的动作奔向甄妮。这种吸睛方式很快招来了众声谴责。

台下局面差不多完全失控，粉丝、准粉丝、无聊搞事的闲人都莫名焦躁,少数不明所以的新来者更是四处乱窜……场内的集体性盲动就这样持续发酵,现场临时安排维持秩序的工作人员被挤在人群里,东倒西歪。表演者使尽浑身解数也未能抓住观众的注意力。直到又一个意外发生,台上的尴尬才被新热点转移。

薛建芹再次登台,希望能用自己的精彩表演,拉回观众的注意力。不料她尚未开口,一波新的鼓掌起哄爆笑又在场内响起:原来是玩仿真枪的精瘦男又爬上了台左的充气拱门。今天实在是出师不利,为何现场怪事连连?薛建芹灵光一闪举起了话筒:"这位梁上先生,看您身手不凡啊……"她顶住观众的嘘声继续问,"不过现在的动作有点危险噢,能请您下来参与表演吗?"精瘦男成功吸引了大多数人的关注,薛建芹想抓住这个难得的机会。

也许是没听明白薛建芹的意思,精瘦男依旧不管不顾,猿猴般发力往高处一纵,骑上拱门顶端,拔出背袋里的仿真枪,作势向低处的舞台瞄准。随着七零八落的呼救声,人们或抱头鼠窜或原地蹲下,像极了警匪片里的打劫场景。

匪夷所思的是,欲惊吓众人的精瘦男反被人们的怪叫所惊吓,他呼啦一下从拱顶出溜下来,中途又失手坠落,蜷曲为一摊,人事不省——人群里自然又发出一片惊呼。

在一只泄了气的功夫熊猫身上,精瘦男仰卧着等待救护车到来。他的眼半开半合,瞳孔有所放大,似乎已没了视感。有人试图按压胸部作心肺复苏,被甄妮阻止了:"这种高坠伤者,说不定会有脑受损、骨折等内伤,检查确诊前,不贸然动作为好吧,谨防造成新的伤害。"

甄妮先试了他的鼻息再听心跳，感觉伤者暂无大碍，便用纸巾小心清理他口中痰液，擦净头颈的汗水污渍——其间周遭相机的快门声此起彼伏，意外的救人事件吸引了现场报道催眠秀的几家媒体……惊讶回眸的甄妮被媒体记者摄入了图像与视频。

甄妮跟在场的人们都未曾留意到，此刻浮现在台侧那位催眠秀主角脸上的，是一副多么让人不寒而栗的怨恨神情……

5

大班桌上几份新出的报纸，让陈院长眉头紧锁。

几家报纸的"文娱版"渲染报道了催眠秀，因为现场事故，主角催眠表演沦为陪衬，文章以更多篇幅写了精瘦男搅局和甄妮救人。有记者挖出甄妮几年前催眠助产的旧闻，并指出在离离做一个剖宫产约等于某医院的顺产费用。意外事件"抢镜"加上媒体的添油加醋，甄妮的风头盖过了薛建芹，催眠秀劳神费力草草收兵，近乎演了一场滑稽戏。

"不对劲儿唉，我感觉……"陈院长叹了口气，"甄妮会有麻烦。"

"是吗，有这么严重？"电话里，舒那茜停顿了一下。

"包括离离，也可能受牵连。"

"想太多了吧。真要报复，也该是针对我。"

舒那茜暂时没事，先一步被开刀的，是跟离离合作的附院医生——肿瘤科蒯主任，他因收受医药代表贿赂和病人红包，以及跟科室女护士有不正当关系等问题，被院纪委立案调查。估计会饭碗不保并"移送司法处理"。

齐越也被纪检部门问询。他的问题是借职务之便，在传染科、肿瘤科、放射科跟踪拍摄重危病人，涉嫌侵害隐私且拒不交出拍摄素材。而且，齐越以工作室名义，制作"100个垂死的人"视频，属于不务正业，传播负能量，对社会造成了不良影响。

另有骨科郑主任、心血管内科主任医师孙智椿等被"诫勉谈话"。一时间附院各科室人心惶惶，小道消息满天飞。据说这神奇力量是"通天"的，白院长不仅无权置喙，还可能泥菩萨过河自身难保……

又过了几天，舒那茜入选"优秀青年卫技人才"，将被派往离主城三百多公里的忠州支医，为期一年。那天入选与支医公示同时出现在科里的公告栏，薛建芹跟舒那茜又正好迎头碰上，后者不经意间轻轻一扬，一杯枸杞菊花茶连渣带水飞到薛建芹脸上。身后的跃跃惊吓尖叫，薛建芹却甩头大度地说："没事，没事，"还关切那茜，"是不是昨晚上没睡好？注意调理心态噢。"

两周后，联合执法检查组进驻离离。面对来自区工商、税务、卫生、药监及街道多部门的执法人员，陈院长不由得暗叹自己的预感"神了"。

经过调查取证，离离被指存在"非法融资，管理混乱，超范围执业，恶意竞争扰乱市场，无专业技术资质人员非法参与诊疗活动……"等多项需整改的问题，只差没直接说离离是黑医院了。

陈院长看着白纸黑字的"通报"哭笑不得："你们是执法检

查组,怎么随意乱扣帽子?如今不是讲依法治国吗?"

带队的禹组长挠了挠头:"什么叫乱扣帽子?我举个例吧,离离的院长助理,负责康养科的那个……她有无行医资格证?无证参与诊疗活动,还不是非法?"

"你说的是甄妮呀?她哪儿是在治病,她是在治心,治有病的心,破碎的心,伤痛的心。另外也拜托专业点,心理咨询和催眠不需要行医资格证。"

……

口舌之争一点用处也没有。在听取执法检查组汇报后,主管部门很快给出了处理意见:离离医院的运营严重违法违规,必须立刻停业整改。

听完院长陈慧苓的申述,蚂蚁拨通了市卫生局分管领导的电话——

"……正因为社会医疗服务资源严重不足,才有政府对民营医院发展的鼓励支持。都知道做民营医院难,做民营公益医院更难,所以社会资本对这方面的投资心存忌惮。对离离吹毛求疵,会损害政府公信力吧?"蚂蚁语带愠怒,"同样的医疗项目,药物材料、诊治手段相似,有人愿意让利少收费,这怎么成了恶意竞争?分级诊疗本来就是为了合理使用医疗资源,缓解老百姓的'看病难'。至于灵活管理,多渠道融资,设立新科室填补市场空白,不过是民营医院的市场行为而已,哪里又扣得上违法违规的帽子?"

"老领导,您别激动,请先消消气。"对方是蚂蚁的老部下,语气措辞都很得体,"这事是市政府督察室交办,由区局联合相关部门执行的。里面的关系纠葛复杂,市局其实也有心无力……"

"那好,我马上找恽秘书长——"蚂蚁大声说。

"唉,您有所不知,这处理决定是某某(常务副市长)亲自批下来的……"

"那我就给某某——"蚂蚁犟着脖子说,"打电话。"

这位卫生局的"二把手",是蚂蚁在市政府分管科教文卫时的秘书,两人渊源很深。从事态后续看,为使离离免于灭顶之灾,他做了不少纾解工作。

事态发展往往会借助某一催化剂:住离离康养科的一位老人,前几天回家参加亲戚寿庆,因贪杯引发心梗死亡。这一事件即刻被人以"离离医院高龄住院患者猝死""离离古稀老人离奇离世""假如你不离开离离,世界就会离开你""离开离离,离开风险"等标题,写帖子发在"南方社区"和"壹江夜话"等论坛。有两家纸媒也作了报道,幸未表现出明确倾向。

陈院长终于明白,对离离的处罚不只是报复甄妮那么简单,她愤怒地对新绿说:"这世道到底是怎么了?你想救死扶伤,却落得遍体鳞伤……我陈慧苓就不信这个邪!"

新绿摇着头说:"我的大院长哎,你竟然不知离离的要命过失——"她来前跟蚂蚁通过电话,得知离离有骗取医保费用的违法行为,如果较真处理,会被直接吊销行医执照。

"太恶毒了吧!"陈院长嗓音都变了,"是谁这样血口喷人?"

新绿一脸苦笑:"这倒不是构陷,我也是刚听说——离离门可罗雀的那些日子,赵院长一时间脑子里鬼打墙,示意部下诱导参保人员,编造住院信息虚开发票骗取医保。尽管所涉金额小,持续时间不长,事后也清退了,但毕竟事属违法,院里一直没敢让你知晓。"

陈慧苓的惊诧可以想象,她忍不住急迫地告诉甄妮:"没想到啊,他竟做出这种蠢事。"

甄妮表示自己也有过失——除了对离离营运的困难估计不足,作为院长行政助理,理应有效监管医院财务状况和管理者职务行为,她愿意承担对相关部门人员违规失察的全部责任。

甄妮上班时电话薛建芹,希望约个时间,当面向她澄清误会并道歉。

薛建芹的语气很委屈:"甄妮姐,真不知道是发生了什么,离离又是怎么做出的推断……难道在你们眼里,我薛建芹就是个那么小气阴狠的人吗?为啥不仔细想想,我生在寻常百姓家庭,除了比别人努力一点,拼命一点,哪来这么大兴风作浪的本事?这实在是太离谱了。"

"薛主任,你别想太多。我没有其他意思,只是觉得催眠秀后来的失控,阴差阳错,主要是源于不可预见的突发因素,但我仍然感到深深的负疚,希望你能宽大为怀,接受我个人的道歉,请多多谅解……"甄妮诚恳地说。

"哎别再往下说了……连那茜老师也怪罪上了我,弄得好像真成啥事儿了!"刚刚主持科室工作的薛建芹显然不想落下把柄,

"这样吧,有问题联系我的助手好了,就是跃跃,她可以全权代表。"

薛建芹躲躲闪闪极力撇清,跃跃电话里传递的信息却直截了当:

1.甄妮退出医院管理层,永久不得回离离任职。

2.在纸媒和壹江网的社区版块公开道歉,承认在"5·29催眠秀"中用幻术诱骗观众。

3.同意并履行上述要求后,此事即到此为止。

陈院长和同事们愤怒又无奈,有人认为跟薛建芹联手的也许还有陆莉,因为挤走甄妮,她就可以按自己的意愿操控离离了。还有人猜疑,表面母女关系紧张的陆莉和舒那茜一直在演双簧。甄妮摇了摇头:离离已受伤至此,就不要相互猜忌啦。大家认真做好自己的事,一起渡过难关吧。至于她自己,只不过不在离离领薪水了,其他一切如常。离离有什么事,照样会全力以赴。

甄妮很快办理了离职手续。

几位附院兼职医生也未再受深究。离离被有关部门罚款五十万元,经整顿合格后继续执业。

第二十章

和你在一起

1

甄妮离职后的日子,快得像一个小梦。

她仍在做相关的心理咨询服务,甚至听从师友劝告,去考取了一个催眠师资格证。人们不再称她为甄助理:鸢尾花的老朋友叫她甄或甄妮,年纪小的叫她甄妮姐或者妮姐,也有新咨客叫她甄老师。"甄妮工作室"取代了酒吧里的六号卡座——王怡在三楼辟了间带阳台的临江房,让她为患者做引导纾解。她有时也应邀上门,为少数行动有碍或不便外出露面的人提供催眠诊疗服务。整天忙忙碌碌,得闲时甄妮跟姐妹们一起疯,包括学习调酒并跟朋友分享,偶尔的催眠助兴也会爽快应允。

对甄妮一时的生活状态,卢老师并未太在意,但觉得还是要有个长远点的打算。不久前曾一咏通过了MCAT(美国医学院Ph.D申请者必经的入学考试),赴美留学即将成行,欢送会上,卢老师建议甄妮考虑下学习进修问题——如果继续做心理咨询,进行一些跨专业的深造还是有必要的。

一咏点头表示赞同,说甄妮若有意去壹医大短期学习,他可以帮忙推动这件事。一咏母亲曾主持壹医大教务处工作多年,各方关系融洽,各种形式的进修培训,她都能促成。

王修抿了口茶说:"甄妮现在做的事,是普度众生。俗人如我,境界修为低的不是一点点,能做的就是敲敲边鼓吧。"

"你也别太自谦了,"卢老师说,"我们都生活在现代社会,若没有一个组织形式或平台,普度众生怎么个度法?王修啊,你做的事,恰恰是很多人想做却做不到的。从这个角度看,你的功德比我们大多了。"

卢老师的这番说道,得到了在座人们的一致首肯。

2

通向三楼的楼梯在十七号卡座后面。王修去甄妮工作室,总有女宾起身跟他握手寒暄。十多年时间,王修从干休所职工做到广电局常务副局长,有人认为这跟他性情温厚与人为善、交游面广分不开,但也有人不以为然,说要是没有他姨妈的暗中助力,情商再高能力再强又能怎样?

王修是失独的姨妈带大的,某种程度上,他成了早夭表姐的替身,对于姨妈的执拗他从无逆反,不管学什么,他都是最努力的那一个。因为"太娘",他没少招同学们孤立,却用谅解回馈那些幼稚的恶意。一来二去,他跟不少同学保持了长久的友谊,甚至跟"校暴"者也成了朋友。诚挚守信、大度热情,爱帮忙肯吃亏，这大约是王修人脉深广的秘诀。

在干休所期间，王修由普通员工到中层到所长，工作不分分内分外，忙起来没有上班下班，事情无论难易、矛盾不管大小，他都会尽力找相关部门斡旋解决。他的任劳任怨耐心细致，在所里有口皆碑。从某种意义上说，王修已成了许多家庭的一员，在他调离干休所后，老人们遇上什么棘手的麻烦还会给他电话，他依旧能帮则帮，帮不了也会设身处地好言安抚，为对方出出主意。王修早就观察到，退休官员中有不少人未做好回归日常生活的准备，尤其是从较高职位下来的人，巨大的落差往往导致心态失衡，身心健康很容易出问题甚至是大问题。诸多因素中，最主要的恐怕还是身份角色转换后的失意失重，较之以前聚光灯下的一呼百诺、一言九鼎，如今潮汐退去，盛宴不再，难免感到人生空无所依。此时的"他们"脆弱孤寂，再叠加可能的家庭配偶、子女关系问题，以及生理机能衰退、病痛纠缠、对死亡的恐惧等，这些都需要从医疗服务到情感心理等多方面的关切。在工作日常中，如同心理按摩师，王修常承担属于医护的部分纾解职责。

王修对离离"临终关怀"项目有兴趣，显然是受到干休所经历的影响。老年是人生的必经阶段，死亡是生命的自然归宿，然而人们多关注生存质量却忽略死亡质量。这也难怪，近代医学边缘交叉学科"临终关怀"的出现，在发达国家也是晚近三五十年间的事。

引发王修思考的是，面对生老病死，医护资源优越的老干部们尚且恐惧焦虑，那些条件缺失的普通人就更不消说了。记得甄妮曾聊起过"好好地活"与"好好地死"的话题,细想起来,从"好好地活"到"好好地死",不就是人完满的一生吗?看似简单的两个词组,实则是太多人竭尽所能也未达成的人生。随着物质生活的改善,能够"好好地活"的人越来越多,"好好地死"(死亡质量)理所当然应该进入社会关注的视阈。

这些是王修认为"临终关怀"亟须提上社会议程的背景。对王修的思考,甄妮很是赞赏,不过她觉得观念的建立普及是更重要的前提,没有社会公众的认同关注,一切都无从说起,更不可能做起。

3

周五晚上,甄妮与早早一起飞抵北京,翌日上午去了京郊一家名叫"慈航"的临终关怀医院。事先王修与在当地政府工作的朋友打过招呼,院长特地留在办公室接待她俩。甄妮对慈航医院的了解来自某周刊的报道,多幅插图中有护理人员给白发婆婆喂食、志愿者在病房为病人表演歌舞的场景——那还是在离离预备创设康养中心的时候。

尤其让甄妮感兴趣的,是这位女院长的人生经历。

十五年前,戴舒兰(院长本名)因个人情感变故只身东渡日本。为了求职谋生,她进入一所学校参加临终关怀专业的学习考试——在日本,临终关怀师是一个很受社会尊敬且专业性要求极高的职业,需要学习包括医学、心理学、色彩学、护理学、犯罪动机学、伦理学在内的几十门课程，还需获得注册护士证和心理辅导师认证。通过课程考试还不算，还要有在医院或临终关怀机构的临床实习经历，才能认定资格。戴舒兰学习结业后，去美国德州一家临终服务机构实习了半年，又回日工作了三年，然后才回国创办了"慈航"。

"慈航快满十岁了，运营仍然很艰难。说来你可能会吃惊，这些年来，我们已先后搬过四次家。"戴院长轻声慢语地说，"有两次是因为房租上涨，医院难以承受；还有一次是房东直接赶人……"

在与戴院长交流的过程中，甄妮记住了对方提到留日学习时的一个细节：身为北方人的戴舒兰，性格直率快人快语，结果导致"语气实践课"不及格，因为她"太硬"的说话方式不适合跟临终者交流。为了改变语调语气，她尝试调低音量放缓语速，想尽办法吃了不少苦头，对自己无意识的语音语气"犯错"，进行反复矫正乃至自虐式惩戒。这些年下来，戴舒兰这个嘎嘣脆的"北方大妞儿"，通过一点点修习，已具备了南方闺秀的曼妙语音和温顺性情。

"真心不容易。你这样的改变，已经到潜意识层次了。"甄妮赞道。

"十年下来，慈航先后送走了近万名临终病人老人，遗憾在于，我们在这方面刚起步，社会的重视和投入远远不够。"戴舒兰说。

她对甄妮介绍的催眠疗法很感兴趣，并提到日本还有一种临终宗教师，由持有牧师证或僧侣证的职业宗教人士担任，少数大学里设有相关专业对他们进行职业培训。

"入住慈航的老人病人，都是大限将至，一眼望得见生命尽头的人。如何缓解他们的身心痛苦，减少恐惧焦虑，让他们有尊严地离开人世，是医护人员和家属的共同心愿，也是对我们专业能力的大考。要真正让将逝者走得平静体面安详，其实很难很难——肉体的疼痛可以用药物等方式缓解，内心的恐怖不舍却几近无解。南朝范缜有'神灭论'，民间有'人死如灯灭'之说，只要视死亡为形神俱灭，临终者都难免恐惧痛苦。能平静对待的唯有有信靠的人……但要具备真正的信靠，多困难呀。那是生命与精神的重建，需要毕生之功，不可能速成。我们目前能做的，也仅是视病如亲，尽量减轻病痛，给予心理情感的安抚疏通，让他们正视和接受死亡，提高最后的生命质量而已。"

戴院长的语气柔和平易，甄妮却暗暗吃惊于这位民间"隐者"认知的明晰与深度，尤其是她对生命人性及自己职业的理解。

医院租住在某停办职校的旧楼里，有近百张病床，五十多位医生护工。病人入住前，多数都做过尿量、血压、心率、神志、进食能力、脏器衰竭程度等方面的生命体征评估，院方主要提供镇静、镇痛、止吐、翻身、擦身、清洁口腔等医护服务。在三楼病房里，关怀师小孙告诉甄妮，慈航跟别的医院不同处在于，医护每天费时最多的是跟病人的沟通交流。院方邀请的专家在内部培训中也会反复提点：尊重生命，正视死亡，给病人以尊严，是最大最有效的安抚，也是临终关怀医院不可取代的存在价值。医护人员会引导家属配合，就生前身后事务的安排征求病人意见，尊重他的意愿并有限参与——这样可以部分纾缓病人的焦虑绝望，减轻自视无用的自弃情绪。

早早独自来到另一间病室，两位中年男护工和一位女护理，正合力为病床上的患者翻身和擦洗。完事后，早早请求替护理给婆婆喂药，面容枯萎的老人露出一丝笑意："听到乡音了，觉得相隔不远啊？我来自西南，今天见到老乡了，就当死在家乡一样。"早早眼圈立刻红了，说："婆婆别难过，我的祖祖也过世了，你跟她就是好老乡、好姐妹。"老人还没反应过来，早早又说，"这病房里的人，不管是不是老乡，都是我祖祖的姐妹兄弟。作为晚辈，我祝愿你们安详度过每一天。"

回到壹江，早早报了个卫校的家庭护理培训班，周末去那儿上课。她对甄妮说："等你的临终关怀中心办起来以后，我就过来做护工。"还说，"我发现自己特能敏感察觉别人的愿望要求，就像会读心似的。"甄妮回道："这种默契能力的习得，可能跟你常年跟祖祖相处有关。通过修习训练，付出真情，一个人确实可以从潜意识层面了知他人意愿，感受对方的苦乐。"早早调皮地说："我天生就能做到，不用学。"

离离医院已改名天灯堡卫生院，陈慧苓表示迟早会抽身出来。她希望王修和甄妮能成功筹建临终关怀中心，并且用回离离的名字。

甄妮在鸢尾花的工作室照常开放，只是把周末留给了自己——她参加了壹医大"心理咨询师强化学习班"。资格认证是一方面，更主要的是想利用这个机会，为自己做一次较为系统的充电。

"换位、共情、入心"是王修姨妈廖懿容自创的法门，也是王修谨遵的为人处世之道。只是他越来越确定，在甄妮那儿，类似的认知习性并不是什么方法，而是发自本性或无意识。王修以丰富人脉为朋友的事业助力，甄妮自然也报以感激，在频密的合作交流中，体会并享受彼此的默契与信赖。

寻常的日子总是平淡的，心思细密的王修，让人跟录了若干甄妮的影像资料。从参观福利院、面见投资人，到跟抑郁失眠患者、临终病人纾解沟通交流……那些场景、人物和细节都一一摄录在案。沈妍丁听说了这些宝贝，借回台里请高手编辑后，在纪实频道分期播出，反响竟然很不错。看过节目，新绿问王修："你现在做的，怎么像是抄我当年的作业？"王修笑答："人不能两次踏入同一条河流，如今的甄妮哪里还是当年的甄妮呢？"

4

这天，在甄妮上门前，王修的姨妈廖老师先打开了书房的顶灯。

书房即原来的工作室，她曾在此祈福、释梦、占卜、看相、测凶吉、指点人生。檀木大班桌是某富商的酬劳，精装中医典籍与文史工具书是王修的孝敬，红木五抽柜上的药师玉佛来自某官员，半人多高的金丝楠木钟馗是知名主持人所赠——这个早些年在官商小圈赫赫有名的秘密处所，求财求权求平安的商贾政要名流曾趋之若鹜。

神奇的关系网让廖老师变出了惊人的魔术。以前常有人拎着礼物来还愿，不是因为得到了祈望的位子或票子或女子，就是已将纠纷缠斗甚至牢狱之灾消弭于无形。小保姆有次问助理，廖老师能否让她老公戒掉赌瘾，对方一声冷笑，廖老师哪管这种鸡毛蒜皮，要开口也挑件大事儿吧，免得浪费机会。保姆偷偷撇嘴，消灾解难是老天爷的事，她难道不怕天谴？

如今廖老师比常人更焦虑惶恐，除了一身病痛，还有与王修的疏远隔膜。尽管没有直接的明示，事实上王修从未认可过她的"职业"，而她也越来越难以面对他的尊重孝顺。近一两年，她每每敏感到神经质：王修家庭离异和"转正"的落空，都被她视作老天的惩戒，于是自责惶恐，心悸失眠。失魂儿的她误认马局长为张主任，陈总裁叫成王局长，朱秘书当作刘秘书……因此，王修叫来了甄妮。

外面下着毛毛雨，甄妮带进来一身潮气。

廖老师眯缝着眼，佯作岁月静好。

"蝴蝶把蛋生在了土里，你猜猜，那是啥蛋？"甄妮在客厅跟助手逗趣，也是跟廖姨提前搭讪。进入书房后的哑默，算是相互适应的过渡。

"胡豆。"廖老师淡淡地回答，微温的灯光打在她脸上。这胡豆或可译为你来了，或真慢啊，你来之前的时间；也可以译为请坐，我准备好了，现在开始吧。

俩人已达成默契，在进入共有时空前必得穿越一段隧道——

其中有各种变体（或是物或是词，有时动有时静），穿越的方式也不确定。此刻廖老师口含虚拟的胡豆，它像橙味儿的糖果，又像酸酸的草莓。

即将进行的是催眠回溯。甄妮希望通过引导，让对方恢复到原初的健康状态，以正向的欢悦活力改善身心的混乱无序。

这回溯曾试过一次，但中途没能做下去——当廖老师放松身体来到海滩，回望那道时间的雾墙时，脊背就痛得厉害且尿急。尿频和背痛的缓解，是近来四处求医问药的成果，她生怕毁于一旦。

甄妮的声音像细雨还是和风？廖老师努力回味舌尖的感觉，是刺激的麻。耳中响起她的声音："你试着睁开眼睛，会发现眼皮很沉很沉。"往下是数数。倒数，从5到0。从5到4之间，廖老师觉得空无的自己有了些微重量，稳住并喘息，如水族馆里浮游的鱼类；从4到3，身体变作一泓凝定不动的水体；2——1——0——它迅疾流动起来，仓促而急迫，倏忽间纵身跃起，激流般直倾下断岩……

她闭上眼深呼吸，甄妮继续数数。顺数，从1到3。当数到3发出响指的当儿，她突然发现已来到热风习习的大海边——

"现在，你站在金色的沙滩上，面对一波连一波涌过来的海浪。广阔无边的海洋在你眼前鼓涌沸腾，开出无数朵盛大的白花，破碎又复原，运动永无休止。海滩的两翼一直拓展到天际，那里通向往昔的美好时光……请留意左边那堵雾墙，穿越过去，你就会回到曾经的美好岁月。"

浓雾聚集着，这不只是一堵墙，而是一座城。急切间廖老师绊了一跤，她的背习惯了轮椅，脚闲置太久，不太适应自由行走。

"稳步往前走，你会听到我的声音，我的指令。当我询问时，你要大声地回答。"

"等等。"廖老师轻声道，"请等一等。"她以为听到了什么别的动静，其实是来自大脑的杂乱轰鸣。

"好的。别急。你看见那堵雾墙了吗？"

"看到了。我还听见'轰隆'一声。"

"什么声音？"

"开门的声音。城门高大坚固，古铜色的铆钉，锈迹斑驳。"

"你是说，你看见了那扇城门，在雾墙里？"

"是的。这儿气温好低，就像掉入了冰窖。"

"啊，你已经进去了？"甄妮有些惊讶。

"对对，我不由自主就进来了。"

一座宅邸，没有门牌号数，熟悉的场景器物，熟悉的气息。内影壁，前天井，雕镂精细的花窗，木头栏杆，迂曲的回廊，青砖路面有经年行走的印迹。

花厅宽大，却有一股子憋闷的霉腐味儿，菠萝木方桌上燃着半支残烛。廖老师弯下腰，翻检那些尘封的旧物……破花盆的浮土上有若干虫卵，干涸的鱼缸里，三条假寐的银环蛇花团锦簇相互缠绕。

她"啊呀"一声惊叫。

"怎么啦，有什么问题？需要帮助吗？"甄妮问。

339

"还好。我需要时间，需要独自待一会儿。可以吗？"

"当然可以，记住，我随时都在。有任何危险不适，你都可以停止回溯，从改变的意识状态，回到现实觉知中来。记住，遇上紧急情况，你随时都能得到我的帮助。"

廖老师正想回应，可她手忙脚乱：几条蛇醒来了，菱形脑袋伸缩着芯子蠢蠢欲动；花盆里的虫卵瞬间化成一群妖艳的蝴蝶，扑扇着斑斓的翅膀翻飞起舞；不知哪儿来的两只小狗，冲她凶恶地吠叫，身躯随叫声一点点膨大；没有脚的蛇偏偏生出了四只脚——每只脚都是一条小蛇。

她又叫喊起来，两手像溺水一样惊慌地扑腾。

话音未落，她的手已被甄妮握住。

"别害怕，没事的。我在这里。一直在。"

"你，你是谁？"廖老师惊诧地问。

"怎么啦？有什么不对？"

"听听你的声音。仔细听一听。"

甄妮叫了声廖阿姨，边发声边谛听，并没有觉出异样。

廖老师问："狗狗也有俩眼袋，里头装的啥你知道吗？"

"也许是被漏掉和忽略的……"

"跟上我，请跟我来，这是我的祖屋我的仓库。多美的花厅回廊。当心别靠近那张桌子，更别触摸底下的杂物，包括靠墙的储物柜，看也别看。"

"嗯，我知道。我只看见快燃完的蜡烛。"

"噢你退后点。再退后点。跳一步，像跳绳那样跳起来。噢，噢，噢！嘘，嘘，嘘！"廖老师很是急切。

"好的没问题，我做到了。你看见什么啦？"

"它们出来了。它们自己出来啦！"

她双手叉腰，仿佛在收紧一个口袋。呻吟着，重复着：出来了，出来了。那音色像西瓜瓤，猩红冰冷富含水分。

甄妮把自己重新放进她的"仓库"："我看见了，它们有很多。"

"你看见了什么？"

"一些种子。一些不说话，不开花不结果的种子。"

"可不止这些。还有蛇、豺、鬣狗和秃鹫。"

"哦？"

"它们是我的过错，我的罪孽。一生一世的罪孽。"

廖老师的眼睛睁开又合拢，脸庞如甄妮早前所见的那样剧烈痉挛。歪扭的五官和痛楚的呻吟，似在为列队而出的野兽们伴奏。

随着那些异形的出笼，廖老师体内的伤口也列队而出。她的神情更加骇人，自虐和被虐混杂的厉叫让人战栗——

"听见没有，它们在撕咬我的身体我的脏腑，它们在吞吸我的骨髓我的血肉。"廖老师咻咻喘息着，强忍被啃啮的痛楚，曲张变形的双手直插虚空。

甄妮唯有轻拍她的后背以示抚慰。

惊人的一幕随即出现——廖老师一手撑住轮椅，另一边挥掌向自己的脸，耳光声声响亮，"这是个罪孽深重的人，理应受到惩罚！"

甄妮问："你说了谎话假话昧心话？"

"是的。"

"你曾经颠倒黑白,是非不分,假戏真做利欲熏心?"

"是啊是啊。"

"你收了昧心钱不义钱?"

"是啊是啊,那都是我的罪孽!我的罪孽……"

廖老师脸色赤红,发如烟尘,抑制不住地滔滔哀泣。

"有罪当然应该受惩罚。"

廖老师哀泣道:"她也很可怜。她是在为爱人和早夭孩子拼命活啊!"

异形们以更凶猛的撕咬给了她回应。

"饶了她放过她吧。她她她……知罪了。"廖老师仍在哀泣。

撕咬仍在继续。

"饶了她,饶了她吧。她悔过了,她愿痛改前非!"廖老师双手交叠在胸前,受苦并未结束,但明显减轻了。甄妮正按摩她的头顶,有温热泪水滴落在她的头皮。

"饶恕我好吗?请原谅我。因为我一直以来的孤寂恐惧。原谅我,我发誓知罪,悔过自新。看在我也曾……多少慰藉过他人的分儿上。"

甄妮"嗯"了一声。手指游走到她的肩胛。

"放轻松点廖姨。请安定下来。看看,那些毒蛇怪兽都没有了。它们不过是你心造的幻影!调匀气息,走出你的宅院,向前穿过那座城门,回到来时的沙滩。眼前是多么辽阔的海洋,看到那艘大船了吗?海风起来了,它已扬帆驶去,越来越远,远到看不见了。

"握住我的手,慢慢地深长呼吸。我从1数到3,当你听见响指,转过身来,你会看到青绿的椰林,一位年轻女性,她的肌肤鹅卵石般光滑,眼睛星子般闪亮,笑容比海风更柔软。"

"看到了,我看到了。"廖老师沉醉地说,"她就是你,甄妮。"

"她就是你,廖姨。是暌违多年的你,失而复得的你。"

第二十一章

相认

1

手机里有足音与窸窣的雨声，外加模糊的机动车轰鸣……甄妮喂了几声，对方却没有回应。

"在哪里啊？怎么不讲话？"

"在她的宿命里。"舒那茜语调平缓，听起来却有几分不祥。

"在路上吗，咋这么早下班？"

"今天……早退了。"

"什么情况，那茜？"

"涨水了。壹江好美啊……"。

索道轿厢下方，浑黄的江面徐徐移过，甄妮不由得打了个寒噤。

春节后上班的第二周周末，舒那茜接到白院长电话，问她想不想去壹江游泳。舒那茜笑着打趣道：你自己去嘛，不过要小心点，别被罗累莱（莱茵河女妖）的歌声勾走噢。那是他俩最后的通话，就在当天深夜，白院长独自去到了流水的背面。

相关的传言不少：一说是他被某医疗器械供应商举报，事涉采购大型高端设备的多次索贿行为；另一说是上级纪委找他谈话，内容也是职务贪腐及生活作风问题。他走得坚定而突然，几乎什么都没向家里交代。一个不幸的疏漏是，院长夫人从营业厅打印的手机通话明细里，发现了丈夫跟舒那茜密切往还的证据。

薛建芹顺利执掌了心理科，支医的舒那茜也提前回来了。那茜照常上下班，只是在给一个患者开盐酸舍曲林时，竟鬼使神差地在处方签上写下：长眠药。幸好多年养成的职业本能，使她觉察并及时矫正了自己的恍惚。

这天甄妮本打算陪新绿去温泉墅苑，看望患胃癌的老鑫夫人。曾是离离催眠工作室咨客的老鑫，如今是新绿代理案件的在押当事人。甄妮放心不下那茜，只好给新绿发了条爽约的短信，登上反向的"空中客车"，再度回到北岸。

"冷静点那茜，你自己先回家吧。我马上赶过来。"

"不管怎么样，我也要见你一面。"

下了缆车，甄妮招的士直奔天和居——壹江比较早的一个高端小区。待甄妮喘着气敲开门，那茜已换上睡衣迎候，眼前的温娴，跟电话里的冷冽判若两人。

那茜这儿，甄妮还是第一次来。三居室面积不算大，但地板家具都是上等实木打造，从玄关鞋柜、客厅落地门窗到器皿陈设都一尘不染。初识催眠那会儿，杨诉曾告诫甄妮，因为职业的特殊性，心理（催眠）师自身也需要纾解压力，其方式形形色色甚至奇葩：有的追肥皂剧，有的狂唱卡拉OK，有的捏爆气球，还有的打魔兽（游戏）。也许那茜的方式是做清洁？因为房间实在是太干净有序了，连清洗后的拖把、抹布，也在卫生间摆放得整齐划一。

舒那茜的卧室包含阳台、次卫，齐越的卧室连通书房。"我们各有独立空间。"甄妮早就听说两人分室而居。她房中一壁做工精细的红木衣橱，没有任何随便摆放的零碎东西。飘窗窗台上，卧了盆"蓝色妖姬"，使得本应温馨的卧室带上了某种诡异的肃穆气。

那茜在厨房忙着准备晚餐，她的泰然自若让甄妮生出错觉，仿佛身处困境的不是对方而是自己。

吃罢晚饭，两人在阳台藤编茶桌两端对坐。弧形玻璃落地窗外，被光线勾勒出外廓的楼群，仿若庞大的船队正向夜海深处进发。

"还记得那年吗？我从杭州回来后，在你的诊室，你轻松催眠了我，然后说，所有的挫折和痛苦都有意义。"

"现在我最讨厌听见……催眠这词儿。在医院，在家里，年年月月日日夜夜，这个角色身份，就像鬼魂儿缠住我，一刻也没法脱开。我渴望时刻保持觉知，放下烦恼，提醒自己不是只有我一个人扛着痛苦……可历经千辛万苦，我依然无法逃脱抑郁失眠。"台灯后面，鼻翼两旁深长的法令纹，让那茜看上去比小她两岁的甄妮大了一轮。

"我以前说，催眠师属于高危职业，选择须谨慎。我也曾夸耀，催眠从业者都是钢缆神经，拥有百折不挠的超人意志力。这当然有点牛皮了。假如你信了，那是你还没有遭遇真正的痛苦——当你失去最不能失去的，你才能拎清自己的分量。从这个角度讲，催眠师就是普通人，有时连普通人也不如。"

"说的是我吧，虽然我熬过了自己的至暗时刻。"甄妮默想着望向玉质灯座，浅灰绿的玉石敦实厚重，温润如水。

那茜或许读出了她的心思："最坏的情形我们都还没有得见，能熬过去的都不是真正的痛苦。当某一天你残了身体，坏了脑子，不能动转不能言语，生不如死，你若仍能淡定面对，那么恭喜，你是真的修炼到家，超凡入圣了。"

甄妮脸上有一丝阴影闪过，好在她习惯了闺蜜的刀子嘴。她捉住对方的手指："那茜，我能感受你的痛苦，还有你的坚韧。让我们提起正念，随时察知自己吧——"

那茜抽出手："话没错。随时随地，保持正念觉察，可是你能做到吗？"

"遇上负面情绪，有时也会沉溺。不过当你有意排遣，它却消逝无迹，潜意识已帮你处理妥帖……"

"你能让潜意识自动运作，消除负面情绪？呵呵，舒那茜自愧不如……"

"我也一样会痛苦失眠。不过那茜，眼下再难，明天可能又会出现新境。"

"你知道明天和死亡哪个先来？世事无常，我们仨，或许我先走，或许你先离开，或许你和齐越同时离开，除了老天，没谁清楚。"

"如果真要在我们中选一个先离开，但愿是我吧。我所有的日子都是额外得来的，我享有过最美好的情感，这就够了。"

"剩下我抱残守缺，在伤痛里慢慢煎熬？"那茜难受地撑住额头。

"这可不像是一位催眠师的思维。你不是说过，每种痛苦都是考验和转化我们的契机吗？"

"获得知见容易，可要落到实处，那就难于上青天了。"

"一点点来吧，这也不是圣人专属。一旦努力证得，它就是寻常真理。"

"我有时候想，假如不入这一行，是不是会少很多痛苦？我发现，你越是谙熟解脱的技巧，痛苦和烦恼就越同你较劲。事实上，无论应对方法有多高明，都难以真正摆脱它的缠绕。"

"学习催眠，无非是培养我们的正向思考习惯，改变对待痛苦烦恼的态度，这至少可以减轻它的杀伤力。"

"面对咨客，我也能讲得头头是道；经我治愈或有显效的患者，数据也很惊人。可有谁会相信，被他们视为偶像的舒医生，同样也会在夜里辗转反侧，难以入眠？"

甄妮未及回应，那茜反手拉上窗帘，打开嵌在墙上的暗柜——各种花团锦簇的玩偶倾覆而下，堆了一地，足有好几十个。玩偶全是女孩，造型俏美奇诡，面部表情以楚楚可怜悲伤哭泣为主，眼睑下大都有清晰的泪痕。她们或着简单头饰，或戴雕镂精美、璎珞繁复的帽子，身穿刺绣华丽的丝绸衣裙，美丽妖冶中有几分阴冷惊悚。

"哦，这都是我殚精竭虑的心血。齐越自管在书房画画，后来请各色男女到工作室摄影机前流泪摆拍，眼下执迷于为亡者禳灾祈福……我呢，几年来一个人待在这儿，用绣针丝线，耗费掉我的无数个夜晚，我的节假日。"

"那茜，亲爱的……"甄妮弯腰抱起两个娃娃，"我发现你在艺术上的才华，一点不比齐越差。"

"别抬举我了，都是仿的，跟艺术无关！原作者是一位俄裔冰岛籍艺术家，这些 Enchanted Doll（被施了魔法的娃娃），算是奢侈品，真品每个价值一两万美元。不知是怎么回事，我一看到就要命地喜欢上了。"

"啊，亲爱的那茜——"

"不管你怎么想，有时候，我会把我当成你，做自己的观察者、催眠师、最后的审判。一个人坐下，与自己独处，我就是你。对你，我没有秘密可言。"那茜将苹果灯调暗又调明，满眼流露出倾诉的渴求。

两人彼此相看，默然无语。台灯光晕下，那茜手色青绿。盖碗中茶水渐渐变凉。那茜收回目光，眼帘低垂，恍然与夜气混融为一体。她想诉说的不只是跟齐越之间的白，还有跟其他异性的黑。

婚后不久，那茜就跟齐越各居一室。彼此彬彬有礼，但身体的交集已是空白。她照料齐越衣食住行，为他买绘画用品、摄影器材，说服自己的女性患者去他的镜头前"痛苦"……他却从无绯闻，且给她绝对自由，连一点吃醋的期待也完全落空，就当没有她这个人似的。

那茜愧悔的不只是跟白院长的关系，还有同某主任某总裁某秘书的暧昧，跟薛建芹类似，这些关系不过是一架架梯子，由权力男性构成的欲望与利益之梯。她曾助推白院长竞岗一举击败了黄院长，毫不顾及当初齐越入职，曾仰仗黄院长鼎力相帮。

可话到嘴边，倏忽又咽了下去——那些致命的秘密，黑暗渊薮，紧要时自动闭合，如被触碰的蚌壳条件反射式关闭——唉，潜意识才是每个人的真闺蜜铁哥们儿痴情人死忠粉，对你它会自始至终庇护，且永远不会伤害出卖。

那茜端坐着，脸色泛红，嘴唇微微开启："我知道你想说什么，不过最好还是免开尊口。与其探究我的内心，还不如嘲笑我的命运，因为我活该被你鄙视嘲笑。"

"别这么说话好不好，那茜。我更想帮你。"

"是吗？"她扬起眉毛，下颚轻轻抽动。

"放松点。"甄妮轻轻拍了下她的肩柔声说，"把眼睛轻轻闭上，你的肩和腰都绷得有点紧。"

"催眠我？不行，我身上每个部位都会抗拒。人啊，一旦下决心离开，就没有谁能挽留。怎么说呢，他如果不跟我，也会跟别的什么女人。他有魅力，也需要情感滋润，需要帮助，而且男人常常比女人更脆弱。我不只是他的情人，还是心理师、同党，乃至母亲。亲热时他像个婴孩儿，喜欢吮吸我的乳头……他夫人从心底恨死了我，其实是怪我没留住他——可这哪是我能留得住的啊！"

"能感觉出你的深爱……那茜，你需要放下。因为离离，我对白院长有所了解，一个蛮有情义的人，有抱负，格局也大。"

"他放下抱负，舍弃了爱他的人……"那茜一手捂嘴，另一只手捂着盖碗，好似担心茶具也会如自己一样哭出声来。

"滋滋走后，你告诉我，只有活出她未竟的精彩，才是最好的怀念，最实在的表达。那茜，你让我走进了催眠，没有这个机缘，我的生命会是别的样子。你改变了我，帮助了那么多患者，相信你也一定能渡过这难关。"

"能帮我的，只有你。我是那个病入膏肓、身在迷途的人，求你救救我。"痛楚透过她肌肤的纹理，在脸上激起细小的漪涟。

"来，放轻松，闭上眼睛，调匀呼吸。"

"答应我，甄妮。"她忽一下离开座椅，跪在玩偶间，"答应我，看在我俩一起从小到大的分儿上——"

"起来快起来，你这是干啥呢？"甄妮不免吃惊。

"你先答应我。"

"我答应你。你也要冷静点，我是你一直呵护的小姐妹，陪着喝毒药的老同学。还记得为了让我跟你一起上小学，你哭着求你妈妈帮我疏通关系？任何时候，我都会跟你在一起。"

"请你接纳齐越，让我完璧归赵。"

"都说的什么胡话！"

"让三个人都痛苦，不残忍吗？"

"我哪里痛苦了？别开这种玩笑。"

"我可是认真的。"

"你不能将你的意愿强加给我。坐好了,你这么紧张,需要好好调整。"

2

舒那茜休了半个月年假,在家调养。

甄妮隔天过来陪她散步,做瑜伽,一起下厨或搞点自制饮品。那茜在花卉园有一套清水房,备了中式欧式几套装修方案要甄妮选择:"这是齐越的嫁妆,我要把他体体面面地嫁给你。"

她拉甄妮去逛了两趟建材城,连墙纸、地板、窗帘、桌布都自作主张选定。甄妮啼笑皆非地跟随,看见中意的什物心里也喜爱。那茜有眼光,甄妮的赞赏给了她很大满足,除了软硬装的设想搭配,她还不时分享些呵护齐越的心得。

从痛苦中暂时抽离出来的那茜温柔又聪颖:她试图唤起甄妮对齐越的爱,激发她的牵挂与怜惜。有时那茜邀请马新绿来家共餐,诊疗她抑郁的法援当事人,介绍一位被严重家暴的女性去齐越工作室的镜头前哭泣。

可新绿对舒那茜的热心"做媒"啧有烦言:

"任谁吃一堑都会长一智,你呢,一跟舒那茜打交道就智商归零。你真不疑心她急于甩掉齐越吗?听说她手头牌不少,有死老婆的官员,离异的富商……你去接盘算啥事?"

"新绿你知道的,我不喜欢往坏处揣度人。"

"她先夺你爱，玩厌了再发还给你，你还能接受？"

"我只能说，你并不了解内情。"

"我当然不了解。我只知某人乐颠颠跟在人家屁股后头，逛了建材馆又跑家具城……"

"不过是装修一个虚拟的房子，连颗钉子都没买呐。享受成人之美的感觉不是坏事，那茜最近状态好多了你没看见？她不用服药也能睡上一阵子了。"

"……她就不该尝尝失眠的滋味？"

"新绿，救人一眠，胜造七级浮屠。"

"让人辨清是非，才是真正的功德呢。"

"大律师，我跟那茜是同学加姐妹，不是原告和被告。"

"她伤害你，哪一次不是扮出楚楚可怜的样子？"

又是周末，马新绿去蜡像街办事，中途碰见脚步匆匆的齐越。她叫了一声，问他忙些啥，齐越犹疑片刻，才嗫嚅着说自己刚从约瑟堂出来。新绿留意到眼前是鸿楼巷口，便笑说士别三日，原来你信主了啊？齐越连连摇头："没有的事，我只是去看过几次，非信徒也允许望弥撒的。哎，里面氛围很好，大家都很专注……让你有一种心安的感觉。"

"我倒是对你们的'冲力'仪式有点好奇。有合适的机会，我想来观看一下？"

齐越疑虑地望着她，一时不知道怎么作答。

"甄妮也想一起来。"她找补了一句。

"我……可能还没准备好。"齐越语气里有一丝犹豫。

"别这么郑重其事,都是多年的老朋友了,就随便看看你们的日常。"

新绿并未明白齐越的所想。他是想说,还没做好见甄妮的准备。有不少日子了,他一直回避着。

3

为亡者冲力祈福,是"水上灵堂"的特别服务项目,也是齐越贡献的灵感。

他曾支医的偏远桐子山区,部分村寨有为新生儿祈禳的习俗:在办满月酒的场合,请一位职业的"冲力人"向神明祈祷,获福远灾,趋利避害,让小生命平平安安长大成人。在这个习俗中,"冲力人"是小孩的庇护人,也是他(她)的替身,可以代为转移成长过程中的疾病、意外伤害等不测。

经过慎重考量并"试水",齐越将改造过的"冲力"引入追悼仪式。在其中,冲力人兼有禳灾祈福和陪伴的双重职能。这种仪式感很强的安抚行为,定价相对昂贵,逝者家属可以自由选择。不料推出后大受欢迎以至应接不暇。因这份工作极度耗神,一场下来,冲力人往往精疲力竭,且目前能胜任的只有齐越和搭档大刘,他们有时也互换司祭和冲力人角色。

接下来,从日期到对"冲力"对象的选择,全都出乎"观摩者"马新绿的预想——那天是农历"小暑",去世的人是叶滋滋的小姨金枝。

这位在市川剧院做过十八年帮腔领唱,把华美花腔与惊艳高腔全奉献给了她挚爱戏曲的痴情女,在生命的黄金季节毫不留恋地决绝离去,成了死神的帮腔。作为剧院的首席领腔演员,金枝擅长从剧情和角色表演入手,运用不同音调音色、音量声腔渲染气氛,塑造人物;她大胆改造传统的行腔方法,用多种手法润饰音色,以情绪丰富的真音或泛音去适应不同需要,跟鼓师、乐师、演员配合默契,真正做到声情并茂。问题在于她的痴情不止于艺术,还有俗世情缘——但给她真情或假意的人最后都退场了,留给她的只有无尽的伤痛、幽暗和空寂。

甄妮见过她最末的男友一面。那是个细眼薄唇、鹰钩鼻的小矮个儿,看上去有点阴郁。他习惯打断别人,自诩擅长控制潜意识,一刻钟内能让人幻听幻视。金枝对此颇为欣赏,甚至娇嗔"我就是他成功的例子"。

金枝的第一段婚姻,男人是川剧院的英俊武生,婚内出轨《放裴》中的李慧娘扮演者——那人年龄比金枝大,但长相出挑家境也不错。离婚后,金枝钟情过许多帅男,对恋爱倾情投入以致身心俱焚。或许因为真被伤透了心,她最后找了这个自以为可靠的小个儿金融男。

王修不看好金枝的选择,说这人气象不祥。那茜则直接反对,金枝却根本听不进去:"我就是认定他丑得安全,丑得可以托付余生。"

"你信不信相由心生啊?"舒那茜恨铁不成钢,"吃了这么多亏，还是没学会识人。躁郁加盲目自大，我觉得他身上有一种赌徒人格。"

那茜看人是真的准。拍拖两年，金融男骗光了金枝的积蓄，其间还"融资"了她的亲友（约有三四百万被扔进股市），最后以"失踪"为结局。金枝在遗书里写道："对不起各位亲友了，他欠你们的，我用命来偿。这没办法，因为我爱他。"自欺欺人的辛酸表达大约是：我好歹也是带着爱上路的。

4

设在三楼的灵堂有些拥挤。来宾中有亲友也有亲友兼债主，他们脸上的表情有惋惜悲伤，也夹杂了麻木无奈。

在自由追思的环节，有人感慨生命的无常脆弱，有人叹惜逝者用情过度，也有人不和谐地提起"融"掉的那些钱。作为仪式主持暨冲力环节的司仪，齐越只能耐心倾听、感应并适时疏导安抚。

"冲力"在仪式的后半段。丝绒般悬停的哀乐中，着装整肃的齐越绕灵柩一周，而后驻足在金枝遗像前，面向众人。

"今天是周末，农历二十四节气里的小暑。在这样一个普普通通的夏日，大家聚集在这里，送别我们共同的亲人和朋友金枝……"齐越手持无线话筒，音声低抑地道出开场白。

齐越的角色吸睛，不过更吸引众人目光的，是旁边黑衫黑裤的甄妮——今天的冲力人竟然是女性，只不过人们并不知晓，她其实是完全不谙此道的新手。

"爱是人类的本能,更是超越基因血缘的情感……生命从出生、成长到死亡,看似漫长,实则不过一步之遥。我们每个人的一生,如同穿行一条变化多端的路,沿途有时顺风顺水,但也不乏迷雾歧途,好好的路常常被自己走错,走岔,走丢。"

每次"冲力"前,齐越都会做尽可能周详的案头准备,包括:对逝者生平行状的了解,对亲朋好友、上司同事的采访交流,等等。

"然而无论你远至天涯海角,或是足不离故土,但曲折往复兜兜转转,最终依旧会叶落归根——即便肉体远隔千山万水,我们的灵魂也会回返故里。此时的我们,有可能以全新的眼光打量这个世界,那些被忽略被浪费被遗忘的人事也会重现……'走尽荆棘路,能登异象山',愿金枝在天堂里得享爱与喜乐;愿她的家人亲友在尘世幸福安宁。"

齐越抛开现成的说辞开始即兴发挥时,甄妮已前行几步,站在灵柩旁边。

哀乐于不知不觉间停止,司仪的开场白告一段落,场内的人屏息安静下来。齐越随即开口唤道:"冲力人——"

"在。"甄妮轻声回应。

之后齐越连呼逝者的亲朋好友,从金枝父母、兄弟姊妹、亲戚,到同事、同学、好友、闺蜜,约等于一次集体清点。所有在场的人都被呼唤,他们将一起见证冲力的消灾与陪伴。

"冲力人——"齐越看向甄妮,"你愿否替代亡者,忏悔她放弃自己,却让亲人承受伤痛的轻生之举?你愿否替代她承担未竟的尘世之苦,那些连绵不绝的焦灼、忧愁和劳顿?"

"我愿意。"

"冲力人——"齐越继续寻问,"你愿否充当亡者的守护人,陪伴她穿越黑暗隧道去往光明乐土,给她以呵护的温暖,选择的勇气?"

"我愿意。"

"冲力人,你愿否替代亡者,忏悔她给至爱亲朋带来的失望失得,负载遗留的不幸不测,让她在另一个世界里得到喜乐平静?"

"我愿意!"

"冲力人,"齐越低声质询,"你愿否替代亡者,忏悔对所爱之人的伤害背叛,接受命运及因果的无情惩处,让她得到应有的幸福平静?"

不等甄妮反应,他弯下腰深深地鞠躬致歉,抢答道:"我愿意!"

在众人未及反应的惊愕中,齐越继续发挥:"冲力人,你愿否替代亡者,忏悔自己的轻信盲信失信,承受可能的惩处,让她得到长久的喜乐平静?"

"我愿意!"两人几乎同时发声。

"冲力人,你愿否接纳自己在世间的所有灾难困厄,以此冲抵白发人送黑发人的遗恨悲苦,给痛不欲生的长者以慰藉?"话音未落,他立即接口说,"愿意,我愿意!"

人群中再次出现轻微的骚动,但很快在齐越目光的安抚下重归安静。

"现在,让我们大家一起,共同将最深挚的祝福,送给安卧在鲜花中的逝者——此刻的金枝美丽安详,那是解脱的金枝,崭新的金枝,一个不再有惶恐悲苦的金枝……这位卓越的川剧帮腔领唱者,爱与美的精灵,她又恢复到了本来的最好模样。让我们再一次,共同为重生的金枝祈福,愿她在另一个世界里,获得永久的幸福,平安,喜乐。"

在新绿眼里,齐越在还原逝者安抚生者的"冲力"过程中,探询自己内心并接近了甄妮——差不多可以说,他得见了原本在生死关头才可能瞥见的自己。

当天夜里,洗漱完正待上床的甄妮,收到齐越一条长长的短信:

有一种歌鸟,在亮光中不会唱歌的……只有一个方法可以使它唱出最美丽的音乐来,就是在笼的上下四周罩上一层不透光的黑布。

有许多人都要在夜幕降临后才知道歌唱,传说夜莺在荆棘刺着胸口时鸣啼。夜晚才听见天使的歌颂之声,那是大喜的信息:新郎来了,你们出来迎接他……人何独不然;天色尚未黑暗,灵魂充满了自己的安逸,他能否真正领悟爱的丰富和甘甜?倒不如在最黑暗的处境中才能有所表现。

光明是从黑暗中出来的,早晨亦是自夜晚滋长的。

——见笑了。最近我正在读考门夫人的《荒漠甘泉》。

第二十二章

看得见峡谷的房间

1

不知是因为逝者永失的触动,还是齐越在水上灵堂"冲力"带来的启发,新绿突然变得有些异样——时常表现出一种时不我待的紧迫感。不仅语速手势脚步加快,连叹气的长度也缩减了。如同有意跟时间赛跑,或是跟对手和自己赛跑。她有了新的口头禅:抓紧点,抓紧!可是越紧张越容易出错:给老貂的短信发给了老鑫夫人,打给祖玉博物馆的电话却拨到了文物局。新绿的频密叹气,让助手小靳感觉如履薄冰。

甄妮发现了她的焦虑,邀她周末去大剧院,观看首次来壹江演出的俄罗斯芭蕾舞剧《睡美人》。

新绿问:"票是王修给的吧?"

甄妮答:"朵朵和闪闪也要去。"

新绿轻嗔:"两颗灯泡不够,还想加一颗?"

"别酸了,王修出差呢。"

"补缺我就更不去了。"

甄妮戏谑:"这可是唯一的一场哦,特别告诉你,这个团自带乐队。错过这机会,自己各种后悔吧。"

新绿在电话里嘴刁,其实早就心痒难耐了。短信央求把票留下,开演前一刻钟,助手将她送达大剧院。她身穿紫色挂脖礼服裙,化了精致的妆容,但没来得及吃饭。她向甄妮提议,看完演出,同朵朵闪闪一起去世纪新都吃夜宵。

演出阵容堪称豪华,不要说能欣赏表演和舞美服装,就只来听"老柴"的音乐也是超值。新绿忙了一整天,中午和助手只随便吃了个便餐,可眼前几乎忘了饥肠辘辘。高中时因为喜欢芭蕾舞剧《胡桃夹子》里的配乐《花的圆舞曲》,她爱屋及乌,买回川端康成的同名小说集作课余读物。当舍友都以为她会报考汉语言文学或艺术类专业时,她却郑重表示,还有比这更高的真与善值得去追寻。这个公认的"文青"最终选择了政法大学,并发愿要为社会的公平公正献身。

新绿走神的这会儿,活泼的快板响起,大幕徐徐拉开。她下意识地收腹沉肩,十指自然松弛并微微分开,甄妮会意一笑:两人幼时都学过芭蕾,只是自己后来改跳民族舞,新绿则选择了现代舞。

新绿唯恐遗漏丝毫的光色、动作与声音……她不由自主地代入了舞台上的表演:从轻盈滑动的足尖、大步纵跳的腿脚到舒张又控制精微的身体。事实上,任何一条职业路线都充满挑战——假如你要把它做到顶尖,甚至无懈可击的话。

置景华美的舞台上,弗洛瑞斯坦的王宫空阔高旷,透过气势宏伟的石拱背景，可见御花园里高大繁茂的树木。奥罗拉公主的洗礼命名大典正在进行，宫廷显贵、国王、王后和仙女们次第登场，快乐仙女、勇敢仙女、慷慨仙女纷纷送出了她们的祝福，身为教母的紫丁香仙女也来到小公主身边。

紫丁香仙女的形象让新绿想起了年轻时的卢老师——她曾和甄妮在卢家见过老师的老相册。卢老师年轻时气质出众，新绿和甄妮都好生羡慕。卢老师却说，真正的美丽一定少不了勇敢和善良，老师为你们感到骄傲。是的，学会对美的辨识、欣赏和呵护，是卢老师给予的最珍贵的知识，最慈悲的智慧。

紫丁香仙女从王后手里接过幼小的公主——这个细节让新绿重聚起注意力。她最近睡眠不好，除了出庭时强制性的高度专注，心思每每散乱不易收拢。那小生命看似出身高贵、锦衣玉食，实则非常不幸——幸福尚未展开，无常就如影随形。不过公主的劫难真只是因为宫廷大管家的疏漏吗？没有这个闪失，妖婆卡波拉斯会否收敛，或者说无法施展她的恶？从某种意义上说，公主的受难拦截了妖婆的邪恶，同时也是终获完美爱情的铺垫。

妖婆完成了诅咒，紫丁香仙女挺身而出斗法，勉力破解她的预言……让人感叹即便是童话世界，正义在与邪恶的较量中似乎也落了下风。伴随着观众的叹息，妖婆和她的随从得胜离去了，长长的序幕到此结束。

进入第一幕，小公主已出落成妙龄女郎。生日庆典上，来自英国、印度、意大利和西班牙的四位王子向她求婚，正等待宿命转机的公主谁也没有答应。年轻的身体在粉色光晕中旋转：爱、美、快乐、自由……太如意太完美了，出事乃是必然。新绿融入了剧情，连脚背也绷紧了。妖女们先后出场，并带来致命的纺锤，公主接过这个陌生的新奇玩意儿继续舞蹈，新绿的身体也应和着演员的节奏。是的，尽管她无法阻止那阴险的攻击，但愿意伴随少女受难。她的脚尖暗地里使劲儿，双臂和腰也在配合协同，直到最后公主踉跄晕倒，妖婆现形，整个王国陷入百年沉睡。这一幕结束，新绿恢复了常态，不仅身体放松，气色也变得红润。

第三幕和第四幕，新绿最为倾心。她熟悉的婚礼双人舞、蓝鸟双人舞都在其中。可惜刚到王子弗洛里蒙随紫丁香仙女去见沉睡的公主奥罗拉，那奠定乾坤的一吻还没来临，新绿便在尴尬和不舍中离开了剧院——助手小靳一个紧急电话叫走了她。上了等在剧院侧门的车，小靳直接载她去了大鸿湖边的祖玉博物馆。

新绿惦记欠甄妮和闪闪姐妹的夜宵，短信表示以后一定补上。甄妮担心的却是她代理的敏感案件。第二天中午，甄妮给小靳电话，问大鸿湖的事怎么样。小靳回复，强制闭馆的禁令算是解除了，鉴定过的几件大型玉器已原物归还。不过这事儿水太深，估计麻烦不会就此结束。

周五见到新绿，她神色凝重，感觉比前一段更焦灼。甄妮问，老貂的事到底摆平了没有？对方眨着眼，语速飞快，大意是老貂可能摊上大事了，边说边用力劈了下手，似在否定自己的推断，又似想拦阻狂奔而至的危情。

2

老貂的玉器，甄妮只在想象中见过——当年登雅带老貂来离离前，曾向她描述过那件价值连城的太阳王。老貂自嘲说，他的收藏值自己所有的睡眠和头发，那时他的头已全秃了，健康也千疮百孔。支撑他活下去的就是塞满四层别墅和地下室上千件没法儿估价的玉器。为给被指为"赝品"的"国宝"正名，他不惜多次出资，费尽周章延请历史学家、考古学家、博物学家及文物鉴定师、收藏界大佬，还有大小媒体，在京城、壹江、大鸿湖等地举办高端论坛、学术研讨会，出版专著、专刊、专辑、专版。他本人和藏品的知名度一路飙升，数件大型玉器被拍出天价……这条路若是成功走通，他大抵会轻易跻身国内富豪榜，曾经嘲讽他的人只能怨自己有眼无珠。可老貂就是老貂，他从来不走寻常路，跟当年放弃铁饭碗纵身下海一样，这批"改写华夏文明起源"的玉器刚被炒热，他突然改变主意，在大鸿湖畔建起了"中华祖玉博物馆"。

有人说，绝顶聪明的他眼光长远——老貂尽管年龄不大，但已悟到人生苦短，钱财如粪土，不如博个流芳百世的名声；也有人攻讦，说他办博物馆是幌子，在大鸿湖畔圈地是真——试想这些年的商人或某些弃官从商的人，无论是打着办学的幌子圈地，借慈善之名圈地，还是以办企业为由圈地……最终无一不是靠房地产赚了大钱。决定在大鸿湖边扎根，说明老貂的脑子并未锈蚀，他不会闲置积攒了多年的政商人脉。

新绿应允做老貂公司"星瀚文化"的法律顾问，是因为王修一位朋友的介绍。老貂并非普通下海公职人员，离职前曾在某贫困县挂职副县长，回原单位不久即被提拔，连公示都张布出来了，他却让人瞠目地挥手离开。大胆如他在商界混得风生水起，若非后来走火入魔迷上了玉器，他绝对是壹江人眼中屈指可数的成功人士。

新绿跟老貂公司发生交集时，祖玉博物馆刚破土动工，布满芦苇灌木的环半岛近两千亩土地（商业用地其实不到三百亩，其余林地属代管）已获批。老貂有怪异执拗的一面，但他的眼光魄力（商业嗅觉、艺术品位）却是无可置疑的。

不久后，新绿从王修处获知高铁改道的消息，预计离城的首个站点距大鸿湖不超过十公里，这资讯让她暗自担心。老貂对她的担忧并未在意，那是对一切都了然于心的状态。

大鸿湖半岛确实是个天造地设的"宝地"，水景环绕，西邻建造中的湿地公园，东接5A级欢乐谷景区，背靠有壹江主城"四大氧吧之一"美誉的灵泉山，跟德籍华人穆先生打造的白鹭湾游艇俱乐部隔水相望，距市内"乡镇十强"的宝岭镇仅五公里，交通便捷，API（空气污染指数）值常年保持在60—70，自然环境不错，空气质量良好。

新绿给甄妮看过星瀚公司的半岛文化规划草图，那是囊括了书院、博物馆、音乐厅、会展中心、酒店、商业餐饮娱乐街、康养所和度假别墅在内的大型建筑集群。新绿笑着说，以后离离就来大鸿湖谈合作吧。甄妮皱了皱眉，老貂这哪是什么半岛文化，分明是文化帝国嘛。新绿也觉得他野心太大了点，这设想没几十上百个亿的投资能启动吗？

计划没有变化快。尽管老貂行事滴水不漏，也有自己的背景人脉，审批手续一应俱全，麻烦还是找上门来。祖玉正常开馆不到两周，精品厅的玉版浮雕、玉马、玉立人、太阳王等"镇馆之宝"突然被区文物局以"鉴假"为由强行拉走，同时被指"存在消防安全隐患"，要求公司闭馆整改。

因被拉走的玉器几天后很快发还，老貂并未察觉事态严重，直到警方持拘留证登门，被"涉黑"的他才有了那种大厦将倾的无力感。按新绿的动机分析，往死里搞貂总的非王××莫属。在壹江商界，王老板是大佬级人物，行事高调，自称谙熟黑白两道，据说其靠山是谣传要倒台却一直未倒的侯姓高官。前些年老貂刚开始运作祖玉时，王老板还来星瀚办的论坛捧过场。后来，老貂以"文化开发"之名成功拿到大鸿湖地块建博物馆，王老板曾重托某区领导带话，希望跟星瀚合作共同开发大鸿湖，但被老貂婉拒了。两人由此结下梁子，之后又传出新修的高铁将改道路过大鸿湖的消息，王老板的妒意更是赤裸裸了。

馆长任博是祖玉文化"改写华夏文明起源"观点的坚定支持者，否则他的博士论文也不会以此为选题。不过眼下让他更焦虑不安的，并非历史学界对异见的漠视，而是大鸿湖项目的存续与星瀚公司的生死。他问新绿："怎么就'涉黑'了？真是欲加之罪！你看貂总会被批捕吗？"

新绿苦笑："大概率吧。王老板的能量或许没有那么大，但据说,他的后台位高权重啊。"

关押的第三周,老貂被正式批捕。因为属于"涉黑"专案,从公安侦查批捕到区检察院提起公诉,程序走得快捷顺当。待马新绿以辩护律师身份再度赴看守所探望时,老貂已变成私藏枪支雇凶杀人的命犯了。

不到一个月时间,老貂的眉毛胡子全白了,两只耳朵像风干的蘑菇,眼神却亮得反常:"我私藏枪支,我雇凶杀死了商业对手——我,我为什么要这样做呢?"不等新绿反应,他又说,"我想不明白,我为什么会这样做。你相信吗?这几天,我像是在看电视连续剧,只不过是魔幻风格的。"

"我当然不相信,你哪来的杀人动机——"新绿语调平和。

老貂伸出老手,摸了一把头皮:"昨晚没睡好,梦见自己的脑袋漂在水上,像个莲蓬;莲蓬的每个洞眼里,都有一粒莲子,伸手一摸,哪是什么莲子,都是子弹。"

"请相信法治,也请相信我。多保重自己的身体。"新绿说,"我列了十多个问题,请一一据实回答。强调下是据实回答,万勿有任何顾虑,这关系到庭审辩护的有效性。咱们处境不利,也可以说是凶险……"

老貂轻叹一声,神情显出几分悲凉。

这天,新绿给甄妮电话,说好久没吃过一顿像样的饭了。甄妮正要请米耶来的朋友吃饭,便说打包一份给她送去。新绿一听有米耶的朋友来,刚好可以过去见一见。甄妮开玩笑:"那你可欠我两顿了哦。"新绿应承:"好好,过后我请你和闪闪朵朵去欢乐谷,吃住行全包。"

听说甄妮有朋友来,一明和榛子出门时特意备了大礼包。新绿开心地欣赏刺绣手佩,吃食如野生茶油、岩蜂王原浆、猕猴桃酱、清水鲟鱼罐头、栖霞工夫茶、米耶醪糟,样样让她喜欢。米耶土特产已在主城几家大超市设有专柜,并打算试开门店。新绿一时兴起,电话王怡让她马上过来。

新绿口气十万火急,王怡驾车慌忙赶到。见一桌人正笑闹着敬酒,才松了口气:"你吓人一跳。"新绿答:"这兄妹俩才会吓你一跳呢。"她拉开礼包,"快看米耶的绿色土特产,你那儿肯定能热销。"端详过那些宝贝儿,王怡表示愿订购他们的产品。高兴之下,榛子和一明频频向大家敬酒。新绿吃了很多菜,酒也来者不拒,像是要把这段时间的饮食亏欠全补回来。甄妮见她话语渐密,脸庞的红晕扩展到了颈脖,便开始为她挡酒。王怡担心地问:"没事吧?"新绿举杯相碰后便仰头干掉,笑道:"有事也不能不开心。"

王怡使了个眼色,甄妮尚未反应,新绿就抢着说:"别急别急,慢慢喝慢慢品,聚一次少一次,喝一杯少一杯。"正在兴头上的新绿,不舍得马上结束聚会。

甄妮喝得也不少,却一直清醒着。她先送走榛子、一明,又送新绿、王怡。孰料目送新绿进了小区大门,正想让代驾载王怡回家,新绿却叫着她的名字折回来,要拉她俩再去鸢尾花喝一杯。

3

姐妹仨在鸢尾花待到打烊。没有喝酒,喝的是解酒的青柠薄荷茶。新绿发现,她们正坐在六号卡座,心想自己是否故态复萌,借酒精转移日常压力?看隔桌的甄妮,谢天谢地,对屡战屡败的自己,她的眼神不再只是担忧,而是充满更多的鼓励信任。

往下的日子,新绿明显褪去了疲惫晦暗,身心能量似乎获得了更新,从讨论案情、查阅档案、审查证据到会见被告人,各项工作无不思路清晰,表情语速也更加平和。新绿的状态也感染了助手和律所其他同事,一度的惶乱变为镇定,紧张转向自如,资料搜集、庭审辩护词撰写、证人约访等工作,都有条不紊配合默契。尽管明白来者不善,老貂几无胜算可能,但以法律手段维护当事人权益,乃是律师的天职。

王修有老板朋友被抄家,据说查出了几十公斤冰毒,之后五六辆豪车,数百件价值不菲的古玩字画,大量珠宝首饰奢侈品全被收缴。王修私底下对甄妮嘀咕:"涉不涉黑我不知道,囤这么多冰毒怎么可能?"心里有事的甄妮却答非所问:"我担心新绿代理的这个案子,她从来认理不认人,要她背弃专业操守,违心履职,绝无可能。"王修叹口气:"做貂总的辩护人,她应该比我们更清楚风险,提醒她策略点,依法履职,尽可能避免授人以柄吧。"

星瀚公司有过更换外地律师的动议,新绿表示认可并愿意配合,不料被老貂一口否决。在看守所,他一板一眼地告诉新绿:"就像相信那些祖玉一样,我选择相信你。"

新绿内心一颤,这是生死之托啊。貂总的话分量太重,她担心自己无法承载,不过还是故意放轻松了说:"新绿是一个大活人,疾恶如仇专业过硬,但情绪会有波动,判断可能有失误。跟你那些宝贝疙瘩相比,可没有那样稳定保险噢。"

开庭前十多天,新绿放缓了节奏。她有时面对电脑发愣,有时一两天不在所里露面,重心转到了解老貂的日常生活、社交关系上。跟传记作者调查、搜集、复原传主生命轨迹心路历程的材料类似,新绿大有将当事人工作生活情况、兴趣嗜好、亲朋关系一网打尽之势。

鸢尾花新换了驻唱乐队,王怡要甄妮叫上新绿过来玩,临了到场的却是甄妮和新绿的助手小靳。小靳酒后有点亢奋,说师父单枪匹马见证人去了——老貂的旧情人阿莲,她也是命案死者龙某的现任"小三"。此案本来已定性为自杀,"涉黑"后发回警方重新侦查。阿莲为自保,此前拒绝配合任何一方,后来却被新绿的诚恳攻破了防线。俩人在电话里聊了多次,新绿从未提起作证的事,而是尽心展示了那个脾气古怪情感温热的男人的真实状态,不知是被打动还是弄烦了,阿莲最后同意见她一面。

4

新绿的"闲工夫"并没有白费。见面不久,阿莲就泣不成声——一个女人愿意在另一个女人面前流泪,心扉差不多就敞开了大半。新绿走心地说,情爱并不丑陋,即便混杂着欲望与幻梦;男女间也不只是肉体和物质的纠缠,里面也包含了信任和爱。这些体贴的话语,唤起了阿莲过往的记忆,她坦陈自己爱龙哥的勇猛大度不拘小节,也爱貂叔的执拗缜密落拓不羁,并表示愿为身陷囹圄的后者尽一点力。

与龙哥的关系,阿莲在离开老貂前已向他和盘托出。虽说对两人各有信任喜欢,但基于性格、年龄差距等原因,她觉得跟龙哥相处时有难得的放松。老貂呢,骨子里是一个认真甚至有那么点古板的人,在感情上,他对女人过分坦诚且从不敷衍,不计得失。也因此,阿莲对他没留住女人在身边多少感到不解——是他不想放弃独身的恣意自由,还是像多数富人那样对他人戒备过度?阿莲自然不能免俗,一个善解人意的大美女,可能迷失于各种诱惑,成为男性的猎物……只是兜兜转转,她最终发现对自己最好最真的还是龙哥和老貂。

龙哥的意外辞世,让阿莲痛悔绝望心碎。缘于某些无法明言的胁迫,知晓部分内情的她只能强抑悲愤,默默接受龙哥被定性为"自杀"的非正常死亡。万没想到案子这么快翻盘重启,然而调查方向却令她匪夷所思,比穿越剧还要离奇,她疑心是否因自己罪孽深重,上天才会安排这样玉石俱焚的结局。

阿莲与老貂已有两年没见过面,但回想起曾经的亲密契合,她仍有由衷的幸福喜悦,因此当意识到老貂可能步龙哥后尘,从此阴阳相隔,更深感痛彻心扉万念俱灰。

她最终决意豁出去,配合马新绿做一次毫无希望的努力,也算是给过往的真诚付出一个交代。

阿莲一边述说，一边哀泣不止，用掉了酒店房间里的一大包纸巾。新绿也略述了曾一度不待见貂总：某朋友的朋友跟老貂关系亲密，因股市巨额亏空而跳楼轻生，她打心眼儿鄙视老貂见死不救。后来才得知，他一直都在出手相帮，若不是老貂，她恐怕早就破产好几次了。得知对方也有朋友去了另外的世界且跟老貂相关，阿莲自觉心理上跟新绿又贴近了不少。

深夜十一点，新绿回到家中。先备份了录音，洗漱后靠在沙发上，疲累却兴奋不已。从阿莲的谈话中，她隐约察知了案件的全貌，尽管证据的逻辑链条尚未完全连通，局部和细节还需耐心补足。不管从哪项因果关系（市场竞争对手或情杀）捋起，老貂都没有谋杀龙某的动机……阿莲作为当事人及最重要的证人，她若愿配合取证并出庭作证，将会对廓清迷雾、接近真相起到关键作用。

思前想后之际，手机响了，屏幕显示是助手的来电。

"嗨师父，沟通得咋样啊？我刚从鸢尾花回来，还兴奋着呢。"

"进展不错。大大超出了我的预料。"

"真的吗？太高兴了！功夫不负有心人，老天总算眷顾我们了。"

"算是迷雾里的一线光明吧。这案情其实并不复杂，复杂的是法外因素（我们在所里讨论过），道阻且长啊。"

"嗯，我明白的。一起加油。"

结束与小靳的通话，甄妮又打过来，问欢乐谷支票啥时兑现。不知为何，她话语里也带着几分欢乐。

"放心嘛，会兑现的。只是觉得欢乐谷没劲，我对米耶的红叶峡谷倒是很向往。"

"还用说吗？那峡谷、瀑布和地缝真是天造地设、鬼斧神工。我跟新月婆婆上莲花山，在那个有两面通透的大玻璃窗、抬头就看得见峡谷的房间里住了大半个月。大窗是去那采风的画家改装的，里面还有两幅风景速写。"

"听起来好有诗意，记得以前你也有提过，可从没有这样具体啊……"

"房间主人早早姑娘，从小跟她祖婆婆相依为命。老人家一生悲苦，幸运的是她有个好姐妹，那就是历经无数磨难，却心怀悲悯的新月婆婆。"

"一个看得见峡谷的房间，盛满人世悲欢，就像人的皮囊。"新绿沉吟道，"我也想有个自己的房间，远离尘嚣，充满谷物蔬果的香气，窗外是山川峡谷——它容纳一切又空无所有……"

"你已经进入了那里，新绿。先闭上眼，告诉我，看见了什么？"

"大战风车的堂·吉诃德。"

"别扯了，看看房间里都有些啥。"

"我看见了。藕荷色带暗花的窗帘，原木的书柜和书桌。"新绿喃喃地说，"景泰蓝的台灯，散发着墨香的狼毫和砚台，还有个小小的玉笔筒。"说到这儿，新绿有些鼻酸。她想起了登雅。

"晚安新绿。辛苦了一天,该好好休息了。"

"嗯,我嗅到了阳光独有的气味,还看到了冰雪的颜色。"

"安心睡觉吧。身体放松脑子放空,记住设置好起床的时间。"甄妮温柔地说。

"在刚才的房间里,我听到了你好听的声音,感觉到了你温暖的气息。"

5

第二天,甄妮随访患者,返回时经过一家特色餐馆,进去买了几样菜打包,打算顺路去新绿家。

新绿夜里睡得很香,上午在律所接到老鑫儿子电话,说他爸想约个时间去政法大学拜望慕容教授,感谢下老先生的大恩大德。新绿说,老师致力社会的公平正义,是视为己任,不赞同报恩一说,更不会收礼。对方说,老父亲表示,出来后有意做些慈善。新绿说,这倒是个挺好的想法。

接着,新绿又电话问候蚂蚁,对方说已听了她寄送的大部分录音资料,叹一句情况复杂。新绿说,我的导师慕容教授,著名刑法学专家,专研毒品与黑社会犯罪,年逾古稀仍被学校返聘。对当下的某些做法,他直言是法治建设的倒退。蚂蚁说,你代理的这个案子,我感觉胜算很小,因为法外因素占了压倒性优势。

新绿的住屋收拾得很清爽。甄妮和她坐在小饭厅里,一起品尝来自乡野的食物:溜滑的莼菜、碧绿的艾蒿粑、鲜嫩的野生溪鱼、金黄的醅海椒炒腊肉、木甑子米饭。吃着这些饭菜，新绿觉得自己的郁闷得到了缓解。

两人蛮有兴致地进餐，如同经历了长久的洗礼确认，重新进入一个看得见山川峡谷的房间。离开时，甄妮忽然记起当年春节，自己因执着于过去而寒了新绿的心，心中不由得浮起深深的愧疚。

随相聚增多，有时聊起手头案子和上门的咨客，甄妮发现新绿的当事人看似相近，细究起来却形形色色；而自己的咨客年龄职业脾性各异，但归拢下，则同是深陷心狱的可怜人。

霜降这天正好是周末，新绿和阿莲有约，两人选择了碧云寺的素膳厅。甄妮则去陈姨家做客——离开医院后，她再次跟甄妮合作，协助筹办健康养护中心。蚂蚁曾私下对甄妮说：陈慧苓学历不高，专业能力平平，但为人大度宽容，慈爱善良，有益己利他的高情商，与这样的人合作，经商创业都容易成事。

创办公益性康养中心——以年老体弱生活难以自理者、严重心理疾病患者及临终病人等为服务对象，较之经营一家普通医院，更符合甄妮的念想。身为支持者和实际推手，王修这天也在陈姨邀请之列，不料他上午十点来电，说中午要随领导接待京城来的重要客人，实在没办法脱身，只能迟到了。

看着堆满宽大茶几的水果、坚果、小吃、饮品，甄妮建议陈姨不用做午餐了，干脆开瓶红酒小酌。接着她选了几张CD，打开客厅里的Dynaudio（丹拿）音响，决定放松下自己。

新绿按响陈姨家门铃时，时间已经是半下午。甄妮靠在沙发上睡着了，音乐兀自播放着，是著名歌手蔡琴演唱的《你的眼神》：

像一场细雨洒落我心底，那感觉如此神秘，我不禁抬起头看着你，而你并不露痕迹。

虽然不言不语，叫人难忘记，那是你的眼神明亮又美丽……

蔡琴的嗓音淳厚饱满又空灵，虽是流行音乐，却糅进了民歌乃至美声唱法元素——这种注重唱功，在新生代听众眼里可能略显"老气"的歌手，却为陈姨这代人所喜爱。

甄妮正打盹儿，新绿用手势止住了陈姨的招呼，蹑着脚溜进客厅。结果甄妮根本就醒着，当新绿穿过通往阳台的钢化玻璃门，调匀呼吸后伸腿搭上花台边缘，先做压腿动作，再来有难度的两次后下腰，音乐忽然换成了活泼的钢琴曲《萤火虫之舞》。本能反应下，新绿即兴跳起了一段舞蹈，以微妙的面部表情、细碎的身姿和手臂手位运用，展示出流萤在夜空下轻俏飘逸又闪烁不定的情态……直到一曲终了，她才发现屋里甄妮投向自己的愉快眼神，手指打出的V形以及虚拟的献花动作。

王修随领导陪贵宾吃饭又游览，活动结束后急忙赶过来，主人的晚餐已近尾声。为自己的迟到表示歉意后，他取出带给甄妮的图纸，展开在茶几上。面对征地红线图，甄妮懵懂地左右看看，抿着嘴不知说什么好。

"建养护中心，尤其是设临终关怀科，这在壹江还属于新生事物，相关部门领导、朋友及工作关系都很支持，各个环节的申报审批都开绿灯……"王修兴奋地说。

"感谢所有的人。我怎么忽然觉得，这项目进展得太顺利了？"

"这是离离应得的回馈，或者说福报。"王修说。

"是恩惠，"甄妮话音有点发颤，"不知道自己配不配，承受这样的……"

"这中心是社会，是大家的，就别想什么配不配的了。"陈姨突然感到莫名的不安，于是打断了甄妮的话头。

6

养护中心的筹建，完全是白手起家，却比当初运营天灯堡诊所顺利。离离医院原来的几家赞助商明确表态陈院长去哪儿，他们就投哪儿。市商会及女企业家联谊会的朋友也说，他们信任陈院长和甄妮的人品及专业能力。遵照遗嘱，甄妮将老五赠予的部分遗产也投入进来。加上离离结算的红利及本金，养护中心前期需要的资金已大致就绪。

甄妮的"顺"成了对新绿"反转"的映衬——当阿莲同意提供证据并作为证人出庭，慕容教授也答应新绿去法庭旁听时，老貂却陡然对一直否认的雇凶杀人情节供认不讳。在看守所，老貂的怪异坐姿证实了新绿的猜测：他跟老鑫一样遭受了刑讯逼供——委顿的神情和垮塌的体态表明，老貂身上的生命力已荡然无存。

这次的新绿，不再像初见老鑫时那样义愤填膺，也没让狱警回避，只是平静地告诉老貂："我像相信那些玉器一样相信你，请你也相信我，相信自己。明白我的意思吗？"老貂偏着脑袋，神思涣散。她继续劝道："你不想让那些费尽心血收藏的宝贝儿流落四方无家可归吧？"对方的眸子点亮了一瞬，又归于黯淡。新绿依旧不动声色："请诚实地回答我——用语言而非表情。你都受过什么样的刑讯虐待？"

老貂脸颊枯陷，面部的轻颤由眼轮匝肌，向口角及颈阔肌扩散，如风拂过水面的碎纹，无血色的嘴唇抽搐着，最终一下子爆发出来："他们……不分昼夜地折磨我，我都记不清有多久，昏死过多少次……我，我在这儿还算个人吗？"

"请相信我，相信国家有法治在，给自己希望。我们别无选择啊，请貂叔配合我，一起为每个人得享公平公正免于恐惧尽力吧。"

不知是新绿的语意还是语气，让老貂感到了若有若无的希望，新绿正要离开时，他冲她低声道："我会一直相信你，即便官司败诉，即便冤死在监狱里，我也不会更换律师。"

新绿点点头："无论多艰难多痛苦，坚强地活下来是第一要义。任何情况下都不要绝望，不能放弃。我们唯有相信，正义不会永远败诉，真相不会永久雪藏，就像乌云终究遮不住太阳！"

新绿比谁都清楚代理这个案子的风险，要通过法律手段为代理人争取合法权益，还其无罪之身，抗辩的不只是寻常的徇私枉法，而是某些人借正义之名施行的草菅人命。尽管她不愿相信王老板的后台能一手遮天，却看到了权商合谋对法律的肆意践踏，亲证渺小个体对抗庞然大物的恐惧无力。跟检方沟通时，她强调对嫌疑人的指控应基于事实和证据，而非怀疑猜测——若不否定口供的可采性，就很难真正杜绝刑讯逼供——对她的普法，检察官并未反感，而是流露出有难言之隐的无奈。

新绿的义无反顾，既来自多年的职业操守，也缘于对即将被权力之轮碾碎的无辜生命的同情与愤怒。甄妮理解她的执拗决绝，心疼她背负着巨大压力，于是隔三岔五问候关照。新绿既感谢好友的支持与陪伴，同时又莫名地担忧失去："哎，能不能悠着点，别对我太好了行吗？"甄妮扑哧笑出了声："得了便宜还卖乖？你太紧张劳累，负荷太重，需要放松，需要缓释压力……还记得刚开始做离离，你放下工作来撑我的事吗？说世道艰难，懂得的人要惺惺相惜——我可是一直欠你的情的。"

还用说吗？那些铭刻于心的生命片断，新绿当然不可能忘记。

这天上午，新绿去某电动车公司，打算为丁姓女士的工伤索赔案做些调查。当事人三十五岁左右，上班时不慎右环指粉碎性骨折，经人社部门仲裁认定为工伤十级，带薪休息三个月。没想到她返岗后，却被公司借故解聘，丁女士不满相关部门的再次仲裁，遂起诉资方违反劳动法，要求一次性补偿十二个月工资。

返程时，新绿给中院审判办的师兄打了个电话，想了解下老貂案有没有什么新进展。听到新绿的声音，对方似乎吃了一惊，只简短地回了句：开庭时间可能有延迟，等正式通知吧！接着很快便挂了线。他的语气态度有点异样，直觉提醒新绿，事态可能仍在向未知的方向演变。

甄妮接到新绿备用手机的来电,让她去黎园碰头。

黎园占地面积不大,栽植和景观构筑却很别致,据说这儿原本是清末某外省富商的私家园林。甄妮向来对这类人工水榭亭台无感,倒是离入口处不远的两棵百岁老黄桷树让她喜欢。

远远看见新绿倚在长条椅上,巨幅黄桷树冠荫蔽了半个天空,偶有青黄相间的叶子打着旋儿从头顶飘下来。

见甄妮走近,新绿眼波盈盈一闪,不胜惆怅地笑了笑。

"刚才突然想起,相识这么多年,我俩居然没单独同过框。不管以后会是什么样子,我们都该有一张合影的,你觉得呢?"新绿说。

"怎么了,你没啥事吧?"甄妮留意到新绿脸上的阴郁。

"没事。只是想告诉你一声,事态发展或许超出最坏预想。我把案子的全套资料,包括相关录音物证,都做了备份。一份存在我小姨那儿,"新绿停顿了一下,"她的电话你有的。"

"怎么至于?你是不是有点紧张过度了?"甄妮看了眼新绿,发现更紧张的是自己。

"还有一份寄给了南方的媒体朋友,这是姓名电话。假如我有事,你可以第一时间告知他。"

"上午跟卢老师通过电话,说到壹江近年的一些事,她也看不懂。只是要我转告你,千万注意安全。"甄妮纠结着说。

"朋霍费尔的《狱中书简》,最近挤时间读了多半。有段话印象特别深——白天开的百合花真是非常的美。它们的花萼在清晨慢慢打开，开花的时间只有一天，第二天早上，就有另外一些新鲜的花萼接替上，后来……后来它们就都凋谢了。"

听着新绿的自语，甄妮仿佛被刺了一下："按我的理解，新绿，真正的幸福和满足只存乎于心，能体会到的是每个生命自己。能领略到这种美好、珍贵的人有福了，它并不取决于时间的久暂。"

新绿叹一口气，低下了头，甄妮俯下身，用胳膊环围住她。秋风吹过，黄桷树叶簌簌作声，空气通透而柔和。

"我早就想好了。"新绿发声清晰，"别笑话我，马新绿不是那种自哀自怜的人，从来都不是。"

"我知道——"甄妮轻拍她后背，"不过我还知道朋霍费尔的另一句话：经过这一切之后，我们将更加坚强。"

"眼下的情况很特殊，"新绿说，"为了避免不必要的麻烦，咱们需要减少日常联系，先各忙各的事吧。"

7

黎园之后，新绿有意减少了跟朋友们的联系。新绿并未告诉甄妮的是，自己的电话被监听，助手小靳也收到来路不明的恐吓信息。按新绿的推测：自己不过一小小律师，真正让对方忌惮的，可能是慕容教授的庭审现场旁听——老先生是学界大佬，高校名师（在政府及司法部门任要职的弟子不少），又在市人大法律法规专委会、市高检等担任委员和咨询委员，德高望重，影响力不可小觑。

不出所料的是，星瀚集团方面又开始游说马新绿，希望她将案子移交给外地某大牌律师。更让人吃惊的是，律所主任也下场说项，而律所不干预律师办案，可是合伙人建所与新人入职前的约定。还有区司法局律管科的电话——云山雾罩，顾左右而言他……可言下之意也不难明白。

各方面的信息都释放了，唯独低估了新绿的倔强：明知是鸡蛋碰石头，她一步也不退让。这不免让甄妮、王怡等人担心，担心她一意孤行的后果，可从道义良知职业操守上讲，的确又没有让她放弃的理由。

新绿将职业裙装换成了衬衫加牛仔裤，跑鞋替代了高跟鞋，单肩包变为双肩包。小靳难免惶惧，她笑着宽助手的心，要她别想多了。

一天夜里，新绿突然打来电话——已入睡的甄妮迷迷瞪瞪，不知发生了什么事情。一激灵脑子清醒了，不料听到的第一句却是："时间好慢啊，好想去那个红叶峡谷。"

甄妮回道："希望你的案子早点结束欸。到时候咱们去米耶，在那个看得见峡谷的房间住几天。"

"我的老天，这也太期待了吧……"

"亲爱的新绿，我爱这个世界。尽管它并不完满甚至……千疮百孔。把它想象成我们期待的模样吧。"甄妮的口气热切诚挚。

"是啊，你爱你遇见的所有人，无论男女老幼……"新绿的尾音带着苦笑。

甄妮道:"这是真话。"

甄妮并不清楚的是,此刻电话里的新绿惊魂未定。今天下班后她驾车回家,直觉有辆车(黑色尼桑天籁)尾随。行驶到去往小区的支路路段,一直保持正常车距的后车加速冲上来,并行时几度试图别她的车(恐吓还是警告?)。当新绿减速且降下车窗,朝半米外的驾驶者发出怒骂时,副驾戴墨镜的胖子却得意扬扬地将手伸出窗外,做了个猥亵的手势——荒唐的是,新绿向交警部门投诉后,得到的回复居然是:"经查询,这个车牌号不存在……"

再往下,新绿近乎失联。手机处于关机状态,备用机设置为呼叫转移,紧急信息由助手代转。对新绿回避的原因,大家都心知肚明,可越是这样,朋友们的牵挂越难以放下。

甄妮憋不住打通了小靳的电话。

小姑娘期期艾艾,很为难的感觉。可经不住甄妮软磨硬缠,很快竹筒倒豆子(压力太大,助手本人也想有个转移宣泄),简述了近日新绿的遭遇。

最让人紧张的是新绿正在做的事情:对老貂被刑讯逼供的情况进行调查取证。这摆明是质疑口供获取方式的合法性。若能获得确凿证据,被告人供词的真实性及效力将会被否定或大打折扣。

小靳还透露:新绿明天将去见一位神秘的"内部正义人士",对方称愿提供逼供的相关证据。因事涉敏感,新绿要助手守口如瓶绝对保密。甄妮听后脑子里即刻浮现的竟然是"钓鱼"俩字,还有那个隐身幕后"黑白两道通吃"的王老板。

第二天午后,一位戴渔夫帽和墨镜的女士来到银湖广场 B 馆五楼。她找到"璟云港式茶餐厅",要了一杯冰柠乐,选了个角落背对店堂坐下。

午餐时段已过,下午茶时间尚早,店堂里空无一人。墨镜女士静待着,听见一男一女先后进来,在身后坐下,相互简短寒暄。不到两分钟,男士将随身带来的东西交给女士,很快便转身离开。

"大律师你好——"坐姿未变,墨镜女士发声。

椅子腿顺滑地擦过地板,新来的女士跟墨镜女士两两相对——

"才几天没见,怎么就改行了呢?"新绿眯起眼,上下打量对方。

"怎么回事?都问的啥古怪问题?"

"不是吗?本来是催眠师甄妮,可现在呢,不知是私家侦探甄妮,还是保镖甄妮了……"

"催眠师兼侦探、保镖,不行啊?"甄妮调皮地眨眨眼。

"别开玩笑了,非常时期,真不希望你这样惦着我……"

"非常时期,不惦着你还真是做不到。"

……

新绿的丰田 RAV4 载上甄妮,驶到上海城附近时,她说想去"阖家"连锁店买糕点——这家的慕斯蛋糕"瑞士黑方"和"伯爵茶",她特别喜欢。在商城地下车库泊车时,新绿低声告诉甄妮,刚发现又被那辆尼桑盯上了:

"还是上次那个戴墨镜的死胖子!"

"真遇上黑道了？"甄妮心里一闪念，但未说出口。

进店选了一堆好吃好喝好看的，新绿示意甄妮先去商厦侧门叫一辆的士，自己在里面结账埋单。

过了一会儿，隔着航校旁的小街，拎了大包东西的马新绿看向对面，街边甄妮正俯身跟的士司机比画着什么。她突然有点不安，想举手招呼又想穿过行人去到那边，正在这时汽车加速的引擎声骤然响起，眼角余光里突现黑色尼桑直冲过来的车体及甄妮发出的惊恐叫喊……未来的岁月，此刻的图像场景将会在马新绿大脑记忆库里幻化为类似纪录片的摄制风格：角度变乱，色彩混杂，镜头剧烈晃动，画面大幅度摇摆甚至颠倒倾覆。这过山车的感觉让她晕眩欲呕并催生出某种强烈的压迫与惊悚感。

大半个小时后，深度昏迷的甄妮被送进医大附院的急救室。马新绿只有一点皮外伤，可情绪却受到重创，她无法用话语表达，只恨不能把脑袋里储存的所有记忆搅个稀烂，彻底清除，好让刚才发生的一切全都无从发生——她反应速度其实足够快了，甄妮的速度更快，不过比她俩都快的是尼桑天籁—— 它蹭着街沿疯狂地疾驰而过，甄妮只来得及将同伴向另一个角度撞开……

急救室外，疯狂赶到的舒那茜用力拍打新绿的肩背，不停变换着宽慰的话语。过了好一阵子，新绿终于哇的一声哭出来："谁叫你这么惦着我的？甄妮啊，应该被撞的本来是我……"

第二十三章

信,就能看见

1

两个心仪的人一见钟情,据说速度极快,就在一瞬间,类似"击晕"(那是否也可以被视为一种催眠?)。比"击晕"进入催眠更快的是尖叫——纵使那尖叫刚刚萌生就被掐灭。

一声走火的尖叫刺破了缄默。一声失措的尖叫引爆了寂静。冰冷的钢铁怪物呼啸而过,有如自己出其不意将手伸向被试者。"睡——"她常常在对方心意全失,语默双忘之时,成功地瞬间掠获催眠。可她哪里知晓,要说瞬间催眠,身手再快的催眠师也比不上车轮。

这功态好深好深,仿佛置身最远最沉的酣梦。她要提起全副精神才能看见自己:一双手面筋样软软地搭在身体两侧,右腿像灌满了铅;左腿呢,一定是跑到时间的深处去了。此刻唯有它醒着,比马和鹰的速度还要快,挟带的风夹杂着微微的咸酸和丝丝回甜。

回声源自哪个渊薮?是谁在引导她疾速回溯?往事的影像如同无声的环屏或全屏。多么轻松。多么专注。多么寂静。以前老是有咨客对她抱怨：我没法集中注意力，没法放松。真正的松是不用刻意去放的，就像真正的眠不用刻意去进入。只放松，只观察，只觉知。观察你的观察，觉知你的觉知。

她看见自己的头顶了。在汽车飞驰过来的瞬间，它好似鲜艳的海棠一般绽放，熟悉的自己破茧而出。环围的看客、鸣响的救护车、忙碌的白衣人，止血、包扎、外固定……袅袅飞升的自己终于又回归原位。

一切都是一种仪式，包括手术，都是对生命的挽留。拍片、消毒、麻醉、清创、输血、缝合、内固定……他们专注凝神，小心翼翼，身手灵动。仔细测度那些破碎的骨肉，断裂的血管，缺损的神经，用钢板、螺钉、空心钉、克氏针、肌腱线、外支架、石膏托支撑缝合连接起整个身体，有如复原一艘重创礁石的小船。他们会担心她疼吗？她很想说不必担心，因为自己的身心早已饱尝过撕裂摧折的滋味，那些弥合的碎片已然变成了生命里的白金。

白衣人俯身向她……她把主刀医生当作齐越，然而只见衣帽口罩，辨不清眉目眼神；或许是裴医生——她不止一次见过做手术的裴医生，却没见过手术过程中的齐越——齐越俯身病人时，是不是像他俯身作画时那样，稍稍皱起好看的眉毛？

每个果实都有它的种子，它的阳光、水分和土壤，要厘清来龙去脉，需要穿过太复杂的迷径。如果没有跟齐越的恋情，没有他手绘的千百个甄妮，或许她不会对百变的自己那么上瘾；如果不那么高调地跟舒那茜分享恋爱的甜蜜，她的这位发小或许就不会插足；如果她没有负气出走，奶奶就不会为找她而离家走失……

而没有这些,她也不大可能去接触学习催眠……在尼桑占据视野之前,她刚在街边招了辆的士,空气里瞬间充满了死神的味息,飞旋的车轮似轰响的命运——在冲刺的一刻,她对自己的潜意识大为惊异,它反应灵敏迅疾,从神到形,从心到身,传递的速度可以媲美闪电。

她看见了自己的笑容,眼噙的热泪,那是为自己深爱的人准备的。

欣慰而亢奋,她让自己放任地观察自己的观察。

2

那年秋天在西藏,她和滋滋邂逅过两位内地男子。

小旅馆里,俊雅的许鸣每天都要打坐。同伴担心他被人无意间打扰,一直在旁边守护。病重后的滋滋还跟甄妮提起他们,说他俩过着仙界的日子,我们则过着尘世的生活。

新月婆婆无论动脑动手都特别专注,她具有一种天然的亲和力,总是让你有倾诉的欲望,话语遇见她就像油灯遇见了火柴。

书写和舞蹈也使人安静。裴医生入狱后,她在想象中写过无数封书信,无穷思绪,万千言语,落定后都成了她抄过的特蕾莎嬷嬷的那首诗:整个段落或句子。不过有一次她抄写了《寂静之声》的歌词——这可能源自潜意识里的忧伤、焦灼与惶惧:

Hello darkness my old friend

（你好黑暗我的老朋友）

I've come to talk with you again

（我又来和你交谈）

Because a vision softly creeping

（因为有一种幻觉正悄悄向我袭来）

Left its seeds while I was sleeping

（在我熟睡时留下了它的种子）

她梦见裴医生专注地读信，铺开纸张回信。有时是裴医生有时是齐越，两个人混混沌沌分不大清。那么裴医生是成熟的齐越，齐越是尚未充分展开的裴医生？

入定是什么？是不是深度的催眠状态？是不是无挂碍的宁静自由？

一旦进入深度功态，平素难以把捉的活泛心猿便温驯如小猫，安静似白云，通透若水晶。

眼下的她肢体完全无法动转，思绪却活跃而无阻滞——

最先出现的是蚂蚁——离离工作室的第一位咨客。椭圆镜框，深棕色镜片的雷朋复古墨镜，是这位"首长"的标配。

"真是抱歉，有劳您老了。记得当初您来离离，精神和身体状态都不怎么样，躁郁不安，焦虑失眠。不过后来总算好起来了，老五离开也没使您倒下，您获得了少有的智慧通达……"

"无常是人世的常态，世事演变从不理会你的意欲悲喜。而每个人都有自己的命运，所以只能接受，只能通达，只能放下。"

"没错。不过万事都是祸福相依，否极泰来，苦难和希望原本就是一对姐妹。"

"你遭遇了生命中的大劫，请务必打起全副精神应对。切记潜意识不能散乱昏聩，要尽量让它随时随处观照自己。"

她欣慰地交换了他的盲眼。仁厚的上天啊，让她能以健全的双眸兑换。那干涸枯窘又敦厚温热的盲眼，光阴数十载，收藏了多少仕途的颠簸起伏，无尽的世相人心。

在她数息时，闪闪和朵朵替下蚂蚁。呼吸间的停顿持续了很久。自然绵长的呼吸是有难度的，这属于需要练习的高质量呼吸。高质量的呼吸是更有效的能量，相当于给身体充电，它出自生的欲望和爱意。

跟随现身的是核桃、陈方贵、小雨、早早、石头、老啵儿、登雅、父亲、王婆婆、蔡姨……以及叫不出名字的访客或患者。众多脸庞中，最为清晰悦目的是叶滋滋的脸，裴医生的脸，新月婆婆的脸，一咏的脸，以及陈姨的脸，新绿的脸……多熟悉的眼神与容颜，他们传递着实实在在的善良爱意，光热能量。一个人的身体里储藏着多么丰厚的珍宝！它们来自时间、情感、意识和血肉的化育。经历磨难越多，熬出的宝贝越多，也许那果实叫慈悲宽容友爱，也许叫旷达幽默诚实……

天光从明亮到黯淡，意识从昏昧到清明，在这个难以动转的残损肉身内，在或破碎或持续的记忆回溯、现实感知里，她一点点体证到了从未有过的宁谧专注与无羁自由。

那么是谁，陡然将她从这状态中惊醒抽离出来？是一个因大喜过望而失控颤抖的女声——"看看，快看看，甄妮醒过来啦！我的老天爷啊，她在流泪，她哭了——"

3

发现甄妮流泪的是房东王圆菊。

从甄妮移出ICU（重症加强护理病房）开始，她每天都来医院。带来的保温盒里有时是汤，有时是羹，有时是一块鲜花糕。明知甄妮不可能吃这些东西，可那是她的祈祷和信心。记得那年自己产后血崩，甄妮变着花样给她熬粥汤：百合薏仁粥、红枣核桃粥、当归土鸡汤。三天两头换新。

陈慧苓来病房，从头至尾都在跟甄妮说话，并且轻轻摩挲她的手背。她热切温柔的呼唤发自肺腑令人动容。

那茜被特许配合治疗：隔天做一次催眠尝试唤醒。神经外科的过道空间有限，护士长对拥堵的花篮花束犯愁。她无奈地对舒那茜说，这里快成花市了，病人能不能恢复谁也说不上来，探望得再勤也无济于事嘛。

甄妮的眼泪让王圆菊狂喜："甄妮流泪了，她醒来了！"她既是甄妮的守望者，又是病房的把门神，在劝退那些探望的人时耐心又机灵。

刚出电梯的马新绿对王圆菊的话几乎没反应过来——前几天她被律所解聘了，主任无奈地说："实在没办法，我们也扛不住啊。"让人欣慰的是，虽然老貂案一审开庭被判死缓，但更换的律师正积极准备上诉。而王老板最近因行贿罪被调查，后台侯某"出事"的传言又在小圈子里沸沸扬扬。身心俱疲的马新绿白天忙于交通事故案的善后，晚上必来病房陪伴甄妮。

假使甄妮在这一刻睁开眼睛，就会看见马新绿、王怡、陈姨、蔡红英、闪闪姐妹、潘一明、王修、王圆菊、舒那茜和自己的父母……在场的人都以期待的眼神目不转睛地望着她。

王圆菊的表述并无夸张，甄妮的确流泪了。可当她再次恳求甄妮"醒来"时——无论高声呼唤还是细语安抚，对方都没有一点反应。

4

头顶有深渊，脚底更是深渊。它们向相反的方向延展，撕裂的痛楚来自每一寸肌肤和脏腑。绞痛，刺痛，闷痛；嗔恨，恐惧，焦躁……一个人被无限拉伸是什么情形？噩梦的样子，地狱的样子，无明的样子。

额头停驻的是蚊虫还是尘埃？像蚊子一般嗡嘤，像针刺那样锋利。啊，未解开的并没有释然，钉住的依旧是挂碍。在时间流逝里，她总想重重地挥过手去——强大的潜意识之手。恼怒在一挥间扩大了十倍，就像怨气在怒怼里放大了十倍。

她觉察到鼻息的粗重，拥堵在喉间的气流像恶言咒语。嶙峋怪石般的厌恶，比别的情绪更让人难受痛苦。因为它厌恶的不是别人而是自己。她看清了催眠状态中的自己，听见了自我的纾解安慰，但另一个自我却发出嘲笑："你，根本奈何不了我……"

一个人的习气得有多固执？一望可知，潜意识深处的戾气怨毒从未真正祛除，它们一直都在那里。

如月初升的眼睛，柔若南风的眼睛。被咬啮过的、新生的气息，慢慢进入脏腑，又徐徐呼出体外。新鲜的、清新的呼吸，深深地吸——呼——吸——屏息，稳住不动。现在从5往下数到0，随着数息，你会更专注，更轻松，更清醒，更安静。保持住你的觉察，始终听清指令，辨清正负面的情绪，始终积极主动坚忍勇毅。

开始。5——更慈悲；4——更智慧；3——更柔软；2——更幽默；1——更旷达；0——更自在。从头再来，我从0数到5。每数一下，你会更清醒，更安静，更专注，更愉悦。0，1，2，3，4，5。啪，啪，啪，响指是爆炸的炮仗、得胜凯旋的礼炮。看那些堆积的雪球，如一只只白熊蹒跚跑远……渊深莫测的山崖壁立四周，它们似从九天飞降的巨瀑，激浪四溅，刹那间消弭于无形。

越来越清醒。越来越安静。越来越松弛。越来越专一。为了灵敏无误的觉察，为了稍纵即逝的正念，为了进入深度催眠，她必得拥抱、把控住自己。

"当我跨过一个个险境，在花蕊中下马，别笑我面若子夜，耳垂似雪。"

滋滋的诗句让她的表情舒展开来。翕张的嘴唇，像含苞欲放的花骨朵。

"甄妮笑了，真的笑了。"

这一次，王圆菊毫不犹疑，即刻抓住两个见证者。可稍一停

393

顿，笑意又没了踪影。

"她又睡过去了。"王怡有意打圆场，"又回到大梦里去了。"

新绿说："这很正常啊。当我半梦半醒时，看见她仿佛坐在椅子上。等我猛地打开灯，眼前却什么都没有。"

过一天甄妮真有反应了。有人发现她手指头在动，或许想要一支笔？有人见她嘴唇在动，像在叫谁的名字。眼睫毛有细微的颤抖，好像在笑。

卢老师自觉看见了甄妮内心的微笑。她想了想说："那茜，甄妮真的有意识了，只是一时不能开眼和表达。你是读心高手，对她又再熟悉不过，能否试着翻译一下？"

那茜垂眼端坐，似在语默中整容。当她重新睁眼，恍然多出了几分陌生的肃穆感。

"亲爱的甄妮，我是那茜，你的发小和同学，一个伤你最深却醒悟最晚的人。今天在这儿，我想做你和爱你的人们之间的信使。请你保持觉知，让我俩在最自然放松的状态下真实感应，互传信息。在这个世界上，大约没谁比我更适合这个角色了⋯⋯"

话未完，王圆菊掐紧了陈姨的手——两人都觉察到甄妮有反应。

"甄妮难受。"新绿悄声自语，"她难受⋯⋯"

舒那茜像是踉跄了一下。她屏住气，一时说不出话来。

"那茜——"卢老师轻呼。

再度凝神后，那茜尝试着开言："甄妮说，很高兴见到你们。尽管我暂时不能看，但你们每个人，都被我扫描到心里了。"

王婆婆有点愣怔："你说刚才，甄妮都说了啥？"

"她说看见了所有的人，包括您老。有些话我本不必说，但还是如实翻译吧！她说那茜我爱你。这是私房话，却是我不配听到的。"舒那茜有点哽咽。

"那茜——"卢老师语带温馨。

"对不起！甄妮说。"舒那茜停顿了一下，"她向我说对不起。"

"干吗哎，怎么老说跟你有关的？"马新绿语带不快。

"继续啊那茜，"陈姨满心期待，"甄妮又说什么了？"

"她说这会儿没别的，心头只有盛满的爱。就像以前有太多的块垒一样。"

"告诉甄妮，她的爱不仅能化解块垒，更是苦厄人生的资粮。请她接纳我以及我们大家，所有人的爱意。"卢老师说。

舒那茜柔声道："亲爱的甄妮，这屋里的人，王婆婆、卢老师、王怡、马新绿、陈姨、闪闪、朵朵，每个你看到的人，心里都是一条甘甜的壹江。满满的爱，最终都会回向你……"

5

甄妮术后长出的新发茬有如黑缎，为她洗脸时，舒文偶尔会打趣下苦瓜样的甄则光："喝同样的汤，甄妮长出的是黑发，你呢却是一片白霜。"

早早一有空就会来病房，为甄妮按摩头肩足底，暗自为她祈福。

这天早早正在给甄妮按摩，忽见她又流泪了——此时卢老师正在念圣埃克苏佩里的童话《小王子》：

> 爱是人间最伟大的奇迹，因为有爱，这个残酷的世界才变得让我们可以忍受。但我们常常枉用了这个奇迹，常常迷失在爱里，常常打着爱的名义伤害别人，就像那朵小王子爱的玫瑰花。
>
> ……
>
> 夜晚，当你望着天空的时候，既然我就住在其中一颗星星上，既然我在其中一颗星星上笑着，那么对你来说，就好像所有的星星都在笑，那么你将看到的星星就是会笑的星星！

廖老师说，甄妮的使命尚未完成，她还会跟我们相聚，希望大家合力襄助——她率先捐出了一笔积蓄。卢老师、舒那茜、陈姨、闪闪和王圆菊跟随呼应，舒文兑现了理财产品，并打算卖掉出租的老房子。

马新绿和王怡捐助的数额较大，舒文不愿收取。舒那茜却表示，甄妮已脱离生命危险，能否苏醒是未知之数，如果旷日持久耗在医院，将会产生巨额护理治疗费用。她提议动用离离养护中心募集的部分资金，这也是善款善用。

一明很反感舒那茜的悲观预期。他觉得现在最需要做的事情是，不惜一切代价，尽可能把甄妮唤醒。

舒那茜回应道，临床医学是一门专业，而植物人，即所谓"慢性意识障碍"或"微意识状态"的治疗,在临床神经医学中难度很高。虽说已有了两百多年的研究历史,但对人类大脑这个世界上最复杂精密的构造,所知依然有限,治疗手段尚在摸索中。所以这事不能急于求成,只能尽人事听天命。

一明不再多言。第二天,理发修面沐浴净手的他,精神清爽地来到病房,开始了对甄妮的唤醒。

第二十四章

我爱你

1

一明来到甄妮病房,开始了他异想天开的唤醒:用假嗓哼唱山歌,模拟新月婆婆和小雨说话;各种学舌,从虫嘶鸟叫蛙鸣到风声雨声树叶的窸窣声……即兴无拘自然随性,犹如一个人的脱口秀。

他漫无边际地闲聊,想到哪儿说到哪儿,内容大多是过去式,重复最多的词儿是"那年"——"那年做的野蜂蜜冷饮,你还记得吗?蜂王浆辣乎乎的……加冰后味道好极了。""小雨上县中了,还当上了语文课代表。你来米耶的那年,她一口文绉绉的酸词儿,想起来就好笑。""新月婆婆院子里的石榴树又挂果了。那年秋天,婆婆做了一大钵冰糖石榴膏,你特别喜欢吃。"说到新月婆婆,他总是用手揉揉鼻尖,仿佛她就在自己的气息里。

朵朵带来美丽的人偶:少女、公主或皇后。她一边展示人偶一边说:"现在我从 5 数到 0,每说出一个数字,你就会看见一个美女。请注意,纯洁不等于幼稚,而是心无挂碍,听从自我。

当我数到0的时候,她就会与你融为一体。"

闪闪在想象里与甄妮共舞,从芭蕾、探戈到拉丁舞、华尔兹。那些虚拟的身姿手势,常常是脑子里的一闪念,但她相信对方能感应到自己的意绪,并发生共情交流。

蚂蚁偶或过来。他手扶藤拐,背窗而坐,语速放得很慢:"蚂蚁习惯早起听天气预报,今天壹江水又上涨了,东南风三四级。好熟悉的江声,你听听,逝者如斯啊。"

夜里几乎都是马新绿看护,她跟她絮叨哭笑,一起吸与呼,醒与眠。她携了本特蕾莎的箴言录轻声念诵——"爱、温柔、怜悯是真正的正义。没有爱的正义不是正义,没有正义的爱不是爱。""如果你谦卑为怀,无论赞美或污蔑,没有一件事会影响到你,因为你了解你自己。""假如你欣赏别人,你就会赞美他人。丰富的心灵会流溢于言语中。假如你的心充满着爱,你会谈到爱。""让我们了解,只有借着不断地死于自我和以自我为中心的欲望,我们才能活得更圆满……"

从冬天到春天,千姿百态的唤醒蔚为大观。甄妮的醒转,是在那茜新绿等人做集体唤醒时。不知是那和声还是目光攫住了她,她蛙泳出水般摆摆头(意念中的),勉力睁眼,几乎看不见地耸动双肩,来了个(未竟的)拥抱。

这次清醒时间稍长,她能专注眼前的图像,用眼眸回应询问。当闪闪夸张地单膝跪地,献上鲜花并说出"我爱您"时,她跟人们一道展露出了笑靥。

希望的小火苗呼啦啦地燃起,亲朋师友们齐聚病房,之前的悲伤焦虑一变为乐观。

到得最晚的是骆岚。刚扫视了在场的人，舒那茜就看向她："骆岚姐，你这是，突然想到了谁……齐越？"

骆岚抬手咋舌："哎……那茜读心术名不虚传啊。我刚才的确闪过这念头——齐越应该来看看嘛，无论如何。"

甄妮几乎不为人知地眨了眨眼。

2

当某个器官因病变或别的原因失去部分或全部机能时，其他健全的器官会变得更灵敏甚至取而代之，即所谓代偿。

譬如一个人失明后，他的嗅觉、听觉乃至触觉的敏感度就会升级，不仅能听见极复杂细微的声音，嗅出气味氛围，甚至能感知他人的情绪状态——这不，大清早的，气味就有点呛人，仿若芥末的刺激里再加入一点麻。新绿带着焦躁沙声沙气地问小护士："这怎么回事，你看甄妮的状态不对啊，昨儿白天晚上都还好好的。"

有会诊医生操不同专业术语的说话声；有熟悉的酒精碘伏气味；人中风府哑门等穴位有针灸的麻胀感。感觉很久很久以后，父亲低低地发声："谢谢各位，让她安生休息一阵吧，这些年她停不下来，太忙碌太劳心费神了。"

关闭了眼睛，仍旧能看见沉睡的身体；脸醒来了，大脑仍沉睡着；嘴醒来了，舌头仍沉睡着；胃肠醒来了，脊背仍沉睡着；

手醒来了，脚仍沉睡着……身心放松，道路就变得平坦，一念间就是万水千山。可不论走多远，当内心归于平静，散落的眼手耳腿也都回归原位。只是眼里太多尘世的酸甜苦辣，手握尽人间的亲疏冷暖，耳听够了噪声恶语软调温言，腿走遍了平川坦途厄运险境。

那些走坏的走岔的走丢了的路呀，如今都汇聚到了一起。那么多个面向不同的自己，从偏执顽劣误打误撞尴尬痛苦烦恼愤怒的甄妮，到气定神闲快乐阳光谦抑柔和勇猛精进的甄妮……遗憾的是，所走的还远不够远，更远不够久。

是等不及滋滋的呼唤了吧？可无论年岁如何逝去，她们都从未真正分离过，她始终跋涉在去往那个终极之境的旅途中。

1、2、3、啪！响指干脆利落。

薄雾无声地散去，尽显出山川岩谷绿野，高远的天穹下湖水浩渺，坡岸老树的枝丫交错盘曲。满眼是米耶的蓝，梅子河的绿，大湖如幽深的睡眠。林边木楼上的房间里，满壁满架新旧书籍，裴医生埋头沉浸于阅读；树荫庇护的三脚架后，滋滋用镜头选取心仪的美景；木楼旁边的藤椅里，怀抱旧影集的新月婆婆正在打盹儿……赤日似火，鸟儿不啼，鸣蝉噤声，一切征兆或暗示都隐于午后，仿佛在等待来自幽冥里的验证。

啪！中指与拇指摩擦，声音再一次炸响。

记忆斑斓，简淡或丰富的图像刺激着视神经，每张熟悉的脸都是往事的罗盘往事的纲目往事的密码往事的导引，那些沉睡的清醒的模糊的明晰的人事物正一一从储存的信息中调取还原，如影如画……哦，奇妙的生命，那些经历拥有感动歌哭烙印过的一切，繁复无穷的声光色影气味触觉的湍流……

蓝是爱恋的颜色；黄是痴迷的颜色；白是失眠的颜色、哭泣的颜色；红是愤怒的颜色、焦虑的颜色；青是恐惧的颜色、失足的颜色；金是悔过的颜色、自新的颜色。七彩斑斓的颜色交织调和重构，如雨后初晴之际的美丽虹霓，如真似幻熟悉而又陌生……

病室里花香馥郁，有如新月婆婆的叹息：她睡前的叹息是清馨的苹果香，醒来的叹息是黄槐花酿就的蜜糖味。婆婆的内心有一处花园，花园里有一眼清泉，她发出的叹息芬芳而甘甜。

裴医生总是在阅读思忖和行动之间往复，手术台上他给人的感觉踏实；质朴平实的语音如磁石，周遭人事是被吸附的铁屑——它们奔向他环绕他伤害他误解他，也磨砺成全他。

……

是时候了。故人们已次第安顿安静下来，好似波澜不惊的水面。

是时候了。葡萄变圆，石榴变红。晶莹的泪水是最小最圆满的果实。那些她生命中最为重要的人：奶奶、卢老师、舒那茜、齐越、滋滋、王修、马新绿、裴医生、新月婆婆……都现身在同一时空的不同方位，彼此靠近再靠近……

放松头皮，放松头顶。

放松面颊五官。

放松咽喉颈项。

放松肩背四肢。

放松胸腹。

……

深长地停顿。深长地呼吸。

又是几个昼夜的沉睡。

而且睡得沉甸甸满当当没有间隙。

新绿携来一款迷你音响,插上她新买的iPhone4,循环播放《斯卡布罗集市》和《寂静之声》。她知道甄妮恋旧,常在MP3随身听上循环电影《毕业生》的主题曲和插曲,而且听的是保罗·西蒙和加芬克尔的原唱。新绿希望这些熟稔到纤毫的歌词旋律,能够将甄妮从深无涯际的睡眠中唤醒。

一明继续他的聊天疗法;闪闪、朵朵、早早三天两头来探望;甄则光夫妇和护理工负责为甄妮翻身擦洗喂食按摩;卢老师常来给学生念书;林思密在母亲陪护下几番来病房诵经;薛建芹请来两位国内著名的催眠大师做特殊唤醒。无奈的是种种努力都似泥牛入海,接收不到任何反馈。

"怎么会是这个样子……"每天来医院,对甄妮抱希望最大的王圆菊不时暗自落泪。从情感和个人习性上,她对甄妮的体察其实更为贴近,猜想她的不愿醒来,可能是不想让自己成为大家的负担与麻烦。

主治医生提醒甄则光夫妇做好心理准备,因为类似甄妮这样二度昏迷后未再醒来的临床案例不少,医患双方都只能各自尽到最大的努力。

沮丧乃至绝望的情绪蔓延开来。当最乐观的王圆菊、最相信甄妮意志力的陈姨都感到一筹莫展时,甄妮却清醒了。那是个寻常的傍晚,护士刚从她腋下取出温度计,甄妮的眼帘突然打开,脸上泛起微弱的笑意。

睡得太酣畅了,她脸色红润,带着恋爱少女似的光彩,完全不像严重受损的患者。若说上次是苏醒,这次就是清醒。她能示意口渴,清醒地倾听,并对新绿的亲昵报以顽皮的回应。

第二天上午,甄妮气色显得更佳,甄则光却隐隐有点发虚,以至不敢正视女儿的眼神。他悄声对新绿说:"我咋感觉不大对劲儿?医生只说别想太多,不会有什么事吧。"

"我也说不准。明天正好周末,让有空的人都来看看她吧。"

亲朋好友之外,翌日到场的还有早前甄妮催眠助产的几位母亲和孩子,以及王志许佳。也有人是不约而同,不请自来。

甄则光没料到人这么多。舒文却表现得胸有成竹:"甄妮的生日,是农历四月十二,算起来也没几天了。我昨晚就在想啊,能不能提前给她过生。甄妮,你如果乐意,就眨眨眼,笑一笑?"

甄妮嘴角上挑,眼皮动了动。

变戏法似的,舒文打开病房的冰柜,取出早上带来的大蛋糕,插上彩色蜡烛。新绿开启音响,放送出云雀童声合唱团录制的《生日歌》。

蜡烛是几个小孩代为吹灭的。切完蛋糕,甄则光直觉女儿心里有话,于是说,甄妮可能想答谢大家,麻烦那茜给传达一下。

舒那茜点头应许的同时,眉眼间掠过一丝阴影。

甄妮目光澄澈，一直保持着微笑。

"甄妮妈妈，我爱你——"刚才吹蜡烛的龙凤胎妹妹说。母亲低语她别打岔，等着听阿姨的翻译。

舒那茜身体微颤，闭目不语。

"怎么啦那茜，大家都等你呢。"卢老师说。

再一次停顿。舒那茜终于开口："活着真是美好。很开心跟大家一起度过我的生日。我爱你们。"末一句她说得很吃力。

"哎，这啥意思，甄妮想说什么？"陈慧苓心慌慌的。

"以前我在壹江受伤，几次远走高飞，不想回来，眼下却依依难舍。那时我清高自恃，独往独来，不屑于跟太多的人亲近。"

"唉，都瞎说啥啊……"蔡红英也忍不住了，"她这不好好的嘛？"

甄妮热切地望着俯身向她的舒那茜。

"我爱你！蔡姨。我爱你！卢老师。我爱你！陈姨。我爱你！新绿……"那茜语调平缓地说出一连串名字，"还有我的父母，年轻时的甄妮顽劣逆反自以为是，让你们操心焦虑痛苦承受了太多，真是对不起，我爱你们。"病室里鸦雀无声，轮椅上的廖老师双手突然抽搐起来。

也许是需要传递的意思太微妙，舒那茜的读取带着几分游移，以至她每说出一个句子，就会看一眼甄妮，像是在核准自己的表意是否确切。

"我不是第一次选择离开，幸运的是，我和你们一起共度了这段人生。生死相随，如同人与他的影子，这就是生命的本来状态吧。所以无须难过,相爱的人会在另一个平行世界里重逢,一如现在的我们。"

甄妮神色平静,舒那茜则闪避着,迟迟不见发声。

"继续啊那茜,"甄则光有点忐忑,"甄妮说了啥呢?"

"她说她还有一个愿望,就是决定……捐出自己的身体器官。"

……

"我如今把一件奥秘的事告诉你们:我们不是都要睡觉,乃是都要改变。这必朽坏的即变成不朽坏的,这必死的即变成不死的……"复述至此,舒那茜起身长出一口气——她的鬓发后背湿淋淋的,全被汗水浸透了。

新绿拭去眼泪,凑近甄妮耳边说:"亲爱的,我也会在身后捐出脏器和眼角膜,权当我对你和这个世界的报恩。谢谢你的启迪引领。"

"我申请加入一个,"许佳说,"还有我家王志。"

"还有我,"一明说,"大家一起签个约好不好。"

好几个人同时向马新绿和舒那茜咨询。新绿说,据她所知,器官捐献的通常流程是,带上身份证去红十字会申请登记,或是将自己的意愿写入遗嘱。两种方式都具有法律效力。

"我和老甄也要这样做,生不带来死不带去。"舒文说。

甄妮最后的话是给读心者的——"那茜,我永远爱你!"这句话的分量太重太重,舒那茜瞬时热泪盈眶,不愿说出的她只能口唇紧抿,抚平心室,双手攥紧对方的手指。

待情绪稍稍平复,她转身面向大家:"甄妮已经很累了,各位请先回吧。让她好好休息。"

3

轻盈细腻的睡梦,香甜似奶油。

甄妮醒转在空明的梦境,恍若又回到了雪域高原。

"在拉萨下面住时,是浪子宕桑汪波。秘密也无用了,足迹已印在了雪上……"滋滋口里哼唱着仓央嘉措,与她跋涉在无人的雪野。洁净的新雪厚实松软,近处有几棵稀疏的杨树,柳莺和旋木雀从枝头跳开,雪粉便噗簌簌地落下来。有谁能不再以五谷为食,而以不惹一丝尘埃的大气为食?喜悦,它是雪峰还是宫殿?是天空的深幽还是祈愿的钴蓝?她和滋滋相互依偎,重逢的泪水一路流溢:那熊熊燃烧的,是尘世情缘的火苗;那敞开去的,是新世界的辽远与寂静。噢,为这美妙的同行她要称此刻为永生。

为这甘甜的酣梦,她要拥抱自己。

为这梦境真实的延续,她要拥抱自己。

为这甜蜜的觉察和清醒,她要拥抱自己。

多么美的酬劳啊。她从身外看自己,双手交叠在肩头。

她替自己拥抱自己,替那每一个辞行的亲人拥抱自己。

拥抱一个微笑着醒来的人是多么幸福(为此走失了自己的左脚,不过她不遗憾;走坏了自己的肉身,她也不遗憾)!

突觉身轻如燕,她忍不住走出病室。外面太阳高悬空气如洗。身穿白大褂,头戴淡绿医生帽的她,向路遇的所有人,所有病友颔首致意。虽然相互看不见，但都知道对方在微笑。

"痛苦实乃良药，爱亦如是。"是谁这样说过？裴医生、新月婆婆、滋滋？某位圣哲先知，抑或就是自己？她遇见的每个人都有病。身病起于心病。每个人都忍受着苦痛，都渴望被怜悯被爱治愈。可这世间的病人太多了，一个人能做的微不足道，能给予的太少太少……

暮霭的帷幕无声地闭合拢来，孤悬的病房好似雪域小屋：空窗外雪光熹微，明暗交替。面对寒暑雨雪，生老病死，每个人最终都是孤军奋战，自己做自己的医生、看护、临终的安抚者、暗黑世界的引领者……在沉重如磐的涡旋中，她看到了自己的脸。那劫波度尽的脸啊，刚好和她浪息风止的嘴唇相衬。

是时候了。她看见甄妮端坐着，在床前的靠椅上，在父母和新绿常坐的位置。她想伸出自己的手，向她传达内心的敬重和爱意。

对方也伸手过来，发出让她心安的力量和勇气。

她们相互瞩望着，那么亲昵，又那么肃静。

为那不期而至的喜乐，为那骤然降临的神奇，两双手都战栗着，两双眼都满噙泪液。

无限温柔地，她俯身向她。

无限慈悲地，她开口低语——

"没有挂碍，没有忧惧，只有平静的喜悦。请放松你的身体，闭上你的眼睛，调整好你的表情。深深地吸入一口气，再慢慢慢慢呼出来……"

甄妮的胸腹均匀起伏着,神情安详。

"更深更深地呼吸,吸气的时候,吸进这所医院,这个世界的疼;呼气的时候,呼出你今生今世,累生累世,全身心的爱……"

甄妮尽其所能遵循、配合着。吸气时费去了前半生的力气,呼气时耗尽了后半生的气力。

"更深更长地呼吸,吸气时吸进整个壹江的水雾;呼气时给出你满心满意的祝福!"

更深更长地呼吸,居间的停顿越来越长。在最后一个停顿里,她听见了发自身体内部的声音:"请耐心等待,我会再一次回来,跟大家共同失与眠。"

尾声

新生

甄妮安卧在鲜花丛中。

冰棺里的她脸颊饱满,皮肤润泽,乌黑短发绸缎般柔亮,闭合的睫毛宛如花蕊。水蓝领口内颈脖白皙,淡青的血脉似有若无……

罕有的美丽逝者,她悦目的容颜堪比生前。鲜花映衬下,她神态安详,恍若沉浸于深度催眠,又如水清月明的大湖。

这是三楼九号厅,水上灵堂最大的空间。参与送行的人超出了预期,使得这个可以容纳数百人的所在,仍显得拥挤。

厅堂正墙上,挂着甄妮在羊卓雍措湖的大幅照片,这是当年滋滋最为满意的作品。

主事者本想让甄妮走得清静些,不料吊唁者一茬接一茬。花圈花篮挽联摆满悼念厅内外。告别仪式定在甄妮辞世后的第七天。齐越、王修、沈妍丁和闪闪同是策划司仪。

早上七点钟左右,天光略显灰暗,壹江在水上灵堂可以俯瞰到的低地微微波动。那些从小汽车、公交车、摩托车、三轮车上下来的人们,陆续汇聚到这里,借此表达自己的哀思谢意,作最后的瞩望和告别。

照片上的"圣湖"修长辽阔,一束束涟漪的纹理井然有序,沉郁浓重的蓝摄人心魄。对面湖岸卧伏的群峦轮廓浑圆,在日光切割下呈大片青黑的阴影和温热的赭色。山间分布着水流冲刷出的网状沟纹,更远处是天穹下巨钻般耸峙的雪峰。

构图右侧的甄妮只有一个背影。那前倾的身姿,好似在探询或瞻望什么——是幽邃明亮的蓝色湖水、极度深寒的眩目雪山,还是那无始无终澄澈深广足以让人融化其中的蔚蓝大气?这个侧身的背影,静止的动态,像极了欲纵身大化却又割舍不下尘世的进退维谷去留两难。

"圣湖"背景下面,是裴医生手书的白色亚麻布挽幅:

为了实现善,人们必须完成的使命,
因人而异,各有不同。
以什么为牺牲,是每个人的秘密。
然而,"舍弃自己生命的,将得着生命"。
书史怀哲语与甄妮 裴加庆 敬挽

甄则光的挽幛:

春残花落,爱女遽去哀思绵绵无尽。
夜冷星沉,壹江允悲众生离离难眠。
给爱女 甄则光、舒文 痛挽

卢老师挽幛：

　　录拜伦《美之诗》给甄妮
　　她以绝美之姿行来，犹如夜晚
　　晴空无云，繁星灿烂。

卢燕玲 痛挽

马新绿挽幛：

　　汝所诞兮，壹江之滨；汝所游兮，藏地江南；汝所历兮，米耶普旺；汝今逝兮，谁人与从；精魂渺兮，归彼鸿蒙。

仿《红楼梦》句 新绿 泣挽

舒那茜挽幛：

　　尘土受到损辱，却以她的花朵来报答。

录泰戈尔诗 那茜 泣挽

王修挽幛：

　　众生幻心，还依幻灭，诸幻尽灭，觉心不动。

王修书《圆觉经》挽甄妮

王怡挽幛：

情同姐妹三生幸，魂隔人天五味陈。

给亲爱的甄妮 王怡

曾一咏挽幅：

他自己就是树、种子、幼芽。
他自己就是花、果子、树荫。
他自己就是太阳、阳光，和照耀的万物。

抄卡比尔诗赠甄妮 一咏 敬挽

朵朵闪闪早早的挽幅：

将你拥有的最好的东西献给世界，
可能永远都不够
不管怎样，还是要将最好的东西付出！

摘特蕾莎诗句送甄妮老师 闪闪朵朵早早 敬挽

……

王修、闪闪和沈妍丁早已准备就绪，独不见齐越。在拟定的仪式流程中，齐越的"冲力"是悼念的重头戏。

骆岚拨打齐越的手机，信号通了，却没有人接听。

场内气氛有点尴尬。一位刚进来的灵堂员工说，十多分钟前，他看到齐越同他的搭档在对过小街，后来就不知所踪了。主持人交流了下目光：那我们先开始吧。

追悼仪式的内容依次是：致悼词，答谢，冲力，献诗，告别。因为齐越迟延未到，场面多少显得有点凌乱。

哀乐响起，是《哀歌》片段，由没到场的林思密选定，实际上只是背景音乐加上一个女声的诵读：

每天早晨，这都是新的；你的诚实极其广大……爱如同宝矿，蕴藏着各样的宝物；它是那充满万有者，只要我们肯来挖掘，每次都有新的发现……我们为什么还整天叹息肉体之中没有良善？当我们进入爱中，就可以脱离软弱、脱离束缚、脱离污秽、脱离重担、脱离最不容易脱离的骄傲和嫉妒，脱离各样过错，成为新人……

蚂蚁致悼词的尾声，迟到的齐越独自一人走进来。

他今天有点特别：西装革履，衬衫雪白，新剪了头发。没戴表的左手拿起话筒时，腕部的"匕"字隐约可见。连续几天没合眼的缘故，他的嘴唇失血，面色有点泛青。

齐越一上场就先鞠躬致歉，腰弯得很低，鞠躬的幅度很大。不知是昏了头，还是以为前面的程序已走完，他没问询任何人，径自进入了冲力仪式。

"搭档有要紧事来不了了。今天我既是司仪也是冲力人。"

他驻足在逝者的照片和冰棺间，脚下是熟悉的蒲团。目光扫视过全场后，沉声道：

"在这里，我，和我们，以无从言说的伤痛心情，来送别亲爱的甄妮。她的骤然离去，使得原本完满的世界，出现了无法填补的缺失……

"缘于无明，包括我在内的大多数人，都有着太多的遗憾。人的一生有多么短暂？短暂得只能让你犯下过错，却来不及弥补。可人的一生又是多么漫长？因为有那么多的痛苦悲伤，需要你无止境地去经历、承受和品尝……好在我们都是凡人，都会做错事走错路，只要我们有善有爱地度过一生，最终都会回到共同的家，获得同样的报偿。我希望我们每个人，在回家之前，能够重拾曾经被忽视、怠慢，甚至丢弃的爱。同时也希望，当我们大家，生活在这个可爱又艰难的尘世上，继续领受甄妮留下的馈赠时，能够心怀良善与感激……"

齐越说话的过程中，视线须臾没有离开过甄妮，仿佛灵堂里的所有都只是背景，在一起的唯有他和对方。

场内没有谁对齐越的迟到提出异议，王修和沈妍丁也默不作声，仿佛大家都被这个晚来的人所催眠。

此时音乐的音量调得很低，哀歌已转换为勃拉姆斯《安魂曲》的第一乐章，当合唱队唱到——哀恸的人有福了！因为他们必得安慰。流泪撒种的，必欢呼收割！齐越已然完成了对逝者的祝福和赞美。当他在音乐背景下大声呼喊冲力人时，厅里的一干人众还是小小地吃了一惊,仿佛看见了某种意料之外的可能。

"冲力人——"

"在!"

齐越在自呼自答中单膝跪上蒲团,开始唤请场内逝者的亲朋好友。首先是甄妮父母,接着是卢老师、蚂蚁、陈姨、廖老师、舒那茜、马新绿……这样一次集体召唤,涉及在场的所有人,大家都进入他的视阈,见证他的吁请、陪伴和承担。

"冲力人——"

齐越笔直地看向众人:"你是否愿意作为她的替身,忏悔她使白发父母过早承受丧女之痛,并提前去往彼岸替她解释生前的过错,替她担负可能遭遇的责罚与不测,让她得到应有的喜乐与平静?"

舒文和老甄面面相觑,为他这样的叙说感到不知所措。正疑惑间,只听得齐越字正腔圆地回答:"我愿意。"

"冲力人——"

"你是否愿意作为逝者的守护人,陪伴她穿越漫长的黑暗去向乐土,一路安抚呵护她,给她温暖、坚毅和勇气?"

"我愿意!!"跟他几乎同时发声的,是举手过头的马新绿。

齐越站起身,一字一顿地继续问:"冲力人——为了逝者的安乐,你愿否作为她的替身,她的影子,在另一个世界替她忍辱受苦,并以现在的言语作为凭证?"

"我愿意。"

"我愿意。我愿意。"

"我愿意。我愿意。我愿意。"除了马新绿,呼应他的人多起来。

他低头向众人表达谢意,脸颊潮红,神采奕奕,跟刚进来时判若两人:

你的祈请是新的:
你开始新的灵程,需要新的力量;
你奔向新的目标,需要新的憧憬。
你的赞美是新的:
它纾解心灵的阻塞,开启你心中的眼睛;
消除你过往的疑虑,点亮你一天的行程。
你的期盼是新的:
一日过去,一日又来;
它是苦境中的力量,黑暗里的亮光;
需要更新和持守,需要信心的仰望。
你的道路是新的:
有的崎岖坎坷,有的宽阔平坦;
每一段都是新的体验,新的冒险,
你需要爱的慰安,智慧的引导。
每个早晨都是新的:
你睁开惺忪的睡眼,敞开真情的拥抱;
让感恩博大你胸怀,让包容打开你的前方!

齐越伏下身,一双手掌朝上,如礼拜那般,额头低低地贴近蒲团。

时间突然静止了,他持守着那个姿势,好似被自己的箴言卡住了喉咙。

待人们从惊愕中回过神,淋漓的鲜血已从他手腕的"匕"字奔涌而出。这一次他割伤自己用的是锋锐的柳叶刀。

雾罩散去了,壹江半岛上的摩天楼群间,逶迤向东的宽阔巨流清晰可见。

从灵堂传出的念诵声琅琅入耳,追思仪式的程序已近尾声。亲友们正集体念诵甄妮最喜欢的诗句来送别她——

> 我们大家都渴望他所在的乐土
> 但在这一刻我们就有能力与他同在
> 此刻,快乐与他同在的意义是
> 像他一般的慈爱
> 像他一般的帮助
> 像他一般的给予
> 像他一般的服务
> 像他一般的拯救
> 一天二十四小时都与他同在
> 在他苦难的化身中接触他

最初只有数十人的声音跟随。接下来,一点一点扩展成几百人的合诵。

后记

关于《催眠师甄妮》

历十载寒暑的周折反复，这个作品终于改定：从最初的四十万字删定到二十来万。

我想讲述的，不单是发生在催眠师与失眠抑郁患者间的治愈或未治愈的故事，更想呈现挣扎在迷茫时代、生活泥淖里的人们企望寻获身心健康、重建人生价值的心路历程。以甄妮为例，小说在叙写其开设"离离"工作室诊疗"都市病人"，"败走"普旺、米耶后参与乡村建设乡民自救，重返壹江艰难创办公益医院、临终关怀中心等"形而下"现实主线的同时，一直平行贯穿了她探询自我、重塑健康人格、追寻生命终极意义的精神副线。作品最终的落定成形，既依托甄妮的身心精神变化，也跟十年间作者同人物相互寻找相互确立的成长密不可分。

早在十几年前，来自权威机构的失眠人群统计数据已远超想象，其后牵扯着无数家庭、个人和复杂社会问题。困惑不安、焦虑抑郁、互信与信仰缺失，是时代的普遍病症，更是社会人性的大困局。甄妮因痛失密友致失眠自弃，为自救修习催眠，进而诊疗失眠患者，于此身历自我救赎、精神成长，作品意在通过催眠与心理治疗窗口,展示转型期的社会病灶及丰富世相。

一个沉溺生死爱欲,以自我为中心的人,何以可能唤醒"大爱",走上真与善的探寻之路?其前提似是"精神觉醒"。所谓"觉醒"往往源自某种"相遇",遇见对象可以是某个人、某本书、某件事……甄妮的"遇见"是裴医生和新月婆婆(间接"遇见"还有阿尔伯特·史怀哲、特蕾莎、晏阳初等人)。心灵的接纳约等于对自我的确认,前辈的社会事功、精神修为自然会对后来者发生潜移默化的影响。以真诚良善、优雅清明、坚毅隐忍、慈悲智慧……命名的人格品性、价值取向、精神内涵,则是古往今来的所有高贵灵魂认同与践行的。

三个重要人物:失眠者、催眠师和自觉的精神行者甄妮,医学硕士、一心诊所创办人和自发乡村建设智识分子裴加庆,有新式启蒙教育经历却深隐僻远乡土的乡绅后代新月婆婆。他们的性格禀赋、精神特质各有不同,共同点乃是对生命自性的持续求索,对充满矛盾割裂的人类世界的爱与怜悯,对浮华时代物欲社会凉薄人际的温暖善意……从这个意义上讲,甄妮以催眠助人的最成功个案正是她自己:从一己的偏狭放任、自傲自弃,一步步走向柔韧宽容、慈悲大爱。催眠的意义于此获得完满体现——对无常人生的转化及对生命本体的发现。每个人身上都有自愈自醒的潜能,催眠/自我催眠的最高境界,就是诱导个体发现运用上述潜能,从生命的最深处——根性(潜意识)上改变自己。

小说结构:甄妮的短暂人生,在时空上由壹江——普旺——米耶——壹江这个圆周或曰闭环构成,四部分四段链条四个镶嵌的块面。第一、第四部分是结构的对称和人物事件、场景画面的前后呼应，在视觉上形成平衡，在内容上相互印证勾连。非刻意专写乡村，但还是期望对普旺、米耶的记叙，对裴医生、新月婆婆等人物的描摹，能传递若干新特色、新气象——包括当今"人民"的新样貌。

在审美上，我希望跟当下写作的某些流行色保持距离，通过对人物事件、环境氛围、修辞文体的选择，呈现健康明朗、正大从容的美学风格。叙写有分寸、有礼仪及有荣耻感的正常人类、人性及社会生活。世界的立体多维色调复杂人所共知，但我仍期待创造一个带有理想色彩的"应然世界"。正大之词难工，邪僻之音易巧，正剧难写也是人们的共识，努力的成效如何，只能交给读者评判了。

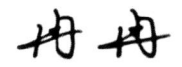

冉冉